21 世纪全国应用型本科计算机案例型规划教材

数据库原理与应用（SQL Server 版）

主 编 毛一梅 郭 红

北京大学出版社

PEKING UNIVERSITY PRESS

内 容 简 介

本书从数据库原理入手，结合 Microsoft SQL Server 2005 的具体应用详细介绍了数据库技术的相关知识，从整个编写体系来说，本书共分两大部分 12 章，第一部分为基础篇，包括第 1 章～第 7 章，主要介绍数据库的基本概念、关系数据库理论和典型的关系数据库 Microsoft SQL Server 2005 的基本操作方法。第二部分为应用篇，包括第 8 章～第 12 章，主要介绍 Microsoft SQL Server 2005 的具体应用和实用技术。本书的特点在于理论与实际的紧密结合，各章中有大量的应用实例供读者学习和提高。

本书适合作为本科数据库相关课程教材，也可供数据库技术初、中级水平的读者自学用。

图书在版编目 (CIP) 数据

数据库原理与应用(SQL Server 版)/毛一梅，郭红主编 . —北京：北京大学出版社，2010. 2
(21 世纪全国应用型本科计算机案例型规划教材)
ISBN 978-7-301-16842-4

Ⅰ. 数⋯　Ⅱ. ①毛⋯②郭⋯　Ⅲ. 关系数据库—数据库管理系统，SQL Server—高等学校—教材
Ⅳ. TP311. 138

中国版本图书馆 CIP 数据核字(2010)第 015261 号

书　　　　名：	数据库原理与应用（SQL Server 版）
著作责任者：	毛一梅　郭　红　主编
策 划 编 辑：	孙哲伟　李　虎
责 任 编 辑：	孙哲伟
标 准 书 号：	ISBN 978-7-301-16842-4/TP·1079
出 版 者：	北京大学出版社
地　　　　址：	北京市海淀区成府路 205 号　邮编：100871
网　　　　址：	http://www. pup. cn　http://www. pup6. com
电　　　　话：	邮购部 62752015　发行部 62750672　编辑部 62750667　出版部 62754962
电 子 邮 箱：	pup_6@ 163. com
印 刷 者：	北京大学印刷厂
发 行 者：	北京大学出版社
经 销 者：	新华书店
	787 毫米×1092 毫米　16 开本　23. 25 印张　537 千字
	2010 年 2 月第 1 版　2010 年 2 月第 1 次印刷
定　　　　价：	36. 00 元

信息技术的案例型教材建设

(代丛书序)

刘瑞挺

北京大学出版社第六事业部在 2005 年组织编写了《21 世纪全国应用型本科计算机系列实用规划教材》，至今已出版了 50 多种。这些教材出版后，在全国高校引起热烈反响，可谓初战告捷。这使北京大学出版社的计算机教材市场规模迅速扩大，编辑队伍茁壮成长，经济效益明显增强，与各类高校师生的关系更加密切。

2008 年 1 月北京大学出版社第六事业部在北京召开了"21 世纪全国应用型本科计算机案例型教材建设和教学研讨会"。这次会议为编写案例型教材做了深入的探讨和具体的部署，制定了详细的编写目的、丛书特色、内容要求和风格规范。在内容上强调面向应用、能力驱动、精选案例、严把质量；在风格上力求文字精练、脉络清晰、图表明快、版式新颖。这次会议吹响了提高教材质量第二战役的进军号。

案例型教材真能提高教学的质量吗？

是的。著名法国哲学家、数学家勒内·笛卡儿(Rene Descartes，1596—1650)说得好："由一个例子的考察，我们可以抽出一条规律。(From the consideration of an example we can form a rule.)"事实上，他发明的直角坐标系，正是通过生活实例而得到的灵感。据说是在 1619 年夏天，笛卡儿因病住进医院。中午他躺在病床上，苦苦思索一个数学问题时，忽然看到天花板上有一只苍蝇飞来飞去。当时天花板是用木条做成正方形的格子。笛卡儿发现，要说出这只苍蝇在天花板上的位置，只需说出苍蝇在天花板上的第几行和第几列。当苍蝇落在第四行、第五列的那个正方形时，可以用(4, 5)来表示这个位置……由此他联想到可用类似的办法来描述一个点在平面上的位置。他高兴地跳下床，喊着"我找到了，找到了"，然而不小心把国际象棋撒了一地。当他的目光落到棋盘上时，又兴奋地一拍大腿："对，对，就是这个图"。笛卡儿锲而不舍的毅力，苦思冥想的钻研，使他开创了解析几何的新纪元。千百年来，代数与几何，井水不犯河水。17 世纪后，数学突飞猛进的发展，在很大程度上归功于笛卡儿坐标系和解析几何学的创立。

这个故事，听起来与阿基米德在浴池洗澡而发现浮力原理，牛顿在苹果树下遇到苹果落到头上而发现万有引力定律，确有异曲同工之妙。这就证明，一个好的例子往往能激发灵感，由特殊到一般，联想出普遍的规律，即所谓的"一叶知秋"、"见微知著"的意思。

回顾计算机发明的历史，每一台机器、每一颗芯片、每一种操作系统、每一类编程语言、每一个算法、每一套软件、每一款外部设备，无不像闪光的珍珠串在一起。每个案例都闪烁着智慧的火花，是创新思想不竭的源泉。在计算机科学技术领域，这样的案例就像大海岸边的贝壳，俯拾皆是。

事实上，案例研究(Case Study)是现代科学广泛使用的一种方法。Case 包含的意义很广：包括 Example 例子，Instance 事例、示例，Actual State 实际状况，Circumstance 情况、事件、境遇，甚至 Project 项目、工程等。

我们知道在计算机的科学术语中，很多是直接来自日常生活的。例如 Computer 一词早在 1646 年就出现于古代英文字典中，但当时它的意义不是"计算机"而是"计算工人"，即专门从事简单计算的工人。同理，Printer 当时也是"印刷工人"而不是"打印机"。正是由于这些"计算工人"和"印刷工人"常出现计算错误和印刷错误，才激发查尔斯·巴贝奇(Charles Babbage，1791—1871)设计了差分机和分析机，这是最早的专用计算机和通用计算机。这位英国剑桥大学数学教授、机械设计专家、经济学家和哲学家是国际公认的"计算机之父"。

20 世纪 40 年代，人们还用 Calculator 表示计算机器。到电子计算机出现后，才用 Computer 表示计算机。此外，硬件(Hardware)和软件(Software)来自销售人员。总线(Bus)就是公共汽车或大巴，故障和排除故障源自格瑞斯·霍普(Grace Hopper，1906—1992)发现的"飞蛾子"(Bug)和"抓蛾子"或"抓虫子"(Debug)。其他如鼠标、菜单……不胜枚举。至于哲学家进餐问题，理发师睡觉问题更是操作系统文化中脍炙人口的经典。

以计算机为核心的信息技术，从一开始就与应用紧密结合。例如，ENIAC 用于弹道曲线的计算，ARPANET 用于资源共享以及核战争时的可靠通信。即使是非常抽象的图灵机模型，也受到二战时图灵博士破译纳粹密码工作的影响。

在信息技术中，既有许多成功的案例，也有不少失败的案例；既有先成功而后失败的案例，也有先失败而后成功的案例。好好研究它们的成功经验和失败教训，对于编写案例型教材有重要的意义。

我国正在实现中华民族的伟大复兴，教育是民族振兴的基石。改革开放 30 年来，我国高等教育在数量上、规模上已有相当的发展。当前的重要任务是提高培养人才的质量，必须从学科知识的灌输转变为素质与能力的培养。应当指出，大学课堂在高新技术的武装下，利用 PPT 进行的"高速灌输"、"翻页宣科"有愈演愈烈的趋势，我们不能容忍用"技术"绑架教学，而是让教学工作乘信息技术的东风自由地飞翔。

本系列教材的编写，以学生就业所需的专业知识和操作技能为着眼点，在适度的基础知识与理论体系覆盖下，突出应用型、技能型教学的实用性和可操作性，强化案例教学。本套教材将会有机融入大量最新的示例、实例以及操作性较强的案例，力求提高教材的趣味性和实用性，打破传统教材自身知识框架的封闭性，强化实际操作的训练，使本系列教材做到"教师易教，学生乐学，技能实用"。有了广阔的应用背景，再造计算机案例型教材就有了基础。

我相信北京大学出版社在全国各地高校教师的积极支持下，精心设计，严格把关，一定能够建设出一批符合计算机应用型人才培养模式的、以案例型为创新点和兴奋点的精品教材，并且通过一体化设计、实现多种媒体有机结合的立体化教材，为各门计算机课程配齐电子教案、学习指导、习题解答、课程设计等辅导资料。让我们用锲而不舍的毅力，勤奋好学的钻研，向着共同的目标努力吧！

刘瑞挺教授　本系列教材编写指导委员会主任、全国高等院校计算机基础教育研究会副会长、中国计算机学会普及工作委员会顾问、教育部考试中心全国计算机应用技术证书考试委员会副主任、全国计算机等级考试顾问。曾任教育部理科计算机科学教学指导委员会委员、中国计算机学会教育培训委员会副主任。PC Magazine《个人电脑》总编辑、CHIP《新电脑》总顾问、清华大学《计算机教育》总策划。

前　言

　　数据库技术是当今世界高新技术潮流中的重要技术之一，也是计算机科学和信息管理应用领域的主要研究对象之一。从它的纵深知识内容来看，它蕴含了较深的数学概念和较多的模型定义及现代技术，从它的横向发展来看，它涉及了各个领域，诸如军事、商业、通信、娱乐等各个领域。

　　作为应用型本科类的学校，其人才培养目标不是为了造就研究型的知识精英，而是要打造有一定文化素养的、有实用价值的人才。因此，我们在本书的编写过程中，充分考虑到应用型本科学生自身的特点和发展方向，把数据库技术中的原理与具体的应用紧密结合，以数据库原理知识为背景、采用主流数据库 Microsoft SQL Server 2005 为实施工具，把数据库技术的运用方法和技巧融入到具体的数据库应用实例中去，深入浅出、循序渐进地讲解了数据库系统的基本概念和基本理论。

　　本书共分两大部分 12 章，第一部分为基础篇，包括第 1 章 ~ 第 7 章，第二部分为应用篇，包括第 8 章 ~ 第 12 章。

　　第 1 章对数据库系统进行概述，介绍数据库系统相关的概念、数据库系 pm 统的产生和发展及数据模型的基本概念。第 2 章讲解关系数据理论，其中包括关系的定义，关系代数、关系演算的相关概念和关系操作的基本方法，关系的完整性定义和关系的规范化法则。第 3 章简略介绍了目前流行的数据库 Microsoft SQL Server 2005 的特点、安装与配置的要求和方法、基本的管理工具和 Microsoft SQL Server 2005 服务器的启动和停用的操作等。第 4 章讲解了 Microsoft SQL Server 2005 的数据库结构、系统数据库及其用途，用户数据库的定义和删除、分离与附加、导入与导出的方法。第 5 章讲解了数据的类型及其创建、数据表结构的创建与修改、数据表中的数据管理、索引操作的基本方法与技巧等。第 6 章讲解了数据查询的方法和技巧，包括基本查询、条件查询、排序查询、分组查询、筛选查询、联结查询、嵌套查询等。第 7 章讲解了视图的基本概念及其使用方法，包括视图的创建、查询、修改等。

　　第 8 章讲解数据库设计的主要任务和实施过程，结合具体的案例介绍了数据的需求分析、概念结构、逻辑结构和物理结构的设计思想和设计方案的形成。第 9 章介绍了 Microsoft SQL Server 2005 数据库的安全管理机制及其实施策略的具体落实，包括登录账号、权限、角色的管理思想和方法。第 10 章讲解在 Microsoft SQL Server 2005 中数据完整性的具体实施方法和技巧，包括约束、规则的创建和管理。第 11 章讲解了 Microsoft SQL Server 2005 数据库编程的相关内容，包括 Transact-SQL 的基础知识（如标识符、变量、运算符和函数等），Transact-SQL 的编程基础（如批处理、流程控制、错误控制和注释等），事务编程的方法，存储过程的管理和触发器的使用方法等。第 12 章讲解了数据库日常维护和管理的必备知识，包括数据库的备份和还原、代理服务和维护计划的创建及管理等。

　　本书是作者多年从事数据库教学的经验和感受的总结，本书的特点是涵盖知识比较全面，既包括了数据库的基础理论知识，又包括了数据库的应用技术，并提供了大量实例进行讲解、分析，为读者理解相关知识点、提高实际应用能力提供方便。

本教材由毛一梅、郭红任主编，秦福建、罗代忠任副主编，第 1 章、第 12 章由毛一梅编写，第 2 章至第 7 章由毛一梅、秦福建、马新强、罗代忠编写，第 8 章至第 11 章由郭红、毛一梅编写，最后由毛一梅统稿。

　　在整个编写过程中，得到了沈群力、龙青云等热情支持并提出了宝贵的意见，在此深表谢意。鉴于作者水平有限，书中不当之处望广大读者不吝赐教。

编者

2009 年 12 月

目 录

第1章

绪　　论

教学目标

1. 掌握数据库的基本概念。
2. 了解数据管理的发展历史。
3. 熟悉基本的数据模型。

在信息时代的今天，各行各业都有各自不同的信息管理系统，几乎所有的信息管理系统都要用到数据库，相信大家也曾听过许多关于数据库的专业术语，那么，也许大家会问：

- 什么是数据？数据和信息之间有什么关系？
- 什么是数据库？数据库、数据库系统、数据库管理系统之间又有什么联系？
- 什么是数据库结构模型？不同的数据库结构模型各有什么优缺点？

本章将详细介绍数据库及数据库技术的相关概念和知识。

1.1 数据库系统概述

在科技飞速发展的今天，信息无处不在，为了及时获取有效的信息，人们通常要把数据收集起来，然后进行加工处理，从中发现有用的信息。因此，数据处理是当前计算机的主要应用之一，数据库技术是作为一门数据处理技术而发展起来的，所研究的问题就是如何科学地组织和存储数据，如何高效地获取和处理数据。

在当今这信息爆炸的年代，随着数据量的日益膨胀，数据库技术作为信息分析的核心和基础得到了越来越广泛的应用。

1.1.1 数据

众所周知，做任何一件事情决策很重要，正确的决策必须有正确的信息作为依据，这些信息来源于事实，对事实的记录称之为数据。

什么是数据？数据(Data)就是对客观事实的记录，它是可以鉴别的符号，这种符号可以是数字、文字、图形、图像、声音等多种表现方式。

在现代计算机系统中，数据的概念是广义的。早期的计算机系统主要用于解决烦琐的数字计算，处理的数据主要是整数、实数、浮点数等传统数学中的数据。现代计算机能够存储和处理的对象十分广泛，不仅可以是数字、文本、图形，还可以是音频、视频等多媒体数据，因此，数据的形式越来越复杂。

数据和其语义是不可分的。所谓数据的语义就是指对数据的解释，例如，402 是一个数据，它可能是一个门牌号，也可能是一个货品的编号或是价格，如果只有一个数据而没有对它的解释，那么这个数据是无意义的。因此，数据不是一个孤立的符号，伴随着数据的出现必须有对该数据含义的说明，也就是说，数据是要有语义的。

数据与信息有什么关系？数据与信息不同，数据指的是用符号记录下来的可区别的一种事物的特征或事实，信息是反映现实世界的知识。信息以数据的形式表示，即数据是信息的载体；信息是抽象的，而数据是具体的，信息不随数据设备所决定的数据形式而改变，信息是经过对数据的加工，对客观世界产生影响的数据，信息是对数据的解释。而数据的表示方式可以是不同的，数据是对客观事实的记录，也是对信息的一种描述。

同一个数据经过不同人的处理可以产生不同的信息，同一个数据在不同背景下也会产生不同的信息。例如，同样一个产品的销售数据对一个大型企业来说，可能会觉得销售量太小，需要减少产量，调整产品销售策略，而这个销售数据对一个小型企业来说，可能就觉得销售量很大，需要增加该产品的产量等。

数据处理是指将数据向信息转换的过程，它包括对数据的收集、存储、传播、检索、分类、加工和输出等活动。

1.1.2 数据库

什么是数据库？数据库(Database)是长期存储在计算机内的、有组织的、可共享的大量数据的集合。数据库中的数据不是杂乱无章地堆积在一起的，而是按照一定的数据模型组织、描述和存储的。数据库中的数据相互关联，它可以为多个用户、多个程序所共享，具有较小冗余度，数据间联系密切，而又有较高的数据独立性。

数据库技术要解决的主要问题就是如何科学地组织和存储数据，如何高效地获取、更新和加工处理数据，并保证数据的安全性、可靠性和共享性。

数据库技术从诞生到现在，在不到半个世纪的时间里，形成了坚实的理论基础，成熟的商业产品和广泛的应用领域，吸引越来越多的研究者加入。数据库的诞生和发展给计算机信息管理带来了一场巨大的革命。近 30 多年来，国内外已经开发建设了成千上万个数据库，它已成为企业、部门乃至个人日常工作、生产和生活的基础设施。同时，随着应用的扩展与深入，数据库的数量和规模越来越大，数据库的研究领域也已经大大地拓广和深化了。

1.1.3 数据库管理系统

数据库管理系统(Database Management System，DBMS)是位于用户与操作系统之间的一层数据管理软件，为用户或应用程序提供访问数据库的方法，是用来管理数据库的计算机应用软件，可以让用户很方便地对数据库进行维护、排序、检索和统计等操作。数据库管理系统的主要目标就是使数据成为方便用户使用的资源，易于为各类用户所共享，它建立在操作系统的基础之上，对数据库进行统一的管理和控制。

数据库管理系统是用户与数据库的接口，应用程序只有通过数据库管理系统才能和数据库打交道。数据库管理系统的基本功能有：定义数据、组织和管理数据、数据库运行管理、数据库创建和维护等。

数据库管理系统是一个大型的、复杂的软件系统，是计算机中的基础软件。目前专门研制数据库管理系统的厂商及其研制的 DBMS 产品很多，比较著名的有 IBM 公司的 DB2 关系数据库管理系统和 IMS 层次数据库管理系统、Oracle 公司的 Oracle 关系数据库管理系统、Sybase 公司的 Sybase 关系数据库管理系统和微软公司的 Access、SQL Server 关系数据库管理系统等。

1.1.4 数据库系统

数据库系统(Database System，DBS)是实现有组织地、动态地存储大量关联数据，方便多用户访问的计算机软件、硬件和数据资源组成的系统，即采用了数据库技术的计算机系统。从狭义上来讲，数据库系统主要是指数据库、数据库管理系统和用户。从广义上来讲，它不仅包括数据库、数据库管理系统和用户，还包括计算机硬件、操作系统和维护人员。其中，数据库管理系统是数据库系统的核心和主体，它保证了数据库的独立性和共享性。

数据库、数据库系统、数据库管理系统之间又有什么联系呢？可以用一个图书馆系统来比拟一个数据库系统，把数据库看作图书馆里的书库，数据库中的数据看作图书馆中的图书，把数据库管理系统看作是图书馆管理的操作规程，图书馆中的一切操作如书的存储、查阅、借还等以及所有的日常管理都必须按照图书馆指定的操作规程进行，而数据库中对数据的任何操作包括数据的定义、数据查询、数据维护、数据库运行控制等也都必须在数据库管理系统的管理之下进行。

1.2　数据管理技术的产生和发展

数据管理指的是对数据的分类、组织、编码、存储、检索和维护等。计算机的数据管理主要经历了人工管理、文件系统、数据库系统 3 个阶段。

1.2.1　人工管理阶段

在 20 世纪 50 年代中期以前，计算机主要用于科学计算。由于当时的外存只有纸带、卡片、磁带，没有磁盘等直接存取的存储设备，数据只是在需要时输入，用完后撤走，且没有专门用于管理硬件设备的操作系统，没有管理数据的专门软件，数据开发人员在应用程序中自己设计、定义和管理数据，应用程序中不仅要规定数据的逻辑结构，还要设计物理结构，包括存储结构、存取方法、输入方式等，数据处理方式是批处理。所有的数据完全由人工进行管理，因此这个阶段被称为人工管理阶段。在这个阶段中，数据本身不能独立存储和提供应用，数据只能是附属于计算机程序的一部分，不能在应用程序中共享，它随着应用程序一起运行与消失。

1.2.2　文件系统阶段

20 世纪 50 年代后期到 20 世纪 60 年代中期，随着计算机硬件的发展，有了磁盘、磁鼓等直接存取的存储设备，计算机的应用范围不再局限于科学计算，操作系统中已经有了专门的数据管理软件，一般称为文件系统，处理方式上不仅有了文件批处理，而且能够联机实时处理。

在文件系统阶段，数据可以以文件的组织方式长期保存在外存上，供应用程序反复进行查询、修改、插入、删除等操作；程序和数据之间有了一定的独立性，操作系统提供了文件管理功能和访问文件的存取方法，程序和数据之间有了数据存取的接口，数据具有一定的共享性，但是它的共享性是有一定局限的，当不同的应用程序使用具有部分相同的数据时，仍必须建立各自的文件，而不能共享相同的数据，造成数据的冗余度大，不能确保数据的一致性。文件系统阶段的数据与程序之间相互依赖性还是比较强的。

1.2.3　数据库系统阶段

文件系统中存在的各种问题使人们把希望寄托在数据库系统中。数据库是由逻辑上关联的数据组成的，它存储在一个数据"储藏室"中，数据库在最终用户数据的存储、访问和管理方面采用了不同的方式，通过数据库系统中的数据库管理系统软件，人们可以在很大程度上消除在文件系统中存在的数据不一致、数据异常、数据依赖和结构依赖等问题。

数据库系统与文件系统的主要区别在于：文件系统是操作系统的重要组成部分，而数据库管理系统是独立于操作系统、在操作系统之上实现的软件，数据库中数据的组织和存储是通过操作系统中的文件系统来实现的；文件系统中的文件是为某一特定应用服务的，文件的逻辑结构对该应用程序来说是优化的，但要想对现有的数据再增加一些新的应用会很困难，系统不容易扩充，而数据库系统面向现实世界，它共享性高、冗余度小、易扩充，具有较高的物理独立性和一定的逻辑独立性，整体数据结构化，用数据模型来描述，由数据库管理系统提供数据的安全性、完整性、并发控制能力和数据恢复能力。

使用数据库系统可以大大提高应用开发的效率。因为在数据库系统中，应用程序不必考虑数据的定义、存储和数据存取的具体路径，这些工作都由数据库管理系统来完成。

使用数据库系统可以减少开发人员的工作量。当因应用逻辑发生改变而需要改变数据的逻辑结构时，由于数据库系统提供了数据与程序之间的独立性，数据逻辑结构改变时开发人员不必修改应用程序，或者只需要修改很少的应用程序，从而既简化了应用程序的编制，又减少了应用程序的维护和修改。

使用数据库系统可以减轻数据库系统管理人员维护系统的负担。因为数据库管理系统在数据库建立、运行和维护时对数据库进行统一的管理和控制，包括数据的完整性、安全性、多用户并发控制、故障恢复等。

总之，使用数据库系统的优点是很多的，既便于数据的集中管理，控制数据冗余，提高数据的利用率和一致性，又有利于应用程序的开发和维护。

1.3 数据库模型

1.3.1 基本概念

由于计算机不能直接处理现实世界中的具体事物，因此，必须将那些具体的事物转换成计算机能够处理的数据。数据库中用数据模型来抽象、描述和处理现实世界中的数据。数据模型是数据库的核心概念，每个数据库中的数据都是按照某种特定的数据模型来组织的。

数据库模型是数据库中用来表示数据结构和数据联系的逻辑概述的集合，数据库模型可以分为两种类型：概念模型和结构模型。

数据库的概念模型是独立于计算机系统的模型，它强调的是数据库中描述的是什么，而不是如何描述它，概念模型通常用来描述某个特定组织所关心的信息结构。关于概念数据模型本书将在第8章中做详细的介绍。这里重点要讨论的是数据的结构模型，它直接面向数据库的逻辑结构，是现实世界的第二层抽象。

数据结构模型的好坏直接影响数据库的性能，因此，选择数据的结构模型是设计数据库的一项首要任务，现有的各种数据库管理系统软件都是基于某种结构模型的。数据库的结构模型包含数据结构、数据操作、数据完整性约束3个部分。

数据结构是所研究的对象类型的集合，常见的数据结构有层次结构、网状结构和关系结构等；数据操作是指对数据库各种对象的实例允许执行的操作的集合，它包括操作及有关的操作规则；数据完整性约束条件是数据完整性规则的集合，完整性规则是给定的数据模型中数据及其联系所具有的依存规则，用以限定符合数据模型的数据库状态及其状态的变化。

1.3.2 数据库结构模型

数据库结构模型的3个方面内容完整地描述了一个数据模型，其中的数据结构是描述模型性质的重要方面。因此，在数据库系统中，通常按照数据结构来命名数据模型，常用的数据结构模型有层次模型、网状模型和关系模型。

1. 层次模型

IBM 公司在 1968 年开发的层次数据库系统 IMS(Information Management System)是最典型的一种适合其主机的层次数据库。这是 IBM 公司首次研制成功的大型数据库系统软件产品。

层次模型采用树型结构表示数据之间的联系，树的节点称为记录，记录之间只有简单的层次关系。层次模型满足以下两个基本条件。

(1) 有且只有一个节点没有父节点，该节点称为根节点。

(2) 除根节点外，所有节点有且仅有一个父节点。

在层次模型中，每个节点表示一个记录类型，记录(类型)之间的联系用节点之间的连线(有向边)表示，这种联系是父子之间的一对多的联系，所以层次数据库系统只能处理一对多的实体联系。图 1.1 为一个层次模型示例，可以看出，它是一棵倒立的树。

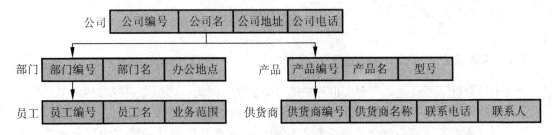

图 1.1 层次模型示例

在图 1.1 所示公司的层次模型中，有 5 种记录型，记录型"公司"是根节点，由"公司编号"、"公司名"、"公司地址"、"公司电话"4 个字段组成，"部门"和"产品"是它的两个子节点。记录型"部门"同时还是"员工"的父节点，它由"部门编号"、"部门名"、"办公地点"3 个字段组成。记录型"产品"是"供货商"的父节点，它包括"产品编号"、"产品名"、"型号"3 个字段。"员工"和"供货商"是两个叶节点，它们没有子节点。由"公司"到"部门"到"员工"和"公司"到"产品"到"供货商"均为一对多的联系。

图 1.2 是图 1.1 数据模型对应的一个值，该值是由 C01(上海电子产品销售公司)记录值及其后代记录值组成的一棵树。C01 有 4 个部门记录值，即 D01、D02、D03、D04，两个产品值，即 010001、020001；部门 D02 有 3 个员工，即 02001、02002、02003，部门 D03 有 3 个员工，即 03001、03002、03003，产品 020001 有两个供货商，即 P020101、P020102。

层次模型的一个基本特点是：任何一个给定的记录值只有按其路径查看时，才能显出它的全部意义，没有一个子记录值能够脱离其父记录值而独立存在。

层次模型的主要优点是：层次模型的数据结构比较简单清晰，因此其查询效率高，层次数据模型提供了良好的完整性支持。

层次模型的不足之处：虽然层次模型能够比较好地处理一对多的关系，但对于现实世界中普遍存在的多对多的关系的处理能力较差，在层次模型中，对于多对多的关系处理首先要将多对多的联系分解成一对多的联系才能进行处理，分解过程中容易产生数据的不一致性，并造成存储空间的浪费。在数据库中进行插入操作时，如果没有父节点的值，就不能插入子节点的值，在进行删除操作时，如果删除父节点的值，则子节点的值也同时被删除，在数据查询时，查询子节点的数据必须通过父节点。

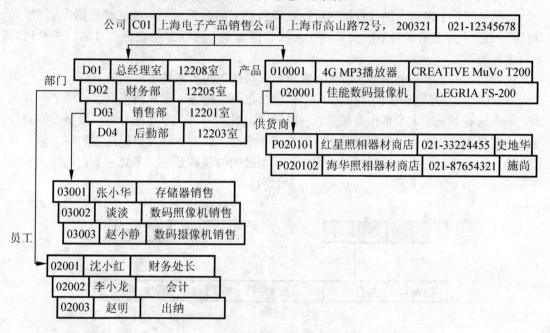

图1.2 示例中层次数据库的一个值

2. 网状模型

1961 年通用电气公司（General Electric Co.）的 Charles Bachman 成功地开发出世界上第一个网状数据库管理系统——集成数据存储（Integrated Data Store，IDS），奠定了网状数据库的基础，并在当时得到了广泛的发行和应用。IDS 具有数据模式和日志的特征，但它只能在 GE 主机上运行，并且数据库只有一个文件，数据库中所有的表必须通过手工编码来生成。之后，通用电气公司的一个客户——BF Goodrich Chemical 公司最终不得不重写了整个系统，并将重写后的系统命名为集成数据管理系统（Integrated Data Management System，IDMS）。

网状数据库模型对于层次和非层次结构的事物都能比较自然地模拟，在关系数据库出现之前，网状数据库管理系统要比层次型的数据库管理系统用得更为普遍。在数据库发展史上，网状数据库占有重要地位。

网状模型是层次模型的扩展，它满足以下条件。

（1）可以有任意多个节点没有父节点。

（2）一个节点允许有多个父节点。

（3）两个节点之间可以有两种或两种以上的联系。

网状数据模型是一种比层次模型更具普遍性的数据结构，它允许两个节点之间有多种联系。因此，网状模型可以更直接地去描述现实世界，而层次模型实际可以看作是网状模型的一个特例。

与层次模型一样，网状模型中每个节点表示一个记录类型(实体)，每个记录类型可以包含若干个字段(实体的属性)，节点间的连线表示记录类型(实体)之间一对多的父子联系。与层次模型不同的是，网状模型中每个子节点可以有多个父节点，即子节点和父节点的联系可以是不唯一的。

虽然从理论上来讲，网状数据库可以处理多对多的关系，但有些网状数据库模型(如DBTG 系统)不能表示多对多的关系，在网状数据库中，可以方便地将多对多的关系化为一对多的关系。

网状数据模型示例如图 1.3 所示。客户和销售员之间本来是多对多的关系，即一个客户可以从多个销售员手中购买商品，一个销售员也可以向多个客户销售商品，为了将其化为一对多的联系，引入发票作为相互之间的联结记录。每个客户可以有多个发票，即对应于客户记录中的一个值，发票记录中可以有多个值与之联系，而发票记录中的一个值，只能与客户记录中的一个值联系，因此客户和发票之间的联系是一对多的关系；同样销售员与发票也是一对多的关系。

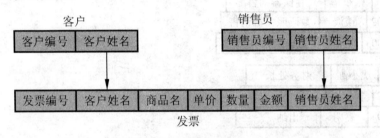

图 1.3　网状模型示例

网状模型的主要优点是：与层次模型相比，网状模型更易实现多对多的联系，网状模型的数据访问灵活性明显优于层次模型，存取效率较高。

网状模型的主要缺点是：结构较为复杂，不利于最终用户掌握。网状模型的数据定义、数据操作复杂，为了访问数据，数据库管理员、程序员和最终用户必须熟悉它的内部结构，并要将其嵌入某一种高级语言(如 COBOL、C)中，用户不易掌握，不易使用；网状数据模型提供的是导航式的数据访问环境，因此结构修改仍然很困难，尽管网状模型具有数据独立性，但它不具有结构独立性。

3. 关系模型

1970 年，IBM 的研究员 E. F. Codd 博士在刊物 *Communication of the ACM* 上发表了一篇名为 *A Relational Model of Data for Large Shared Data Banks* 的论文，提出了关系模型的概念，它对用户和设计者来说，都是一个重大的突破，确立了关系模型的理论基础。

关系模型用二维表格表示数据之间的联系，是目前最重要的数据模型，该模型应用最为广泛，大家熟悉的 Microsoft SQL Server、Microsoft Access、Microsoft FoxPro、Oracle 和Sybase 等都属于关系模型数据库管理系统。

关系模型建立在严格的数学概念的基础上，从用户角度来看，关系模型由一组关系组成，每个关系的数据结构是一张规范化的二维表，见表 1 - 1。

表 1 – 1　学生基本信息表

学号	姓名	性别	出生年月	所在院系
200701	王浙君	男	1990.3	管理学院
200702	李　铁	女	1989.9	软件工程学院
200601	郭海明	女	1990.5	财会金融学院
200602	章　风	女	1990.8	软件工程学院
200801	王　超	男	1989.1	管理学院

　　关系数据库模型的主要优点是：与网状模型和层次模型不同，关系模型数据库具有层次和网状数据库模型所不具备的数据结构的独立性，因为它使用的不是导航式的数据访问系统，它的数据访问路径与关系数据的设计者、程序员和最终用户无关，关系数据库结构的修改不会以任何方式影响数据库管理系统的数据访问，从而使设计数据库和管理它的内容变得很简单。另外，关系型数据库执行时，由于看不到硬件任务，它的存取路径对用户也是透明的，因此，它具有安全性高、操作简单等特点。

　　关系型数据库的主要不足在于：关系型数据库管理系统隐藏了大部分的系统复杂性，同样也造成了巨大的实际硬件和软件开销的需求，关系型数据库对硬件的要求比较高，从某种意义上来说，关系模型易于使用的优点也会变成它的负担，因为它操作简单，不需要经过多少培训的用户也可以生成便捷的报表和查询。随着数据库规模的增长，缺乏设计的数据会使系统速度变慢，并且产生一些在文件系统里出现的数据异常现象。

　　由于关系型数据库的不足和它的实际优点相比显得有点微不足道，所以关系型数据库在数据库领域中依然占据着霸主地位。

1.4　本章小结

　　数据（Data）就是对客观事实的记录，它是可以鉴别的符号，这种符号可以是数字、文字、图形、图像、声音等多种表现方式。数据和其语义是不可分的，即数据是要有语义的。数据与信息不同，数据指的是用符号记录下来的可区别的一种事物的特征或事实，信息是反映现实世界的知识，信息以数据的形式表示，即数据是信息的载体；信息是抽象的，不随数据设备所决定的数据形式而改变，信息是经过加工并对客观世界产生影响的数据。

　　数据库（Database）是长期存储在计算机内的、有组织的、可共享的数据集合。数据库管理系统（Database Management System，DBMS）是位于用户与操作系统之间的数据管理软件，为用户或应用程序提供访问数据库的方法，可以让用户很方便地对数据库进行维护、排序、检索和统计等操作。数据库系统（Database System，DBS）是实现有组织地、动态地存储大量关联数据，方便多用户访问的计算机软件、硬件和数据资源组成的系统，即采用了数据库技术的计算机系统。从狭义上来讲，数据库系统主要是指数据库、数据库管理系统和用户。从广义上来讲，它不仅包括数据库、数据库管理系统和用户，还包括计算机硬件、操作系统和维护人员。其中，数据库管理系统是数据库系统的核心和主体，它保证了数据库的独立性和共享性。

数据库模型是数据库中用来表示数据结构和数据联系的逻辑概述的集合，数据库模型可以分为两种类型：概念模型和结构模型。数据库的概念模型是独立于计算机系统的模型，它强调的是数据库中描述的是什么，而不是如何描述它，概念模型通常用来描述某个特定组织所关心的信息结构。数据的结构模型，是直接面向数据库的逻辑结构，是现实世界的第二层抽象。数据结构模型的好坏直接影响数据库的性能，因此，选择数据的结构模型是设计数据库的一项首要任务，现有的各种数据库管理系统软件都是基于某种结构模型的。在数据库系统中，通常按照数据结构来命名数据库模型，常用的数据库结构模型有层次模型、网状模型和关系模型。层次模型采用树型结构表示数据之间的联系，树的节点称为记录，记录之间只有简单的层次关系，层次模型须满足的基本条件是：有且只有一个节点没有父节点，该节点称为根节点，除根节点外，所有节点有且仅有一个父节点。网状模型是层次模型的扩展，它对于层次和非层次结构的事物都能比较自然地模拟，网状模型中的数据结构须满足的条件是：可以有任意多个节点没有父节点，一个节点允许有多个父节点，两个节点之间可以有两种或两种以上的联系。关系模型用二维表格表示数据之间的联系，是目前最重要的数据库模型，该模型应用最为广泛，大家熟悉的 Microsoft SQL Server、Microsoft Access、Microsoft FoxPro、Oracle 和 Sybase 等都属于关系模型数据库管理系统。

习 题 1

一、思考题

1. 什么是数据库？数据库的基本特点是什么？

2. 从软件的角度来看，数据库系统的核心是什么？数据库系统和文件系统的主要区别是什么？

3. 什么是数据库管理系统？常用的数据库管理系统有哪些？

4. 什么是数据库的结构模型？它通常有哪几种类型？各有什么优缺点？

二、辨析题

1. 数据库避免了一切数据的重复。

2. 数据库系统是存储在计算机内结构化数据的集合。

3. 在数据库中存储的是数据及数据之间的联系。

4. 数据库(DB)、数据库系统(DBS)、数据库管理系统(DBMS)三者之间的关系是数据库管理系统包括数据库系统，数据库系统包括数据库。

5. 数据的物理独立性是指用户程序与数据库管理系统的相互独立性。

6. 数据库的网状模型应满足的条件是：有且只有一个节点无父节点，其余节点都只有一个父节点。

7. 数据库管理系统管理的是结构化的数据。

第 2 章

关系数据库理论

教学目标

1. 理解关系数据理论的相关概念。

2. 理解关系模型的基本概念，掌握关系数学定义中的域、笛卡儿积、元组、关系、候选码、主码、关系模式，掌握关系的完整性(实体完整性、参照完整性、用户定义的完整性)的含义。

3. 熟练掌握关系代数中的并、差、交、广义笛卡儿积等传统的集合运算；选择、投影、连接、除等专门的关系运算，掌握元组关系演算和域关系演算。

4. 理解关系模式设计中可能出现的问题、问题产生的根源、解决的途径。

5. 掌握基本范式的概念、函数依赖、码和外码、主属性、非主属性、部分函数依赖、完全函数依赖和传递函数依赖的概念。

关系型数据库是目前最常用的数据库，所谓关系型数据库，通常指的就是采用了关系模型的数据库管理系统，从第 1 章中知道，关系模型是建立在严格的数学概念的基础上的，因此，在学习关系型数据库之前大家需要了解：

- 关系的数学定义是什么？
- 什么是关系代数？在关系代数中如何进行关系运算？
- 什么是关系演算？如何进行关系演算？

弄清楚这些问题，可以更好地理解有关关系数据库系统具体实现的理论依据。

2.1 关系的数学定义

关系模型是建立在集合代数的基础上的，这里从集合论角度来讨论关系数据结构的形式化定义。

2.1.1 基本概念

1. 域(Domain)

定义 2.1 域是一组具有相同数据类型的值的集合。例如，整数集合、自然数集合和小写字母集合等，记为 D。

2. 笛卡儿积(Cartesian Product)

定义 2.2 给定一组域 D_1，D_2，$\cdots$，D_n，这些域中可以有相同的。D_1，D_2，$\cdots$，D_n 的笛卡儿积为：

$$D_1 \times D_2 \times \cdots \times D_n = \{(d_1, d_2, \cdots, d_n) \mid d_i \in D_i, i = 1, 2, \cdots, n\}$$

其中，每一个元素 $(d_1, d_2, \cdots, d_n)$ 叫做一个 n 元组(n-tuple)，或简称为元组(Tuple)。元素中的每一个值 d_i 叫做一个分量(Component)。

笛卡儿积可表示为一个二维表。表中的每行对应一个元组，表中的每列对应一个域。

【例 2-1】 设给出两个域：姓名集 $D_1 = \{$谭丁，王静，张默$\}$ 和性别集 $D_2 = \{$男，女$\}$。则 $D_1 \times D_2 = \{$(谭丁，男)，(谭丁，女)，(王静，男)，(王静，女)，(张默，男)，(张默，女)$\}$。笛卡儿积产生的这 6 个元组可构成一张二维表，如图 2.1 所示，表中部分元组称为其子集。从图中可看出，笛卡儿积会包含一些无意义的元组。

$D_1 \times D_2$

D_1	D_2
谭丁	男
谭丁	女
王静	男
王静	女
张默	男
张默	女

图 2.1 D_1 与 D_2 的笛卡儿积

3. 关系(Relation)

定义 2.3 $D_1 \times D_2 \times \cdots \times D_n$ 的子集叫做在域 D_1，D_2，$\cdots$，D_n 上的关系，用 $R(D_1$，

D_2，$\cdots$，D_n)表示。这里 R 表示关系的名字，n 是关系的目或度(Degree)。关系中的每个元素是关系中的元组，通常用 t 表示。

若 $D_i(i=1$，2，$\cdots$，$n)$ 为有限集，其基数(Cardinal Number)为 $m_i(i=1$，2，$\cdots$，$n)$，则 $D_1 \times D_2 \times \cdots \times D_n$ 的基数为：$m = \prod\limits_{i=1}^{n} m_i$。

【例2-2】　设 D_1 为教师集合 $T = \{t_1$，$t_2\}$，D_2 为学生集合 $S = \{s_1$，s_2，$s_3\}$，D_3 为课程集合 $C = \{c_1$，$c_2\}$，则 $D_1 \times D_2 \times D_3$ 是一个三元关系，该关系的元组个数即基数为：$2 \times 3 \times 2 = 12$，是教师、学生、课程集合中元素构成的所有元组的集合。

关系是笛卡儿积的有限子集，所以关系也是一个二维表，表中行被称为元组或记录(Record)，列称为属性(Attribute)或字段(Field)，表的第一行是字段名的集合，被称为关系框架(或表结构)，列中的元素为该字段(属性)的值，且值总限定在某个值域(domain)内。n 目关系必有 n 个属性。

由上可知，关系是元组的集合。关系的基本数据结构是二维表。每一张表称为一个具体的关系或简称为关系。二维表的表头也称为关系的型，二维表中的值(元组)也称为关系的值，如图2.2所示。

若关系中的某一属性组的值能唯一地标识一个元组，则称该属性组为候选码(Candidate Key)。例如图2.2中的学号可唯一地标识每一个学生元组，故为候选码。若增加一个学生借书证号属性，因借书证号也可唯一地标识每一个学生元组，故它也为候选码。可知候选码可能有多个。

若一个关系有多个候选码，则选定其中一个为主码(Primary Key)。例如图2.2中的学号为候选码，可作为学生关系的主码。

主码的诸属性称为主属性(Prime Attribute)。不包含在任何候选码中的属性称为非主属性(Non-key attribute)。

在最简单的情况下，候选码只包含一个属性。在最极端的情况下，关系模式的所有属性组是这个关系模式的候选码，称为全码(All-key)。例如，购买关系(顾客、商品、售货员)，由于三者均为多对多的关系，任何一个或两个属性的值不能决定整个元组，故选顾客、商品、售货员三者组合为候选码，也作为主码，称为全码。

4. 关系的性质

关系应具备以下 6 个性质。

(1) 列的同质性。即每一列中的分量是同一类型的数据，来自同一个域。

(2) 列名唯一性。不同的列可出自同一个域，称其中的每一列为一个属性，不同的属性要给予不同的属性名。

(3) 列序无关性。即列的顺序无所谓，可以任意交换。

(4) 元组相异性。即任意两个元组不能完全相同。但在大多数实际关系数据库产品中，例如 Oracle、FoxPro 等，如果用户没有定义有关的约束条件，它们都允许关系表中存在两个完全相同的元组。

(5) 行序无关性。即行的顺序无所谓，可以任意交换。

(6) 分量原子性。即分量值是原子的，每一个分量都必须是不可分的数据项。

说明： 关系模型要求关系必须是规范化的，即要求关系模式必须满足一定的规范条件。这些规范条件中最基本的一条就是，关系的每一个分量必须是一个不可分的数据项，即不允许表中出现表达式、不允许表中还有表，见表2-1。规范化的关系简称为范式（Normal Form）。

关系可以有3种类型：基本关系（通常又称为基本表或基表）、查询表和视图表。

（1）基本表是实际存在的表，它是实际存储数据的逻辑表示。

（2）查询表是查询结果对应的表。

（3）视图表是由基本表或其他视图表导出的表，是虚表，不对应实际存储的数据。

2.1.2 关系模式与关系数据库

关系模式是关系结构的描述和定义，即二维表的表结构的定义。在数据库中要区分型和值。关系数据库中，关系模式是型，关系是值。关系实质上是一张二维表，表的每一行为一个元组，每一列为一个属性。因此，关系模式必须指出这个元组集合的结构，即它由哪些属性构成，这些属性来自哪些域，以及属性与域之间的映像关系。一个关系模式应当是一个五元组。

定义 2.4 关系的描述称为关系模式（Relation Schema）。它可以形式化地表示为：

$$R(U, D, DOM, F)$$

其中 R 为关系名，U 为组成该关系的属性名集合，D 为属性组 U 中属性所来自的域，DOM 为属性向域的映像集合，F 为属性间数据的依赖关系集合。

举例：如图2.2中的关系模式为：$R(U, D, DOM, F)$。

R 为学生。

U 为｛学号，姓名，年龄，性别，籍贯｝。

D 为学号来自于正整数域，姓名来自于姓氏及名字的集合，年龄的域是（15~40），性别的域是（男、女），籍贯的域是所有地名的集合。

DOM 为｛学号：（sno int 6），年龄：（age int 2[15~40]），性别：（sex char 2[男、女]），姓名：（name char 20），籍贯：（place char 40）｝。

F 为｛学号为主码，决定其他各属性，如学号→姓名等｝。

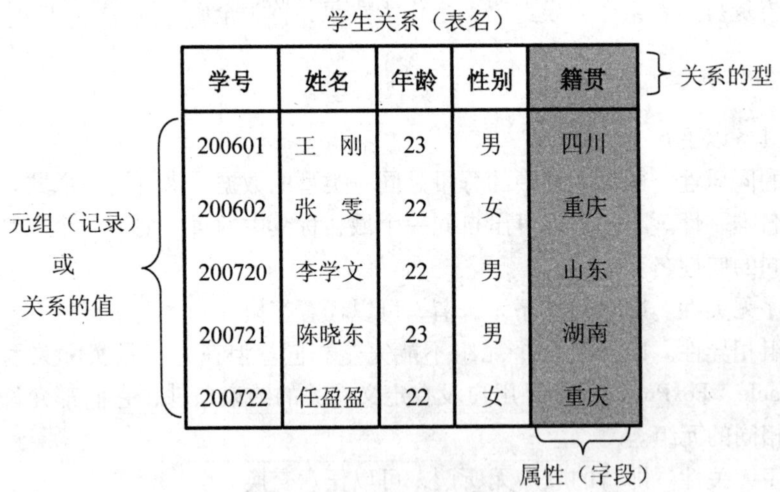

学生关系（表名）

学号	姓名	年龄	性别	籍贯
200601	王 刚	23	男	四川
200602	张 雯	22	女	重庆
200720	李学文	22	男	山东
200721	陈晓东	23	男	湖南
200722	任盈盈	22	女	重庆

关系的型

元组（记录）或关系的值

属性（字段）

图2.2 关系、元组、属性

表 2 - 1 不符合关系模型规范的表

姓名	学号	课程		总成绩
		语文	数学	
肖 惠	20080202	89	65	154
张佳茗	20080209	88	89	88 + 89

关系模式通常可以简记为关系的属性名表：

$R(U) = R(A_1, A_2, \cdots, A_n)$，其中 U 代表属性的全集，A_1，A_2，$\cdots$，A_n 为属性名。

例如学生关系的关系模式可简记为：学生(学号，姓名，年龄，性别，籍贯)。

关系数据库是对应于一个关系模型的某个应用领域所有关系的集合。关系数据库也有型和值之分。关系数据库的型也称为关系数据库模式(它遵循定义 2.4)，是对关系数据库的描述，是关系模式的集合。关系数据库的值也称为关系数据库，是关系的集合。关系数据库模式与关系数据库通常统称为关系数据库。

例如，教师、学生、课程、授课和学习这些关系以及关系间的联系就组成一个教学管理数据库。

2.2 关系代数

关系代数是一种抽象的查询语言，用对关系的运算来表达查询，作为研究关系数据语言的数学工具。

关系代数的运算对象是关系，运算结果亦为关系。关系代数用到的运算符包括 4 类：集合运算符、专门的关系运算符、比较运算符和逻辑运算符，见表 2 - 2。

集合运算将关系看成元组的运算，其运算是从关系的"水平"方向即行的角度来进行；关系运算不仅涉及行而且涉及列；比较运算符和逻辑运算符是用来辅助关系运算符进行操作的。

表 2 - 2 关系代数运算符及含义

运算符		含义
集合运算符	∪	并
	−	差
	∩	交
	×	广义笛卡儿积
专门的关系运算符	σ	选择
	Π	投影
	⋈	连接
	÷	除

运算符		含义
比较运算符	>	大于
	≥	大于等于
	<	小于
	≤	小于等于
	=	等于
	≠	不等于
逻辑运算符	¬	非
	∧	与
	∨	或

2.2.1 集合运算

传统的集合运算是二目运算，包括并、交、差、广义笛卡儿积 4 种运算。

设关系 R 和关系 S 具有相同的目 n(即两个关系都有 n 个属性)，且相对应的属性取自同一个域，t 是元组变量，$t \in R$ 表示 t 是 R 的一个元组。则定义如下。

1. 并(Union)

关系 R 与关系 S 的并由属于 R 或属于 S 的元组组成，其结果关系仍为 n 目关系。记作：

$$R \cup S = \{t \mid t \in R \lor t \in S\}$$

2. 差(Difference)

关系 R 与关系 S 的差由属于 R 而不属于 S 的所有元组组成，其结果关系仍为 n 目关系。记作：

$$R - S = \{t \mid t \in R \land t \not\subseteq S\}$$

3. 交(Intersection)

关系 R 与关系 S 的交由既属于 R 又属于 S 的元组组成，其结果关系仍为 n 目关系。记作：

$$R \cap S = \{t \mid t \in R \land t \in S\} \text{ 或}: R \cap S = R - (R - S)$$

4. 广义笛卡儿积(Extended Cartesian Product)

两个分别为 n 目和 m 目的关系 R 和 S 的广义笛卡儿积是一个 $(n + m)$ 列的元组的集合。元组的前 n 列是关系 R 的一个元组，后 m 列是关系 S 的一个元组。若 R 有 k_1 个元组，S 有 k_2 个元组，则关系 R 和关系 S 的广义笛卡儿积有 $k_1 \times k_2$ 个元组。记作：

$$R \times S = \{\widehat{t_r t_s} \mid t_r \in R \land t_s \in S\}$$

【例 2-3】 假定有如图 2.3(a)所示的关系 R 和图 2.3(b)所示的关系 S，求：$R \cup S$，$R \cap S$，$R - S$，$R \times S$。其集合运算的结果分别如图 2.3(c) ~ 图 2.3(f)所示。

R		
A	B	C
a	b	c
a	d	e
f	d	c

(a)

S		
A	B	C
a	d	e
a	g	e
f	d	c

(b)

R∪S		
A	B	C
a	b	c
a	d	e
f	d	c
a	g	e

(c)

R∩S		
A	B	C
a	d	e
f	d	c

(d)

R−S		
A	B	C
a	b	c

(e)

R×S					
R.A	R.B	R.C	S.A	S.B	S.C
a	b	c	a	d	e
a	b	c	a	g	e
a	b	c	f	d	c
a	d	e	a	d	e
a	d	e	a	g	e
a	d	e	f	d	c
f	d	c	a	d	e
f	d	c	a	g	e
f	d	c	f	d	c

(f)

图2.3　传统集合运算

2.2.2　专门的关系运算

专门的关系运算包括选择、投影、连接、除等。为了叙述上的方便，先引入几个记号。

（1）设关系模式为 $R(A_1, A_2, \cdots, A_n)$。它的一个关系设为 R。$t \in R$ 表示 t 是 R 的一个元组。$t[A_i]$ 则表示元组 t 中相应于属性 A_i 的一个分量。

（2）若 $A = \{A_{i1}, A_{i2}, \cdots, A_{ik}\}$，其中 $A_{i1}, A_{i2}, \cdots, A_{ik}$ 是 $A_1, A_2, \cdots, A_n$ 中的一部分，则 A 称为属性列或域列。$\bar{A}$ 则表示 $\{A_1, A_2, \cdots, A_n\}$ 中去掉 $\{A_{i1}, A_{i2}, \cdots, A_{ik}\}$ 后剩余的属性组。$t[A] = (t[A_{i1}], t[A_{i2}], \cdots, t[A_{ik}])$ 表示元组 t 在属性列 A 上诸分量的集合。

（3）R 为 n 目关系，S 为 m 目关系。$\widehat{t_r t_s}$ 称为元组的连接（Concatenation）。它是一个 $(n+m)$ 列的元组，前 n 个分量为 R 中的一个 n 元组，后 m 个分量为 S 中的一个 m 元组。

（4）给定一个关系 $R(X, Z)$，X 和 Z 为属性组。当 $t[X] = x$ 时，x 在 R 中的象集（Images Set）为：

$$Z_x = \{t[Z] \mid t \in R, t[X] = x\}$$

它表示 R 中属性组 X 上值为 x 的诸元组在 Z 上分量的集合。

1. 选择(Selection)

选择又称为限制(Restriction)。它是在关系 R 中选择满足给定条件的诸元组,记作:
$$\sigma_F(R) = \{t \mid t \in R \wedge F(t) = '真'\}$$
其中 F 表示选择条件,它是一个逻辑表达式,取逻辑值"真"或"假"。

逻辑表达式 F 的基本形式为:
$$X_1 \theta Y_1$$

θ 表示比较运算符,它可以是 >、$\geq$、<、$\leq$、= 或 $\neq$。X_1、Y_1 等是属性名或常量或简单函数。属性名也可以用它的序号来代替。在基本选择条件上可增加逻辑运算符,¬(非)、$\wedge$(与)、$\vee$(或)运算。

因此,选择运算实际上是从关系 R 中选取使逻辑表达式 F 为真的元组。这是从行的角度进行的运算。

【例 2-4】 已知关系 T,如图 2.4(a)所示,求选择运算 $\sigma_{A_2 > 5 \vee A_3 \neq 'f'}(T)$ 的结果。

该题要求在关系 T 中选择满足条件 $A_2 > 5$ 或者 $A_3 \neq 'f'$ 的元组,则其运算结果如图 2.4(b)所示。

关系T			$\sigma_{A_2>5 \vee A_3 \neq 'f'}(T)$			$\Pi_{A_1,A_3}(T)$		$\Pi_{A_3}(T)$
A_1	A_2	A_3	A_1	A_2	A_3	A_1	A_3	A_3
a	3	f	b	2	d	a	f	f
b	2	d	c	2	d	b	d	d
c	2	d	e	6	f	c	d	(d)
e	6	f	g	6	f	e	f	
g	6	f	(b)			g	f	
(a)						(c)		

图2.4 选择投影运算

2. 投影(Projection)

关系 R 上的投影是从 R 中选择出若干属性列组成新的关系。记作:
$$\Pi A(R) = \{t[A] \mid t \in R\}$$
其中 A 为 R 中的属性列。

【例 2-5】 求图 2.4(a)中关系 T 的投影:$\Pi_{A_1,A_3}(T)$ 或 $\Pi_{1,3}(T)$。

该题要求在已有的关系 T 中取出 A_1 和 A_3 属性列,其运算结果如图 2.4(c)所示。

投影之后不仅取消了原关系中的某些列,而且还可能取消某些元组,因为取消了某些属性列后,就可能出现重复行,应取消这些完全相同的行。

【例 2-6】 求图 2.4(a)中关系 T 的投影:$\Pi_{A_3}(T)$ 或 $\Pi_3(T)$,结果如图 2.4(d)所示。

3. 连接(Join)

连接也称为 θ 连接。它是从两个关系的笛卡儿积中选取属性间满足一定条件的元组。

记作：

$$R \underset{A\theta B}{\bowtie} S = \{\widehat{t_r t_s} \mid t_r \in R \wedge t_s \in S \wedge t_r[A]\theta t_s[B]\}$$

其中 A 和 B 分别为 R 和 S 上度数相等且可比的属性组，θ 是比较运算符。连接运算从 R 和 S 的笛卡儿积 $R \times S$ 中选取 R 关系在 A 属性组上的值与 S 关系在 B 属性组上值满足比较关系 θ 的元组。

连接运算中有两种最为重要也最为常用的连接，一种是等值连接（equijoin），另一种是自然连接（Natural Join）。

θ 为 "＝" 的连接运算称为等值连接。它是从关系 R 与 S 的笛卡儿积中选取 A、B 属性值相等的那些元组。即等值连接为：

$$R \underset{A\theta B}{\bowtie} S = \{\widehat{t_r t_s} \mid t_r \in R \wedge t_s \in S \wedge t_r[A] = t_s[B]\}$$

自然连接（Natural Join）是一种特殊的等值连接，它要求两个关系中进行比较的分量必须是相同的属性组，并且要在结果中把重复的属性去掉。即若 R 和 S 具有相同的属性组 B，则自然连接可记作：

$$R \bowtie S = \{\widehat{t_r t_s} \mid t_r \in R \wedge t_s \in S \wedge t_r[B] = t_s[B]\}$$

一般的连接操作是从行的角度进行运算的。但自然连接还需要取消重复列，所以是同时从行和列的角度进行运算的。

设有关系 R 和 S，它们的公共属性组成的集合为 Y，则对 R 和 S 进行自然连接时，在 R 中的某些元组可能在 S 中没有与 Y 上值相等的元组，同样，对 S 也是如此，那么 $R \bowtie S$ 时，这些元组都将被舍弃。若不舍弃这些元组，并且在这些元组新增加的属性上赋空值 NULL，这种操作就成为外连接；若只保存 R 中原要舍弃的元组，则称为 R 和 S 的左外连接；若只保存 S 中原要舍弃的元组，则称为 R 和 S 的右外连接。

【例 2-7】 如图 2.5(c)～图 2.5(f)列出了图 2.5(a)和图 2.5(b)给出的关系 R 和 S 的自然连接、外连接、左外连接和右外连接运算的结果。

R		
W	X	Y
a	b	c
b	b	f
c	a	d
(a)		

S		
X	Y	Z
b	c	d
a	d	b
e	f	g
(b)		

$R \bowtie S$			
W	X	Y	Z
a	b	c	d
c	a	d	b
(c)			

R 与 S 的外连接			
W	X	Y	Z
a	b	c	d
c	a	d	b
b	b	f	NULL
NULL	e	f	g
(d)			

R 与 S 的左外连接			
W	X	Y	Z
a	b	c	d
c	a	d	b
b	b	f	NULL
(e)			

R 与 S 的右外连接			
W	X	Y	Z
a	b	c	d
c	a	d	b
NULL	e	f	g
(f)			

图 2.5　连接运算举例

4. 除(Division)

给定关系 $R(X, Y)$ 和 $S(Y, Z)$，其中 X, Y, Z 为属性组。R 中的 Y 与 S 中的 Y 可以有不同的属性名，但必须出自相同的域集。R 与 S 的除运算得到一个新的关系 $P(X)$，P 是 R 中满足下列条件的元组在 X 属性列上的投影：元组在 X 上分量值 x 的象集 Y_x 包含 S 在 Y 上投影的集合。记作：

$$R \div S = \{t_r[X] \mid t_r \in R \wedge \Pi_Y(S) \subseteq Y_x\}$$

其中 Y_x 为 x 在 R 中的象集，$x = t_r[X]$。

除操作是同时从行和列角度进行运算的。

【例 2-8】 设关系 R, S 分别为图 2.6(a)和图 2.6(b)，求 $R \div S$ 的运算结果。

在关系 R 中，A 可以取 4 个值 $\{a1, a2, a3, a4\}$。其中：

$a1$ 的象集为 $\{(b1, c2), (b2, c3), (b2, c1)\}$

$a2$ 的象集为 $\{(b3, c7), (b2, c3)\}$

$a3$ 的象集为 $\{(b4, c6)\}$

$a4$ 的象集为 $\{(b6, c6)\}$

S 在 (B, C) 上的投影为 $\{(b1, c2), (b2, c3), (b2, c1)\}$

显然只有 $a1$ 的象集 $(B, C)_{a1}$ 包含 S 在 (B, C) 属性组上的投影，所以 $R \div S = \{a1\}$。其运算结果如图 2.6(c)所示。

R				S				$R \div S$
A	B	C		B	C	D		A
$a1$	$b1$	$c2$		$b1$	$c2$	$d1$		$a1$
$a2$	$b3$	$c7$		$b2$	$c1$	$d1$		(c)
$a3$	$b4$	$c6$		$b2$	$c3$	$d2$		
$a1$	$b2$	$c3$		(b)				
$a4$	$b6$	$c6$						
$a2$	$b2$	$c3$						
$a1$	$b2$	$c1$						
(a)								

图 2.6 除运算举例

2.2.3 应用实例

设学生—选课关系数据库有下列关系表(见表 2-3～表 2-5)，根据下列各题中的要求写出它们的关系代数运算表达式。

表 2-3 学生表 Student

sno(学号)	sname(姓名)	ssex(性别)	sage(年龄)	sdept(所在院系)
200701	王浙君	男	18	CS
200702	李 铁	女	20	IS

续表

sno(学号)	sname(姓名)	ssex(性别)	sage(年龄)	sdept(所在院系)
200601	郭海明	女	18	MA
200602	章 风	女	21	IS
200801	王 超	男	19	CS

表2-4 课程表 Course

cno(课程号)	cname(课程名)	credit(学分)	cpno(先修学号)
01	高等教学	6	
02	英 语	4	
03	C 语言	4	01
04	数据结构	4	03
05	数据库	3	04

表2-5 学生选课表 SC

sno(学号)	cno(课程号)	grade(成绩)
200701	01	90
200701	02	87
200701	03	72
200601	01	85
200601	02	62
200801	03	92
200801	05	88

注意: 上述关系中,除学号、年龄、学分、成绩属性的值为整数型外,其余均为字符串型。

【例2-9】 求年龄在 22 岁以下的女学生。

$$\sigma_{ssex = '女' \wedge sage < 22}(Student)$$

【例2-10】 求成绩在 90 分以上的学生的学号和姓名。

$$\Pi_{sno, sname}(\sigma_{grade >= 90}(Student \bowtie SC))$$

【例2-11】 查询至少选修了一门其直接先修课为 01 号课程的学生名。

$$\Pi_{sname}(\sigma_{cpno = '01'}(Course \bowtie SC \bowtie Student))$$

【例2-12】 求选修数据库课程的学生的姓名和成绩。

$$\Pi_{sname, grade}(\Pi_{cno}(\sigma_{cname = '数据库'}(Course)) \bowtie SC \bowtie \Pi_{sno, sname}(Student))$$

上式也可用 $\Pi_{sname, grade}(\sigma_{cname = '数据库'}(Course \bowtie SC \bowtie Student))$ 表示,说明关系运算的表达式不是唯一的。

【例2-13】 查没选 01 号课程的学生的姓名和年龄。

$$\Pi_{sname, s\,age}(Student) - \Pi_{sname, s\,age}(\sigma_{cno='01'}(Student \bowtie SC))$$

那么能否用 $\Pi_{sname, s\,age}(\sigma_{cno \neq '05'}(Student \bowtie SC))$ 呢?

【例 2 – 14】 求选修全部课程的学生的姓名和学号。

$$\Pi_{sno, cno}(SC) \div \Pi_{cno}(Course) \bowtie \Pi_{sno, sname}(Student)$$

【例 2 – 15】 查所选课程包含了学号 200601 所选全部课程的学生学号和姓名。

$$\Pi_{sno, sname}(Student) \bowtie (\Pi_{sno, cno}(SC) \div \Pi_{cno}(\sigma_{sno=200601}(SC)))$$

本节介绍了 8 种关系代数运算,其中并、差、笛卡儿积、投影和选择 5 种运算为基本的关系运算。其他 3 种运算,即交、连接和除,均可以用这 5 种基本运算来表达。

2.3 关系演算

关系演算有两种演算:元组关系演算和域关系演算,它们是数据库的关系模型的一部分,提供了指定数据库查询的声明性方式。

关系代数和关系演算是逻辑等价的:对于任何代数表达式,都有一个等价的演算表达式,反之亦然。

2.3.1 元组关系演算

元组关系演算以元组变量作为谓词变元的基本对象。一种典型的元组关系演算语言是 E. F. Codd 提出 ALPHA 语言,这一语言虽然没有实际实现,但关系数据库管理系统 IN-GRES 所用的 QUEL 语言是参照 ALPHA 语言研制的,与 ALPHA 十分类似。

ALPHA 语言主要有 GET、PUT、HOLD、UPDATE、DELETE、DROP 这 6 条语句,语句的基本格式如下。

操作语句 工作空间名(表达式): 操作条件

其中表达式用于指定语句的操作对象,它可以是关系名或属性名,一条语句可以同时操作多个关系或多个属性。操作条件是一个逻辑表达式,用于将操作对象限定在满足条件的元组中,操作条件可以为空。除此之外,还可以在基本格式的基础上加上排序要求、定额要求等。

下面各操作的例子仍以表 2 – 3 ~ 表 2 – 5 为基本关系表。

1. 检索操作

检索操作用 GET 语句实现。

1) 简单检索(即不带条件的检索)

【例 2 – 16】 查询所有被选修课程的课程号码。

    GET W(SC. cno)

这里条件为空,表示没有限定条件。W 为工作空间名。

【例 2 – 17】 查询所有学生的数据。

    GET W(Student)

2) 限定的检索(即带条件的检索)

【例 2 – 18】 查询信息系(IS)中年龄小于 20 岁的学生的学号和年龄。

GET W(Student. sno，Student. sage)：Student. sdept = 'IS' ∧ Student. sage < 20

3）带排序的检索

【例 2 – 19】　查询计算机科学系(CS)学生的学号、年龄，并按年龄降序排序。

GET W(Student. sno，Student. sage)：Student. sdept = 'CS' DOWN Student. sage

DOWN 表示降序排序。

4）带定额的检索

【例 2 – 20】　取出一个信息系学生的学号。

GET W(1)(Student. sno)：Student. sdept = 'IS'

所谓带定额的检索是指指定检索出元组的个数,方法是在 W 后括号中加上定额数量。排序和定额可以一起使用。

【例 2 – 21】　查询信息系年龄最大的 3 个学生的学号及其年龄。

GET W(3)(Student. sno，Student. sage)：Student. sdept = 'IS' DOWN Student. sage

5）用元组变量的检索

因为元组变量是在某一关系范围内变化的，所以元组变量又称为范围变量(Range Variable)。元组变量主要有两方面的用途。

(1) 简化关系名。在处理实际问题时，如果关系的名字很长，使用起来就会感到不方便，这时可以设一个较短名字的元组变量来简化关系名。

(2) 操作条件中使用量词时必须用元组变量。

元组变量是动态的概念，一个关系可以设多个元组变量。

【例 2 – 22】　查询信息系学生的名字。

RANGE Student X

GET W(X. sname)：X. sdept = 'IS'

ALPHA 语言用 RANGE 来说明元组变量。本例中 X 是关系 Student 上的元组变量，用途是简化关系名，即用 X 代表 Student。

6）用存在量词的检索

【例 2 – 23】　查询选修 02 号课程的学生名字。

RANGE SC X

GET W(Student. sname)：∃X(X. sno = Student. sno ∧ X. cno = '02')

【例 2 – 24】　查询选修了这样课程的学生学号，其直接先行课是 03 号课程。

RANGE Course CX

GET W(SC. sno)：∃CX(CX. cno = SC. cno ∧ CX. cpno = '03')

【例 2 – 25】　查询至少选修一门其先行课为 03 号课程的学生名字。

RANGE Course CX

SC SCX

GET W(Student. sname)：∃SCX(sCX. sno = student. sno ∧ ∃CX(CX. cno = SC. cno ∧ CX. cpno = '03'))

本例中的元组关系演算公式可以变换为前束范式(Prenex Normal Form)的形式。

GET W(Student. sname)：∃ SCX ∃ CX(SCX. sno = Student. sno ∧ CX. cno = SCX. cno ∧ CX. cpno = '03')

【例 2 – 23】、【例 2 – 24】、【例 2 – 25】中的元组变量都是为存在量词而设的。其中例 2 – 25 需要对两个关系作用存在量词，所以设了两个元组变量。

7）带有多个关系的表达式的检索

上面所举的各个例子中，虽然查询时可能会涉及多个关系，即公式中可能涉及多个关系，但查询结果都只在一个关系中，即表达式中只有一个关系。实际上表达式中是可以有多个关系的。

【例 2 – 26】 查询成绩为 90 分以上的学生名字与课程名字。

本查询所要求的结果学生名字和课程名字分别在 Student 和 Course 两个关系中。

RANGE SC SCX

GET W(Student. sname，Course. cname)：∃SCX(SCX. grade≥90 ∧ SCX. sno = Student. sno ∧ Course. cno = SCX. cno)

8）用全称量词的检索

【例 2 – 27】 查询不选 01 号课程的学生名字。

RANGE SC SCX

GET W(Student. sname)：∃SCX(SCX. sno ≠ Student. sno ∨ SCX. cno ≠ '01')

本例实际上也可以用存在量词来表示。

RANGE SC SCX

GET W(Student. sname)：¬∃SCX(SCX. sno = Student. sno ∧ SCX. cno = '01')

9）用两种量词的检索

【例 2 – 28】 查询选修了全部课程的学生姓名。

RANGE Course CX

SC SCX

GET W(Student. sname)：∀CX∃SCX(SCX. sno = Student. sno ∧ SCX. cno = CX. cno)

10）聚集函数

用户在使用查询语言时，经常要做一些简单的计算，例如要求符合某一查询条件的元组数，求某个关系中所有元组在某属性上的值的总和或平均值等。为了方便用户，关系数据语言中建立了有关这类运算的标准函数库供用户选用。这类函数通常称为聚集函数(Aggregation Function)或内部函数(Build – in Function)。关系演算中提供了 COUNT、TOTAL、MAX、MIN、AVG 等聚集函数，其含义见表 2 – 6。

表 2 – 6 关系演算中的聚集函数

函数名	功能
COUNT	对元组计数
TOTAL	求总和
MAX	求最大值
MIN	求最小值
AVG	求平均值

【例 2 – 29】 查询学生所在系的数目。

GET W(COUNT(Student. sdept))

COUNT 函数在计数时会自动排除重复的 sdept 值。

【例2-30】 查询信息系学生的平均年龄。

GET W(AVG(Student. sage)：Student. sdept = 'IS')

2. 更新操作

1）修改操作

修改操作用 UPDATE 语句实现。其步骤如下。

（1）首先用 HOLD 语句将要修改的元组从数据库中读到工作空间中。

（2）然后用宿主语言修改工作空间中元组的属性。

（3）最后用 UPDATE 语句将修改后的元组送回数据库中。

注意：单纯检索数据使用 GET 语句即可，但为修改数据而读元组时必须使用 HOLD 语句，HOLD 语句是带上并发控制的 GET 语句。

【例2-31】 200701 学生从计算机科学系转到信息系。

HOLD W(Student. sno，Student. sdetp)：Student. sno = '200701' （从 Student 关系中读出 200701 学生的数据）

MOVE 'IS' TO W. sdept（用宿主语言进行修改）

UPDATE W（把修改后的元组送回 Student 关系）

在该例中用 HOLD 语句来读 200701 的数据，而不是用 GET 语句。如果修改操作涉及到两个关系的话，就要执行两次 HOLD - MOVE - UPDATE 操作序列。在 ALPHA 语言中，修改主码的操作是不允许的，例如不能用 UPDATE 语句将学号 200701 改为 200702。如果需要修改关系中某个元组的主码值，只能先用删除操作删除该元组，然后再把具有新主码值的元组插入到关系中。

2）插入操作

插入操作用 PUT 语句实现。其步骤如下。

（1）首先用宿主语言在工作空间中建立新元组。

（2）然后用 PUT 语句把该元组存入指定的关系中。

【例2-32】 学校新开设了一门2学分的课程"计算机组织与结构"，其课程号为08，直接先行课为03号课程。插入该课程元组。

MOVE '08' TO W. cno

MOVE '计算机组织与结构' TO W. cname

MOVE '03' TO W. cpno

MOVE '2' TO W. credit

PUT W(Course)（把 W 中的元组插入指定关系 Course 中）

PUT 语句只对一个关系操作，也就是说表达式必须为单个关系名。如果插入操作涉及多个关系，必须执行多次 PUT 操作。

3）删除操作

删除操作用 DELETE 语句实现。其步骤如下。

（1）用 HOLD 语句把要删除的元组从数据库中读到工作空间中。

（2）用 DELETE 语句删除该元组。

【例2-33】 200601 学生因故退学，删除该学生元组。

HOLDW（Student）：Student. sno = '200601 '

DELETE W

【例2 - 34】 删除全部学生。

HOLD W(Student)

DELETE W

由于 SC 关系与 Student 关系之间具有参照关系，为保证参照完整性，删除 Student 关系中全部元组的操作将导致 DBMS 自动执行删除 SC 关系中全部元组的操作。

HOLD W(SC)

DELETE W

2.3.2　域关系演算

关系演算的另一种形式是域关系演算。域关系演算以元组变量的分量即域变量作为谓词变元的基本对象。1975 年由 M. MZLOOf 提出的 QBE 就是一个很有特色的域关系演算语言，该语言于 1978 年在 IBM370 上得以实现。QBE 也指此关系数据库管理系统。

QBE 是 Query By Example(即通过例子进行查询)的简称，其最突出的特点是它的操作方式。它是一种高度非过程化的基于屏幕表格的查询语言，用户通过终端屏幕编辑程序以填写表格的方式构造查询要求，而查询结果也以表格形式显示，因此非常直观，易学易用。QBE 中用示例元素来表示查询结果可能的例子，示例元素实质上就是域变量。QBE 操作框架如图 2.7 所示。

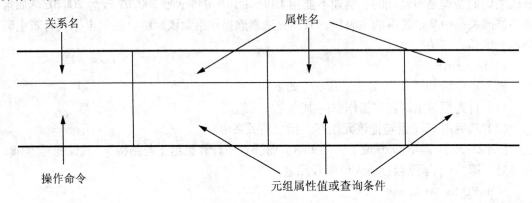

图 2.7　QBE 操作框架

2.3.3　应用实例

下面以学生 - 课程关系数据库为例，说明 QBE 的用法。

1. 检索操作

1）简单检索(即不带条件的检索)

【例2 - 35】 求信息系全体学生的姓名。

操作步骤如下。

（1）用户提出要求。

（2）屏幕显示空白表格。

（3）用户在最左边一栏输入关系名 Student。

Student					

（4）系统显示该关系的属性名。

Student	sno	sname	ssex	sage	sdept

（5）用户在上面构造查询要求。

Student	sno	sname	ssex	sage	sdept
		P. T			IS

这里 T 是示例元素，即域变量。QBE 要求示例元素下面一定要加下划线。IS 是查询条件，不用加下划线。P. 是操作符，表示打印（Print），实际上是显示。

查询条件中可以使用比较运算符 >、≥、<、≤、= 和 ≠。其中 = 可以省略。

示例元素是这个域中可能的一个值，它不必是查询结果中的元素。比如要求计算机科学系的学生，只要给出任意的一个学生名即可，而不必是计算机科学系的某个学生名。

对于本例，可构造查询要求如下。

Student	sno	sname	ssex	sage	sdept
		P. 李铁			IS

这里的查询条件是 Sdept = 'IS'，其中 " = " 被省略。

（6）屏幕显示查询结果如下。

Student	sno	sname	ssex	sage	sdept
		李铁 章风			IS

【例 2-36】　查询全体学生的全部数据。

Student	sno	sname	ssex	sage	sdept
	P. 200702	P. 李铁	P. 女	P. 20	P. IS

显示全部数据也可以简单地把 P. 操作符作用在关系名上。因此本查询也可以简单地

表示如下。

Student	sno	sname	ssex	sage	sdept
P.					

2）条件查询

【例2-37】 求年龄大于18岁的学生的学号。

Student	sno	sname	ssex	sage	sdept
	P. 200701			>18	

【例2-38】 查询计算机科学系或者年龄大于20岁的学生的学号。

本查询的条件是 Sdept = 'CS' 和 Sage >20 两个条件的 "或"。在 QBE 中，把两个条件写在不同行上，并且使用不同的示例元素值，即表示条件的 "或"。

Student	sno	sname	ssex	sage	sdept
	P. 200701				CS
	P. 200702			>20	

3）聚集函数

为了方便用户，QBE 提供了一些聚集函数，主要包括 CNT、SUM、AVG、MAX、MIN 等，其含义见表 2-7。

表 2-7   QBE 中的聚集函数

函数名	功　能
CNT	对元组计数
SUM	求总和
MAX	求最大值
MIN	求最小值
AVG	求平均值

【例2-39】 查询信息系学生的平均年龄。

Student	sno	sname	ssex	sage	sdept
				P. AVG. ALL.	IS

4）对查询结果排序

对查询结果按某个属性值的升序排序，只需在相应列中填入 "AO."，按降序排序则填 "DO."。如果按多列排序，用 "AO(i)." 或 "DO(i)." 表示，其中 i 为排序的优先级，i 值越小，优先级越高。

【例2-40】 查全体男生的姓名，要求查询结果按所在系升序排序，对相同系的学生按年龄降序排序。

Student	sno	sname	ssex	sage	sdept
		P. 李铁	女	DO(2).	AO(1).

2. 更新操作

1）修改操作

修改操作符为"U."。在 QBE 中，关系的主码不允许修改，如果需要修改某个元组的主码，只能先删除该元组，然后再插入新的主码的元组。

【例 2-41】 把 200701 学生的年龄改为 19 岁。

这是一个简单修改操作，不包含算术表达式，因此可以有两种表示方法。

方法一：将操作符"U."放在值上。

Student	sno	sname	ssex	sage	sdept
	200701			U.19	

方法二：将操作符"U."放在关系上。

Student	sno	sname	ssex	sage	sdept
U.	200701			19	

2）插入操作

插入操作符为"I."。新插入的元组必须具有码值，其他属性值可以为空。

【例 2-42】 把信息系女生 200703，姓名张云，年龄 19 岁存入数据库中。

Student	sno	sname	ssex	sage	sdept
I.	200703	张云	女	19	IS

3）删除操作

删除操作符为"D."。

【例 2-43】 删除学生 200601。

Student	sno	sname	ssex	sage	sdept
D.	200601				

由于 SC 关系与 Student 关系之间具有参照关系，为保证参照完整性，删除 200601 学生后，通常还应删除 200601 学生选修的全部课程。

SC	sno	cno	grade
D.	200601		

2.4 关 系 操 作

关系操作采用集合操作方式，即操作的对象和结果都是集合。这种操作方式也称为一次一集合的方式。

关系模型中常用的关系操作包括两类。

（1）查询操作——选择、投影、连接、除、并、交、差等。

（2）增、删、改操作。

表达（或描述）关系操作的关系数据语言可以分为 3 类，见表 2-8。

表 2-8 关系数据语言分类

关系 数据 语言	关系代数语言		例如：ISBL
	关系演算语言	元组关系演算语言	例如：APLHA，QUEL
		域关系演算语言	例如：QBE
	具有关系代数和关系演算双重特点的语言		例如：SQL

1. 关系代数

关系代数是用对关系的运算来表达查询要求的方式。

2. 关系演算

关系演算是用谓词来表达查询要求的方式。关系演算又可按谓词变元的基本对象是元组变量还是域变量分为元组关系演算和域关系演算。关系代数、元组关系演算和域关系演算 3 种语言在表达能力上是完全等价的。

关系代数、元组关系演算和域关系演算均是抽象的查询语言，这些抽象的语言与具体的 DBMS 中实现的实际语言并不完全一样。但它们能用作评估实际系统中查询语言能力的标准或基础。

3. 介于关系代数和关系演算之间的语言 SQL（Standard Query Language）

SQL 不仅具有丰富的查询功能，而且具有数据定义和数据控制功能，是集查询、DDL、DML 和 DCL 于一体的关系数据语言。它充分体现了关系数据语言的特点，是关系数据库的标准语言。

2.5 关系的完整性

关系模型的完整性规则是对关系的某种约束条件。关系模型中可以有 3 类完整性约束：实体完整性、参照完整性和用户定义的完整性。其中实体完整性和参照完整性是关系模型必须满足的完整性约束条件，被称为关系的两个不变性，应该由关系系统自动支持。

2.5.1 实体完整性

规则 2.1 实体完整性（Entity Integrity）规则 若属性 A 是基本关系 R 的主属性，则属

性 A 不能取空值。

例如，在关系"学生(学号，姓名，年龄，籍贯)"中，"学号"属性为主码，则"学号"不能取空值。

实体完整性规则规定基本关系的所有主属性都不能取空值，而不仅是主码整体不能取空值。例如学生选课关系"选修(学号，课程号，成绩)"中，"学号、课程号"为主码，则"学号"和"课程号"两个属性都不能取空值。

说明： (1) 实体完整性规则是针对基本关系而言的。一个基本表通常对应现实世界的一个实体集。例如学生关系对应于学生的集合。

(2) 现实世界中的实体是可区分的，即它们具有某种唯一性标识。

(3) 相应地，关系模型中以主码作为唯一性标识。

(4) 主码中的属性即主属性不能取空值。所谓空值就是"不知道"或"无意义"的值。如果主属性取空值，就说明存在某个不可标识的实体，即存在不可区分的实体，这与第(2)点相矛盾，因此这个规则称为实体完整性规则。

2.5.2　参照完整性

现实世界中的实体之间往往存在某种联系，在关系模型中，实体及实体间的联系都是用关系来描述的。这样就自然存在着关系与关系间的引用。先来看3个例子。

【例2-44】　学生实体和专业实体可以用下面的关系表示，其中主码用下划线标识。

学生(学号，姓名，性别，专业号，年龄)

专业(专业号，专业名)

这两个关系之间存在着属性的引用，即学生关系引用了专业关系的主码"专业号"。显然，学生关系中的"专业号"值必须是确实存在的专业的专业号，即专业关系中有该专业的记录。这也就是说，学生关系中的某个属性的取值需要参照专业关系的属性取值。

【例2-45】　学生与课程之间的多对多联系可以用如下3个关系表示。

学生(学号，姓名，性别，专业号，年龄)

课程(课程号，课程名，学分)

选修(学号，课程号，成绩)

这3个关系之间也存在着属性的引用，即选修关系引用了学主关系的主码"学号"和课程关系的主码"课程号"。同样，选修关系中的"学号"值必须是确实存在的学生的学号，即学生关系中有该学生的记录；选修关系中的"课程号"值也必须是确实存在的课程的课程号，即课程关系中有该课程的记录。换句话说，选修关系中某些属性的取值需要参照其他关系的属性取值。

不仅两个或两个以上的关系间可以存在引用关系，同一关系内部属性间也可能存在引用关系。

【例2-46】　在关系学生(学号，姓名，性别，专业号，年龄，班长)中，"学号"属性是主码，"班长"属性表示该学生所在班级的班长的学号，它引用了本关系的"学号"属性，即"班长"必须是确实存在的学生的学号。

定义2.5　设 F 是基本关系 R 的一个或一组属性，但不是关系 R 的码。如果 F 与基本关系 S 的主码 K_s 相对应，则称 F 是基本关系 R 的外码(Foreign Key)，并称基本关系 R 为

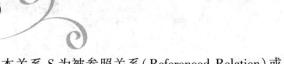

参照关系(Referencing Relation)，基本关系 S 为被参照关系(Referenced Relation)或目标关系(Target Relation)。关系 R 和 S 不一定是不同的关系。

显然，目标关系 S 的主码 K_s 和参照关系的外码 F 必须定义在同一个(或一组)域上。

在【例2-44】中，学生关系的"专业号"属性与专业关系的主码"专业号"相对应，因此"专业号"属性是学生关系的外码。这里专业关系是被参照关系，学生关系为参照关系。

在【例2-45】中，选修关系的"学号"属性与学生关系的主码"学号"相对应，"课程号"属性与课程关系的主码"课程号"相对应，因此"学号"和"课程号"属性是选修关系的外码。这里学生关系和课程关系均为被参照关系，选修关系为参照关系。

在【例2-46】中，"班长"属性与本身的主码"学号"属性相对应，因此"班长"是外码。这里学生关系既是参照关系也是被参照关系。

说明： 外码并不一定要与相应的主码同名。不过，在实际应用中，为了便于识别，当外码与相应的主码属于不同关系时，往往给它们取相同的名字。

参照完整性规则就是定义外码与主码之间的引用规则。

规则2.2 参照完整性(Referential Integrity)规则 若属性(或属性组) F 是基本关系 R 的外码，它与基本关系 S 的主码 K_s 相对应(基本关系 R 和 S 不一定是不同的关系)，则对于 R 中每个元组在 F 上的值必须满足如下条件。

(1) 或者取空值(F 的每个属性值均为空值)。

(2) 或者等于 S 中某个元组的主码值。

例如，对于【例2-44】，学生关系中每个元组的"专业号"属性只能取下面两类值。

(1) 空值，表示尚未给该学生分配专业。

(2) 非空值，这时该值必须是专业关系中某个元组的"专业号"值，表示该学生不可能分配到一个不存在的专业中。即被参照关系"专业"中一定存在一个元组，它的主码值等于该参照关系"学生"中的外码值。

对于【例2-45】，按照参照完整性规则，"学号"和"课程号"属性也可以取两类值：空值或目标关系中已经存在的值。但由于"学号"和"课程号"是选修关系中的主属性，按照实体完整性规则，它们均不能取空值。所以选修关系中的"学号"和"课程号"属性实际上只能取相应被参照关系中已经存在的主码值。

参照完整性规则中，R 与 S 可以是同一个关系。例如对于【例2-46】，按照参照完整性规则，"班长"属性值可以取两类值。

(1) 空值，表示该学生所在班级尚未选出班长。

(2) 非空值，这时该值必须是本关系中某个元组的学号值。

2.5.3 用户定义的完整性

任何关系数据库系统都应该支持实体完整性和参照完整性。除此之外，不同的关系数据库系统根据其应用环境的不同，往往还需要一些特殊的约束条件，用户定义的完整性就是针对某一具体关系数据库的约束条件的。它反映某一具体应用所涉及的数据必须满足的语义要求。例如某个属性必须取唯一值、某些属性值之间应满足一定的函数关系、某个属性的取值范围在 0～100 之间等。

关系模型应提供定义和检验这类完整性的机制,以便用统一系统的方法处理它们,而不要由应用程序承担这一功能。

2.6 关系的规范化

对于从客观世界中抽象出的一组数据,应该如何构建一个与之相适应的数据模式?例如,在关系数据库中,应构造哪几个关系?每个关系由哪些属性组成?这些都是在数据库的逻辑设计中要解决和考虑的问题。

关系实质上是一个二维表。表格数据描述了客观事物及其联系。随着时间的推移,关系会发生变化,但是现实生活中的许多已知事实却限定了关系模式的所有关系,使它必须满足一定的约束条件。这些约束条件可以通过数据间的相互关联体现出来。这种关联称为数据依赖。它是数据库模型设计的关键。

如何评价关系模型的好坏,这是与关系规范化有关的问题。在本节中着重介绍数据依赖、范式转换、关系规范化等概念。

2.6.1 关系模式的设计问题

建立一个数据库应用系统,很关键的一个问题是如何把现实世界表达成适合于它们的数据库模式,这是数据库的逻辑设计问题。层次模型和网状模型的数据库设计除了遵循层次模型和网状模型的原则以及管理系统本身的规定外,主要凭借设计者的经验直观地选择和确定实体集、属性及实体集之间的关系。对哪些记录类应该合并或分解以及如何合并和分解,每一条记录类到底包含哪些属性,属性之间的关系如何确定和处理等,这一系列问题并没有固定规则和理论可循,从而使数据库设计变得困难复杂,严重影响了数据库系统的性能和效率。由于关系模型有严格的数学理论基础,因此人们就以关系模型为背景来讨论这个问题,形成了数据库逻辑设计的一个有力工具——关系数据库的规范化理论。

就关系模型而言,首先应明确如何评价其优劣,然后方能决定改进或取代较差模型的方法。下面通过一个具体关系来考察关系模式在使用中存在的问题。

假设有如下学生关系模式。

$S(S\#, SNAME, CLASS, C\#, TNAME, TAGE, ADDRESS, GRADE)$

其中 S# 为学号,SNAME 为学生姓名,CLASS 为班级,C# 为课程号,TNAME 为教师姓名,TAGE 为教师年龄,ADDRESS 为教师地址,GRADE 为成绩。具体关系见表 2－9。

表 2－9 学生表 S

S#	SNAME	CLASS	C#	TNAME	TAGE	ADDRESS	GRADE
S1	刘 晓	200701	C1	周学军	38	A1	78
S1	刘 晓	200701	C2	曹 颖	27	A1	64
S2	李 俊	200701	C1	周学军	38	A1	85
S2	李 俊	200701	C2	曹 颖	27	A1	62

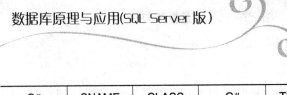

续表

S#	SNAME	CLASS	C#	TNAME	TAGE	ADDRESS	GRADE
S2	李 俊	200701	C3	罗 刚	52	A2	85
S3	王琳琳	200702	C1	周学军	38	A1	72
S3	王琳琳	200702	C3	罗 刚	52	A2	93
S4	沈建勇	200702	C2	曹 颖	27	A1	72
S4	沈建勇	200702	C3	罗 刚	52	A2	66
S4	沈建勇	200702	C4	周学军	38	A1	73

在学生关系 S 中，(S#，C#)是主码，该关系存在以下问题。

1. 数据冗余度高

一个学生通常要选修多门课程，这样 SNAME、CLASS、TNAME、TAGE、ADDRESS 在这个关系中要重复存储多次，浪费了存储空间。

2. 数据修改复杂

由于数据的冗余，在数据修改时会出现问题。例如，如果学生更换了姓名，他的所有元组都要修改 SNAME 的值；又如某个教师的地址改变了，选修该教师课程的所有学生都要修改 ADDRESS 的内容，若一不小心漏了一个元组中的地址没有修改，就会造成这个教师地址的不唯一，即造成数据不一致性。

3. 插入异常

插入异常是指应该插入到数据库中的数据不能执行插入操作数的情形。例如当学生没去选课前，虽然知道他的学号、姓名和班级，但仍无法将他的信息插入到关系 S 中去。因为关系 S 的主码为(S#，C#)，C#为空值时，插入是禁止的，因为违反了实体完整性规则，所以当一个元组在主码的属性上部分或全部为空时，该元组不能插入到关系中。又如当新增加的教师尚未分配教学任务时，那么要存储该教师的姓名、年龄和地址到关系 S 中也是不允许的，因为该元组在主码的属性上全部为空值。

4. 删除异常

删除异常是指不应该删去的数据被删去的情形。例如，如果删除 C# = ‘C2’的元组，结果会丢失曹颖老师的姓名、年龄和地址信息，这是一种不合理的现象，因为该教师并没有调走，但从关系 S 中已查不到她的信息了。

由于关系模式 S 存在上述 4 个问题，因此它是一个"不好"的数据库模式，一个"好"的模式，应该不会发生插入异常和删除异常，冗余应尽可能减少。

产生上述问题的原因是：关系 S 存在多余的数据依赖，或者说不够规范，如果用 4 个关系 ST、CT、TA 和 SC 代替原来的关系 S，见表 2 – 10 ~ 表 2 – 13，前面提到的 4 个问题就基本解决了。

表2-10　*ST*

S#	SNAME	CLASS
S1	刘　晓	200701
S2	李　俊	200701
S3	王琳琳	200702
S4	沈建勇	200702

表2-11　*CT*

C#	TNAME
C1	周学军
C2	曹　颖
C3	罗　刚
C4	周学军

表2-12　*TA*

TNAME	TAGE	ADDRESS
周学军	38	A1
曹　颖	27	A1
罗　刚	52	A2

表2-13　*SC*

S#	C#	GRADE
S1	C1	78
S1	C2	64
S2	C1	85
S2	C2	62
S2	C3	85
S3	C1	72
S3	C3	93
S4	C2	72
S4	C3	66
S4	C4	73

　　每个学生的 SNAME、CLASS，每个教师的 TNAME、TAGE、ADDRESS 只存放一次。当学生没有选课时，可将其信息插入到关系 *ST* 中；当删除某门课时，也不会把任课教师的姓名、年龄和地址信息删去，这些信息可保存在关系 *TA* 中。

然而上述的关系模式也不是在任何情况下都是最优的。例如，要查询教某一门课教师的地址，就要将 CT 和 TA 两个关系做自然连接，这样代价很大，而在原关系 S 中却可直接查到。到底什么样的关系模式是较优的？如何解决这些问题？

为了使数据库设计的方法走向完备，人们研究了规范化理论。关系规范化的目的在于控制数据冗余、避免插入和删除异常的操作，从而增强数据库结构的稳定性和灵活性。关系规范化的过程实质上是以结构更单纯、更规范的关系逐步取代原有关系的过程，或者说，是由一个低级范式通过模式分解逐步转换为若干个高级范式的过程。

2.6.2 函数依赖

在前面曾指出客观世界中的事物是彼此联系、相互制约的。这种联系分为两类：一类是实体与实体之间的联系；另一类是实体内部各属性之间的联系。数据库系统对这两类联系都要研究。前面已讨论了第一类联系，即数据模型。本节讨论第二类联系，即属性间的联系。其中最重要的数据依赖就是函数依赖。

定义 2.6 设 $R(U)$ 是属性集 U 上的关系模式，X、Y 是 U 的子集，r 是 R 的任意具体关系，对于 r 的任意两个元组 s、t，由 $s[X] = t[X]$，能导致 $s[Y] = t[Y]$，则称 X 函数决定 Y，或 Y 函数依赖于 X，记为 $X \rightarrow Y$。

由于函数依赖类似于变量之间的单值函数关系，所以也可以做如下定义。

设 $R(U)$，X、Y 的含义同上，若 $R(U)$ 的所有关系 r 都存在着：对 X 的每一具体值，都有 Y 唯一的具体值与之对应，则称 X 函数决定 Y，或 Y 函数依赖于 X。

注意：(1) 函数依赖是语义范畴的概念。只能根据语义来确定一个函数依赖，而不能按照形式定义来证明一个函数依赖的成立。例如，姓名→班级这个函数依赖只有在没有同名的前提下才成立。

(2) 数依赖不是指关系模式 R 的某个或某些关系满足的约束条件，而是指 R 的一切关系均要满足约束条件。

【例 2-47】 指出表 2-9 学生关系 S 中存在的函数依赖关系。

解： 关系 S(S#, SNAME, CLASS, C#, TNAME, TAGE, ADDRESS, GRADE)中存在下列函数依赖。

S#→SNAME(每个学号只能有一个学生姓名)

S#→CLASS(每个学号只能有一个班级)

TNAME→TAGE(每个教师只能有一个年龄)

TNAME→ADDRESS(每个教师只能有一个地址)

(S#, C#)→GRADE(每个学生学习一门课程只能有一个成绩)

C#→TNAME(设每门课程只有一个教师任教，而一个教师可教多门课程，见 CT 表)

下面介绍一些术语和记号。

(1) $X \rightarrow Y$，单 $Y \not\subseteq X$，则称 $X \rightarrow Y$ 是非平凡的函数依赖。若不特别声明，总是讨论非平凡的函数依赖。

(2) $X \rightarrow Y$，单 $Y \subseteq X$，则称 $X \rightarrow Y$ 是平凡的函数依赖。

(3) 若 $X \rightarrow Y$，则 X 叫做决定因素。

（4）若 $X \rightarrow Y$，$Y \rightarrow X$，则记作 $X \longleftrightarrow Y$。

（5）若 Y 不函数依赖于 X，记作 $X \nrightarrow Y$。

定义 2.7 在 $R(U)$ 中，如果 $X \rightarrow Y$，并且对 X 的任何一个真子集 X'，都有 $X' \nrightarrow Y$，则称 Y 完全函数依赖于 X，记作 $X \xrightarrow{F} Y$。若 $X \rightarrow Y$，但 Y 不完全函数依赖于 X，则称 Y 部分函数依赖于 X，记作 $X \xrightarrow{P} Y$。

【例 2–48】 指出表 2–9 学生关系 S 中存在的完全函数依赖和部分函数依赖。

解： 由定义 2.7 可知，左部为单属性的函数依赖一定是完全函数依赖，所以 C#→SNAME，S#→CLASS，TNAME→TAGE，TNAME→ADDRESS，C#→TNAME 都是完全函数依赖。

对左部由多属性组合而成的函数依赖，就要看其真子集能否决定右部属性。

（S#，C#）→GRADE 是一个完全函数依赖，因为 S#↛GRADE，C#↛GRADE。

（S#，C#）→SNAME，（S#，C#）→TNAME，（S#，C#）→TAGE，（S#，C#）→ADDRESS 都是部分函数依赖，因为 S#→SNAME，S#→CLASS，C#→TNAME，C#→TAGE，C#→ADDRESS。

定义 2.8 在 $R(U)$ 中，设 X，Y，Z 为 U 中的 3 个不同子集，如果 $X \rightarrow Y (Y \nsubseteq X)$，$Y \nrightarrow X$，$Y \rightarrow Z$，则必有 $X \rightarrow Z$，则称 Z 传递函数依赖于 X，记作 $X \xrightarrow{T} Z$。

注意： 加上条件 $Y \nrightarrow X$，是因为如果 $Y \rightarrow X$，则 $X \longleftrightarrow Y$，实际上 Z 是直接函数依赖于 X，而不是传递函数依赖。

【例 2–49】 指出表 2–9 学生关系 S 中存在的传递函数依赖。

解： 因为 C#→TNAME，TANME↛C#，TNAME→TAGE，所以 C#→TAGE 是一个传递函数依赖。类似地，C#→ADDRESS 也是一个传递函数依赖。

2.6.3 码的形式定义

在 2.1 节中给出了"码"的概念，码是唯一能标识实体而又不包含多余属性的属性集。这只是直观的定义。有了函数依赖的概念之后，就可以把码和函数依赖联系起来，对它做出比较精确的形式化定义。

定义 2.9 设 X 为 $R<U, F>$ 中的属性或属性集，若 $X \xrightarrow{F} U$，则 X 为 R 的候选码。

在定义中，$X \rightarrow U$ 表示 X 能唯一决定一个元组；$X \xrightarrow{F} U$ 表示 X 是能满足唯一标识性而又无多余的属性集，因为不存在 X 的真子集 X'，使得 $X' \rightarrow U$。

由候选码可以引出下列一些概念。

（1）主码 一个关系的候选码不是唯一的。若候选码多于一个，则选定其中的一个作为主码。因此一个关系的主码是唯一的。

（2）主属性 包含在任何一个候选码中的属性，叫做主属性。

（3）非主属性 不包含在任何一个候选码中的属性，叫做非主属性。

（4）全码 整个属性组是码，称为全码。

【例 2–50】 试指出表 2–14 学生关系 S 中的候选码、主属性和非主属性。

表2-14　学生关系 S

学　号	姓　名	性　别	年　龄	系　名
S1	刘 晓	男	19	计算机
S2	李 俊	男	18	计算机
S3	王琳琳	女	20	电 子
S4	沈建勇	男	19	电 子

在没有同名的情况下，学号、姓名均为候选码，那么这两个属性均为主属性。而年龄、性别、系名这3个属性为非主属性。

【例2-51】　试指出表2-15关系 R 中的候选码、主属性和非主属性。

表2-15　关系 R

A	D	E
a1	d1	e2
a2	d6	e2
a3	d4	e3
a4	d4	e4

解： 因为所有元组在属性 A 上的值各不相同，所以它能函数决定关系 R 的所有属性，因此 A 是 R 的一个候选码。

又因为所有元组在属性集 (D, E) 上的值也是各不相同的，所以它能函数决定关系 R 的所有属性，而且 $D \nrightarrow AE$，$E \nrightarrow AD$，即 (D, E) 中不包含多余的属性，因此 (D, E) 也是 R 的一个候选码。

关系 R 的主属性为：A，D，E。

关系 R 的非主属性：无。

2.6.4　关系范式

在关系数据库系统中，所有的关系结构都必须是规范化的，即至少是第1范式，但第1范式的关系并不能保证关系模式的合理性，可能会存在数据冗余、插入异常、删除异常等问题，还必须向它的高一级范式进行转换。

从范式来讲，主要是 E. F. Codd 做的工作，他提出了规范化的问题，并给出了范式的概念。他在1971年提出了关系的三级规范化形式，即第1范式、第2范式、第3范式的概念。1974年，E. F. Codd 和 R. F. Boyce 又共同提出了一个新的范式，即 BCNF。1976年 Fagin 又提出了第4范式。后来又有人提出了第5范式。

说某个关系是某个范式，是指该关系满足某些确定的约束条件，从而具有一定的性质。现在把范式这个概念理解成符合某一级别的关系模式集合，则 R 为第几范式就可以写成 RexNF。6类范式的条件，一个比一个严，它们之间是一种包含的关系，即：

$$5NF \subset 4NF \subset BCNF \subset 3NF \subset 2NF \subset 1NF$$

本节只讨论最基础1NF、2NF、3NF、BCNF范式，足以满足实际的应用需求。

1. 第 1 范式（1NF）

定义 2.10 如果关系 R 的每一个属性值是不可再分的最小数据单位，则称 R 为第 1 范式，简记为 1NF。

由 1NF 的定义可知，第 1 范式是一个不含重复组的关系，也不存在嵌套结构。

为了与规范化关系区别，把不满足第 1 范式的关系称为非规范化的关系。

然而，关系仅为第 1 范式是不够的。例如表 2－9 所给出的学生关系 S(S#, SNAME, CLASS, TNAME, TAGE, ADDRESS, GRADE)，它是一个 1NF。但通过前面的分析，知道它存在许多问题。那么，为什么会出现这些问题呢？这是由于在 1NF 关系属性之间，往往存在着比较复杂的函数依赖关系，前面的例子中已分析了表 2－9 所示的关系中存在函数依赖关系如下。

S#→SNAME，S#→CLASS，TNAME→TAGE，TNAME→ADDRESS，(S#, C#)→GRADE，C#→TNAME

由上面这些依赖可推出：$C\#\xrightarrow{T}TAGE$，$C\#\xrightarrow{T}ADDRESS$。

然而关系 S 的候选码为(S#, C#)。

考察非主属性和候选码之间的函数依赖关系。

$$(S\#, C\#)\xrightarrow{P}SNAME, \qquad (S\#, C\#)\xrightarrow{P}CLASS,$$

$$(S\#, C\#)\xrightarrow{P}TNAME, \qquad (S\#, C\#)\xrightarrow{P}TAGE,$$

$$(S\#, C\#)\xrightarrow{T}ADDRESS, \qquad (S\#, C\#)\xrightarrow{P}GRADE$$

由此可见，在这个关系中，既存在函数依赖，又存在部分函数依赖和传递函数依赖。这种情况在数据库中往往是不允许的，也正是由于这种关系中的函数依赖过于复杂，因此给数据库的操作带来了许多问题。克服这些问题的方法是用投影运算将关系分解，去掉过于复杂的函数依赖关系。

2. 第 2 范式（2NF）

定义 2.11 若 $R \in 1NF$，且 R 中的每个非主属性都完全函数依赖于 R 的任一候选码，则 $R \in 2NF$。

表 2－9 所给出的关系 S 就不是 2NF。这个关系中的非主属性 SNAME、CLASS、TNAME、TAGE、ADDRESS 都不是完全函数依赖于候选码(S#, C#)的，而是部分依赖于(S#, C#)的。

由上面的分析可知，对 1NF 关系进行插入、修改、删除操作时会出现许多问题。为解决这些问题，要对关系进行规范化，方法就是对原关系进行投影，将其分解。

分析上面的例子，问题在于非主属性有两种。一种像 GRADE，它完全函数依赖于候选码(S#, C#)。另一种像 SNAME、CLASS、TNAME、TAGE、ADDRESS，它们部分函数依赖于候选码(S#, C#)。根据这种情况，用投影运算把关系 S 分解为 3 个关系。

ST(S#, C#, CLASS)（只依赖 S#的属性分解到一个子模式中）

CTA(C#, TNAME, TAGE, ADDRESS)（只依赖 C#的属性分解到另一个子模式中）

SC(C#, S#, GRADE)（完全函数依赖于候选码的属性分解到第三个子模式中）

分解后，关系 ST 的候选码为 S#，关系 CTA 的候选码为 C#，关系 SC 的候选码为(S#，C#)。这样，在这 3 个关系中，非主属性对候选码都是完全函数依赖的，所以关系 ST、CTA 和 SC 都为 2NF。

达到第 2 范式的关系是不是就不存在问题呢？不一定。2NF 关系并不能解决所有的问题。例如，在关系 CTA 中还存在着问题。

（1）数据冗余。一个教师承担多门课程时，教师的姓名、年龄、地址要重复存储。

（2）修改复杂。一个教师更换地址时，必须修改相关的多个元组。

（3）插入异常。一个教师报到，需将其有关数据插入到 CTA 关系中，但该教师暂时还未承担任何教学任务，则因缺码 C#值而不能进行插入操作。

（4）删除异常。删除某门课程时，会丢失该课程任课教师的姓名、年龄和地址信息。

之所以存在这些问题，是由于在关系 CTA 中存在着非主属性对候选码的传递函数依赖，还要进一步分解，这就是下面要讨论的 3NF。

3. 第 3 范式(3NF)

定义 2.12　如果关系 R 的任何一个非主属性不传递函数依赖于它的任何一个候选码，则 $R \in 3NF$。

关系 CTA 是 2NF，但不是 3NF。因为 C#是候选码，TNAME、TAGE、ADDRESS 是非主属性，由于 C#→TNAME，TNAME ↛ C#，TNAME→TAGE，所以，C#$\xrightarrow{T}$TAGE，同样有 C#$\xrightarrow{T}$ADDRESS，即存在非主属性对候选码的传递函数依赖。

为克服 CTA 中存在的问题，仍采用投影的方法，将 CTA 分解如下。

CT(C#，TNAME)

TA(TNAME，TAGE，ADDRESS)

则关系 CT 和 TA 都是 3NF，关系 CTA 中存在的问题得到了解决。

定理 2.1　一个 3NF 的关系必定是 2NF。

证明：用反证法。设 $R \in 3NF$，但 $R \not\subset 2NF$，则 R 中必有非主属性 A、候选码 X 和 X 的真子集 X' 存在，使得 $X' \to A$。由于 A 是非主属性，所以 $A - X \neq \Phi$，$A - X' \neq \Phi$。由于 X' 是候选码 X 的真子集，$X - X' \neq \Phi$，所以可以断定 $X' \nrightarrow X$，这样在该关系上存在非主属性 A 传递函数依赖于候选码 X，所以它不是 3NF，与题设矛盾。因此，一个 3NF 关系必是 2NF。定理证毕。

4. BCNF

一般来说，第 3 范式的关系大多数能解决插入和删除的异常问题，但也存在一些例外。为了解决 3NF 有时出现的插入和删除异常等问题，R. F. Boyce 和 E. F. Codd 提出了 3NF 的改进形式 BCNF。

定义 2.13　关系模式 $R < U, F > \in 1NF$。若函数依赖集合 F 中的所有函数依赖 $X \to Y$（$Y \not\subset X$）的左部都包含 R 的任一候选码，则 $R \in BCNF$。

即若 R 中的每一非凡函数依赖的决定因素都包含一个候选码，则 R 为 BCNF。

一个 3NF 关系不一定属于 BCNF，但一个 BCNF 关系一定属于 3NF。

【例 2-52】　如果假定：每一个学生可选修多门课程，一门课程可由多个学生选修，每一门课程可由多个教师任教，但每个教师只能承担一门课程，判断表2-16给出的关系 $SCT(S\#，CNAME，TNAME)$ 最高属于第几范式？并分析该模式存在的问题。

表2-16 SCT 关系

S#	CNAME	TNAME
S1	英 语	王 平
S1	数 学	刘 红
S2	物 理	高志强
S2	英 语	陈 进
S3	英 语	王 平

解： 关系 SCT 的候选码为(S#，CNAME)和(S#，TNAME)。故不存在非主属性，也就不存在非主属性对候选码的传递函数依赖，所以，该关系至少是一个3NF关系。又因为主属性之间存在 TNAME→CNAME，其左部未包含该关系的任一候选码，所以它不是BCNF。因此，$SCT \in 3NF$。

该关系中存在插入及删除异常问题。例如，一门新课程和任何教师的数据要插入到数据库时，必须至少有一个学生选修该课程且任课教师已被分配给该课程时才能进行。

对不是BCNF又存在问题的关系，解决办法仍然是通过投影将其分解成为BCNF。上例中的 SCT 可分解为 $SC(S\#，CNAME)$ 和 $CT(CNAME，TNAME)$，它们都是BCNF。

定理2.2 一个BCNF的关系必定是3NF。

证明：用反证法。设 R 是一个BCNF，但不是3NF，则必存在非主属性 A 和候选码 X 以及属性集 Y，使得 $X→Y(Y\nsubseteq X)$，$Y→A$，$Y\nrightarrow X$，这就是说 Y 不可能包含 R 的码，但 $Y→A$ 却成立。根据BCNF定义，R 不是BCNF，与题设矛盾。因此，一个BCNF的关系必定是3NF。定理证毕。

3NF和BCNF是在函数依赖条件下，对模式分解所能达到的分离程度的测试。一个模式中的关系模式如果都属于BCNF，那么在函数依赖范畴内，它已实现了彻底的分离，消除了插入和删除异常问题。而3NF的"不彻底"性表现在可能存在主属性对候选码的部分函数依赖和传递函数依赖。

函数依赖和关系的规范化是关系数据库设计要考虑的首要问题，并且也是关系数据库很重要的设计问题。

在关系理论中，函数依赖是指关系中一个属性集和另一个属性集间的对应关系。函数依赖有部分函数依赖、完全函数依赖和传递函数依赖。

在关系数据库中，设计的一个重要目标是生成一组关系模式，使用户既不存储不必要的冗余信息，又可以方便地获取信息。这时，采用的方法之一就是设计满足适当范式的关系模式。关系模式的规范化过程是通过对关系模式的分解来实现的。把低一级的关系模式分解为若干个高一级的关系模式。这种分解不是唯一的。

2.7 案 例 分 析

假设某商业集团数据库中有一关系模式 R(商店编号，商品编号，数量，部门编号，负责人),规定如下。

(1) 每个商店的每种商品只在一个部门销售。

(2) 每个商店的每个部门只有一个负责人。

(3) 每个商店的每种商品只有一个库存数量。

试回答下列问题。

(1) 根据上述规定,写出关系模式 R 的基本函数依赖。

(2) 找出关系模式 R 的候选关键字。

(3) 试问关系模式 R 最高已经达到第几范式? 为什么?

(4) 如果 R 已达到 3NF,是否已达 BCNF? 若不是 BCNF,将其分解为 BCNF 模式集。

1. 预处理

为了方便,用代号代表每个属性。

A—商店编号

B—商品编号

C—部门编号

D—数量

E—负责人

这样,有关系模式:

$R(U, F)$

$U = \{A, B, C, D, E\}$

2. 根据上述规定,写出关系模式 R 的基本函数依赖

为了消除关系模式在操作上的异常问题,优化数据模式,需要对关系模式进行规范化处理。而首先需要做的就是寻找函数依赖,以便能确切地反映实体内部各属性间的联系。经过对数据语义的分析得出下面的依赖关系。

(1) 语义:每个商店的每种商品只在一个部门销售,即已知商店和商品名称,可以决定销售部门。

例:东店——海尔洗衣机——一定在家电部销售。

所以得出函数依赖:$AB \rightarrow C$

(2) 语义:每个商店的每个部门只有一个负责人,即已知商店和部门名称,可以决定负责人。

例:东店——家电部——部门经理一定是张三。

所以得出函数依赖是:$AC \rightarrow E$

(3) 语义:每个商店的每种商品只有一个库存数量,即已知商店和商品名称,可以决定库存数量。

例:东店——海尔洗衣机——库存 10 台。

所以得出函数依赖是:$AB \rightarrow D$

这样,在关系模式 $R(U, F)$ 中,基本函数依赖集是:$F = \{AB \rightarrow C, AC \rightarrow E, AB \rightarrow D\}$。

3. 找出关系模式 R 的候选关键字

根据函数依赖和关键字的基本定义，可以说：只有在最小函数依赖集中，才能科学、正确地寻找候选关键字。那么何为最小函数依赖集？又怎么求出 F 的最小函数依赖集呢？根据函数依赖的相关定理可知，给定函数依赖集 F，如果 F 中每一函数依赖 $X{\rightarrow}Y{\in}F$ 满足：①$X{\rightarrow}Y$ 的右边 Y 为单个属性（F 为右规约的）；②F 为左规约（即 F 中任一函数依赖 $X{\rightarrow}Y{\in}F$ 的左边都不含多余属性）；③F 为非冗余的（即如果存在 F 的真子集 F'，使得 $F'{\equiv}F$，则称 F 是冗余的，否则称 F 是非冗余的）；则称 F 为最小函数依赖集，或称 F 是正则的。每一个函数依赖都等价于一个最小函数依赖集。

按照上面的 3 个条件进行最小化处理，可得到一个求最小函数依赖集方法：第一步，为满足条件①，根据分解性，把右侧是属性组的函数依赖分解为单属性的多个函数；第二步，为满足条件②，逐一考察最新 F 中的函数依赖，消除左侧冗余属性；为满足条件③，逐一考察最新 F 中函数依赖 $X{\rightarrow}Y$，检查 $X{\rightarrow}Y$ 是否被 $F-\{X{\rightarrow}Y\}$ 所蕴涵，如果是，则 $X{\rightarrow}Y$ 是冗余的，可以删除。所以，F 的所谓最小函数依赖集就是去掉了多余依赖的 F。按上面提供的算法依据具体计算如下。

（1）根据分解性，先分解所有依赖的右边为单属性。

可以看出，$F=\{AB{\rightarrow}C, AC{\rightarrow}E, AB{\rightarrow}D\}$ 中所有依赖的右边已为单属性。

（2）对所有依赖的左边为多属性的情况，消除左侧冗余属性。

下面计算判断 $AB{\rightarrow}C$ 中有无无关属性。

（1）设 $A{\rightarrow}C$，在 $F=\{AB{\rightarrow}C, AC{\rightarrow}E, AB{\rightarrow}D\}$ 中计算 A 的闭包 $A+$。

首先，初始化 $A+=\{A\}$；经观察，在 $F=\{AB{\rightarrow}C, AC{\rightarrow}E, AB{\rightarrow}D\}$ 中，属性 A 不能"带进"任何属性。即 A 的闭包 $A+$ 就是 $\{A\}$，也就是 $A+=\{A\}$，所以 $AB{\rightarrow}C$ 中 B 不是无关属性。

（2）设 $B{\rightarrow}C$，在 $F=\{AB{\rightarrow}C, AC{\rightarrow}E, AB{\rightarrow}D\}$ 中计算 B 的闭包 $B+$：

首先，初始化 $B+=\{B\}$；经观察，在 $F=\{AB{\rightarrow}C, AC{\rightarrow}E, AB{\rightarrow}D\}$ 中，属性 B 不能"带进"任何属性。即 B 的闭包 $B+$ 就是 $\{B\}$，也就是 $B+=\{B\}$，所以 $AB{\rightarrow}C$ 中 A 不是无关属性。

（3）同理，$AC{\rightarrow}E$ 和 $AB{\rightarrow}D$ 中左边亦无无关属性。

（4）下面计算在 $F=\{AB{\rightarrow}C, AC{\rightarrow}E, AB{\rightarrow}D\}$ 中有无冗余依赖。

去掉 $AB{\rightarrow}C$，依赖集变为 $F=\{AC{\rightarrow}E, AB{\rightarrow}D\}$。

首先，初始化 $\{AB\}+=\{A, B\}$；在 $F=\{AC{\rightarrow}E, AB{\rightarrow}D\}$ 中，有 $AB{\rightarrow}D$，即 AB 可以"带进"D 属性，这时 $\{AB\}+=\{A, B, D\}$；经观察已不能再"带进"其他属性。即 $\{AB\}$ 的闭包 $\{AB\}+$ 就是 $\{A, B, D\}$，也就是 $\{AB\}+=\{A, B, D\}$。

因为 $\{A, B, D\}$ 中不包含 C，所以说 $AB{\rightarrow}C$ 不是冗余依赖。

同理计算，$AC{\rightarrow}E$ 和 $AB{\rightarrow}D$ 亦不是冗余依赖。

到此，才能肯定 $F=\{AB{\rightarrow}C, AC{\rightarrow}E, AB{\rightarrow}D\}$ 已是最小函数依赖集。

4. 寻找候选关键字也需要一定的计算，下面计算 R 的候选关键字

在 $F=\{AB{\rightarrow}C, AC{\rightarrow}E, AB{\rightarrow}D\}$ 中，对所有属性进行归类如下。

L 类属性，即仅在依赖左边出现的属性：A，B。

R 类属性，即仅在依赖右边出现的属性：E，D。

LR 类属性，即既在依赖左边又在依赖右边出现的属性：C。

N 类属性，即既不在依赖左边又不在依赖右边出现的属性：无。

L 类属性和 N 类属性一定在候选关键字中，R 类属性一定不在候选关键字中。

所以，A、B 一定在候选关键字中，E、D 一定不在候选关键字中。这是定性的结果。具体的候选关键字是什么呢？

首先，计算 L 类属性 AB 的闭包：$\{A, B\}+ = \{A, B, D, C, E\}$，因为 AB 的闭包 $\{A, B, D, C, E\}$ 已经包含了所有 R 的属性，所以，$\{A, B\}$ 是唯一候选关键字。

对于 LR 类属性参与候选关键字的相关计算稍显复杂，但这里已经找出了关系模式 R $\{A, B, C, D, E\}$ 的唯一候选关键字。

5. 分析关系模式 R 已经达到的最高范式？

很明显，关系模式 $R(A, B, C, D, E)$ 中的所有属性值都是不可再分的原子项，所以该关系模式已满足第 1 范式。那么关系模式 $R(A, B, C, D, E)$ 是否满足 2NF？根据范式的相关定义可知：如果关系模式 $R(U, F)$ 中的所有非主属性都完全函数依赖于任一候选关键字，则该关系是第 2 范式。从上面的分析知道 $R(A, B, C, D, E)$ 的唯一候选关键字是 $\{A, B\}$；非主属性是 C、D、E；函数依赖集是 $\{AB\rightarrow C, AC\rightarrow E, AB\rightarrow D\}$。所以：

$AB\rightarrow C$

例：东店——海尔洗衣机——一定在家电部销售。

$AB\rightarrow D$

例：东店——海尔洗衣机(——只在家电部销售)——库存 10 台。

$AB\rightarrow E$

例：东店——海尔洗衣机(——卖海尔洗衣机的部门——家电部)——部门经理是张三。

关系模式 $R(A, B, C, D, E)$ 已满足 2NF。

进一步分析：非主属性 C、D、E 之间不存在相互依赖，即关系模式 $R(A, B, C, D, E)$ 不存在非主属性对候选关键字的传递依赖，根据第 3 范式的定义，关系模式 $R(A, B, C, D, E)$ 已满足 3NF。

6. 判断 R 是否已达 BCNF

R 已达 3NF，是否已达 BCNF，若不是 BCNF，将其分解为 BCNF 模式集。

由 BCNF 范式的定义得知：如果关系模式每个决定因素都包含关键字(而不是被关键字所包含)，则 R 满足 BCNF 范式。分析：在 $F = \{AB\rightarrow C, AC\rightarrow E, AB\rightarrow D\}$ 中，有依赖 $AC\rightarrow E$ 的左边 $\{A, C\}$ 不包含候选关键字 $\{A, B\}$，即 $AC\rightarrow E$ 是 BCNF 的违例。所以，关系模式 $R(A, B, C, D, E)$ 不满足 BCNF。

下面分解关系模式 $R(A, B, C, D, E)$。

分解 3NF，有一定的规则。

从 BCNF 违例 $AC\rightarrow E$ 入手，得到两个新关系模式：$R1(A, C, E)$ 和 $R2(A, C, B, D)$。$R1$ 由违例的所有属性组成，$R2$ 由违例的决定因素和 R 的其余属性组成。即：$R1($商店编号，部门编号，负责人），实际上描述了"负责人"这一件事；R2（商店编号，商品编号，部门编号，数量），实际上描述了"商品库存"这一件事。已经做到了"一事一地"的原则了，应该能符合更高的范式，但还得经过计算和判断。

思考：如何分解为 BCNF 模式集？

2.8 本 章 小 结

本章介绍了关系数据理论的重要知识，包括关系的数学定义、关系代数、关系演算、关系操作、关系的完整性、关系的规范化理论等。

关系数据模型是以集合论中关系概念为基础发展起来的数据模型，关系模式是对关系结构的描述。关系数据模型中数据操作包括两种方式：关系代数和关系演算。5 种基本的关系代数运算是关系的并、差、广义笛卡儿积、投影和选择。将数理逻辑中的谓词演算推广到关系运算中，就得到了关系演算。关系演算可分为元组关系演算和域关系演算两种。

针对关系数据库的设计问题，介绍了函数依赖和关系的规范化理论。第 1 范式的模式要求属性值不可再分裂成更小部分，即属性项不能是属性组合和组属性组成；如果关系模式 R 为第 1 范式，并且 R 中每一个非主属性完全函数依赖于 R 的某个候选键，则称是第 2 范式模式；如果关系模式 R 是第 2 范式，且每个非主属性都不传递依赖于 R 的候选键，则称 R 是第 3 范式的模式。

习 题 2

1. 名词解释

关系、关系模式、主码、外码、关系代数、元组关系演算、域关系演算、函数依赖、范式、1NF、2NF、3NF、BCNF。

2. 试述关系数据语言的特点和分类。

3. 试述关系模型的完整性规则。在参照完整性中，为什么外部码属性的值也可以为空？

4. 设教学数据库 TeachingData 中有 3 个基本表。

学生表 S(SNO，SNAME，SEX，CLASS)

选课表 SC(SNO，CNO，SCORE)

课程表 C(CNO，CNAME，TEACHER)

试写出下列查询语句的关系代数表达式。

（1）查询老师"张三"所授课程的课程号和课程名(CNO，CNAME)。

（2）查询没有选修"高等数学"的学生的姓名和所在班级(SNAME，CLASS)。

（3）查询所有女生的姓名和所在班级。

（4）查询未选修课程号为"00100002"的课程的男学生的学号和姓名(SNO，SNAME)。

5. 设有一个 SPJ 数据库，包括 S、P、J、SPJ 这 4 个关系模式。

S(SNO，SNAME，STATUS，CITY)

P(PNO，PNAME，COLOR，WEIGHT)

J(JNO, JNAME, CITY)

SPJ(SNO, PNO, JNO, QTY)

供应商 S 由供应商代码(SNO)、供应商姓名(SNAME)、供应商状态(STATUS)、供应商所在城市(CITY)组成。

零件表 P 由零件代码(PNO)、零件名(PNAME)、颜色(COLOR)、重量(WEIGHT)组成。

工程项目表 J 由工程项目代码(JNO)、工程项目名(JNAME)、工程项目所在城市(CITY)组成。

供应情况表 SPJ 由供应商代码(SNO)、零件代码(PNO)、工程项目代码(JNO)、供应数量(QTY)组成,表示某供应商供应某种零件给某工程项目的数量为 QTY。

对应的数据表见表 2-17~表 2-20。

表 2-17　*S* 表

SNO	SNAME	STATUS	CITY
S1	精益	20	天津
S2	盛锡	10	北京
S3	东方红	30	北京
S4	丰太盛	20	天津
S5	为民	30	上海

表 2-18　*P* 表

PNO	PNAME	COLOR	WEIGHT
P1	螺　母	红	12
P2	螺　栓	绿	17
P3	螺丝刀	蓝	14
P4	螺丝刀	红	14
P5	凸　轮	蓝	40
P6	齿　轮	红	30

表 2-19　*J* 表

JNO	JNAME	CITY
J1	三箭	北京
J2	一汽	长春
J3	弹簧厂	天津
J4	造船厂	天津
J5	机车厂	唐山
J6	无线电厂	常州
J7	半导体厂	南京

表2-20 *SPJ* 表

SNO	PNO	JNO	QTY
S1	P1	J1	200
S1	P1	J3	100
S1	P1	J4	700
S1	P2	J2	100
S2	P3	J1	400
S2	P3	J2	200
S2	P3	J4	500
S2	P3	J5	400
S2	P5	J1	400
S2	P5	J2	100
S3	P1	J1	200
S3	P3	J1	200
S4	P5	J1	100
S4	P6	J3	300
S4	P6	J4	200
S5	P2	J4	100
S5	P3	J1	200
S5	P6	J2	200
S5	P6	J4	500

试用关系代数、ALPHA 语言、QBE 语言完成如下查询。

（1）求供应工程 J1 零件的供应商代码 SNO。

（2）求供应工程 J1 零件 P1 的供应商代码 SNO。

（3）求供应工程 J1 零件为红色的供应商代码 SNO。

（4）求没有使用天津供应商生产的红色零件的工程项目代码 JNO。

（5）求至少用了供应商 S1 所供应的全部零件的工程项目代码 JNO。

6. 试述等值连接与自然连接的区别和联系。

第 3 章

关系数据库——SQL Server 2005 基础

SQL Server 是关系数据库的典型产品之一，是在 Windows 操作系统上使用最多的数据库管理软件。本教程重点介绍 SQL Server 2005。那么，大家一定想知道：

- SQL Server 2005 有哪些版本，它们各有什么不同？
- 不同版本的 SQL Server 2005 它们对软硬件各有什么要求？
- 如何选择和安装 SQL Server 2005？
- 使用 SQL Server 2005 能够做什么？

通过学习本章知识，相信大家就可以顺利地解决这些问题。

3.1　SQL Server 2005 的特点

SQL Server 2005 系统是 Microsoft 公司于 2005 年 12 月 7 日向全球发布的关系型数据库管理系统(RDBMS)。它是一个全面的、集成的、端到端的数据解决方案，为企业中的用户提供了一个更安全可靠和更高效的数据平台。

3.1.1　SQL Server 2005 的版本

SQL Server 2005 一共有 5 个版本，它们分别为企业版、标准版、工作组版、简易版和开发版。不同版本能够满足企业和个人不同的性能、运行及价格要求。选择哪一种版本可以根据企业或个人的需求来确定。

1. 企业版(SQL Server 2005 Enterprise Edition)

企业版支持超大型企业进行联机事务处理(OLTP)，满足高度复杂的数据分析、数据仓库系统和网站所需要的性能要求。它是最全面的 SQL Server 版本，能够满足最复杂的要求。

2. 标准版(SQL Server 2005 Standard Edition)

适合于中小型企业数据管理和分析平台。它集成商业智能和高可用性功能，可以为企业提供支持其运营的基本功能。

3. 工作组版(SQL Server 2005 Workgroup Edition)

它可以用作前端 Web 服务器，也可以用于部门或分支机构的运营。它包括 SQL Server 产品系列的核心数据库功能，并且可以轻松地升级至标准版或企业版。

4. 简易版(SQL Server 2005 Express Edition)

它是免费的版本，适合低端用户、非专业开发人员以及编辑爱好者使用。

5. 开发版(SQL Server 2005 Development Edition)

开发版功能和企业版完全一样，只是许可方式不同，只能用于开发和测试，不能用于生产服务器。

表 3 – 1 为 SQL Server 2005 的 4 种不同版本性能上的比较。

表 3-1　SQL Server 2005 不同版本性能比较

功能		简易版 Express	工作组版 Workgroup	标准版 Standard	企业版 Enterprise	注释
可伸缩性	CPU 数量	1	2	4	无限制	
	RAM	1GB	3GB	OS Mar	OS Mar	内存不能超过操作系统支持的最大值
	64 位支持	WOW	WOW	✓	✓	WOW：Windows on Windows
	数据库大小					
	分区				✓	支持大型数据库
	并行索引操作				✓	索引操作并行处理
	索引视图				✓	所有版本支持索引视图创建,但只有企业版支持按查询处理器匹配索引视图
可用性	数据库镜像			单 REDO 线程和安全设置始终开启	仅供评估用	高可用性解决方案,包括快速故障转移和自动客户重定向
	故障转移群集			仅支持两个节点	✓	
	备份日志传送		✓	✓	✓	数据备份和恢复方案
	联机系统更改	✓	✓	✓	✓	包括热添加内存、专用管理连接和其他联机操作
	快速恢复				✓	开始撤销操作时可用的数据库
	Management Studio		✓	✓	✓	SQL Server 管理平台
	数据库优化顾问			✓	✓	
	服务性增强功能	✓	✓	✓	✓	动态管理视图和报表增强功能
	全文搜索		✓	✓	✓	
	SQL 代理作业调试服务		✓	✓	✓	

续表

功能		简易版 Express	工作组版 Workgroup	标准版 Standard	企业版 Enterprise	注释
安全性	高级审核、身份验证和授权功能	✓	✓	✓	✓	
	数据加密和加密管理	✓	✓		✓	内置数据加密
	最佳实践分析器	✓	✓	✓	✓	
	与 Microsoft Baseline Security Analyzer 的集成	✓	✓	✓	✓	
	与 Microsoft Update 的集成	✓	✓	✓	✓	
可编程性	存储过程、触发器和视图				✓	
	T-SQL 增加功能				✓	
	公共语言运行时和 .NET 的集成				✓	
	Xquery	✓	✓	✓	✓	
	通知服务				✓	允许构建高级订阅和发布应用程序
	Server Broker	仅订阅方	✓	✓	✓	
互操作性	导入/导出	✓	✓	✓	✓	
	具有基本转换的集成服务			✓	✓	提供图形提取、转换和加载功能
	集成服务高级转换				✓	包括数据挖掘、文本挖掘和数据清理
	合并复制	✓	✓	✓	✓	
	事务性复制	✓	✓	✓	✓	

3.1.2 SQL Server 2005 新特性

Microsoft 推出的 SQL Server 2005(9.0)与先前的版本及其他主流关系数据库管理软件相比，具有下列特点。

1. 更多组件

SQL Server 2005 将先前的版本中的需要独立购买安装的组件 SQL Server Services、Analysis Services 和 Reporting Services 捆绑到了一个安装包里。

2. 统一的用户界面

SQL Server 2005 将先前版本中独立的【企业管理器】（Enterprise Manager）、【查询分析器】（Query Analyzer）、【报表服务】（Reporting Services）和【数据转换服务】（Data Transformation Services，DTS)整合在了一个统一的管理平台 Management Studio 中。

3. 与 Visual Studio.NET 语言的结合

SQL Server 2005 与 Visual Studio .NET 2005 开发工具紧密结合，程序员可以充分利用 .NET Framework 类库和编程语言(Visual Basic .NET、C#)开发数据库应用程序，扩充了传统结构化查询语言(Structure Query Language，SQL)的处理能力。

4. 商业智能

SQL Server 2005 的 Business Intelligence Development Studio(商业智能开发平台)提供了 Integration Services、Analysis Services、Reporting Services 开发环境来帮助企业建立全面完整、安全可靠的商业智能解决方案。

5. 安全性增强

SQL Server 2005 旨在通过数据库加密、更加安全的默认设置、加强的密码策略和细化许可控制及加强的安全模型等特性，为企业数据提供最高级别的安全性。

6. XML 技术

SQL Server 2005 完全支持关系型和 XML 数据，这样企业可以以最适合其需求的格式来存储、管理和分析数据。对于那些已存在的和新兴的开放标准，如超文本传输协议(HTTP)、XML、简单对象访问协议(SOAP)、XQuery 和 XML 方案定义语言(XSD)的支持，也有助于让整个企业系统相互通信。

7. Web Services

在 SQL Server 2005 中，可以开发数据库层中的 XML Web Services，把 SQL Server 作为 HTTP 侦听器。这为那些以 Web Services 为中心的应用程序提供了新型的数据访问功能。

SQL Server Integration Services(SSIS)改进了 2000 版本的数据转换服务(DTS)功能，允许以更加直观的方式对来自多个不同数据源(SQL Server 不同版本的数据库、Oracle 数据库、Access 数据库、Excel 文件等)的数据进行集成、转换处理。

SQL Server Analysis Services(SSAS)提供丰富的联机处理和数据挖掘算法。

SQL Server Reporting Services(SSRS)是企业级报表开发工具，可以用多种格式设置、提交报表，并且能够将报表以 Web 方式发布到企业内部和外部网站中。

3.2 SQL Server 2005 的安装与配置

了解 SQL Server 2005 的功能，掌握 SQL Server 2005 的安装方法和组件的管理配置，为今后作数据库管理员打好基础。熟练掌握 SSMS 查询编辑器的使用，为后续大量的数据库操作打好基础。

3.2.1 硬件要求

安装 SQL Server 2005 对硬件的最低要求见表 3－2。

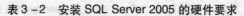

表3-2 安装 SQL Server 2005 的硬件要求

硬件	最低要求
主机系统	Intel 或兼容机，Pentium III 600MHz，建议 1GHz 或更高
内 存	企业版、标准版、开发版、工作组版：至少 512MB，建议 1GB 或更多； 简易版：至少 192MB，建议 512MB 或更多
硬盘空间	SQL Server 数据库组件：150MB Analysis Services 和数据文件：35MB Reporting Services 和报表管理器：40MB Notification Services 引擎组件、客户端组件和规则组件：5MB Integration Services：9MB 客户端组件：12MB 管理工具：70MB 开发工具：20MB SQL Server 联机丛书和 SQL Server Mobile 联机丛书：15MB 示例和示例数据库：390MB
显示器	VGA 或更高分辨率 SQL Server 图形工具要求 1024×768 或更高分辨率

3.2.2 软件要求

与 SQL Server 安装的软件环境相关的软件包括操作系统、Internet Explorer 浏览器(IE)和网络服务器(Internet Information Services，IIS)等。不同的 SQL Server 2005 版本对它们的最低要求不尽相同，见表3-3～表3-4。

表3-3 安装 SQL Server 2005 对操作系统的要求

版本	对操作系统的要求
企业版	Windows 2000 Server Windows 2000 Advanced Server Windows 2000 Data Center Server Windows 2003 Enterprise Windows 2003 Server Windows 2003 Data Center Server
标准版 开发版 工作组版 简易版	Windows 2000 Professional Windows 2000 Server Windows 2000 Advanced Server Windows 2000 Data Center Server Windows XP Professional Windows 2003 Enterprise Windows 2003 Server Windows 2003 Data Cernter Server

表 3−4 安装 SQL Server 2005 对 Internet 的要求

组件	要求
Internet 软件	所有 SQL Server 2005 的安装都需要 Microsoft Internet Explorer 6.0 版本或更高版本，因为 Microsoft 管理控制台（MMC）和 HTML 帮助需要它。只需 Internet Explorer 的最小安装即可满足要求，且不要求 Internet Explorer 是默认浏览器
Internet 信息服务（IIS）	安装 Microsoft SQL Server 2005 Reporting Services（SSRS）需要 IIS 5.0 或更高版本
ASP.NET 2.0	Reporting Services 需要 ASP.NET 2.0。安装 Reporting Services 时，如果尚未启用 ASP.NET，则 SQL Server 安装程序将会启用 ASP.NET

注意：（1）SQL Server Management Studio、Business Intelligence Development Studio 和 Reporting Services 的报表设计器组件需要 Microsoft Internet Explorer 6.0 SP1 或更高版本。

（2）SQL Server 2005 安装程序需要 Microsoft Windows Installer 3.1 或更高版本，以及 Microsoft 数据访问组件（MDAC）2.8 SP1 或更高版本。

3.2.3　SQL Server 2005 的安装

微软（http://www.microsoft.com/sql/evaluation/trial）提供了 120 天试用的简易版（SQL Server 2005 Express），如果手头没有 SQL Server 2005，可以使用这种试用版。

本节讲的是在 Windows XP Professional Edition SP2 下面使用 SQL Server 2005 Developer Edition 32 位版本。具体安装过程如下。

步骤 1：以系统管理员 Administrator 的身份登录操作系统。

步骤 2：在光驱中放入 "Microsoft SQL Server 2005 Developer Edition 中文版" 的安装光盘，双击可执行文件 setup.exe 的图标，在弹出的对话框里选中【我接受许可条款和条件】复选框，如图 3.1 所示。

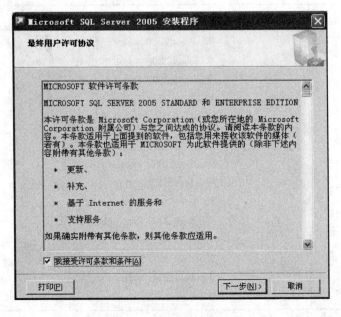

图 3.1　最终用户许可协议

步骤3：单击【下一步】按钮，打开【安装必备组件】对话框，并单击【安装】按钮，如图3.2所示。

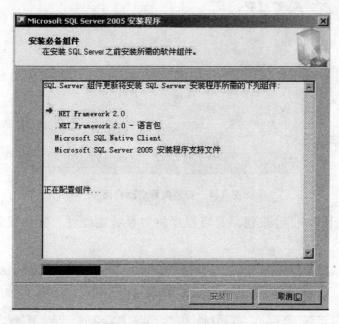

图3.2 配置要安装的必备组件

步骤4：安装成功后，系统提示"已成功安装所需的组件"，如图3.3所示。

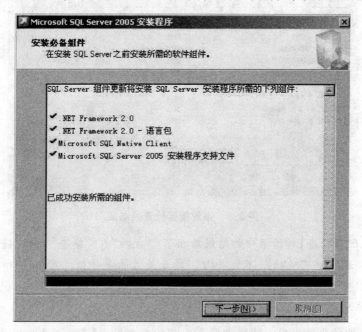

图3.3 必备组件安装成功

步骤5：必备组件安装成功后，单击【下一步】按钮，安装程序将扫描计算机上的硬件配置。扫描完后，将会自动启动 Microsoft SQL Server 安装向导界面，如图3.4所示。

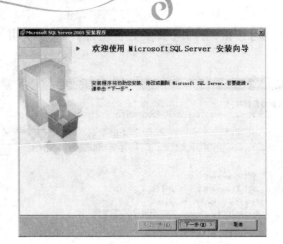

图3.4　安装向导启动界面

步骤6：单击【下一步】按钮，安装程序将对系统的硬件、软件配置进行检查，如图3.5所示。

图3.5　系统配置检查的结果

注意： 在【系统配置检查】对话框中的结果给出了"成功"、"警告"和"错误"等3种状态信息。通常对"成功"不太关心，真正关注的是导致"警告"和"错误"的原因。可以查看检查结果的详细信息。例如，图3.5中的警告消息说明，IIS的功能没有安装或启动。

步骤7：系统软硬件满足安装要求后，在图3.5中单击【下一步】按钮，安装程序准备收集安装信息。准备结束后显示【注册信息】对话框，如图3.6所示。

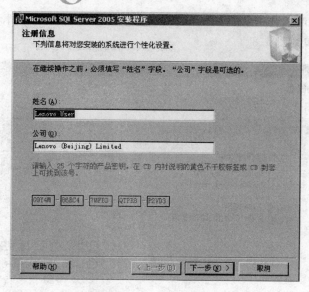

图3.6　注册信息界面

注意： 在【姓名】文本框中输入姓名，在【公司】文本框中输入公司名称以及产品密钥。

步骤8：单击【下一步】按钮，安装程序检测合法的产品密钥的合法性，通过后显示【要安装的组件】对话框。选中各组件的复选框，选中要安装和升级的组件。第一次安装可选中多个组件，若只安装客户端程序，可选中【工作站组件、联机丛书和开发工具】复选框，如图3.7所示。

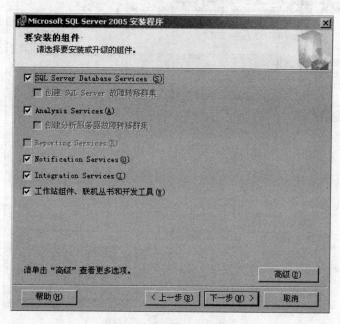

图3.7　安装组件的选择

注意： （1）要了解各个组件的功能及占用磁盘空间信息，可以单击【要安装的组件】对话框中的【高级】按钮，打开【功能选择】对话框，如图3.8所示。

（2）若想改变系统指定的安装路径，可以在【功能选择】对话框中单击【浏览】按钮，打开【更改文件夹】对话框，自定义安装路径，如图 3.9 所示。单击【确定】按钮，返回到图 3.8。

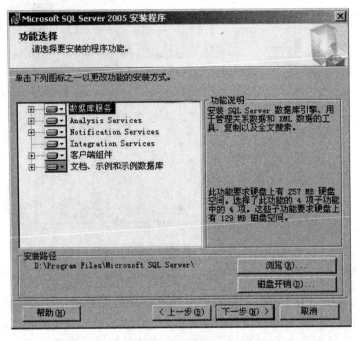

图 3.8　功能选择

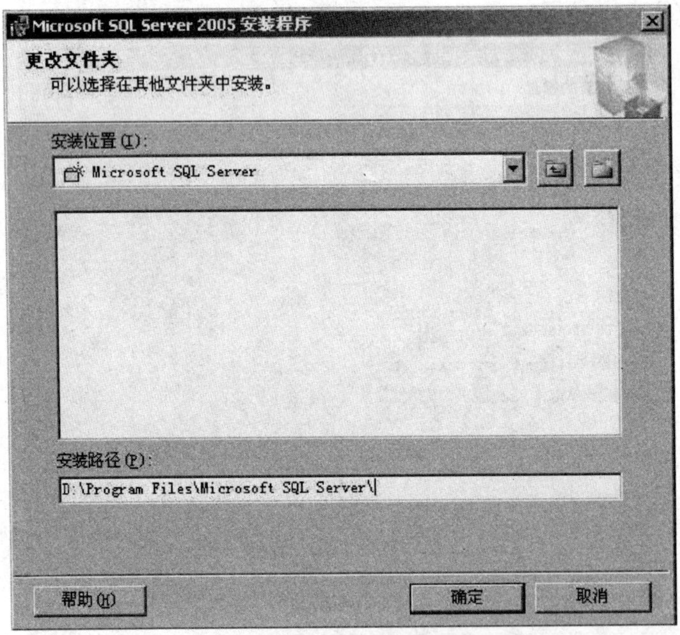

图 3.9　更改安装路径

步骤9：在图 3.8 中单击【下一步】按钮，打开【实例名】对话框，采用默认的【默认实例】，如图 3.10 所示。默认实例名为 MSSQLSERVER。

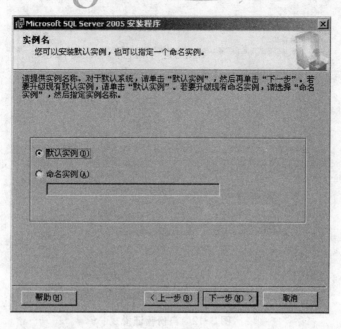

图3.10 实例名

步骤10：单击【下一步】按钮，打开【服务账户】对话框，设置服务账户，本节采用【使用内置系统账户】方式的【本地系统】，如图3.11所示。

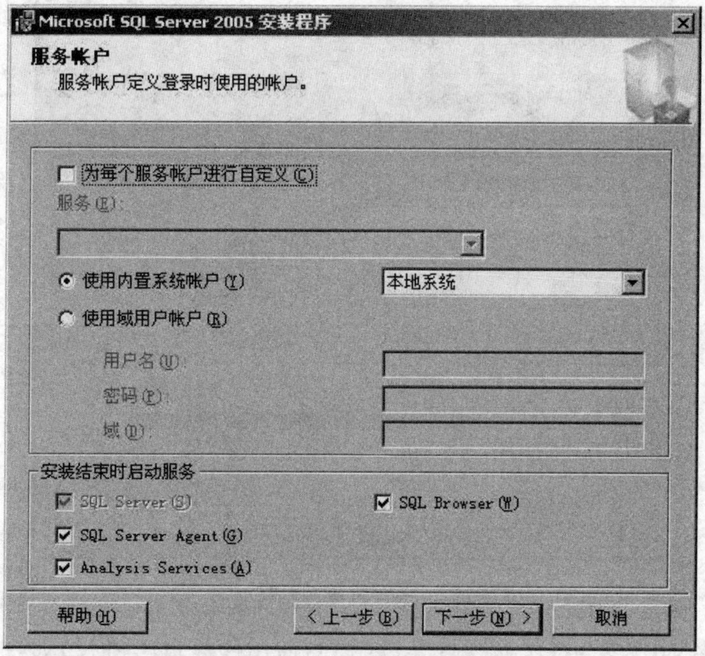

图3.11 服务账户

步骤11：单击【下一步】按钮，打开【身份验证模式】对话框，选中【混合模式】单选按钮。以sa身份登录，要进行密码的设置，并保证输入密码与确认密码的一致性，如图3.12所示。

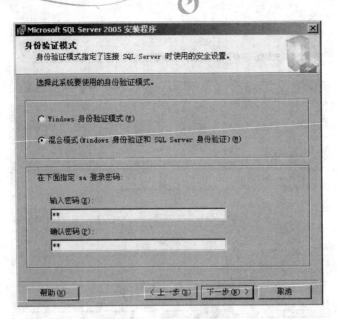

图 3.12　身份验证模式

步骤 12：单击【下一步】按钮，打开【排序规则设置】对话框，可采用默认设置，如图 3.13 所示。

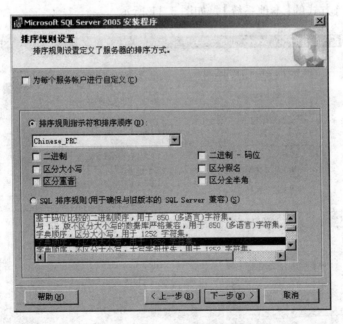

图 3.13　排序规则设置

步骤 13：单击【下一步】按钮，打开【错误与使用情况报告设置】对话框，不做选择，如图 3.14 所示。

图3.14　错误和使用情况报告设置

步骤14：单击【下一步】按钮，打开【准备安装】对话框，在文本框中显示了前面步骤中设置的信息，如图3.15所示。单击【上一步】按钮可以改变设置信息。

图3.15　准备安装

步骤15：单击【安装】按钮，打开【安装进度】对话框，如图3.16所示。

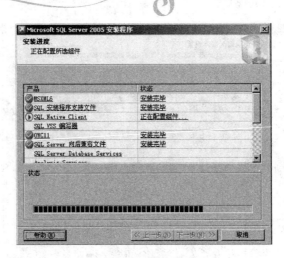

图 3.16　安装进度

当【下一步】按钮处于激活状态时，说明安装已经结束，可以进行下一步的操作，如图 3.17 所示。

图 3.17　安装完毕

步骤16：单击【下一步】按钮，提示"完成 Microsoft SQL Server 2005 安装"，如图 3.18所示。

图 3.18　安装完成的信息

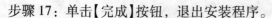

步骤17：单击【完成】按钮，退出安装程序。

安装结束后，系统将自动启动 SQL Server 服务。在操作系统的【所有程序】菜单中增加了 Microsoft SQL Server 2005 和 Microsoft Visual Studio 2005 程序组件。

3.3 SQL Server 2005 的工具和实用程序

"工欲善其事，必先利其器"，在学习数据库管理之前，首先要了解 SQL Server 2005 的管理工具，然后才能熟练地操作数据库。

本节简单介绍管理工具的功能，以便读者对 SQL Server 2005 有个全面的认识。后面章节将有详细介绍。

在安装完 SQL Server 2005 之后，开始菜单中添加了如下程序和相应的服务。

1. Analysis Services

提供"部署向导"，为用户提供将某个 Analysis Services 项目的输出部署到某个目标服务器的功能。

2. 配置工具

其子菜单中提供的配置管理器 SQL Server Configuration Manager 用于查看和配置 SQL Server 的服务。其中列出了 SQL Server 2005 系统的 7 个服务。右击某个服务名称，可以查看该服务的属性，并且可以启动、停止、暂停和重新启动相应的服务。

也可以使用操作系统【我的电脑】|【管理】选项，在【计算机管理】窗口中查看和启动、停止、暂停和重新启动相应的服务。

3. 文档和教程

提供了 SQL Server 2005 的联机帮助和示例数据库概述。

4. 性能工具

子菜单提供了 SQL Server Profiler 和"数据库引擎优化顾问"用户数据库性能调试和优化工具。

5. SQL Server Business Intelligence Development Studio

商务智能(BI)系统开发人员设计的集成开发环境，构建于 Visual Studio 2005 技术之上，为商业智能系统开发人员提供了一个丰富、完整的专业开发平台，支持商业智能平台上的所有组件的调试、源代码控制以及脚本和代码的开发。

6. SQL Server Management Studio

它将 SQL Server 早期版本中包含的企业管理器、查询分析器和分析管理器的功能组合到单一环境中，为不同层次的开发人员和管理员提供 SQL Server 访问能力。

3.4 SQL Server 2005 的服务器管理

SQL Server 2005 安装成功后，服务器组件作为 Windows 操作系统后台运行的程序，可在【计算机管理】窗口中的【服务】窗格中看到，如图 3.19 所示；或者在 SQL Server Configuration Manager 窗口中查看和配置 SQL Server 的服务，如图 3.20 所示。

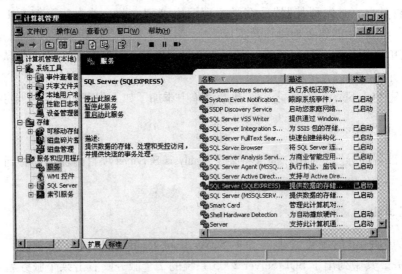

图 3.19 计算机管理中的服务启动

图 3.20 查看和配置 SQL Server 的服务

常见的服务器组件如下。

1. SQL Server 数据库引擎

SQL Server 数据库引擎包括数据库引擎(用于存储、管理和保护数据的核心服务)、复制、全文搜索以及用于管理关系数据和 XML 数据的工具。

2. Analysis Services

Analysis Services 包括用于创建和管理联机分析处理(OLAP)以及数据挖掘应用程序的

工具。

3. Reporting Services

Reporting Services 包括用于创建、管理和部署表格报表、矩阵报表、图形报表、自由格式报表的服务器及客户端组件。Reporting Services 还是一个可用于开发报表应用程序的可扩展平台。

4. Notification Services

Notification Services 是一个平台，用于开发和部署将个性化即时信息发送到各种设备上的用户应用程序。

5. Integration Services

Integration Services 是一组图形工具和可编程对象，用于移动、复制和转换数据。

3.5 疑 难 分 析

3.5.1 身份验证模式的选择

"SQL Server 身份验证模式"是大家比较容易混淆的知识点，简单说明一下。其实 SQL Server 2005 有两种身份验证模式即 Windows 身份验证模式，如图 3.21 所示，和 Windows 与 SQL Server 的混合验证模式，如图 3.22 所示。

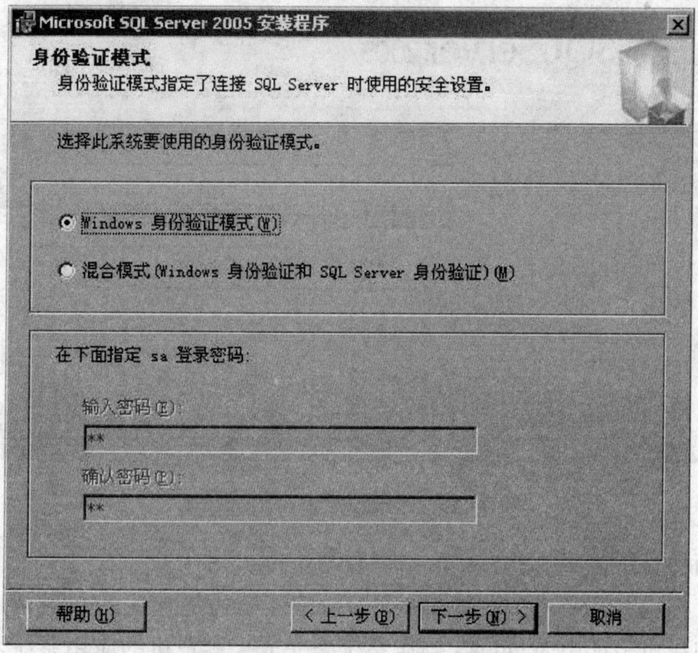

图 3.21 Windows 身份验证模式

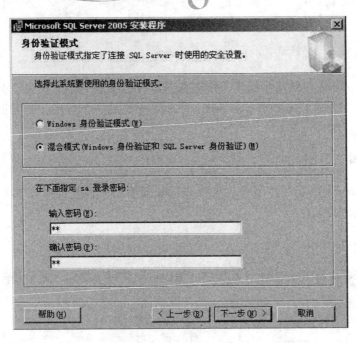

图 3.22　混合模式

当启动 SQL Server 2005 进行登录时，如果在安装时只选中【Windows 身份验证模式】单选按钮，在数据库引擎中只有 Windows 模式没有 SQL Server 模式；如果安装时选中【混合模式】单选按钮的话，二者都有，如图 3.23 与图 3.24 所示。

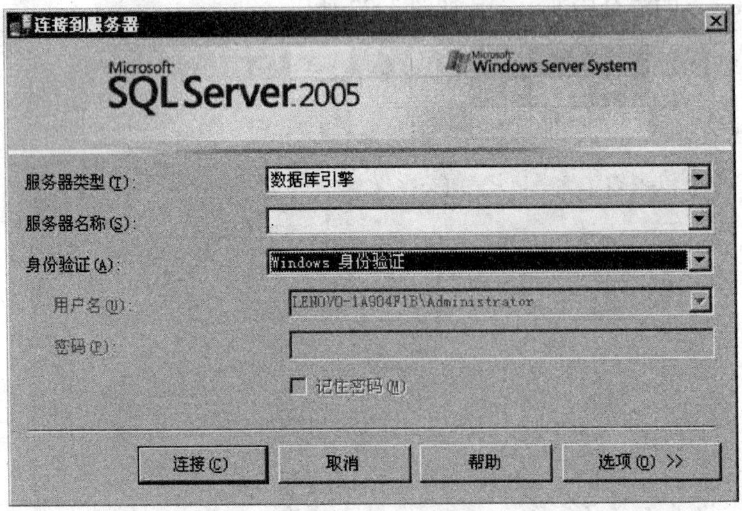

图 3.23　Windows 身份验证登录

那么，这两种身份模式的验证到底哪一种更好呢？

通常来讲，在局域网环境中，Windows 身份验证模式是默认的和最常用的推荐安全模式。因为所有的身份验证由 Windows 操作系统来完成，客户机的应用系统不需要封装账户口令，从而更安全。在 Internet 环境下，一般需要使用 SQL Server 验证，因此要求在安装时要选择"混合模式"。

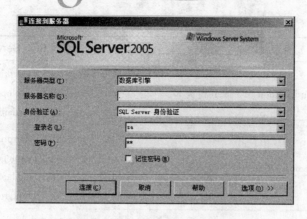

图 3.24 SQL Server 身份验证登录

当然，更为安全的做法是先选择混合模式且为 sa 账号提供一个密码，在安装完成和处理完一些其他的安全项目后，再把验证模式改为 Windows 身份验证模式。如果在安装过程中选择 Windows 身份验证模式，这样一旦 Windows 系统出问题，将导致 SQL Server 数据库也无法登录。尽管这样的问题可以通过更改注册表来弥补，但对于初学者来说是比较复杂的。

3.5.2 SQL Server 2005 的版本升级

在升级之前首先要做好灾难处理，虽然 SQL Server 2005 可以保证升级的顺利进行，但是仍有可能在升级过程中出现不可预知的事件，如突然掉电、数据库被破坏或者应用程序不能适应 SQL Server 2005，造成数据库无法访问等。因此在做升级之前一定要做好数据备份，万一出现了状况，也可以恢复到升级前的状态。

SQL Server 2005 支持从 SQL Server 7.0 或 SQL Server 2000 的升级，但并不是各种版本都可以任意升级到 SQL Server 2005 的任何版本。表 3-5 显示了 SQL Server 2005 版本支持的升级方案。

表 3-5 SQL Server 2005 版本支持的升级方案

原版本	可升级到 SQL Server 2005 的版本
SQL Server 7.0 Enterprise Edition SP4	SQL Server 2005 Enterprise Edition
SQL Server 7.0 Developer Edition SP4	SQL Server 2005 Enterprise Edition SQL Server 2005 Developer Edition
SQL Server 7.0 Standard Edition SP4	SQL Server 2005 Enterprise Edition SQL Server 2005 Standard Edition
SQL Server 7.0 Desktop Edition SP4	SQL Server 2005 Standard Edition SQL Server 2005 Workgroup Edition
SQL Server 7.0 Desktop Engine（MSDE）7.0 SP4	SQL Server 2005 Express Edition
SQL Server 2000 Enterprise Edition SP3 或更高版本	SQL Server 2005 Enterprise Edition
SQL Server 2000 Developer Edition SP3 或更高版本	SQL Server 2005 Developer Edition

续表

原版本	可升级到 SQL Server 2005 的版本
SQL Server 2000 Standard Edition SP3 或更高版本	SQL Server 2005 Enterprise Edition SQL Server 2005 Developer Edition SQL Server 2005 Standard Edition
SQL Server 2000 Workgroup Edition	SQL Server 2005 Enterprise Edition SQL Server 2005 Developer Edition SQL Server 2005 Standard Edition SQL Server 2005 Workgroup Edition
SQL Server 2000 Personal Edition SP3 或更高版本	SQL Server 2005 Developer Edition SQL Server 2005 Standard Edition SQL Server 2005 Workgroup Edition
SQL Server Desktop Engine(MSDE)2000	SQL Server 2005 Express Edition SQL Server 2005 Workgroup Edition

另外，SQL Server 2005 不支持跨版本的实例，在同一个 SQL Server 2005 的实例中，数据库引擎、Analysis Services 和 Reporting Services 组件中的版本号必须相同。

3.6 本章小结

SQL Server 2005 共有 5 个版本：企业版(SQL Server 2005 Enterprise Edition)、标准版(SQL Server 2005 Standard Edition)、工作组版(SQL Server 2005 Workgroup Edition)、简易版(SQL Server 2005 Express Edition)和开发版(SQL Server 2005 Developer Edition)，它们的功能和对软硬件的需求各不相同。与以往的版本相比，SQL Server 2005 具有更多的组件、更为统一的用户界面和更强的商业智能等特点，它与开发语言结合更为紧密，并支持 XML 技术与 Web Services 技术，提供丰富的联机处理和数据挖掘算法。SQL Server 2005 安装与配置更为简便。

SQL Server 2005 提供的程序 Analysis Services 提供"部署向导"，为用户提供将某个 Analysis Services 项目的输出部署到某个目标服务器的功能；配置工具提供的配置管理器 SQL Server Configuration Manager 用于查看和配置 SQL Server 的服务，列出了 SQL Server 2005 系统的 7 个服务；文档和教程提供了 SQL Server 2005 的联机帮助和示例数据库概述；性能工具提供了 SQL Server Profiler 和"数据库引擎优化顾问"用户数据库性能调试和优化工具；SQL Server Business Intelligence Development Studio 为商务智能(BI)系统开发人员设计了集成的开发环境，构建于 Visual Studio 2005 技术之上，为商业智能系统开发人员提供了一个丰富、完整的专业开发平台，支持商业智能平台上的所有组件的调试、源代码控制以及脚本和代码的开发；SQL Server Management Studio 将 SQL Server 早期版本中包含的企业管理器、查询分析器和分析管理器的功能组合到单一环境中，为不同层次的开发人员和管理员提供 SQL Server 访问能力。

SQL Server 2005 常见的服务器组件有：SQL Server 数据库引擎、Analysis Services、Reporting Services、Notification Services 和 Integration Services 等。SQL Server 数据库引擎包括数据库引擎(用于存储、管理和保护数据的核心服务)、复制、全文搜索以及用于管理关系数据和 XML 数据的工具;Analysis Services 包括用于创建和管理联机分析处理(OLAP)以及数据挖掘应用程序的工具;Reporting Services 包括用于创建、管理和部署表格报表、矩阵报表、图形报表、自由格式报表的服务器及客户端组件,Reporting Services 还是一个可用于开发报表应用程序的可扩展平台;Notification Services 是一个平台,用于开发和部署将个性化即时信息发送到各种设备上的用户应用程序;Integration Services 是一组图形工具和可编程对象,用于移动、复制和转换数据。

习 题 3

1. 简述 SQL Server 2005 的特点。
2. 简述 SQL Server 2005 的"身份验证模式"。
3. 试述 SQL Server 2005 Enterprise Edition 版本的功能特点和安装运行的软硬件环境。
4. SQL Server 2005 为用户提供的程序主要有哪些?它们各有什么功能?
5. 练习安装任一版本的 SQL Server 2005。

第 4 章

数据库的管理

教学目标

1. 了解 SQL Server 2005 的数据结构和系统数据库的功能。

2. 理解数据库创建的相关概念。

3. 熟练掌握数据库创建与修改、分离与附加、删除、数据导入与导出的基本操作方法。

SQL Server 2005 的初学者通常会碰到这样一些问题。

- 在 SQL Server 2005 的默认路径下建立的数据库，怎么找不到了？
- 系统数据库 master、model、msdb、tempdb、resource 有什么用？可不可以删除它们？
- 在家里电脑中做的建库作业如何提交给老师？
- 可不可以把在 Excel、Access 中建的表弄到 SQL Server 2005 数据库中去？

通过学习本章知识，相信大家就可以顺利地解决这些问题。

4.1 SQL Server 2005 数据库的结构

本小节主要介绍 SQL Server 2005 的目录结构和存储结构，本节的学习，对理解以后的数据库及其相关概念有一定的作用。

4.1.1 SQL Server 2005 数据库的目录结构

大家可以在安装目录下发现如图 4.1 所示的相关文件夹（这里假定在安装时采用的默认安装路径 C:\Program Files\Microsoft SQL Server），下面对各个文件夹的功能进行简单的介绍。

在 80 文件夹中，包含有 COM、Tools 子文件夹。其中，COM 子文件夹用于存放 SQL Server 2005 中 COM（组件对象模型）对象的 DLL（动态链接库）文件；Tools 子文件夹用于存放与所有实例共享的工具相关的 DLL 文件。

在 90 文件夹中，包含有 COM、DTS、EULA、SDK、Setup Bootstrap、Shared 和 Tools 子文件夹。其中 COM 子文件夹中存放复制和服务器端的 COM 对象；DTS 文件夹用于存放 SQL Server Integration Services 组件；EULA 子文件夹用于存放与 SQL Server 2005 有关的软件许可条款文本文件；SDK 子文件夹用于存放开发工具包相关的库文件(.lib)、动态链接文件(.dll)、头文件(.h)；Setup Bootstrap 子文件夹用于存放 SQL Server 2005 安装日志及安装程序；Shared 子文件夹用于存放在 SQL Server 2005 的所有实例之间共享的组件；Tools 子文件夹用于存放客户端组件。

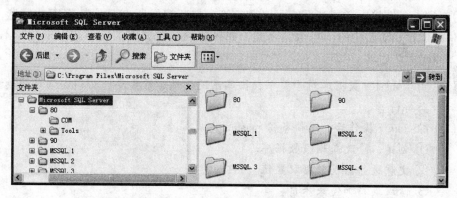

图 4.1 SQL Server 2005 目录结构

在 SQL Server 2005 安装过程中，为每个服务器组件生成一个实例 ID，该 SQL Server 版本中的服务器组件是数据库引擎、Analysis Services 和 Reporting Services。实例 ID 的格式为 MSSQL.n，其中 n 是安装组件的序号，第一个生成的实例 ID 为 MSSQL.1，其他实例的 ID 号依次递增，如 MSSQL.2、MSSQL.3 等。

4.1.2 SQL Server 2005 数据库的存储结构

数据库的存储结构有两种：逻辑存储结构和物理存储结构。数据库的逻辑存储结构指的是数据库由哪些性质的信息所组成，SQL Server 的数据库不仅仅存储数据，还存储所有与数据处理操作相关的信息，数据库在操作逻辑上来说包括许多数据库对象，如表、视图、存储过程等；数据库的物理存储结构则讨论的是数据库文件是如何在磁盘上存储的，

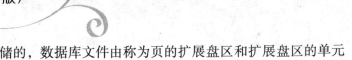

数据库在磁盘上是以文件形式存储的，数据库文件由称为页的扩展盘区和扩展盘区的单元组成。

页是数据存储的基本单位。在 SQL Server 2005 中，页的大小为 8KB，数据库中的 1MB 有 128 页。每页的开始页为页首，共有 96 个字节，用于存储系统信息，如页的类型、页的可用空间量、拥有页的对象分配单元 ID 等。

区是 SQL Server 2005 每次申请空间时能分配的最小单元，区是管理空间的基本单位，一个区由 8 个相邻页组成，即一个区有 64KB，在 SQL Server 2005 中有两种类型的区：统一区和混合区。统一区为单个对象所有，混合区最多可由 8 个对象共享，区中 8 个页中的每个页可为不同的对象所有。通常从混合区向新表或索引分配页，当表或索引增长到 8 页时，将变成使用统一区进行后续分配。如果对现有表创建索引，并且该表包含的行足以在索引中生成 8 页，则对该索引的所有分配都使用统一区。

4.2　SQL Server 2005 系统数据库

SQL Server 2005 中有 5 个系统数据库：master、model、msdb、tempdb 和 resource。这些数据库在 SQL Server 2005 中都有特殊的用途，不能随意对其进行修改或将其删除。

4.2.1　master 系统数据库

master 数据库记录了 SQL Server 2005 系统的所有系统级的信息，包括元数据(例如登录账户)、端点、链接服务器和系统配置设备等，它还记录所有其他数据库的信息，如数据库文件的位置、初始化的信息等。因此，如果 master 数据库被破坏或出现故障不可用，则 SQL Server 无法启动。

注意：(1) 由于 master 数据库对于整个数据库系统来说非常重要，必须定期对该数据库进行备份。

(2) 执行以下操作后，尽快备份 master 数据库。

① 创建、修改或删除数据库。

② 更改服务器或数据配置值。

③ 修改或添加登录账户。

4.2.2　model 模板数据库

model 数据库为模板数据库，向用户提供各种模板。例如，当用户在 SQL Server 中创建新的数据库时，SQL Server 都会以 model 数据库为模板来创建新的数据。

如果修改了 model 数据库中的信息，那么在以后创建的新数据库中都会继承 model 数据的修改。因此，可以通过 model 数据库修改权限、数据库选项或为 model 数据库添加数据表、函数、存储过程等来设置以后要创建的新数据库的属性。

4.2.3　msdb 系统数据库

msdb 数据库是 SQL Server 代理用来安排警报和作业、记录 SQL Server 代理程序服务项目和操作员信息等的数据库，有关数据库备份和还原的记录也会写在该数据库中。

4.2.4 tempdb 临时数据库

tempdb 数据库为保存临时或中间结果提供工作空间。它是连接到 SQL Server 实例的所有用户都可以使用的全局资源，它保存所有临时表和临时存储过程，包含了所有的暂存数据表与暂存的预存程序。tempdb 临时数据库中可以保存的临时数据有：临时表、临时存储过程、数据库表变量、游标、排序的中间结果工作表、索引操作与触发器操作而生成的数据等。服务器实例关闭时，将永久删除 tempdb 数据库中的数据。由于每次 SQL Server 2005 启动时，都会重建 tempdb 数据库，所以 tempdb 数据库也会继承 model 数据库的对象。

注意：tempdb 的大小可以影响系统性能，如果 tempdb 太小，则每次启动 SQL Server 时，系统处理可能忙于数据库的自动增长，而不能支持工作负荷要求。可以通过增加 tempdb 的大小来避免此开销。

4.2.5 resource 系统数据库

resource 数据库是 SQL Server 2005 中新增加的数据库，它是一个只读数据库，其中包含了 SQL Server 2005 中所有系统对象。resource 数据库与 master 数据库的区别在于，master 数据库存入的是系统级的信息而不是所有系统对象，resource 数据库存放的这些系统对象在物理上是存在于 resource 数据库中，但在逻辑上它们却出现在每个数据库的 sys 架构中。因此，resource 数据库在 Microsoft SQL Server Management Studio 的对象资源管理器中是看不到的。

resource 数据库的物理文件是 mssqlsystemresource. mdf 和 mssqlsystemresource. ndf，在默认情况下它位于 X：\Program Files\Microsoft SQL Server\MSSQL. 1\Data 文件夹下，这里的 X 为安装 SQL Server 2005 的硬盘分区。每个数据库实例都有且只有一个关联的 mssqlsystem-resource. mdf 文件，各个实例间并不共享该文件。

注意：resource 数据库与 master 必须在同一个目录，如果移动过 master 数据库的文件夹，那么，也必须将 resource 文件夹移到相同的文件夹下。

4.3 用户数据库的创建与修改

本节介绍的数据库的创建与修改操作是 SQL Server 2005 最基本的操作，在介绍具体的操作方法之前，先介绍一些预备知识，这样才能在以后建库过程中理解相关参数设置的含义。

4.3.1 预备知识

在学习如何创建数据库之前，首先要了解与数据库相关的基本概念和基础知识。如数据库的命名规则、数据库权限、数据库的所有者、数据库的上限量、数据库的文件及文件组、数据库的状态等。

数据库的命名：数据库的命名规则取决于数据库兼容的级别。一般来说，SQL Server 7.0 使用的是 70 级别，SQL Server 2000 使用的是 80 级别，SQL Server 2005 使用的是 90 级别

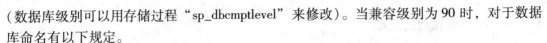

（数据库级别可以用存储过程"sp_dbcmptlevel"来修改）。当兼容级别为 90 时，对于数据库命名有以下规定。

（1）名称长度不能超过 128 个字符，本地临时表的名称不能超过 116 个字符。

（2）名称的第一个字符必须是英文字母、中文（或其他语言的字母）、下划线、符号"@"或"#"。

（3）除第一个字符之外的其他字符，还可以包括数字、"$"。

（4）名称中间不允许有空格或其他特殊字符。

（5）名称不能是保留字。

注意：（1）由于在 T-SQL 中，"@"表示局部变量，"@@"表示全局变量，"##"表示全局临时对象，所以不建议用这些符号作为数据库名称的开头。

（2）虽然在 SQL Server 2005 中，保留字区分大小写，但也不建议用改过大小写的保留字作为数据库名。

权限：要想创建数据库，必须至少拥有 CREATE DATABASE、CREATE ANY DATA-BASE 或 ALTEY ANY DATABASE 的权限。

数据库的所有者：所有者是对该数据库具有完全操作的用户，默认的该数据库的所有者为创建该数据库的用户。任何可以访问到 SQL Server 的连接的用户（可以是 SQL Server 登录账户或 Windows 用户）都可以成为数据库的所有者。

数据库的上限：在同一个实例中，最多可以创建 32767 个数据库，一旦超过这个数量，将不能再创建新的数据库。

数据库文件：每个 SQL Server 2005 的数据库至少包含两个文件，一个数据文件和一个日志文件。

数据库的数据文件中包含数据库的数据和对象，如表、视图、索引等。数据文件可以分为主要数据文件和次要数据文件两种。每个数据库有且仅有一个主要数据文件，主要数据文件的扩展名为 .mdf。次要数据文件是可选的，一般是用户自定义的，扩展名一般为 .ndf，用户数据和对象可以存储在主要数据文件和次要数据文件中，使用次要文件可以将数据分散在多个磁盘上以提高读取速度。

主要数据文件包含数据库的启动信息，并指向数据库中的其他文件。次要数据文件由用户定义并存储用户数据，如果数据库超过了单个 Windows 规定的最大文件限量，可以使用次要数据文件，从而使数据库能够继续增长。

例如，用户可以创建一个简单的数据库 Sales，其中包括一个包含所有数据和对象的主要文件和一个包含事务日志信息的日志文件；也可以创建一个更复杂的数据库 Orders，其中包括一个主要文件和 5 个次要文件，数据库中的数据和对象分散在这 6 个文件中。

数据库的日志文件用于存储数据库的事务日志信息，事务日志是数据库的黑匣子，它记录了数据库的操作轨迹，包含了可用于恢复数据库的日志信息。日志文件扩展名为 .ldf，每个数据库至少有一个日志文件，日志文件也分主要日志文件和次要日志文件，但所有日志文件的扩展名都为 .ldf。

说明： 除了有这些数据库文件之外，每个数据库还有一个逻辑上的名称，这个逻辑名可以与数据库文件名一致，也可以与数据库文件名不同。

文件组：文件组主要用于数据库文件的集中管理，通常可以将数据库文件集中起来放在文件组中，每个文件组有一个组名。文件组也有 3 种类型：主文件组、用户定义文件组、默认文件组。

每个数据库都有一个主要文件组，该文件组包含主要数据文件和未放入其他文件组的所有次要文件。在创建数据库时，如果没有定义文件组，SQL Server 2005 会建立主文件组，所有的系统表都分配在主文件组中，如果主文件组没有空间了，就不能向系统表添加新目录信息了。

用户定义文件组是指在创建或修改数据库时用户创建的文件组。创建了用户文件组后，可以任意分配数据文件。如果用户定义的文件组被填满，那么只有该文件组的用户表会受影响。

注意：（1）文件或文件组不能由一个以上的数据库使用。

（2）日志文件不属于任何文件组。

默认文件组可以是主文件组，也可以是用户定义的文件组，在初始情况下，主文件组是默认文件组。在任何时候，有且只有一个文件组被指定为默认文件。在 SQL Server 2005 中创建数据库对象时，如果没有指定它所属的文件组，那么就将这些对象指派到默认文件组。一般来说，默认文件必须足够大，以便容纳未分配到用户定义文件组中的所有对象。

说明：可以将文件组中的文件存放在不同位置，当对数据库进行操作时，SQL Server 2005 会同时修改这些文件，因而可以提高数据库的性能。例如，某个数据库有 3 个次要数据文件，其文件名分别为 datafile1. ndf、datafile2. ndf、datafile3. ndf，它们位于 3 个磁盘上，将这 3 个文件指派到文件组 filegroup1 中。这样，可以在文件组 filegroup1 创建一个表，对表中数据的查询将分散在 3 个磁盘上，从而可以加快数据读取速度，提高系统性能。

数据库状态：SQL Server 2005 的数据库有 7 种状态：ONLINE（在线）、OFFLINE（离线）、RESTORING（还原）、RECOVERING（恢复）、RECOVERY PENDING（恢复待定）、SUSPECT（可疑）和 EMERGENCY（紧急）。

（1）数据库处于 ONLINE 状态时，可以对数据库进行访问。

（2）数据库处于 OFFLINE 状态时，数据库无法使用。

（3）数据库处于 RESTORING 状态时，表示正在还原主文件组的一个或多个文件，或正在离线还原一个或多个辅助文件，此时数据库不可用。

（4）数据库处于 RECOVERING 时，表示正在恢复数据库，该状态是个暂时性的状态，恢复成功后，数据库自动回到在线状态。

（5）数据库处于 RECOVERY PENDING 状态时，一般来说，该状态是 SQL Server 在恢复过程中遇到了与资源相关的错误才会产生的，此时数据库并未损坏，但很有可能缺少文件。此时数据库不可用，并等待用户执行操作来解决问题，并让恢复工作完成。

（6）数据库处于 SUSPECT 状态时，表示数据库里的文件组（至少是主文件组）可疑或已经损坏，在 SQL Server 2005 启动过程无法恢复数据库，此时数据不能使用。

（7）数据库处于 EMERGENCY 状态时，一般是用于故障排除，此时数据库处于单用户模式，可以修复或还原。数据库标记为只读，并禁用日志记录，只有 sysadmin 服务器角色的成员才能访问。

文件状态：在 SQL Server 2005 中，数据库文件的状态独立于数据库的状态。文件始终处于一个特定的状态，如 ONLINE 或 OFFLINE。

文件组中的文件的状态确定了整个文件组的可用性。文件组中的所有文件都必须联机文件组才可用。如果文件组处于离线状态，用户访问该文件组的操作将失败，系统显示出错提示信息。

文件主要有 6 种状态：ONLINE、OFFLINE、RESROTING、RECOVERY PEDING、SUSPECT、DEFUNCT(无效)。表 4 – 1 列出了文件状态及其说明。

表 4 – 1　文件状态及其定义

状态	定义
ONLINE	文件可用于所有操作。如果数据库本身处于在线状态，则主文件组中的文件始终处于在线状态。如果主文件组中的文件处于离线状态，则数据库将处于离线状态，并且辅助文件的状态未定义
OFFLINE	文件不可访问，并且可能不显示在磁盘中。文件通过显式用户操作变为离线，并在执行其他用户操作之前保持离线状态。注意：当文件已损坏时，该文件仅应设置为离线，但可以进行还原。设置为离线的文件只能通过从备份还原才能设置为在线。有关还原单个文件的详细信息，请参阅第 12 章中的 RESTORE 命令
RESTORING	正在还原文件。文件处于还原状态(因为还原命令会影响整个文件，而不仅是页还原)，并且在还原完成及文件恢复之前，一直保持此状态
RECOVERY PENDING	文件恢复被推迟。由于在段落还原过程中未还原和恢复文件，因此文件将自动进入此状态。需要用户执行其他操作来解决该错误，并允许完成恢复过程
SUSPECT	在线还原过程中，恢复文件失败。如果文件位于主文件组，则数据库还将标记为可疑。否则，仅文件处于可疑状态，而数据库仍处于在线状态
DEFUNCT	当文件不处于在线状态时被删除。删除离线文件后，文件组中的所有文件都将失效

有了上述知识后，大家可以开始着手创建数据库了，创建数据库可以有两种方法：在对象资源管理器中创建数据库、采用命令方式创建数据库。

4.3.2　在对象资源管理器中创建与修改数据库

可以使用 Microsoft SQL Server Management Studio 在对象资源管理器中利用系统提示的对话框创建数据库。具体操作步骤如下。

步骤 1：启动 SQL Server Management Studio，在【对象资源管理器】窗口中选择【数据库】，右击【数据库】，在弹出的快捷菜单中，选择【新建数据库】命令。

步骤 2：在【新建数据库】对话框的【常规】选项卡中设置数据库名称、所有者、使用全文索引、数据库文件、初始大小、自动增长、路径，如图 4.2 所示。

说明：(1)输入数据库名称后，在【数据库文件】中就已经自动输入了两个文件名，例如输入的数据库名为"test"，则数据文件名自动为 test. mdf，日志文件名自动为 test_

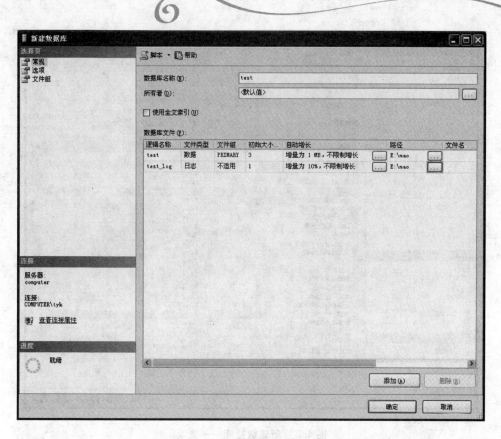

图4.2　新建数据库——常规

　　log. ndf，如果不想使用这两个文件名，则可以修改【逻辑名称】或【文件名】。

（2）单击【新建数据库】对话框中的【添加】按钮，可以添加数据文件和日志文件。

（3）默认情况下，数据文件的初始大小为3MB，日志文件的初始大小为1MB，可以在【初始大小】中修改文件的初始大小。

（4）【自动增长】的属性有3种：启动或禁止自动增长、设置增长的方式、限制最大文件大小。如果禁止自动增长，数据库文件则为固定大小；在设置增长的方式下，可以设置一次要增长多少MB，或者一次要增长百分之多少；限制最大文件大小是用于设置文件增长的上限，也可以不限制文件增长的上限。让数据库文件大小自动增长虽然很方便，但由于数据库文件不定时地增长，会让增长后的文件在磁盘中不连续存放，从而会降低数据库的效率。另外，如果数据库所需要的空间比较多，而增长属性设置得太小，会造成数据库频繁增长，这样也会影响数据库的效率。但也不宜将数据库文件设置过大，造成空间浪费。

（5）在设置【路径】时，可能将数据文件和日志文件放在同一文件夹下，如图4.2中的 E:\mao，也可将数据文件和日志文件分文件夹进行存放。

（6）【数据库文件】中的【文件名】用于显示文件的完整名称，包括文件名和扩展名，不过要在创建完整数据库后，查看数据库属性时才能看到。

　　步骤3：在【选择页】窗格中选择【选项】选项卡，设置排序规则、恢复模式、兼容级别、页验证、游标、ANSI 等属性，如图4.3所示。

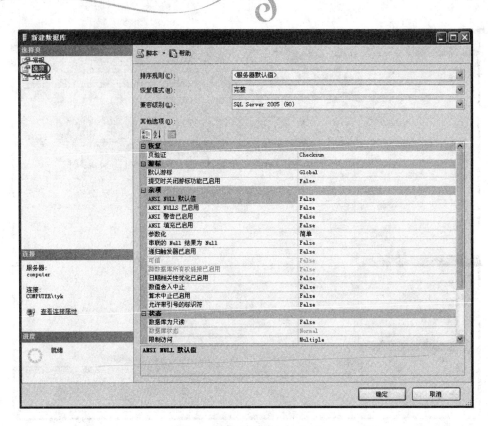

图4.3 新建数据库——选项

说明：(1)【恢复模式】有3种："完整恢复"、"大容量日志"和"简单恢复"。在"完整恢复"模式下，将整个数据库恢复到一个特定的时间点，这个时间点可以是最近一次可用的备份、一个特定的日期和时间或标记的事务；在"大容量日志"模式下，它只对大容量操作进行最小记录，在保护大容量操作不受故障危害的情况下，提供最佳性能并占用最小日志空间，但由于日志不完整，一旦出现问题，数据将有可能无法恢复；在"简单恢复"模式下，每个数据备份后事务日志将自动截断，即把不活动的日志删除，因此简化了备份的还原，但因为没有事务日志备份，所以在恢复时不能恢复到失败的时间点。

(2) 在【兼容级别】中默认选择为 SQL Server 2005(90)，如果希望所建数据库能在运行 SQL Server 2000 的环境下使用，则可通过下拉框选择 SQL Server 2000(80)。

(3)【页验证】有3个选项：Checksum、TornPageDetection 和 None。Checksum 是让 SQL Server 在将数据写入磁盘时，计算整个页的内容，产生一个检验和，并写入页的头部，在该页的数据更新时，SQL Server 将重新计算该页的检验和，并和页头部的检验和比较，以确保数据没有出错；"TornPageDetection"是进行分页检验，SQL Server 的存储页的大小为8KB，如果一条记录的大小大于8KB 的话，SQL Server 将重新分配新页，直到完全写入数据为止，通常把它称为"分割页"，选用该项，也就是让 SQL Server 验证是否有分割页存在；"None"是指定 SQL Server 不进行检测。

(4)【默认游标】：指定默认的游标行为。如果设置为 True，则游标声明默认为 LO-

CAL。设置如果为 False，则 T-SQL 游标默认为 GLOBAL。

(5)【提交时关闭游标功能已启用】：指定在提交了打开游标的事务之后是否关闭游标。可能的值包括 True 和 False。如果设置为 True，则会关闭在提交或回滚事务时打开的游标。如果设置为 False，则这些游标会在提交事务时保持打开状态，在回滚事务时会关闭所有游标(那些定义为 INSENSITIVE 或 STATIC 的游标除外)。

(6)【ANSI NULL 默认值】：指定与空值一起使用时的等于(=)和不等于(< >)比较运算符的默认行为。可能的值包括 True(开)和 False(关)。

(7)【ANSI NULL 已启用】：指定与空值一起使用时的等于(=)和不等于(< >)比较运算符的行为。可能的值包括 True(开)和 False(关)。如果设置为 True，则所有与空值的比较求得的值均为 UNKNOWN。如果设置为 False，则非 Unicode 值与空值比较求得的值为 True(如果这两个值均为 NULL)。

(8)【ANSI 填充已启用】：指定 ANSI 填充状态是开还是关。可能的值为 True(开)和 False(关)。例如，一个字段的类型为 char(8)，当这个字段的某一个实际值只有 2 个字符时，则自动在这个字符的后面加上 6 个空格，这种行为就是 ANSI 填充。进行填充时，char 列用空格填充，binary 列用零填充。

(9)【ANSI 警告已启用】：对于几种错误条件指定 SQL-92 标准行为。如果设置为 True，则会在聚合函数 (如 SUM、AVG、MAX、MIN、STDEV、STDEVP、VAR、VARP 或 COUNT) 中出现空值时生成一条警告消息。如果设置为 False，则不会发出任何警告。

(10)【算术中止已启用】：指定是否启用数据库的算术中止选项。可能的值包括 True 和 False。如果设置为 True，则溢出错误或被零除错误会导致查询或批处理终止。如果错误发生在事务内，则回滚事务。如果设置为 False，则会显示一条警告消息，但是会继续执行查询、批处理或事务，就像没有出错一样。

(11)【串联的 NULL 结果为 NULL】：指定在与空值连接时的行为。当属性值为 True 时，string + NULL 会返回 NULL。如果设置为 False，则结果为 string。

(12)【递归触发器已启用】：指定触发器是否可以由其他触发器激发。可能的值包括 True 和 False。如果设置为 True，则会启用对触发器的递归激发。如果设置为 False，则只禁用直接递归。若要禁用间接递归，使用 sp_configure 将 nested triggers 服务器选项设置为 0。

(13)【数值舍入中止】：指定数据库处理舍入错误的方式。可能的值包括 True 和 False。如果设置为 True，则当表达式出现精度降低的情况时生成错误。如果设置为 False，则在精度降低时不生成错误消息，并按存储结果的列或变量的精度对结果进行四舍五入。

(14)【允许带引号的标识符】：指定在用引号引起来时，是否可以将 SQL Server 关键字用作标识符(对象名称或变量名称)。可能的值包括 True 和 False。

(15)【数据库为只读】：指定数据库是否为只读。可能的值包括 True 和 False。如果设置为 True，则用户只能读取数据库中的数据，不能修改数据或数据库对象；

不过，数据库本身可以通过使用 DROP DATABASE 语句自行删除。在为 Database Read Only 选项指定新值时，数据库不能处于使用状态。master 数据库是个例外，在设置该选项时，只有系统管理员才能使用 master 数据库。

(16)【数据库状态】：查看数据库的当前状态。它是不可编辑的。

(17)【限制访问】：有 3 个选项，Multiple、Single 和 Restricted。设置为 Multiple 时允许多个用户同时访问；设置为 Single 时，一次只能有一个用户访问数据库，一般用作维护操作；设置为 Restricted 时，只有 db_owner、dbcreator 和 sysadmin 角色的成员才能使用数据库。

(18)【自动创建统计信息】：指定数据库是否自动创建缺少的优化统计信息。可能的值包括 True 和 False。如果设置为 True，则将在优化过程中自动生成优化查询需要但缺少的所有统计信息。如果设置为 False，则不生成这些统计信息。

(19)【自动更新统计信息】：指定数据库是否自动更新过期的优化统计信息。可能的值包括 True 和 False。如果设置为 True，则将在优化过程中自动生成优化查询需要但已过期的所有统计信息；如果设置为 False，则不生成这些统计信息。

(20)【自动关闭】：指定在最后一个用户退出后，数据库是否完全关闭并释放资源。可能的值包括 True 和 False。如果设置为 True，则在最后一个用户注销之后，数据库会完全关闭并释放其资源。

(21)【自动收缩】：指定数据库文件是否可定期收缩。可能的值包括 True 和 False。

步骤 4：如果要添加文件组的话，可以在【选择页】窗格中选择【文件组】选项卡，然后单击【添加】按钮添加文件组，在新添加了文件组之后，以后在【常规】选项卡中添加的新文件就可以选择新添加的文件组作为其所属组了。

步骤 5：完成所有设置后，单击【确定】按钮。

虽然创建新数据库可以选择的参数设置很多，但如果没有要求，可以使用 SQL Server 2005 的默认设置创建数据库，此时，只需打开 Microsoft SQL Server Management Studio，在【对象资源管理器】中右击【数据库】，选择【新建数据库】命令，然后在【常规】选项卡中输入数据库名称，单击【确定】按钮即可。如果要对已创建的数据库进行修改，可以在图 4.5【对象资源管理器】中右击需要修改的数据库名，然后选择【属性】命令，在【属性】对话框中进行修改，具体操作步骤参见第 4.3.4 节。

如果要删除数据库，则可以在 Microsoft SQL Server Management Studio 的【对象资源管理器】中右击要删除的数据库名，然后选择【删除】命令。

4.3.3 用命令语句创建与修改数据库

使用命令 CREATE DATABASE 创建数据库。最简单也是最常用的形式如下。

```
CREATE DATABASE database_name
```

【例 4 - 1】 创建一个 Sales 数据库。

单击菜单栏左下方的【新建查询】按钮，然后在查询编辑器中输入创建数据库的命令。

```
CREATE DATABASE Sales
```

单击【执行】按钮，如图4.4所示。

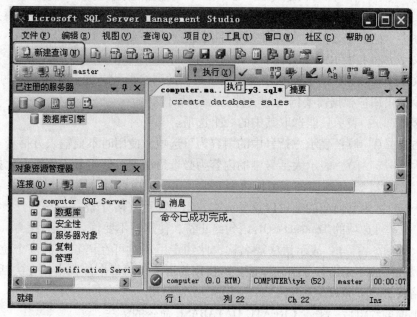

图4.4 执行建库命令

由于【对象资源管理器】不会自动刷新，需要进行手动刷新（选中【对象资源管理器】的【数据库】，单击【对象资源管理器】中的刷新按钮）才能在【对象资源管理器】中看到新创建的数据库 sales，如图4.5所示。

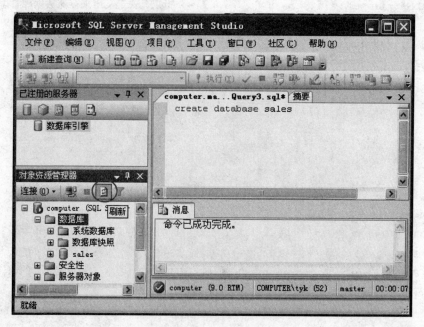

图4.5 刷新对象资源管理器

上述语句执行后，创建了 sales 数据库，即产生一个数据文件 sales.mdf 和一个日志文件 sales_log.ndf（这两个文件的默认存放位置为：C:\Program Files\Microsoft SQL Server\

MSSQL. 2\MSSQL\DATA)，并把 SQL Server 的 model 数据库定义复制到新数据库中，也就是将 model 数据库中的每一个表、视图、存储过程等的空拷贝复制到新数据库中去。

在描述命令的语法之前，先对命令书写格式进行如下约定。

(1) 文字大写：表示命令关键字，如上述命令中的 CREATE DATABASE。

(2) 文字小写或斜体：表示文字是由用户提供的语法参数，如上述命令中的 filename，在实际命令中由用户根据需要给定的文件名 sales 取代。

(3) 竖线(|)：表示只能选取其中的一个选项。

(4) 方括号([ ])：表示方括号中的内容为可选项，使用时不要输入方括号。

(5) 大括号({ })：表示大括号中的内容为必选语法项，使用时不要输入大括号。

(6) [，…n]：表示前面的项可以重复 n 次，每一项由逗号分隔。

(7) […n]：表示前面的项可以重复 n 次，每一项由空格分隔。

(8) [；]：可选项的 Transact-SQL 语句终止符，使用时不要输入方括号。

(9) < label >：：＝：表示语法块名称，此约定用于对可在语句中的多个位置使用的过长语法段或语法单元进行分组和标记。可使用的语法块的每个位置由括在尖括号内的标签指示，格式为：< label >。

有了上面的约定后，来看 CREATE DATABASE 命令的语法。

```
1   CREATE DATABASE database_name            - -指定待创建数据库的名称
2   [ON                                      - -指定显式定义用来存储数据库数据文件
3   [PRIMARY][ < filespec >[,...n]           - -指定关联的 < filespec >列表定义主文件
4   [, < filegroup >[,...n]
5   [LOG ON{ < filespec >[,...n]}]           - -指定显式定义用来存储数据库日志文件
6   ]
7   [COLLATE collation_name]                 - -指定数据库默认排序规则
8   [FOR LOAD | FOR ATTACH]
9   ]
10  [;]
11
12  < filespec >:: =                         - -文件标识
13  {
14  (
15  [NAME = logical_file_name,]              - -指定数据库的逻辑文件名
16  FILENAME = 'os_file_name'                - -指定操作系统文件名
17  [,SIZE = size [KB |MB |GB |TB]]          - -指定数据库文件的初始大小
18  [,MAXSIZE = {max_size [KB |MB |GB |TB | UNLIMITED}]   - -指定文件的最大尺寸
19  [,FILEGROWTH = growth_increment[KB |MB |GB |TB |%]]   - -指定文件的增长方式
20  )[,...]
21  }
22
23  < filegroup >:: =                        - -文件组标识
24  {
25  FILEGROUP filegroup_name < filespec >[,...n]          - -指定创建文件组的组名
```

```
26  <filespec>[,...n]                    --指定组内的文件
27  }
28  <external_access_option>::=          --控制外部与数据库之间的双向访问
29  {
30  DB_CHAINING{ON |OFF}} |TRUSTWORTHY {ON |OFF}
31  }
```

说明：（1）数据库名称在 SQL Server 2005 的实例中必须唯一，且符合数据库命名规则。

（2）第 3 行的 PRIMARY 用于指定关联的 < filespec > 列表定义主文件。如果没有指定 PRIMARY，在主文件组的 < filespec > 项中指定的第一个文件将成为主文件。

（3）如果没有指定 LOG ON，将自动创建一个日志文件，该文件使用系统生成的名称，大小为数据库中所有数据文件总大小的 25% 或 512KB。

（4）第 8 行中的 FOR LOAD 是为了与 SQL Server 7.0 以前的版本兼容而设定的。FOR ATTACH 用于附加已经存在的数据文件到新的数据库中，而不用重新创建数据库文件。使用此命令必须指定主文件，且被附加的数据库文件的代码页和排序次序必须与目前的 SQL Server 所使用的一致。

（5）如果主数据文件的 < filespec > 中没有指定文件的 SIZE 参数，那么 SQL Server 2005 将使用 model 数据库中的主数据文件大小；如果次数据库文件或日志文件的 < filespec > 中没有指定文件的 SIZE 参数，那么 SQL Server 2005 将设置文件大小为 1MB。

（6）第 19 行中的 FILEGROWTH 用来指定文件每次增容时增加的容量大小，增加量可以用确定的以 KB、MB 作后缀的字节数，也可以是以% 作后缀的被增容文件的百分比来表示，但设置的文件增长不能超过 MAXSIZE 指定的大小。

如果需要对已创建的数据库进行修改，则可使用数据库的修改命令 ALTER DATABASE，具体的语法形式如下。

```
ALTER DATABASE databasename
{
    ADD FILE <filespec>[,...n][to filegroup filegroupname]    --添加数据文件
    |ADD LOG FILE <filespec>[,...n]                           --添加日志文件
    |REMOVE FILE logical_file_name[WITH DELETE]    --移除或删除日志文件
    |MODIFY FILE <filespec>                         --修改文件属性
    |MODIFY NAME =new_databasename                  --修改文件名
    |ADD FILEGROUP filegroup_name                   --添加文件组
    |REMOVE FILEGROUP filegroup_name                --移除文件组
    |MODIFY FILEGROUP filegroup_name                --修改文件组名
    {
        FILEGROUP_PROPERTY |NAME =new_filegroup_name
    }
}
```

虽然 ALTER DATABASE 命令语句看上去很多，但是在实际操作中，ALTER DATA-BASE 一次只能修改一种参数，将在 4.3.4 节中具体介绍该命令的使用方法。

注意：只有数据库管理员或具有 CREATE DATABASE 权限的数据库所有者才有权执行 AL-TER DATABASE 语句。

如果要删除已有的数据库，可使用 DROP DATABASE 命令。如删除 sales，可使用如下命令。

```
DROP DATABASE sales
```

ALTER DATABASE 命令语句不能用来修改数据库库名，如果要修改数据库库名可以使用系统提供的存储过程 sp_rename。

【例 4-2】 将数据库 sales 库名修改为 mysales。

```
sp_rename 'sales','mysales','DATABASE'
```

4.3.4　应用实例

小黄等同学想开发一个教学管理系统，在开发之前，需要为开发小组创建一个数据库，以便开发人员创建相关的数据表和其他数据对象，数据库的名称设定为：teachingData，要求将数据文件和日志文件均存放在服务器的 E 盘 teaching management 目录下。

方法一：在对象资源管理器创建数据库 teachingData。

步骤 1：在资源管理器中选择 E 盘根目录，新建一目录 teaching management。

步骤 2：打开 Microsoft SQL Server Management Studio。即在 Windows 的【开始】菜单中选择【程序】|Microsoft SQL Server 2005|SQL Server Management Studio，在【连接到服务器】窗口中选择相应的服务器（这里为 computer）和身份验证方式（这里选择 Windows 验证方式），如图 4.6 所示，单击【连接】按钮。

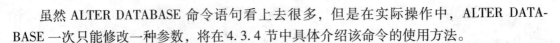

图 4.6　连接服务器

步骤 3：在【对象资源管理器】中，右击【数据库】，选择【新建数据库】命令，如图 4.7 所示。

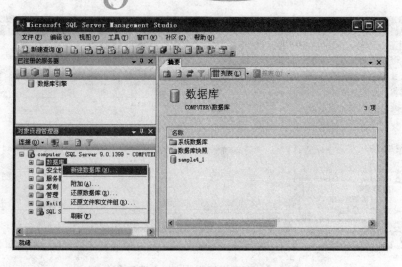

图4.7 选择【新建数据库】命令

步骤4：在【新建数据库】窗口中，输入数据库名 teachingData，将路径设置为 E：teachingmanagement，如图4.8所示。

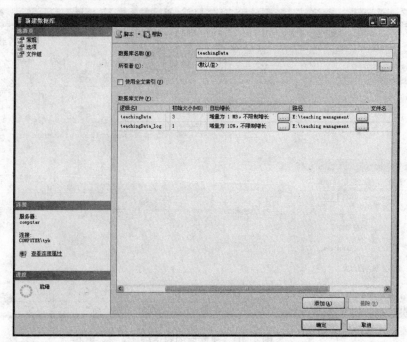

图4.8 设置文件名及路径

步骤5：完成后，单击【确定】按钮。

方法二：使用 CREATE DATABASE 命令创建数据库 teachingData。

步骤1：在资源管理器中选择 E 盘根目录，新建一目录 teaching management。

步骤2：打开 Microsoft SQL Server Management Studio，单击工具栏中的【新建查询】按钮。

步骤3：在查询编辑器中输入建库命令，如图4.9所示。

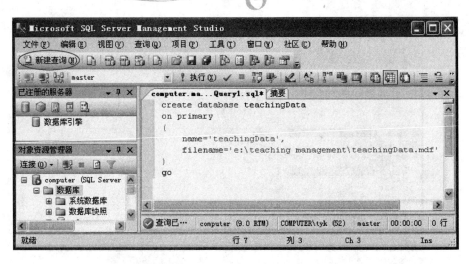

图4.9　在查询编辑器中输入建库命令

步骤4：单击查询编辑器上方的【执行】按钮，可以看到【消息】框中显示"命令已成功完成"，如图4.10所示，则表明已完成建库。

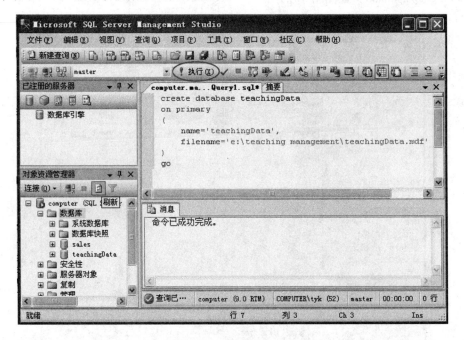

图4.10　建库后的对话框

　　如果希望在【对象资源管理器】中查看新建的数据库，可以单击对象资源管理器中的刷新按钮，然后展开数据库即可看到新建的数据库teachingData，如图4.10所示。

　　如果在Windows中打开资源管理器，可以在E:\teaching management文件夹中看到两个文件：teachingData.mdf，teachingData_log.ldf。

　　问题1：如果出于对数据库的安全考虑，在上例中希望将数据库的数据文件名和日志文件的逻辑文件名分别指定为teaching_Data1和teaching_Data2，而数据文件和日志文件名分别指定为Mycollege_Data.mdf，Mycollege_log.ldf，问：如何创建数据库文件？

解决方案：使用 CREATE DATABASE 命令创建数据库，可以在查询编辑器中修改语句如图 4.11 所示，然后单击【执行】按钮。

```
computer.ma...Query1.sql* 摘要
create database TeachingData
on primary
(
    name='TeachingData1',
    filename='e:\teaching management\mycollege_data.mdf'
)
log on
(
    name='TeachingData2',
    filename='e:\teaching management\mycollege_log.ldf'
)
```

图 4.11　修改数据库的命令语句

在刷新【对象资源管理】器中的【数据库】后，可以看到新建的数据库 teachingData，右击 teachingData，选择【属性】命令，并在【数据库属性】窗口的【选择页】中选择【文件】选项卡，可以看到数据文件名和日志文件的逻辑文件名分别为 teaching_Data1 和 teaching_Data2，而数据文件和日志文件名的文件名分别为 Mycollege_Data. mdf，Mycollege_Data. ldf，如图 4.12所示。

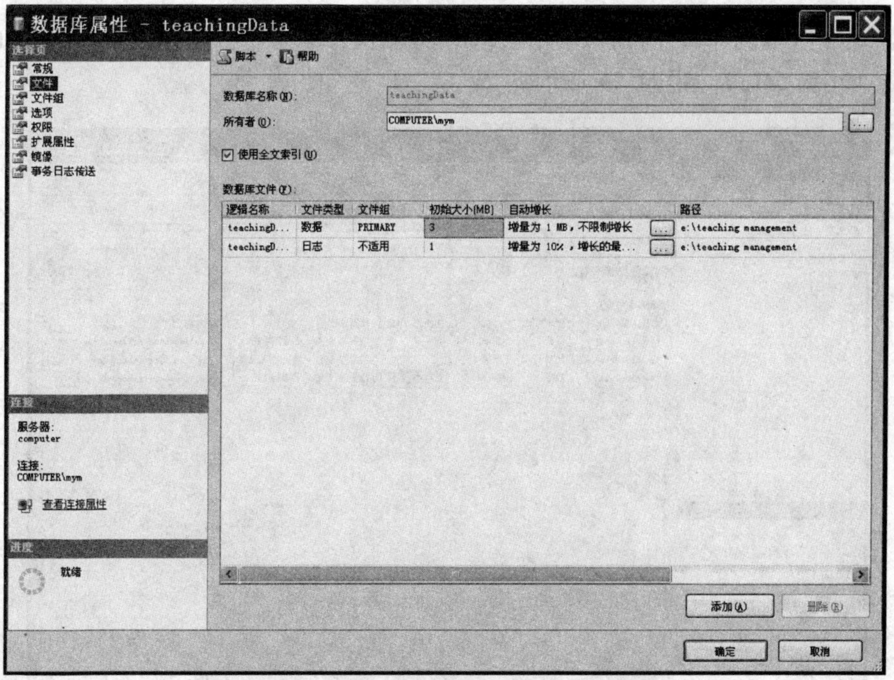

图 4.12　数据库 teachingData 的文件属性页

问题 2：如果在完成数据库的创建之后，发现主数据库使用默认的 1MB 的自动增长方式太小，希望修改自动增长方式为 2MB，且需要添加次要数据文件 teachingData3. ndf，其初始大小为 5MB，应该如何修改？

解决方案：可以有两种方法进行修改。第一种方法，使用对象资源管理器进行操作；第二种方法，使用 ALTER DATABASE 命令进行修改。下面分别进行介绍。

方法一，使用对象资源管理器进行操作。

步骤 1：在图 4.10 的【对象资源管理器】中右击 teachingData，选择【属性】命令，然后在【数据库属性】窗口的【选择页】中选择【文件】选项卡，单击主文件行中的自动增长按钮，然后按要求将文件增长【按 MB】设置为 "2"，如图 4.13 所示，单击【确定】按钮。

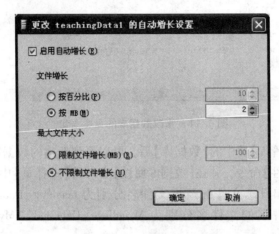

图 4.13　设置文件增长为 2MB

步骤 2：在【数据库属性】窗口中单击【添加】按钮，输入逻辑文件名 teachingData3，并设置初始大小为 5MB，如图 4.14 所示。

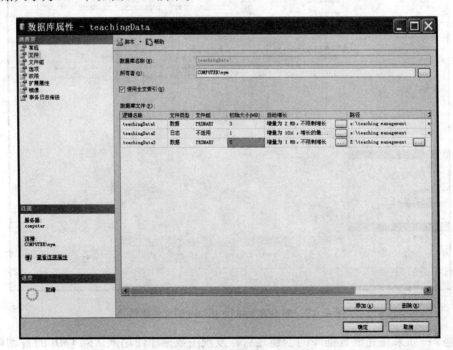

图 4.14　添加新数据文件

步骤3：单击【确定】按钮。

此时，可以在 Windows 资源管理器中看到 E 盘下的新文件 teachingData3. ndf。

方法二，使用 ALTER DATABASE 命令进行修改。

步骤1：在查询编辑器中输入如图 4.15 所示的命令，单击【执行】按钮，即可将自动增长方式修改为2MB。

图 4.15 修改自动增长方式语句

步骤2：在查询编辑器中输入如图 4.16 所示的命令，单击查询编辑器上方的【执行】按钮，即可添加 teachingData3. ndf 文件。

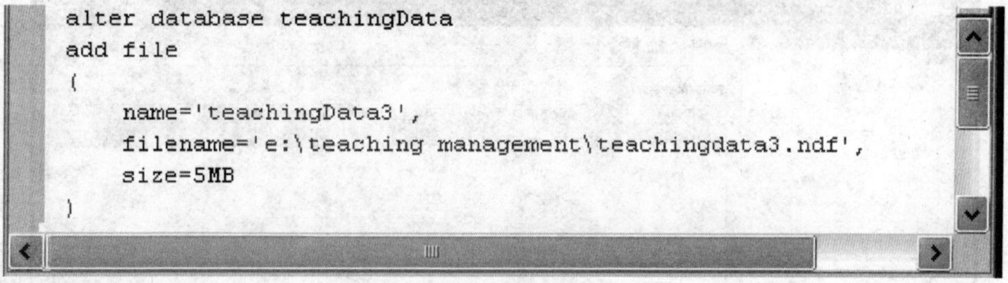

```
alter database teachingData
add file
(
    name='teachingData3',
    filename='e:\teaching management\teachingdata3.ndf',
    size=5MB
)
```

图 4.16 添加次要文件

4.4 用户数据库的分离与附加

在开发项目时，数据库设计人员往往在自己的计算机上设计数据库，设计完成后，可以用分离与附加的方法，先从自己计算机上将数据库分离出来，然后复制、附加到数据库服务器上。

4.4.1 用户数据库分离

分离数据库是指将数据库从 SQL Server 实例中删除，但数据库在其数据文件和事务日志文件中保持不变。之后，可以根据需要，使用这些文件将数据库附加到任何 SQL Server 实例中去，包括分离该数据库的服务器。

如果存在下列任何情况，则不能分离数据库。

（1）已复制并发布的数据库。如果要进行复制，则数据库必须是未发布的。如果已经发布则必须先通过运行 sp_replicationdboption 禁用发布，才能分离数据库。

（2）数据库中存在数据库快照。必须首先删除所有数据库快照，然后才能分离数据库。

（3）数据库处于可疑（SUSPECT）状态。在 SQL Server 2005 中，无法分离可疑数据库，必须将数据库置入紧急（EMERGENCY）状态，才能对其进行分离。

与创建和修改数据库相似，分离数据库也有两种方法，可以在【对象资源管理器】中分离数据库，也可在查询编辑器中通过调用系统过程用命令语句方式实现数据库的分离。

1. 在【对象资源管理器】中分离数据库

这里以分离数据库 teachingData 为例。

步骤 1：打开 Microsoft SQL Server Management Studio，右击【对象资源管理器】中【数据库】下的 teachingData，选择【任务】|【分离】命令。

步骤 2：如果在【分离数据库】对话框左下方的【进度】中显示【就绪】，如图 4.17 所示，则单击【确定】按钮即可。

此时刷新【对象资源管理器】，会发现 teachingData 已经没有了。上例是在没有任何用户与数据库连接的情况下完成的，如果有其他用户连接在数据库 teachingData 上，在图 4.17 的【进度】中会显示【未就绪】，如果单击【确定】按钮，则会出现分离数据库失败的消息框，此时应先断开与其他用户连接的进程，才能分离数据库。

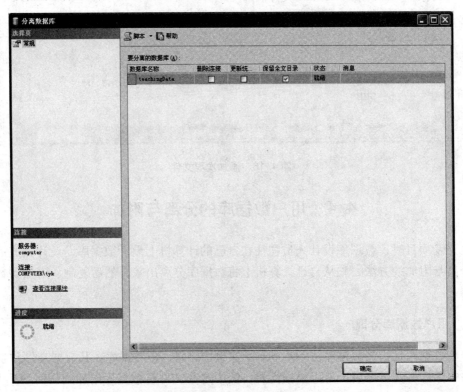

图 4.17　分离数据库"就绪"

2. 用命令语句方式实现数据库的分离

在 SQL Server 2005 系统中，有一个专门用于分离数据库的系统存储过程 sp_detach_db，在查询编辑器中调用该过程即可方便地分离数据库。下面以分离数据库 teachingData 为例。

步骤 1：在 Microsoft SQL Server Management Studio 中的查询编辑器中输入下列命令。

```
sp_detach_db 'teachingData'
```

步骤 2：单击【执行】按钮。

数据库分离命令语句的语法如下。

```
sp_detach_db[@dbname =]'dbname'
  [,[@skipchecks =]'skipchecks']
  [,[@KeepFulltextIndexFile =]'KeepFulltextIndexFile']
```

说明：@dbname =] 'dbname'：要分离的数据库的名称。

[@skipchecks =] 'skipchecks'：指定跳过还是运行 UPDATE STATISTICS。skipchecks 的数据类型为 nvarchar(10)，默认值为 NULL。要跳过 UPDATE STATISTICS，应指定 skipchecks 的值为 True。如果要显式运行 UPDATE STATISTICS，则指定该值为 False。默认情况下，执行 UPDATE STATISTICS 以更新有关 Microsoft SQL Server 2005 Database Engine 中的表数据和索引数据的信息。对于要移动到只读媒体的数据库，执行 UPDATE STATISTICS 非常有用。

[@KeepFulltextIndexFile =] 'KeepFulltextIndexFile'：指定在数据库分离操作过程中不要删除与正在被分离的数据库关联的全文索引文件。KeepFulltextIndexFile 的数据类型为 nvarchar(10)，默认值为 True。如果 KeepFulltextIndexFile 为 NULL 或 False，则会删除与数据库关联的所有全文索引文件以及全文索引的元数据。

4.4.2　用户数据库附加

分离了数据库之后，可以将与数据库相关的数据文件和日志文件复制到需要该数据库的地方，然后将其附加到数据库服务器中。同样，附加数据库的操作也可以分别利用【对象资源管理器】和查询编辑器中的命令语句来完成。

1. 在【对象资源管理器】中附加数据库

以附加数据库 teachingData 为例。

步骤 1：在 Microsoft SQL Server Management Studio 的【对象资源管理器】中右击【数据库】，选择【附加】命令。

步骤 2：在【附加数据库】窗口中单击【添加】按钮，在【定位数据库文件】窗口中选择要附加的数据库（这里为 mycollege_data.mdf），如图 4.18 所示，然后单击【确定】按钮。

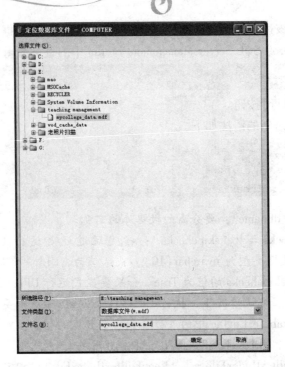

图 4.18　选择要附加的数据文件

步骤 3：此时可以看到 teachingData 数据库所对应的 3 个数据库文件，如图 4.19 所示。单击【确定】按钮。

此时，刷新 Microsoft SQL Server Management Studio 中的【对象资源管理器】，即可看到所附加的数据库 teachingData。

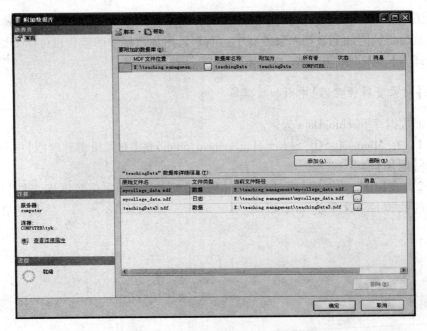

图 4.19　【附加数据库】对话框

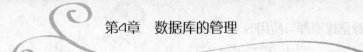

2. 使用命令语句附加数据库

仍以附加数据库 teachingData 为例。

在第 4.3.3 节中介绍建库命令时，提到的 "FOR ATTACH" 参数就是用来附加数据库
的。可以在查询编辑器中输入并执行以下命令：

```
CREATE DATABASE teachingData
ON
(
    NAME = 'teachingData',
    FILENAME = 'E:\teaching management\mycollege_data.mdf'
)
FOR ATTACH
```

试一试：如果将上述命令改为：

```
CREATE DATABASE myteachingData
ON
(
    FILENAME = 'E:\teaching management\mycollege_data.mdf'
)
FOR ATTACH
```

系统是否能够执行？如果能执行，结果有哪些变化？

4.4.3 应用实例

小黄在家里电脑上完成了老师规定的操作练习，建立了数据库 teachingData，他想将
相关的文件复制到 U 盘，递交给老师，但在复制过程中系统弹出如图 4.20 所示的提示框，
不允许小黄复制文件，小黄认为可能是 SQL Server 正在使用的缘故，因此将其关闭，但系
统仍不允许小黄复制文件，问：小黄应如何操作才能复制文件并将文件提交给老师？

图 4.20 复制出错提示框

实例中的数据库文件是不能直接复制的，必须进行分离操作后才能进行复制。

解决方案：首先，小黄应按照第 4.4.1 节所介绍的数据库分离的方法将数据库 teach-
ingData 分离，然后将数据库相关文件（包括日志文件）复制到 U 盘中，并将 U 盘中的文件
提交给老师。

问题：小黄到了学校机房，想先看看自己 U 盘中的数据库文件是否正确，他插上 U
盘，连接 SQL Server 2005 服务器后打开 Microsoft SQL Server Management Studio，刷新【对象

资源管理器】，但在【对象资源管理器】中始终找不到 teachingData，因此无法打开数据库进行查看，问小黄该如何进行操作才能打开他的数据库并进行查看？

解决方案：小黄可以将他 U 盘中的数据库文件复制到机房的电脑中去，按第 4.4.2 节中介绍的方法将数据库附加到服务器中，然后刷新【对象资源管理器】即可看到数据库 teachingData，可以在【对象资源管理器】中右击 teachingData，选择【属性】命令进行查看。

4.5 用户数据库的删除

1. 在【对象资源管理器】中直接进行删除操作

这里以删除数据库"sales"为例。

步骤 1：连接服务器，打开 Microsoft SQL Server Management Studio，在【对象资源管理器】中展开数据库，右击 sales，选择【删除】命令。

步骤 2：在如图 4.21 所示的【删除对象】对话框中，单击【确定】按钮。

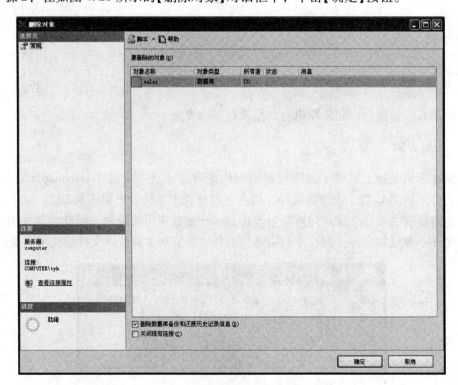

图 4.21 【删除对象】对话框

在图 4.21 所示的【删除对象】对话框的下方，如果选中【删除数据库备份和还原历史记录信息】复选框，那么会在删除数据的同时，也将从系统数据库 msdb 中删除该数据库的备份和还原历史记录；如果选中【关闭现有连接】复选框，在删除数据库之前，SQL Server 2005 会自动将所有与该数据库相连的连接全部关闭，然后再删除数据库。如果没有选择该项，而在删除数据库时还有其他活动的连接，会出现出错提示信息。

2. 使用命令语句删除数据库

只需在查询编辑器中输入如下命令。

```
USE master
DROP DATABASE sales
```

然后单击【执行】按钮即可。

删除数据库的语法如下。

```
DROP DATABASE{database_name |database_snapshot_name}[,...n]
```

其中，database_name 为要删除的数据库名，database_snapshot_name 是指要删除的数据库快照名。

4.6 数据之间的导入与导出

数据的导入是指从其他数据源中把数据复制到 SQL Server 数据库中，数据的导出是指从 SQL Server 数据库中把数据复制到其他数据源中。其他数据源可以是：同版本或旧版本的 SQL Server、Excel、Access、通过 OLE DB 或 ODBC 来访问的数据源、纯文本文件等。

4.6.1 数据的导入

可以在 Microsoft SQL Server Management Studio 的【对象资源管理器】中导入其他系统中的数据。其操作步骤如下。

步骤 1：在 Microsoft SQL Server Management Studio 的【对象资源管理器】中右击要导入数据的数据库名(例如 teachingData)，选择【任务】|【导入数据】命令。

步骤 2：在弹出的【欢迎使用 SQL Server 导入和导出向导】对话框中单击【下一步】按钮，然后在图 4.22 所示的对话框中选择数据源类型、文件等(这里以导入 Excel 表的 teacher.xls 为例)。

步骤 3：单击【下一步】按钮，弹出如图 4.23 所示的【选择目标】选项，在该对话框中选择要导入的数据的目标数据库，它可以是已有的数据库，也可以将数据导入到一个新的数据库中(通过单击【新建】按钮新建一个数据库)，这里选择已有的数据库 teachingData。

步骤 4：单击【下一步】按钮，弹出【指定表复制或查询】选项，如图 4.24 所示，这里采用默认的选择。

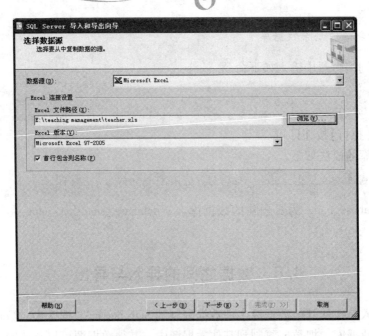

图 4.22　选择要导入的数据源

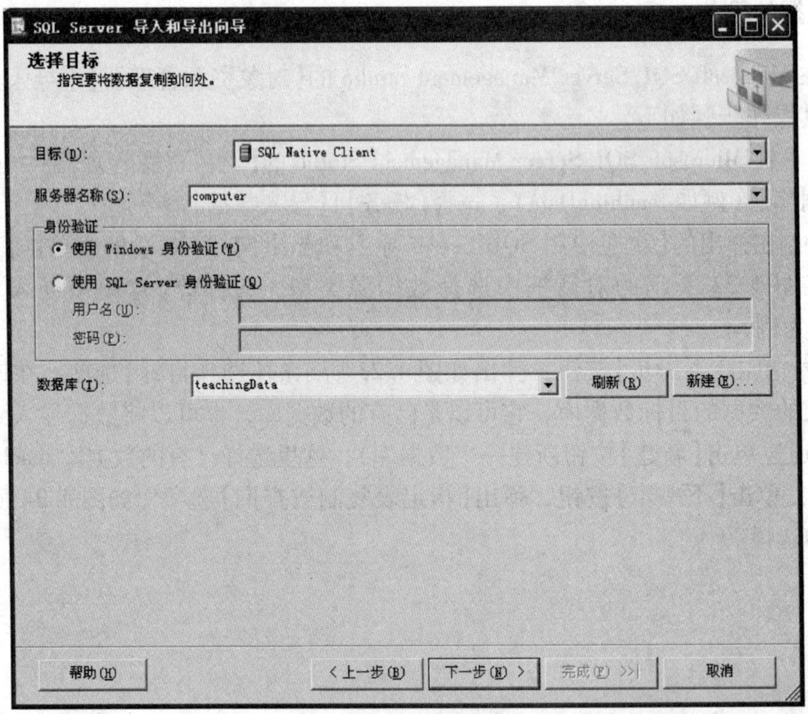

图 4.23　选择目标数据库

　　步骤 5：单击【下一步】按钮，弹出【选择源表和源视图】选项，选择 Excel 工作簿中的表单，这里如果只有一个表单 Sheet1，则选中第一个复选框，并修改目标名称为 teach_msg，如图 4.25 所示。

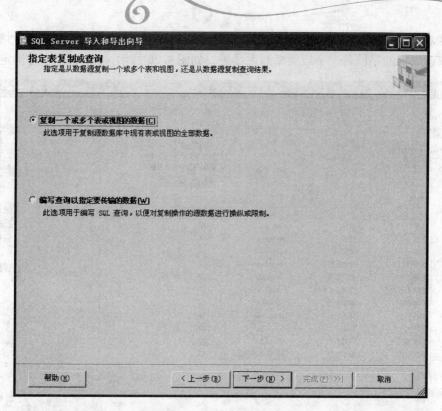

图 4.24 指定表复制或查询

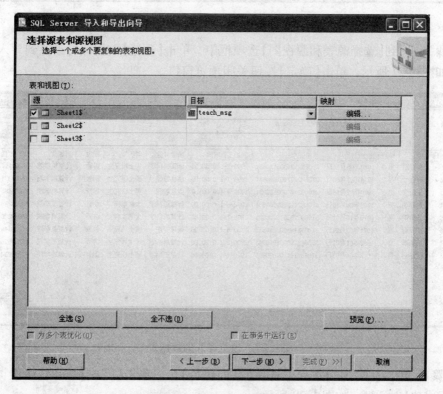

图 4.25 选择源表和源视图

步骤6：可以对要导入的 Excel 表的格式进行调整，单击【编辑】按钮，在【列映射】对话框中修改映射的字段名、字段类型和大小等，如图4.26所示，完成后单击【确定】按钮。

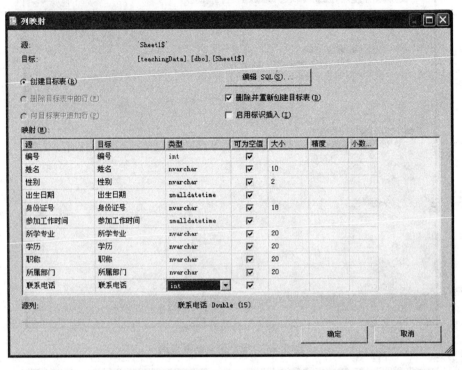

图4.26　列映射

步骤7：回到【选择源表和源视图】选项框中，单击【预览】按钮即可预览到导入后的数据表，如图4.27所示，单击【确定】按钮关闭预览窗口。

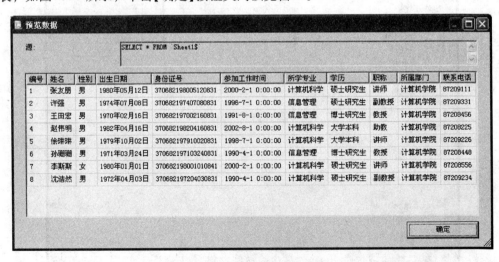

图4.27　预览导入的数据表

步骤8：单击【下一步】按钮，选择【立即执行】后，单击【完成】按钮。稍候，系统弹出【执行成功】对话框，如图4.28所示。

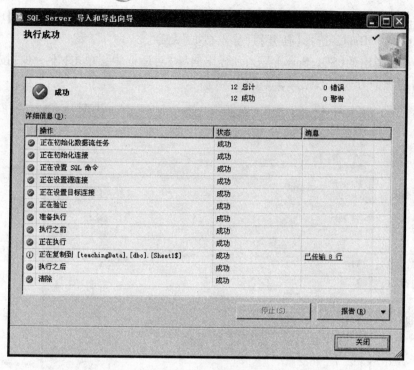

图4.28 执行成功

步骤9：单击【关闭】按钮，关闭【SQL Server 导入和导出向导】对话框。

完成后，展开 Microsoft SQL Server Management Studio 的【对象资源管理器】中的【数据库】和 teachingData，选择【表】，单击【对象资源管理器】中的【刷新】按钮，可以看到表 dbo. teach-msg，右击表 dbo. teach-msg，选择【打开表】命令，即可看到如图4.29所示的表。

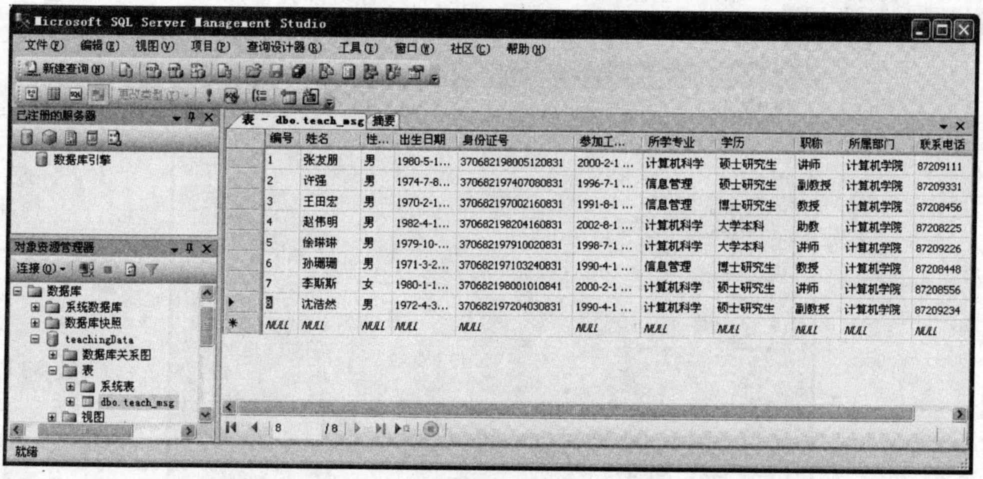

图4.29 打开表

4.6.2 数据的导出

数据的导出操作是数据导入操作的逆操作，仍可以使用【SQL Server 导入和导出向导】对话框进行导出操作，这里以导出数据表 teach_msg 为例。

步骤1：在 Microsoft SQL Server Management Studio 中展开【对象资源管理器】中的【数据库】，右击 teachingData，选择【任务】|【导出数据】命令。

步骤2：在弹出的【SQL Server 导入和导出向导】对话框中，单击【下一步】按钮，选择服务器、身份验证方式、数据库，如图4.30所示。

图4.30　选择要导出的数据源

步骤3：单击【下一步】按钮，在目标中选择 Microsoft Excel，在【Excel 文件路径】中输入文件路径和文件名"E:\teaching management\teacher_out.xls"，并选择相应的 Excel 版本，如图4.31所示。

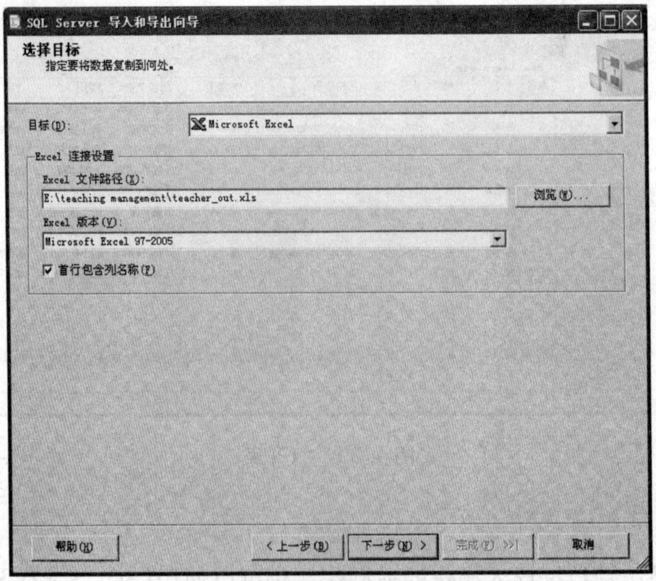

图4.31　输入导出的目标文件属性

步骤4：单击【下一步】按钮，弹出【指定表复制或查询】选项，如图4.24所示，这里采用默认的选择。

步骤5：单击【下一步】按钮，选中要导出的数据表或视图，这里选择teach_msg，输入导出后的目标名：teacher_sheet，如图4.32所示。

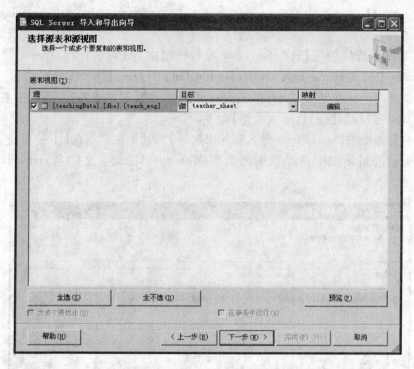

图4.32　选择要导出的源和目标

步骤6：单击【下一步】按钮，选择【立即执行】后，单击【完成】按钮。稍候，系统弹出【执行成功】对话框，如图4.28所示。

步骤7：单击【关闭】按钮，关闭【SQL Server 导入和导出向导】对话框。

完成后，在Windows中打开资源管理器，可以在E:\teaching management文件夹中看到文件teacher_out.xls，打开该文件，可以看到工作簿中有一个teacher_sheet表与数据库中的表teach_msg中的数据相同，如图4.33所示。

编号	姓名	性别	出生日期	身份证号	参加工作时间	所学专业	学历	职称	所属部门	联系电话
1	张友朋	男	1980-5-12	370682198005120831	2000-2-1	计算机科学	硕士研究生	讲师	计算机学院	87209111
2	许强	男	1974-7-8	370682197407080831	1996-7-1	信息管理	硕士研究生	副教授	计算机学院	87209331
3	王田宏	男	1970-2-16	370682197002160831	1991-8-1	信息管理	博士研究生	教授	计算机学院	87208456
4	赵伟明	男	1982-4-16	370682198204160831	2002-8-1	计算机科学	大学本科	助教	计算机学院	87208225
5	徐琳琳	男	1979-10-2	370682197910020831	1998-7-1	计算机科学	大学本科	讲师	计算机学院	87209226
6	孙珊珊	男	1971-3-24	370682197103240831	1990-4-1	信息管理	博士研究生	教授	计算机学院	87208448
7	李斯斯	女	1980-1-1	370682198001010841	2000-2-1	计算机科学	硕士研究生	讲师	计算机学院	87208556
8	沈浩然	男	1972-4-3	370682197204030831	1990-4-1	计算机科学	硕士研究生	副教授	计算机学院	87209234

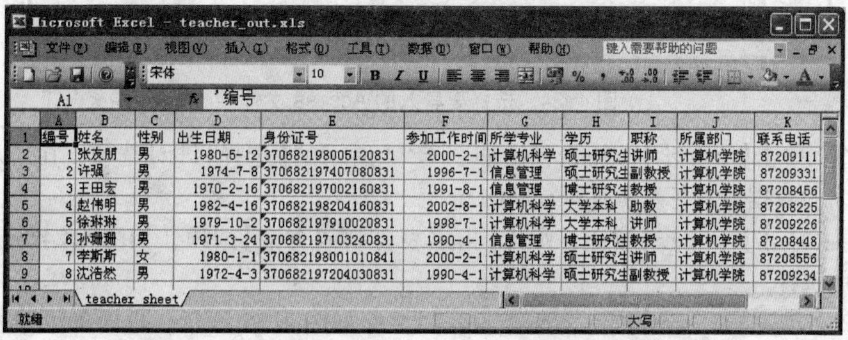

图4.33　导出后的Excel表

4.6.3 应用实例

小黄在开发"教学管理系统"数据库的过程中，在 SQL Server 2005 中创建了数据库 teachingData，他想利用同类学校的课程信息表中的课程代码和课程名称，但该表是 Access 数据库文件 coursedata.mdb 中的表 course，问：他应如何操作才能在他的 teachingData 中使用该表？

解决方案：小黄应使用【SQL Server 导入和导出向导】对话框将 Access 数据库文件 coursedata.mdb 中的表 course 导入到他的 teachingData 中去，具体操作步骤如下。

步骤1：在 Microsoft SQL Server Management Studio 的【对象资源管理器】中右击数据库名 teachingData，选择【任务】|【导入数据】命令。

步骤2：在弹出的【SQL Server 导入和导出向导】对话框中，单击【下一步】按钮，然后在图 4.34 所示的对话框中选择数据源类型 Microsoft Access、文件名 coursedata.mdb 等选项。

图4.34 选择要导入的 Access 文件

步骤3：单击【下一步】按钮，弹出如图 4.23 所示的【选择目标】选项，在该对话框中选择要导入的数据的目标数据库 teachingData。

步骤4：单击【下一步】按钮，弹出【指定表复制或查询】选项，如图 4.24 所示，这里采用默认的选择。

步骤5：单击【下一步】按钮，选择源表和目标如图 4.35 所示，这时如果单击【预览】按钮可以预览 course 数据表。

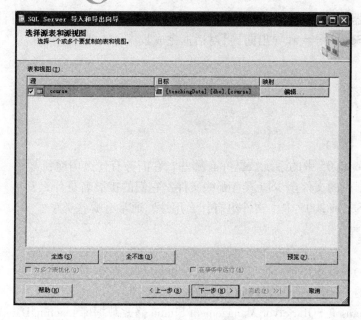

图 4.35　选择源表 course

步骤 6：单击【下一步】按钮，选择【立即执行】后，单击【完成】按钮。

步骤 7：单击【关闭】按钮，关闭【SQL Server 导入和导出向导】对话框。

完成后，在 Microsoft SQL Server Management Studio 中展开【对象资源管理器】中的【数据库】和 teachingData，选择【表】，单击【对象资源管理器】中的【刷新】按钮，可以看到表 dbo. course。这时小黄就可以在 SQL Server 2005 中像使用其他表那样使用该表了。

4.7　本章小结

本章介绍了 SQL Server 2005 的目录结构、存储结构、系统数据库等基础知识，介绍了用户数据库的创建与修改、分离与附加、删除、导入与导出等基本操作方法。

用户数据库的创建可以在 Microsoft SQL Server Management Studio 的【对象资源管理器】中右击【数据库】，选择【创建】命令来完成创建操作，也可以在查询编辑器中输入 CREATE DATABASE 命令来创建新数据库；如果要对已创建的数据库进行修改，可以右击【对象资源管理器】中要修改的数据库名，选择【属性】命令，在【属性】对话框中对数据库进行修改，或者在查询编辑器中输入 ALTER DATABASE 命令来修改数据库。

数据库文件不能直接复制，需要进行分离操作后才能复制，分离数据库可以在 Microsoft SQL Server Management Studio 的【对象资源管理器】中右击数据库库名，选择【任务】|【分离】命令来实现分离，也可以采用系统过程"sp_detach_db"来分离数据库；如果要把分离后的数据库重新在服务上打开，则需进行附加操作，可以在【对象资源管理器】中右击【数据库】，选择【附加】命令来完成附加数据库操作，也可以在查询编辑器中输入 CREATE DATABASE 命令，并在该命令中添加"FOR ATTACH"参数来实现数据库附加。

在与其他系统进行数据交换时，可以利用 SQL Server 2005 系统提供的数据导入导出向导来实现数据在数据库中的导入导出操作，可在 Microsoft SQL Server Management Studio 的

【对象资源管理器】中右击数据库库名，选择【任务】|【数据导入】或【任务】|【数据导出】命令，打开【SQL Server 导入和导出向导】对话框完成数据导入或导出操作。

习 题 4

一、思考题

1. SQL Server 2005 中的系统数据库有哪些？它们各有什么用途？

2. 一个数据库的文件至少应该有哪些文件？它们的扩展名是什么？

3. 在 SQL Server 2005 中，文件组有什么用途？通常有哪些类型？

二、实验操作题

1. 使用 Microsoft SQL Server Management Studio 创建数据库 teachingDataA，要求将数据库存放在 D 盘的 teaching management 目录下。

2. 使用 Microsoft SQL Server Management Studio 修改数据库 teachingDataA，将自动增长方式修改为 2MB，并添加次要数据文件 teachingDataA3. ndf，其数据增长也设置为 2MB。

3. 使用 ALTER DATABASE 命令修改数据库 teachingDataB，将自动增长方式修改为 2MB，并添加次要数据文件 teachingDataA3. mdf，其数据增长也设置为 2MB。

4. 在 Microsoft SQL Server Management Studio 中，将 Access 数据库文件 coursedata. mdb 中的表 course 导入到数据库 teachingDataA 中。

5. 将 teachingDataA 数据库中的表 course 导出到 Excel 表中，要求将表存在 D 盘 teaching management 文件夹中，保存为 course. xls。

6. 使用 Microsoft SQL Server Management Studio 将数据库 teachingDataA 分离。

7. 使用 T-SQL 命令语句将数据库 teachingDataB 分离。

第 5 章

数据表的管理

教学目标

1. 了解 SQL Server 2005 的数据类型。
2. 熟练掌握表结构的创建和修改、数据的插入、数据的修改和删除操作。
3. 了解索引的创建和删除。

刚刚学会建立 SQL Server 2005 数据库的初学者，一定会考虑下面这些问题。
- 如何在数据库中建立自己设计的表结构？
- 如何在已有的数据表中根据自己的需要添加或修改数据？
- 如何在已有的数据表中删除那些不再需要的数据？
- 如何能使用户快速地在已有的数据表中找到自己所需要的数据？

通过学习本章知识，相信大家就可以顺利地解决这些问题。

在学习建立数据表结构之前，先要确定表结构中的各个字段的数据类型。那么什么是数据类型？SQL Server 2005 提供的数据类型有哪些呢？

5. 1　SQL Server 2005 的数据类型

数据类型是数据的一种属性，表示数据所代表信息的类型。任何一种计算机语言都必须定义自己的数据类型。只是不同的程序语言所定义的数据类型的种类和名称或多或少存在一些差异。SQL Server 2005 中存放的每种数据同样也需要用数据类型来定义，通常情况下用户可以使用 SQL Server 2005 定义的系统数据类型，同时 SQL Server 2005 也支持用户自定义数据类型。

5. 1. 1　SQL Server 2005 提供的系统数据类型

SQL Server 2005 提供的数据类型主要有数值类型、字符类型、时间数据类型和一些特殊的数据类型等。

1. 数值型

1）整数

整数类型是最常用的数据类型之一，它主要用来存储数值，可以直接进行数据运算，而不必使用函数转换。整数类型包括以下 4 类。

（1）bigint：bigint 数据类型可以存储从 −9223372036854775808 到 9223372036854775807 范围之间的所有整型数据。每个 bigint 数据类型值存储在 8 个字节中。

（2）int(integer)：int(或 integer)数据类型可以存储从 −2147483648 到 2147483647 范围之间的所有正负整数。每个 int 数据类型值存储在 4 个字节中。

（3）smallint：可以存储从 −32768 到 32767 范围之间的所有正负整数。每个 smallint 类型的数据占用 2 个字节的存储空间。

（4）tinyint：可以存储 0 ~ 255 范围之间的所有正整数。每个 tinyint 类型的数据占用 1 个字节的存储空间。

2）位数据类型

bit 称为位数据类型，其数据有两种取值：0 和 1，长度为 1 字节。在输入 0 以外的其他值时，系统均把它们当 1 看待。这种数据类型常作为逻辑变量使用，用来表示真、假或是、否等二值选择。

3）小数

（1）精确到小数。在 SQL Server 2005 中，用 decimal 和 numeric 来表示精确小数数据类型。这种数据所占的存储空间根据该数据的位数来确定。decimal 数据类型和 numeric 数据类型完全相同，它们可以提供小数所需的实际存储空间，但也有一定的限制，可以用 2 ~ 17 个字节来存储 − 1038 + 1 到 1038 − 1 之间的固定精度和小数位的数字。语法格式如下。

decimal(m，n)或 numeric(m，n)的形式，m 和 n 确定了精确的总位数和小数位。其中 m 表示可供存储的值的总位数，默认设置为 18；n 表示小数点后的位数，默认设置为 0。

例如，decimal(8，3)，表示共有 8 位数，其中整数 5 位，小数 3 位。

（2）近似小数。在 SQL Server 2005 中，用 float 和 real 来表示近似小数数据类型。

real：可以存储正的或者负的十进制数值，最大可以有 7 位精确位数。它的存储范围从 $-3.40E-38 \sim 3.40E+38$。每个 real 类型的数据占用 4 个字节的存储空间。

float：可以精确到第 15 位小数，其范围从 $-1.79E-308 \sim 1.79E+308$。如果不指定 float 数据类型的长度，它占用 8 个字节的存储空间。float 数据类型也可以写为 float(n) 的形式，n 指定 float 数据的精度，n 为 $1 \sim 15$ 之间的整数值。当 n 取 $1 \sim 7$ 时，实际上是定义了一个 real 类型的数据，系统用 4 个字节存储它；当 n 取 $8 \sim 15$ 时，系统认为其是 float 类型，用 8 个字节存储它。

4）货币数据

表示正的或者负的货币数量。在 Microsoft SQL Server 中，货币数据的数据类型是 money 和 smallmoney。money 数据类型要求 8 个存储字节，smallmoney 数据类型要求 4 个存储字节。货币数据类型包括 money 和 smallMoney 两种。

money：用于存储货币值，存储在 money 数据类型中的数值以一个正数部分和一个小数部分存储在两个 4 字节的整型值中，存储范围为 -922337213685477.5808 到 922337213685477.5807，精确到货币单位的千分之十。

smallmoney：与 money 数据类型类似，但范围比 money 数据类型小，其存储范围为 -214748.3468 到 214748.3467 之间，精确到货币单位的千分之十。

当为 money 或 smallmoney 的表输入数据时，必须在有效位置前面加一个货币单位符号。

2. 字符型

1）字符串型

字符数据类型是 SQL Server 中最常用的数据类型之一，它可以用来存储由任何字母、符号和数字任意组合而成的数据。在使用字符数据类型时，需要在其前后加上英文单引号或者双引号。在 SQL Server 2005 中，用 char、varchar 和 text 来表示字符型数据类型。

char：其定义形式为 char(n)，当用 char 数据类型存储数据时，每个字符和符号占用一个字节的存储空间。n 表示所有字符所占的存储空间，n 的取值为 $1 \sim 8000$。若不指定 n 值，系统默认 n 的值为 1。若输入数据的字符串长度小于 n，则系统自动在其后添加空格来填满设定好的空间；若输入的数据过长，将会截掉其超出部分。如果定义了一个 char 数据类型，而且允许该列为空，则该字段被当作 varchar 来处理。

varchar：其定义形式为 varchar(n)。用 char 数据类型可以存储长达 255 个字符的可变长度字符串，和 char 类型不同的是，varchar 类型的存储空间是根据存储在表中的每一列值的字符数变化的。例如定义 varchar(20)，则它对应的字段最多可以存储 20 个字符，但是在每一列的长度达到 20 字节之前，系统不会在其后添加空格来填满设定好的空间，因此使用 varchar 类型可以节省空间。

text：用于存储文本数据，其容量理论上为 $1 \sim (2^{31}-1)$ 字节，即 2147483647 个字节，但实际应用时要根据硬盘的存储空间而定。

2）unicode 字符串型

该类型与字符串数据类型相似，由于 unicode 是双字节字符编码标准，所以在 unicode

字符串中，一个字符是用 2 个字节来存储的，使用这种字符类型存储的列可以存储多个字符集中的字符。unicode 数据类型包括 nchar，nvarchar 和 ntext。

当列的长度变化时，应该使用 nvarchar 字符类型，这时最多可以存储 4000 个字符。当列的长度固定不变时，应该使用 nchar 字符类型，同样，这时最多可以存储 4000 个字符。当使用 ntext 数据类型时，最多可以存储 $2^{31}-1$ 个字符。

3）二进制字符串型

该类型用来存储二进制数据，如"0xAB"、图像文件等。二进制数据类型包括 binary、varbinary 和 image。

binary：其定义形式为 binary(n)，数据的存储长度是固定的，即 $n+4$ 个字节，当输入的二进制数据长度小于 n 时，余下部分填充 0。二进制数据类型的最大长度为 8000，常用于存储图像等数据。

varbinary：其定义形式为 varbinary(n)，数据的存储长度是变化的，它为实际所输入数据的长度加上 4 字节。其他含义同 binary。

image：用于存储照片、目录图片或者图画，其理论容量为 $2^{31}-1$（2147483647）个字节。image 存储的数据是以位字符串存储的，不是由 SQL Server 解释的，必须由应用程序来解释。如应用程序可以使用 BMP 和 JPEG 格式把数据存储在 image 数据类型中。

3. 日期和时间类型

日期和时间数据类型包括 datetime 和 smalldatetime 两种类型。

日期和时间数据类型由有效的日期和时间组成。例如，有效的日期和时间数据包括 4/01/98 12：15：00：00：00 PM 和 1：28：29：15：01 AM 8/17/98。前一个数据类型是日期在前，时间在后；后一个数据类型是时间在前，日期在后。在 Microsoft SQL Server 2005 中，日期和时间数据类型包括 datetime 和 smalldatetime 两种类型，datetime 存储的日期范围是从 1753 年 1 月 1 日到 9999 年 12 月 31 日（每一个值要求 8 个存储字节），smalldatetime 存储的日期是从 1900 年 1 月 1 日到 2079 年 12 月 31 日（每一个值要求 4 个存储字节）。

日期的格式可以设定。设置日期格式的命令如下。

```
SET DateFormat {format|@format_var|
```

其中，format | @format_var 是日期的顺序。有效的参数包括 MDY、DMY、YMD、YDM、MYD 和 DYM。在默认情况下，日期格式为 MDY。

例如，当执行 SET DateFormat YMD 之后，日期的格式为："年 月 日"的形式；当执行 SET DateFormat DMY 之后，日期的格式为："日 月 年"的形式。

4. 特殊数据类型

特殊数据类型包括前面没有提过的数据类型。特殊的数据类型有 6 种，即 timestamp、uniqueidentifier、cursor、sql_variant、table 和 xml。

timestamp 用于表示 SQL Server 2005 活动的先后顺序，以二进制投影的格式表示。timestamp 数据与插入数据或者日期和时间没有关系。

uniqueidentifier 由 16 字节的十六进制数字组成，表示一个全局唯一标识符（GUID）。当表的记录行要求唯一时，GUID 非常有用。例如，在客户标识号列使用这种数据类型可以区别不同的客户。

cursor 是变量或存储过程 OUTPUT 参数的一种数据类型，这些参数包含对游标的引用。使用 cursor 数据类型创建的变量可以为空。

sql_variant：可以存储 SQL Server 支持的各种数据类型值（ntext、timestamp 和 sql_variant 除外）

table：用于存储结果集以进行后续处理。table 主要用于临时存储一组行，这些行是作为表值函数的结果集返回的。

xml：存储 xml 数据的数据类型。可以在列中或者 xml 类型的变量中存储 xml 实例。

5.1.2 用户自定义的数据类型

用户自定义的数据类型基于在 Microsoft SQL Server 中提供的数据类型。当几个表中必须存储同一种数据类型时，并且为保证这些列有相同的数据类型、长度和可否空值性时，可以使用用户定义的数据类型。

1. 创建用户自定义的数据类型

1）使用 Microsoft SQL Server Management Studio 创建用户定义数据类型

【例5-1】 创建一个自定义数据类型 myID，设置其为 char(8)，且该值不允许为空。

操作步骤如下。

步骤1：如图5.1所示，在 Microsoft SQL Server Management Studio 的【对象资源管理器】中展开【数据库】，展开相应的数据库（这里假定为 TeachingData），展开【可编程性】|【类型】，右击【用户定义数据类型】，选择【新建用户定义数据类型】命令，打开【新建用户定义数据类型】对话框，如图5.2所示。

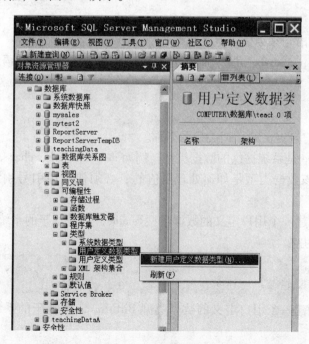

图5.1 选择【新建用户定义数据类型】命令

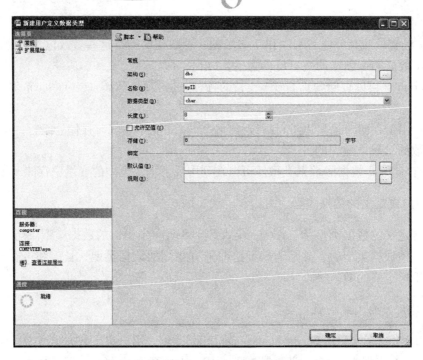

图 5.2 【新建用户定义数据类型】对话框

步骤 2：输入自定义的数据类型名：myID，选择数据类型 char，长度设定为 8，确定是否允许空值(通过选中【允许空值】复选框进行设置)，完成后单击【确定】按钮。

注意： 如果用户定义数据类型在 model 数据库中创建的，它将作用于所有用户定义的新数据库中。如果用户定义数据类型在用户定义的数据库中创建，则该数据类型只作用于此数据库。

2) 使用 T-SQL 语句来创建自定义数据类型

系统存储过程 sp_addtype 可以用来创建用户定义的数据类型。其语法形式如下。

```
sp_addtype {typename},[,system_data_bype][,'null_type']
```

其中：

typename 是用户自定义的数据类型的名称。

system_data_type 是系统提供的数据类型，例如 decimal、int、char 等。

null_type 表示该数据类型是如何处理空值的，必须使用单引号引起来，如 'NULL'、'NOT NULL' 等。

【例 5 - 2】 创建一个用户定义的数据类型 Sname，它是基于的系统数据类型是变长为 8 的字符，不允许为空。

```
USE teachingData
EXEC sp_addtype Sname,'varchar(8)','Not NULL'
```

【例 5 - 3】 创建一个用户定义的数据类型 BirthDay，其基于的系统数据类型是 datetime，允许空。

```
USE teachingData
EXEC sp_addtype BirthDay,datetime,'NULL'
```

用户自定义的数据类型的名称在对应的数据库中应该是唯一的,但不同名称的用户自定义数据类型可以有相同的类型定义。

在 SQL Server 2005 之后的后续版本中,sp_addtype 将不再可用,取而代之的是 CREATE TYPE 语句。其语法方式如下。

```
CREATE TYPE type_name
{
    FROM base_type
    [(precision[,scale])]
    [NULL|NOTNULL]
}
```

其中:

typename:用户自定义的数据类型的名称。

base_type:表示建立的数据类型所基于的由 SQL Server 提供的数据类型。当建立 decimal 或 numeric 类型时,需要用 precision 来指定总倍数,用 scale 来指定小数位数。

NULL|NOT NULL:指定此类型是否可容纳空值。如果未指定,则默认为 NULL。

【例 5 - 4】 自定义一个工作部门 myDept 的数据类型为 varchar(20),允许为空。

```
CREATE TYPE myDept FROM varchar(20)
```

2. 删除用户定义的数据类型

当用户定义的数据类型不需要时,可以用命令 sp_droptype 将其删除。其语法形式如下。sp_droptype {'type'}

【例 5 - 5】 删除用户定义的数据类型 Sname。

```
USE teachingData
EXEC sp_droptype 'Sname'
```

注意: 当表中的列已经使用用户定义的数据类型时,或者在其上面还绑定有默认值或者规则时,这种用户定义的数据类型不能删除。

5.2 表结构的创建与修改

在 SQL Server 2005 中,表存储在数据库。当数据库建好之后,就可以在数据库中建立用于存储数据的表了。

5.2.1 表结构的创建

表结构设计好以后,就可以把数据表创建到数据库中。在 SQL Server 2005 中,表结构的创建和修改可以说是最常见的操作之一,务必要熟练掌握。表的创建可以通过 Microsoft SQL Server Management Studio 的【对象资源管理器】和 T-SQL 语句这两种方法实现,下面具体介绍这两种方法。

1. 在【对象资源管理器】中创建表结构

这里以在 teachingData 数据库中建立 TchInfo 表(教师信息表)为例,说明在【对象资源管理器】中建立表结构的具体操作步骤。

步骤 1:启动 Microsoft SQL Server Management Studio,在【对象资源管理器】窗口中展开【数据库】文件夹,然后再展开在第 4 章建立的数据库 teachingData,在【表】选项上面右击鼠标,选择【新建表】命令,打开表设计器窗口。

步骤 2:在【列名】中依次输入表的字段名,并设置每个字段的数据类型、长度等属性。输入完各字段的信息后,用鼠标右键单击 TID 字段,选择【设置主键】命令。输入完成后的 TchInfo 表(教师信息表)如图 5.3 所示。

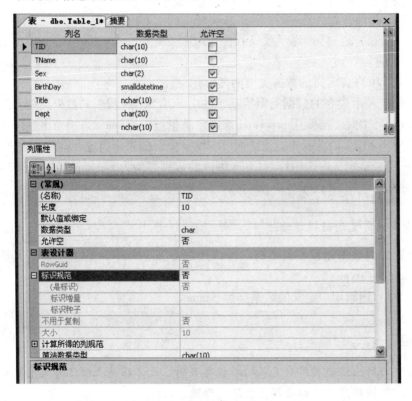

图 5.3 TchInfo 表结构图

说明:【列名】用来输入字段的名称。

　　　【数据类型】用来输入字段的数据类型。用户可以单击该栏,然后单击出现的下三角按钮,在下拉列表框中选择相应的数据类型。

　　　【长度】用来输入字段数据类型的长度。

　　　【允许空】用来设置字段是否允许为空值。

　　　　　选择不同的数据类型会有不同的列属性,常用的列属性说明如下。

　　　【描述】用来说明该字段的含义。

　　　【默认值或绑定】在表中输入新的记录值时,如果没有给该字段赋值,则默认值就是该字段的值。

【精度】用来说明该字段数据类型的宽度，即位数。

【小数位数】用来说明该字段数据类型的小数位数。

【是标识】表示该字段是表中的一个标识列，即新增的字段值为等差数列，其类型必须为数值型数据，有此属性的字段会自动产生一个值，无需用户输入。

【标识种子】等差数列的第一个数字。

【标识增量】等差数列的公差。

RowGuid 用来生成一个全局唯一的字段值，字段的类型必须是 uniqueidentifier。有此属性的字段会自动产生一个值，无需用户输入。

步骤3：表中字段设置完成后，单击工具栏上的【保存】按钮，打开【选择名称】对话框，在【输入表名称】输入框中输入 TchInfo，如图5.4所示。

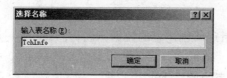

图5.4 表名称输入框

步骤4：单击【选择名称】对话框中的【确定】按钮，就完成了 TchInfo 表（教师信息表）的创建。

按照上述步骤，完成 StuInfo 表（学生信息表）、CourseInfo 表（选课信息表）、ScoreInfo 表（学生成绩表）的创建工作。表结构如图5.5、图5.6、图5.7所示。

列名	数据类型	允许空
SID	char(8)	☐
Sname	char(10)	☐
Sex	char(2)	☑
BirthDay	smalldatetime	☑
Dept	char(20)	☑
Major	char(20)	☑
Class	char(10)	☑
Grade	char(10)	☑
		☐

图5.5 StuInfo 表（学生信息表）结构图

列名	数据类型	允许空
CID	char(8)	☐
CName	char(20)	☐
CCredit	tinyint	☑
CProperty	char(10)	☑
		☐

图5.6 CourseInfo 表结构图

列名	数据类型	允许空
CID	char(8)	☐
SID	char(8)	☐
TID	char(8)	☑
Score	numeric(3, 0)	☑
Schyear	char(9)	☑
Term	char(1)	☑
		☐

图5.7 ScoreInfo 表结构图

如果一个表中没有一个字段可以作为标识记录的唯一性字段，那么可以将多个字段联合起来作为主键。此时只要同时选择两个字段（按住 Ctrl 键选择），然后单击工具栏中的【设置主键】按钮，就可以将多个字段共同设置为主键。例如在 ScoreInfo 表中可以将 CID、SID 两个字段共同组成主键。

2. 用命令语句创建表结构

使用命令 CREATE TABLE 创建表结构。可以在查询编辑器中输入创建表结构的命令。创建表结构的主要语句格式如下。

```
CREATE TABLE
[database_name.[owner_name].|owner_name.]table_name
    ({column_name <data_type> |<column_name AS computed_column_expression>}
    [<table_constraint>][,...n])
    [ON{filegroup |DEFAULT}]
    [{TEXTIMAGE_ON{filegroup |"default"}}]
[;]
```

主要参数说明如下。

database_name：用于指定所创建表的数据库名称。database_name 必须是现有数据库的名称。如果不指定数据库，database_name 默认为当前数据库。

owner：用于指定新建表的所有者的用户名，owner 必须是 database_name 所指定的数据库中的现有用户名，owner 默认为 database_name 所指定的数据库中当前连接相关联的用户名。

table_name：指定要创建的新表名称。表名必须符合标识符规则，对于数据库来说，database_name. owner_name. object_name 必须是唯一的。表名最多不能超过 128 个字符。

computed_column_expression：定义计算列的值的表达式。

[ON {filegroup|DEFAULT}]：用于指定存储表的文件组。如果指定了 filegroup，则表将存储在指定的文件组中。数据库中必须存在该文件组。如果使用了 DEFAULT 选项，或者省略了 ON 子句，则新建的表会存储在默认的文件组中。

TEXTIMAGE ON：用于指定 text、ntext 和 image 列数据存储的文件组。如果表内没有 text、ntext 和 image 列，则不能使用 TEXTIMAGE ON。如果没有指定 TEXTIMAGE ON 子句，则 text、ntext 和 image 列数据将与表存储在相同的文件组中。

关于 table_constraint 表级约束将在第 10 章中作详细的介绍。

【例 5 - 6】 建立 StuInfo 表(学生信息表)。

```
USE teachingData
CREATE TABLE StuInfo
    ( SIDchar(8)PRIMARY KEY,          - -将 SID 设置为主键
    Sname char](10)NOT NULL,          - -Sname 不允许取空值
    Sex char(2) NULL,                 - -Sex 允许取空值
    BirthDay smalldatetime NULL,
    Dept char(20)   NULL,
    Major char(20)   NULL,
    Class char(10)   NULL,
    Grade char(10)   NULL)
```

【例 5 - 7】 建立 TchInfo 表(教师信息表)。

```
CREATE TABLE TchInfo
(    TID char(8) PRIMARY KEY,          --设置为主键
     TName char(10) NOT NULL,
     Sex char(2) NULL,
     BirthDay smalldatetime NULL,
     Title nchar(10) NULL,
     Dept char(20) NULL)
```

【例5－8】　建立 CourseInfo 表(选课信息表)。

```
CREATE TABLE CourseInfo
(    CID char(8) PRIMARY KEY,          --设置为主键
     CName char(20) NOT NULL,
     CCredit tinyint NULL,
     CProperty char(10) NULL)
```

【例5－9】　建立 ScoreInfo 表(学生成绩表)。

```
CREATE TABLE ScoreInfo
(    CID char(8)   NOT NULL,           --不允许取空值
     SID char(8)   NOT NULL,           --不允许取空值
     TID char(8)   NULL,
     Score numeric(3,0)NULL,
     Schyear char(9)NULL,
     Term char(1)NULL,
     FOREIGN KEY([CID])REFERENCES CourseInfo(CID),
/* 表级完整性约束条件,CID是外码,被参照表是 CourseInfo* /
     FOREIGN KEY(SID)REFERENCES StuInfo(SID),
/* 表级完整性约束条件,SID是外码,被参照表是 StuInfo* /
     FOREIGN KEY(TID)REFERENCES  TchInfo(TID),
/* 表级完整性约束条件,TID是外码,被参照表是 TchInfo* /
     PRIMARY KEY(CID,SID)
/* 主码由两个属性构成,必须作为表级完整性进行定义* /
)
```

说明： (1)在创建 ScoreInfo 表时，由于要将 CID 字段关联 CourseInfo，因此 CourseInfo 表必须要存在才行，这就要求在建表时先要创建 CourseInfo 表。同样，StuInfo 表和 TchInfo 也要在 ScoreInfo 表之前创建。

(2)将两个字段组合起来作为主键，只能采用表级完整性进行定义。

5.2.2　表结构的修改

表结构的修改可以在 Microsoft SQL Server Management Studio 的【对象资源管理器】中和用 T-SQL 语句的命令方式实现，下面具体介绍这两种方法。

1. 在【对象资源管理器】中修改表结构

使用 Microsoft SQL Server Management Studio 创建表结构的过程十分简单。这里以在

teachingData 建立 TchInfo 表(教师信息表)为例,说明建立表结构的具体操作步骤。

步骤1:在 Microsoft SQL Server Management Studio 的【对象资源管理器】窗口中展开相应的数据库和表,右击需要修改的数据表(如 StuInfo 表),然后选择【修改】命令,打开表设计器窗口。

步骤2:在表设计器窗口中,可以直接对已有的字段进行修改,修改列名、数据类型等。也可以右击某个字段,如"Sex",在属性菜单中,可以选择插入列和删除列,插入列的操作与建表结构时的操作是一样的,如图5.8所示。

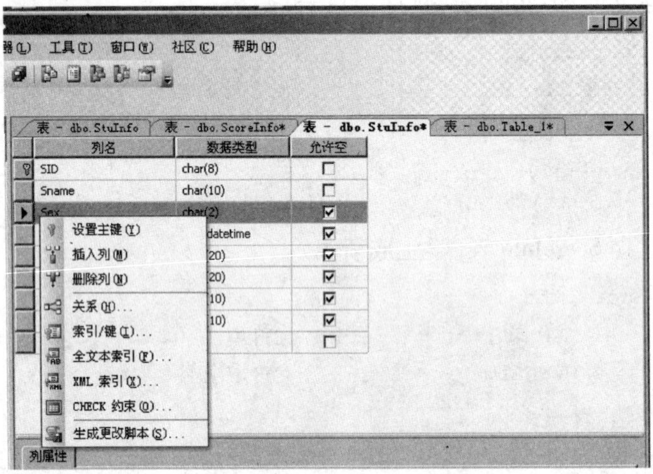

图5.8　StuInfo 表结构修改图

步骤3:表中字段修改完成后,单击工具栏上的【保存】按钮,即可完成表结构的修改。

2. 用命令语句修改表结构

使用命令 ALTER TABLE 修改表结构。可以在查询编辑器中输入修改表结构的命令。修改表结构的常用语法形式如下。

```
ALTER TABLE Table_name
    ADD[ column_name data_type][ NULL |NOT NULL]
    [ PRIMARY KEY | UNIQUE]
    [ FOREIGN KEY[ (column_name)]]
    REFERENCES ref_table[ (ref_column)]
    [ DROP[ CONSTRAINT]constraint_name |column column_name <完整性约束名 >]
    [ ALTER COLUMN   <列名 > <数据类型 >];
```

其中各个参数的意义与创建数据表时基本一致。虽然从语法格式上来看比较复杂,但实际上该命令语句通常一次只修改一个参数。

【例5-10】　向 StuInfo 表(学生信息表)中增加"家庭住址(Saddr)"列,其数据类型为 varchar。

```
USE TeachingData
ALTER TABLE StuInfo
    ADD Saddr var char(20)
```

不论基本表中原来是否已有数据，新增加的列一律为空值。

【例5-11】 将表 StuInfo 中的字段 Dept 的数据类型由 char(20) 改为 varchar(20)。

```
ALTER TABLE StuInfo
    ALTER COLUMN Dept varchar(20)
```

【例5-12】 对表 CourseInfo 增加课程名 CName 必须取唯一值的约束条件。

```
ALTER TABLE CourseInfo
    ADD UNIQUE(CName)
```

【例5-13】 删除 StuInfo 表(学生信息表)中"家庭住址(Saddr)"属性列。

```
ALTER TABLE StuInfo
    DROP column Saddr
```

在 ALTER TABLE 语句中，没有直接修改数据表表名或列名的功能，如果要修改数据表表名或列名，只能用系统提供的 sp_rename 存储过程。

【例5-14】 将 StuInfo 表的表名更改为 SInfo，其代码如下。

```
sp_rename 'StuInfo', 'SInfo'
```

【例5-15】 将 SInfo 表的中的字段 StuID 更改为 SID，其代码如下。

```
sp_rename 'SInfo.StuID','SID','COLUMN'
```

5.2.3 表的删除

可以在 Microsoft SQL Server Management Studio 的【对象资源管理器】窗口中展开相应的数据库和表，右击需要删除的数据表，然后选择【删除】命令即可删除相应的数据表。

使用命令 DROP TABLE 删除基本表。可以在查询编辑器中输入删除基本表的命令，最简单也是最常用的形式如下。

```
DROP TABLE table_name
```

【例5-16】 删除 ScoreInfo 表。

```
DROP TABLE ScoreInfo;
```

但有时直接删除基本表，会出现误删的情况，比如，用户已经给这个表建立了索引、视图、触发器等，而它们都还有用，这时就不能随意删除基本表。这种情况要用参数 RESTRICT 或 CASCADE 来进行处理。完整的语句格式如下。

```
DROP TABLE <table_name>[RESTRICT |CASCADE];
```

其中：

RESTRICT：删除表是有限制的，它不能被其他表的约束所引用，如果存在依赖该表的对象，则此表不能被删除。

CASCADE：删除该表没有限制，在删除基本表的同时，相关的依赖对象一起删除。

【例5-17】 删除 ScoreInfo 表(含相关的索引、视图、触发器等)。

```
DROP TABLE  ScoreInfo  CASCADE;
```

5.2.4　应用实例

【例 5-18】　小黄在建立了数据表 TchInfo 后，为了提高输入数据的速度，要为其中的性别一栏即字段 Sex 设置一个默认值"男"。这样，在输入过程中，只要是男性就不用输入，让系统自动填写，并且，考虑到信息输入的正确性，他希望字段 Sex 的值要么为"男"，要么为"女"，不允许有其他值。问：他应该如何操作？

1. 在【对象资源管理器】中操作

步骤 1：在 Microsoft SQL Server Management Studio 的【对象资源管理器】中展开数据库 teachingData，右击表 TchInfo，在弹出的快捷菜单中选择【修改】命令，设置字段 Sex 的列属性【默认值或绑定】为：'男'，如图 5.9 所示。

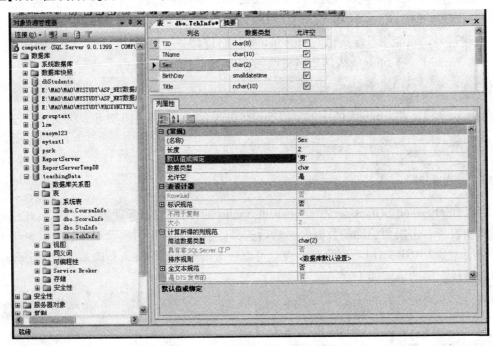

图 5.9　更改列属性

步骤 2：右击列名 Sex，在弹出的快捷菜单中选择【CHECK 约束】命令，在【CHECK 约束】对话框中单击【添加】按钮，然后输入表达式：Sex = '男' OR Sex = '女'，如图 5.10 所示。

步骤 3：单击【关闭】按钮即完成设置。

经过此设置后，以后在表中输入记录时，如果不填写字段 Sex 的值，则该字段的值自动显示默认值"男"，如果用户输入的 Sex 的值既不是"男"也不是"女"，则系统自动报错，不允许保存数据。

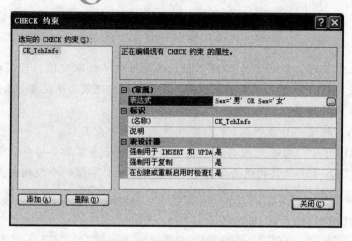

图 5.10　设置 CHECK 约束

2. 使用命令语句

```
ALTER TABLE tchInfo
    ADD CONSTRAINT CK_sex CHECK(Sex = '男' OR Sex = '女')
```

【例 5 - 19】　小黄为了输入方便，希望在输入过程中教师编号 TID 的起始数据库为 10000001，以后每输入一个教师，其编号 TID 自动加 1，因此他根据所学知识，在 MicrosoftSQL Server Management Studio 窗口的列属性中展开【标识规范】，试图修改【(是标识)】的值为"是"，但发现这一栏是灰色的，他无法进行设置，为什么？应该如何操作才能符合他的要求？

解决方案：【标识规范】只对整型数据有效，所以小黄应该先将教师编号 TID 的数据类型设置为 int 类，然后再展开【标识规范】，修改【(是标识)】值为"是"，【标识种子】为 "10000001"、【标识增量】为"1"。

5.3　表数据的操作

表数据的操作主要有 3 种：插入数据、修改数据、删除数据。

5.3.1　插入数据

要想在表中添加数据，可以在 Microsoft SQL Server Management Studio 的【对象资源管理器】中完成，也可以用 T-SQL 的标准命令 INSERT 语句来完成。使用 Microsoft SQL Server Management Studio，可以在【对象资源管理器】中右击需要添加数据的表，选择【打开表】命令，然后直接在表中输入数据。使用命令 INSERT 语句来插入数据有两种方式：插入单条记录和插入子查询结果。

1. 插入单条记录

插入单条记录语句格式如下。

INSERT INTO < table_name > [(column_list)] VALUES(data_values)

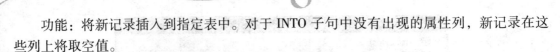

功能:将新记录插入到指定表中。对于 INTO 子句中没有出现的属性列,新记录在这些列上将取空值。

注意: (1) 在表定义时,说明了为 NOT NULL 的属性列不能取空值,否则会出错。

(2) 如果 INTO 子句中没有指明属性列,则新插入的记录必须在每个属性列上均有值。

(3) 属性列的顺序可与表定义中的顺序不一致。

(4) 可以只指定部分属性列(未指定属性列取值为空)。

(5) VALUES 子句对新元组的各个属性赋值,字符串常数要用单引号括起来。

(6) VALUES 子句提供的值必须与 INTO 子句匹配,即值的个数相同,值的类型一致。

【例 5-20】 将一个课程信息记录(课程号:00000001;课程名:高等数学;学分:3;课程类别:基础课)插入到 CourseInfo 表中。

```
INSERT INTO CourseInfo
    (CID,CName,CCredit,CProperty)
    VALUES('00000001','高等数学',3,'基础课')
```

也可以交换列的次序,即可以用下面的语句来实现。

```
INSERT INTO CourseInfo
    (CID,CName,CProperty,CCredit)
    VALUES('00000001','高等数学','基础课',3)
```

如果插入的列的值按表结构的顺序输入,可以将列的名称省略,即可以用下面的语句。

```
INSERT  INTO  CourseInfo
        VALUES('00000001','高等数学',3,'基础课')
```

【例 5-21】 在表 CourseInfo 中插入一条课程信息记录('00000002','英语阅读')。

```
INSERT  INTO CourseInfo(CID,CName)
    VALUES('00000002','英语阅读')
```

此时,系统将在新插入记录的 CCredit 和 CProperty 列上自动地赋空值。

即上面的命令语句等价于:

```
INSERT  INTO CourseInfo
    VALUES ('00000002','英语阅读',NULL,NULL)
```

由于 SQL Server 2005 为以下类型的列生成值,因此,INSERT 语句不为这些类型的列指定值。

(1) 具有 IDENTITY 属性的列,此属性为该列生成值。

(2) 具有默认值的列,此默认值用 NEWID 函数生成唯一的 GUID 值。

(3) 计算列。

2. 插入子查询结果

如果要想向表中插入成批数据,用 INSERT-VALUES 来解决显然是极为不方便的。在这种情况下用 INSERT-SELECT 语句就非常有效。它可以将一个或一组表中的数据插入到另外一个表中。

插入子查询结果的语句格式如下。

```
INSERT INTO <table_name> [(column_list)]  SELECT sub-sentance
```

功能：将子查询结果插入到指定表中。

注意：（1）INTO 子句与插入元组时的要求类似。

　　　　（2）子查询中 SELECT 子句目标列必须与 INTO 子句匹配，即值的个数和值的类型均要求一致。

【例 5 - 22】 对每一个系，求学生的学年平均成绩，并把结果存入数据库。

（1）在 teachingData 数据库中建一个新表，其中一列用于保存学年信息，另一列用于保存相应学年的学生平均成绩。

```
USE TeachingData;
CREATE TABLE Schyear_Score
    (Schyear char(9),            /* 学年* /
     Avg_Score smallint);  /* 学年平均成绩* /
```

（2）对 ScoreInfo 表按 Schyear 分组，把学年和学生的平均成绩插入到新表 Schyear_Score 中。

```
INSERT
    INTO Schyear_Score (Schyear,Avg_score)
    SELECT Schyear,AVG(Score)FROM ScoreInfo
    GROUP BY Schyear;
```

有关 SELECT 语句的详细介绍，见第 6 章。

5.3.2　修改数据

利用 UPDATE 语句可以对表中已有的数据进行修改。

修改数据的语句格式如下。

```
UPDATE   <table_name>
SET <column1_name> = <new_value1>[,<column2_name> = <new_value2>,…]…
[WHERE <conditions>];
```

功能：修改指定表中满足 WHERE 子句条件的记录。其中，SET 子句用于指定要修改的列或变量名称的列表，<column_name> 用于指定要更改的列的名称。<new_value> 是修改后指定列的新值，它可以是一个常量，也可以是一个表达式或其他表中的数据。

修改数据常用的有 3 种修改方式：一是修改某一个记录的值，二是修改多个记录的值，三是带子查询的修改语句。下面分别举例来说明这 3 种修改数据的方式。

1）修改一个记录

【例 5 - 23】 将高等数学的学分改为 5 分。

```
UPDATE  CourseInfo
    SET CCredit =5 WHERE  CName ='高等数学';
```

2）修改多个记录

【例 5 - 24】 将所有课程的学分增加 1 分。

```
UPDATE  CourseInfo
    SET CCredit = CCredit + 1
```

3）带子查询的修改记录语句

【例 5 – 25】 把所有男生的成绩加 5 分。

```
UPDATE ScoreInfo
SET Score = Score + 5
    WHERE '男' = (SELECT Sex FROM StuInfo
                WHERE StuInfo. SID = ScoreInfo. SID);
```

因为是要对所有的男生数据进行处理，而性别在 StuInfo 表中，因此要对 StuInfo 表中的 Sex 进行查询，然后将查询到的男生的学号与 ScoreInfo 表中的学号匹配，这样就可以实现在 ScoreInfo 表中修改男生的成绩。

5.3.3 删除数据

利用 DELETE 语句可以删除表中不再需要的数据。

删除语句格式的一般格式如下。

```
DELETE FROM < table_name >
    [WHERE < conditions >];
```

功能：删除指定表中满足 WHERE 子句条件的所有元组。如果省略 WHERE 子句，表示删除表中的全部元组，但表的结构仍然存在。即 DELETE 只能删除表中的记录。

常见的有 3 种删除表中数据的方式：删除某一条记录，删除多条记录，带子查询的删除语句。下面分别举例来说明这 3 种删除数据的方式。

1）删除一个元组的情况

【例 5 – 26】 删除表 TchInfo 中工号为 10040002 的教师的记录。

```
USE TeachingData;
DELETE FROM TchInfo WHERE TID = '10040002';
```

2）删除多个元组的情况

【例 5 – 27】 删除表 ScoreInfo 中所有的学生成绩的记录。

```
USE TeachingData;
DELETE FROM ScoreInfo;
```

3）带子查询的删除记录的语句

【例 5 – 28】 删除表 ScoreInfo 中所有男生的成绩记录。

```
USE TeachingData;
DELETE FROM ScoreInfo
    WHERE '男' = (SELECT Sex FROM  StuInfo
                WHERE  StuInfo. SID = ScoreInfo. SID);
```

5.3.4 应用实例

【例 5 – 29】 在创建了数据表 StuInfo、TchInfo、CourseInfo、ScoreInfo 之后，小黄想先

把成绩输入到表 ScorcInfo 中，但是系统总是报错，使得他无法输入数据，为什么？

分析：在创建数据表 ScoreInfo 过程中（见【例 5-9】）可以看到，该表中的字段 CID、SID、TID 均为外键引用，小黄在表 ScoreInfo 中输入数据时，系统自动检查相应的字段是否能在参照表 CourseInfo、StuInfo 和 TchInfo 找到，由于这 3 个表的数据尚未输入，所以系统找不到相应的字段值，因而报错。

解决方案：小黄应该先在表 StuInfo、TchInfo、CourseInfo 中输入相应的 CID、SID、TID 的字段值及其在相应表中受约束的字段值。

【例 5-30】 小黄为了在表 StuInfo 中输入数据时减少出错，考虑到学生的出生年份均在 1960 年与 2000 年之间，所以希望增加对字段 Birthday 的约束，问他该如何操作？

分析：本例要求在表 StuInfo 中增加对字段的约束，因此可以用修改表结构 ALTER TABLE 命令，然后用增加约束 ADD CONSTRAINT 子句来对字段进行约束。

输入如下命令：

```
USE TeachingData
ALTER TABLE StuInfo
    ADD CONSTRAINT CK_BthDay
    CHECK(Birthday > = '1960-1-1' and Birthday < '2001-1-1')
```

5.4 索 引 操 作

如何能使用户快速地在已有的数据表中找到自己所需要的数据？特别是当数据表中的数据量比较大时搜索记录的时间将会很长，这大大降低了服务器的使用效率。在日常生活中，人们会借助索引（如图书目录、词典索引等）来进行快速查找。索引也是数据库随机检索的常用手段，数据库的索引与书籍中的索引相类似，其作用是将数据表中的记录按照某个顺序进行排序，从而可以快速找到需要查找的记录。

索引是依赖数据表建立的，一个数据表的存储包括两个组成部分，一部分是用来存放数据的数据页，另一部分是用来存放索引的索引页。通常索引页比数据页的数据量要小得多，当进行数据查询时，SQL Server 先去搜索索引页，从中找到所需的数据指针，再通过指针从数据页中读取数据。索引提供指针以指向存储在表中指定列的数据值，然后根据指定排序次序排列这些指针。合理地利用索引，将大大提高数据库的检索速度和数据库的性能。但是，享受索引带来的好处是有代价的，一是带索引的表在数据库中会占据更多的空间，二是为了维护索引，对数据进行插入、修改、删除等操作的命令所花费的时间会更长些。因此，在设计和创建索引时，要确保对性能的提高程度大于在存储空间和处理资源方面所付出的代价。

5.4.1 索引的分类

在 SQL Server 2005 中，索引可以分为聚集索引、非聚集索引、唯一索引、包含性列索引、索引视图、全文索引和 XML 索引 7 种。

1. 聚集索引与非聚集索引

聚集索引（Clustered）对表在物理数据页中的数据按列进行排序，然后再重新存储到磁盘上。由于聚集索引对表中数据完全重新排列，它所需要的空间也就特别大，大概相当于表中数据所占空间的120%。表的数据行只能以一种排序方式存储在磁盘上，所以一个表只能有一个聚集索引。

非聚集索引(Nonclustered)按照索引的字段排列记录，但是排列的结果并不会存储在表中，而是另外存储。非聚集索引具有完全独立于数据行的结构，使用非聚集索引不用将物理数据页中的数据按列排序。非聚集索引的叶节点存储了组成非聚集索引的关键字值和行定位器。

行定位器的结构和存储内容取决于数据的存储方式。如果数据是以聚集索引方式存储的，则行定位器中存储的是聚集索引的索引键；如果数据不是以聚集索引方式存储的，则行定位器存储的是指向数据行的指针。非聚集索引将行定位器按关键字的值用一定的方式排序，这个顺序与表的行在数据页中的排序是不匹配的。由于非聚集索引使用索引页存储，因此它比聚集索引需要较多的存储空间，且检索效率较低。但一个表只能建一个聚集索引，用户需要建多个索引时就只能使用非聚集索引了。在下列情况下可以考虑使用非聚集索引。

(1) 含有大量唯一值的字段。

(2) 返回很小的或者单行结果的检索。

(3) 使用 ORDER BY 子句和 FASTFIRSTROW 优化器提示的查询。

2. 唯一索引

唯一索引(Unique Index)能确保索引无重复，即如果是一个唯一索引，则这个字段的值就是唯一的，不同记录中的同一个字段的内容不能相同。无论是聚集索引还是非聚集索引，都可以将其设为唯一索引。

唯一索引通常都建立在主键字段上，当数据库中创建了主键之后，数据库会自动将该主键创建成为唯一索引。设置成为唯一索引的字段通常也会将其设置为不能为空(NOT NULL)。即使设置可以为空，在表中，也只能有一条记录的该字段值为 NULL，因为 NULL 值不能重复。

3. 包含性列索引

在创建索引时，并不是只能对其中的一个字段创建索引，就像可以将多个字段组合起来创建主键一样，这种索引称为复合索引(Composite Index)。需要注意的是，只有用到复合索引的第一字段或整个复合索引字段作为条件进行查询时，才会使用到该索引。

在创建索引时，对创建的索引有一定的限制，最多的字段数据不能超过 16 个，所有字段的长度之和不能超过 900 个字节。例如，假设有一个文章表，文章标题字段类型为 varchar(20)，文章摘要字段类型为 nvarchar(450)。由于 nvarchar 数据类型每个字符要占用 2 个字节，所以要创建文章标题和文章摘要两个字段的复合索引，这两列的索引将会超过 900 字节的大小限制，从而导致创建索引失败。

可以用"包含性列索引"来解决这类问题。所谓包含性列索引是在创建索引时，再将其他非索引字段包含到这个索引中，并起到索引的作用。例如，上例中可以为文章标题创建一个索引，再将文章摘要包含到这个索引中，这种索引就是包含性列索引。包含性列索引只能是非聚集索引，在计算索引包含的字段数和索引字段的大小时，系统不考虑这些被包含的字段。

4. 视图索引

视图是一个虚拟的数据表，可以像真实的数据表一样使用。视图的本身并不存储数据，数据都存储在视图所引用的数据表中。但是如果为视图创建索引，将具体化视图，并将结果集永久存储在视图中，其存储方法与其他带聚集索引的数据表的存储方法完全相同。在创建视图的聚集索引后，还可以为视图添加非聚集索引。

5. 全文索引

全文索引是一种特殊类型的基于标记的功能性索引，由 SQL Server 中的全文引擎服务来创建和维护。全文索引主要用于在大量文本文字中搜索字符串，此时使用全文索引的效果比使用 T-SQL 中 LIKE 语句效率要高很多。

6. XML 索引

XML 实例作为二进制大型对象(BLOB)方式存储在 XML 字段中，这些 XML 实例最大数据量可以达到 2GB，如果在没有索引的 XML 字段里查询数据，将会是一个很耗时的操作。而在 XML 字段上创建的索引就是 XML 索引。

5.4.2 索引的创建

在 SQL Server 2005 中，并不是所有索引都需要手动创建，在创建数据表时，只要设置主键或唯一(Unique)条件约束，SQL Server 就会自动创建索引。设置了主键字段，SQL Server 就会为这个主键字段创建一个聚集索引；创建了 Unique 字段，系统则为该字段创建一个唯一索引。

例如，在前面创建 StuInfo 表时，已经设置 SID 为主键字段，现在在 Microsoft SQL Server Management Studio 的【对象资源管理器】中，可以展开表 StuInfo 下面的【索引】，可以看到以 PK_开头的聚集索引。双击这个索引名，可以在相应的索引属性对话框中看到它是一个聚集索引和唯一索引。

手动创建索引有两种方法：在【对象资源管理器】中创建索引、采用命令方式创建索引。下面分别介绍采用这两种方法创建索引的具体步骤。

1. 在【对象资源管理器】中创建索引

可以使用 Microsoft SQL Server Management Studio，在【对象资源管理器】中利用系统提示的对话框创建索引。具体操作步骤如下。

步骤 1：启动 Microsoft SQL Server Management Studio，在【对象资源管理器】窗口中展开【数据库】，然后再展开要建索引的表所在的数据库文件，再展开【表】，再展开要建索引的表，在【索引】上右击鼠标，选择【新建索引】命令。

步骤 2：在【新建索引】对话框中，设置【索引名称】、【索引类型】、【唯一】，如图 5.11 所示。

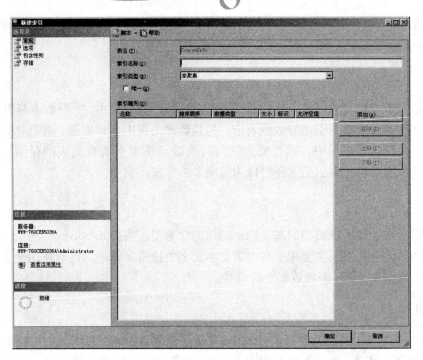

图 5.11 【新建索引】对话框

说明：(1)【索引类型】有 3 种："聚集"、"非聚集"和"主 XML"，用于设置索引的类型。

(2)【唯一】用于指定是否建立唯一索引。

步骤 3：设置【索引键列】，在【新建索引】对话框中，单击【添加】按钮，在弹出的对话中选择要添加到索引键的表列，单击【确定】按钮就可以完成索引的创建。

在创建索引后，如果要查看和修改索引的详细信息，可以在 Microsoft SQL Server Management Studio 的【对象资源管理器】窗口中展开【数据库】，然后再展开已建索引的表所在的数据库文件，再展开已创建了索引的【表】，在选项中选择【索引】选项，则会出现表中已经存在的索引列表。双击某一索引名称，则弹出【索引属性】对话框，用户可以在该对话框中查看和修改相应的索引属性。

2. 用命令方式创建索引

建立索引也可以在查询编辑器中输入建立索引的命令。建立索引的常用命令格式如下。

```
CREATE[ UNIQUE][ CLUSTERED |NONCLUSTERED] INDEX <索引名 >
ON <表名 > ( <列名 >[ <次序 >][ , <列名 >[ <次序 >]]…);
```

其中， <表名 >指定要建索引的基本表名字，索引可以建立在该表的一列或多列上，各列名之间用逗号分隔，用 <次序 >指定索引值的排列次序，升序：ASC，降序：DESC。缺省值为 ASC。

UNIQUE 表明此索引的每一个索引值只对应唯一的数据记录。

CLUSTERED 表示要建立的索引是聚集索引。

NONCLUSTERED 表示要建立的索引为非聚集索引。

注意： （1）每张表只能有一个聚集索引，并且应该最先建立。

（2）创建索引所需要的空间来自用户数据库，所以要保证要有足够的空间创建聚集索引。

（3）为一个表创建主键字段和 UNIQUE 字段约束后，会自动生成相应的索引。

（4）默认设置时不是建立聚集索引，而是建立非聚集索引。一个表中最多可以创建 249 个非聚集索引。

建立索引时，不选参数 CLUSTERED，则建立的是非聚集索引，表的物理顺序与索引顺序不一致，表中的数据没有按照索引的顺序排列，索引是由具有层次性的索引页面组成的。

【例5-31】 在 CourseInfo 表的 Cname（课程名）列上建立一个聚集索引，表中的记录按 Cname 值的降序排序。

```
CREATE  CLUSTERED INDEX Clu_Cname ON CourseInfo(Cname DESC);
```

建立聚集索引，可以提高查询效率，但一个基本表最多只允许建立一个聚集索引。建立聚集索引后，更新该索引列上的数据时，常常会导致表中记录的物理顺序的变更，代价较大，因此，对于经常需要更新的列是不适合建立聚集索引的。

【例5-32】 要求为数据库 teachingData 中的各表创建索引，要求为 TchInfo 表按编号（TID）升序建聚集索引（假定 TchInfo 表未设置主键），为 StuInfo 表按学号（SID）升序建唯一索引，为 CourseInfo 表按课程号（CID）升序建非聚集索引，为 ScoreInfo 表按学号（SID）升序和课程号降序建简单复合索引。

其命令语句如下。

```
CREATE  CLUSTERED INDEX Clu_TID ON TchInfo(TID);
CREATE  UNIQUE INDEX  Clu_SID ON StuInfo(SID);
CREATE  NONCLUSTERED INDEX  Clu_CID ON CourseInfo(CID);
CREATE  INDEX  Clu_SCID ON ScoreInfo(SID,CID DESC)
```

可以用系统存储过程 sp_helpindex 查看已经建立的索引信息，其语法形式如下。

```
sp_helpindex[@objname = ]'name'
```

其中，［@objname = ］'name'参数用于指定当前数据库中表的名称。

5.4.3　索引的修改

T-SQL 语言提供了 ALTER INDEX 语句来修改索引，其主要代码如下。

```
ALTER INDEX {index_name |ALL}      --指定索引名或所有索引
    ON[database_name].table_or_view name      --指定数据表或视图
    {REBUILD    --重新生成索引
    [[WITH
    (PAD_INDEX  = {ON |OFF}    --设置是否使用索引填充
    |FILLFACTOR = fillfactor    --设置填充因子大小
    |SORT_IN_TEMPDB = {ON |OFF}     --是否在 tempdb 数据库中存储临时排序结果
    |IGNORE_DUP_KEY = {ON |OFF}     --是否忽略重复的值
    |STATISTICS_NORECOMPUTE = {ON |OFF}     --设置是否自动计算统计信息
```

```
        |ALLOW_ROW_LOCKS = {ON |OFF}        - -在访问索引时使用行锁
        |ALLOW_PAGE_LOCKS = {ON |OFF}        - -在访问索引时使用列锁
        |MAXDOP = max_degree_of_parallelism    - -设置最大并行度
      [,…n])
      ]
       ]
      ]
    |DISABLE     - -禁用索引
    |REORGANIZE    - -重新组织的索引
     [PARTITION = partition_number]     - -重新生成或重新组织索引的一个分区
     [WITH(LOB_COMPACTION = {ON |OFF})]     - -压缩包含大型对象数据的页
     SET(ALLOW_ROW_LOCKS = {ON |OFF}     - -在访问索引时使用行锁
      |ALLOW_PAGE_LOCKS = {ON |OFF}      - -在访问索引时使用页锁
      |IGNORE_DUP_KEY = {ON |OFF}      - -设置是否忽略重复的值
      |STATISTICS_NORECOMPUTE = {ON |OFF}     - -设置是否自动计算统计信息
    [,...n])
     }
```

【例 5 - 33】 重新生成【例 5 - 32】中表 StuInfo 的 Clu_SID 索引，并设置索引填充，填充因子为 70。

```
ALTER INDEX Clu_SID ON SID
REBUILD
WITH(PAD_INDEX = ON,
      FILLFACTOR = 70)
```

5.4.4 索引的删除

索引建立之后，就由系统使用和维护，不需要用户干预。建立索引是为了减少查询操作的时间，但如果经常增加、删除和修改数据，系统就会花费许多时间来维护索引，从而也就降低了查询的效率。这时，就可以删除一些不必要的索引。

删除索引的一般命令格式如下。

```
DROP INDEX <索引名 >
```

【例 5 - 34】 要删除 CourseInfo 表上的 Clu_Cname 索引。

```
DROP INDEX Clu_Cname;
```

删除索引时，系统同时也将把该索引的描述从数据字典中删除。

5.4.5 应用实例

【例 5 - 35】 为了方便分配奖学金，小黄希望对表 ScoreInfo 中各门课程(字段 CID)和成绩(字段 Score)做一个复合的简单索引，要求成绩按降序排列，问：他该如何操作？

1. 在【对象资源管理器】中进行操作

步骤1：在 Microsoft SQL Server Management Studio 的【对象资源管理器】窗口中展开【数据库】，展开 teachingData，展开表 ScoreInfo，右击【索引】，选择【新建索引】命令，如图 5.12 所示。

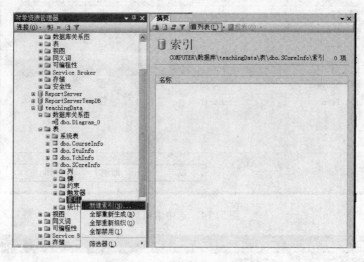

图 5.12 选择【新建索引】命令

步骤2：在【新建索引】对话框中输入索引名：IX_CidScore（该索引名用户可以自行命名），如图 5.13 所示。

步骤3：单击【添加】按钮，然后选中 CID 和 Score 复选框，如图 5.14 所示。

步骤4：单击【确定】按钮，返回到【新建索引】对话框，然后根据题目要求修改排序顺序，如图 5.15 所示。

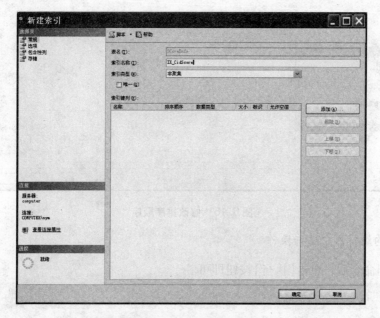

图 5.13 【新建索引】对话框

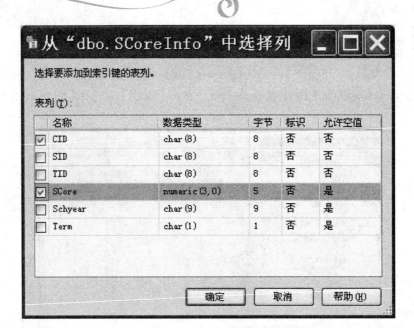

图 5. 14 选中索引列

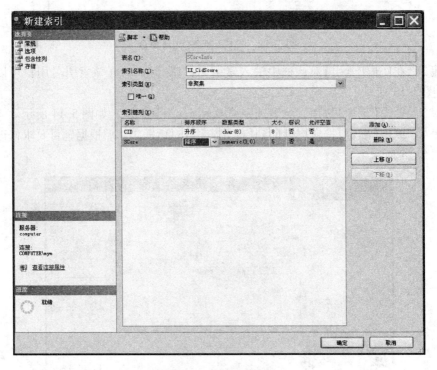

图 5. 15 修改排序顺序

2. 在查询编辑器中进行操作

输入下列命令后，单击【执行】按钮即可。

```
CREATE INDEX IX_CidScore ON ScoreInfo(CID,Score DESC)
```

5.5　本章小结

本章引入了 SQL Server 2005 的数据类型、基本表、数据更新、索引等基础知识，重点介绍了表结构的创建和修改、数据的插入、数据的修改和删除、索引的创建和删除等基本操作方法。

表结构的创建可以在 Microsoft SQL Server Management Studio 的【对象资源管理器】中展开【数据库】，然后再展开要在其中建表的数据库文件，在【表】选项上面右击鼠标，选择【新建表】命令，打开表设计器窗口，就可以在其中输入表结构的相关信息。也可以在查询编辑器中输入 CREATE TABLE 命令来创建新表；如果要对已创建的数据表进行修改，可以在【对象资源管理器】中展开【数据库】，然后再展开表所在的数据库文件，再展开【表】，然后在相应的表名上右击鼠标，选择【修改】命令，在表设计器窗口中，就可以对表结构进行修改，或者在查询编辑器中输入 ALTER TABLE 命令来修改表结构。

数据的插入可以在 Microsoft SQL Server Management Studio 的【对象资源管理器】中展开【数据库】，然后再展开要在其中插入数据的表的数据库文件，再展开【表】，然后在相应的表名上右击鼠标，选择【打开表】命令，就可以在表设计窗口中直接输入数据，或者在查询编辑器中输入 INSERT 语句也可以实现插入记录，如果一次要插入多条记录就只能用 INSERT 语句来实现。

数据的修改可以在 Microsoft SQL Server Management Studio 的【对象资源管理器】中展开【数据库】，然后再展开要修改的表的数据库文件，再展开【表】，然后在相应的表名上右击鼠标，选择【打开表】命令，就可以在表设计窗口中直接修改数据，或者在查询编辑器中输入 UPDATE 语句也可以实现对表中已有数据的进行修改，同时它还可以一次修改多条数据。

数据的索引可以在 Microsoft SQL Server Management Studio 的【对象资源管理器】中展开【数据库】，然后再展开要在其中建索引的数据库文件，再展开【表】和相应的数据表，然后在【索引】上右击鼠标，选择【新建索引】命令，在【新建索引】对话框中设置【索引名称】、【索引类型】、【唯一】及【索引键列】，就可以完成索引的创建，或者在查询编辑器中输入 CREATE INDEX 语句也可以实现给表创建索引。

习　题　5

一、思考题

1. 简述 SQL Server 2005 的数据类型。

2. 简述索引的概念及优越性。

二、实验操作题

（一）自定义数据类型

1. 打开数据库 teachingDataA，要求使用 Microsoft SQL Server Management Studio 创建自定义数据类型 myID 为 char(6)，不允许为空；自定义数据类型 myName1 为 nvarchar(10)，

不允许为空。

2. 打开数据库 teachingDataA，要求使用 T-SQL 语句来创建自定义数据类型 myName2 为 char(20)，不允许为空；自定义数据类型 myDept 为 varchar(50)，允许为空。

（二）创建表

1. 使用 Microsoft SQL Server Management Studio 在 teachingDataA 数据库中建立 TInfo 表。该表的表结构见表 5 – 1。

表 5 – 1　TInfo 表结构

列名	数据类型	长度	备注
TID	myID		设为关键字
TName	myName1		不能为空
Sex	char	2	其值只能为"男"或"女"，默认值为"男"
Dept	myDept		允许为空
Birthday	smalldatetime		允许为空
Title	varChar	10	允许为空
homeTel	nchar	8	允许为空
MPhone	nchar	11	允许为空

2. 使用 T-SQL 命令在 teachingDataA 数据库中创建表 SInfo 表、CInfo 和 ScoreInfo。它们的表结构分别见表 5 – 2、表 5 – 3 和表 5 – 4。

表 5 – 2　SInfo 表结构

列名	数据类型	长度	备注
SID	myID		设为关键字
SName	myName1		不能为空
Sex	char	2	其值只能为"男"或"女"，默认值为"男"
Birthday	smalldatetime		允许为空
Dept	myDept		
major	varchar	30	
Class	varchar	18	允许为空
IDCardNo	char	18	不允许为空

表 5 – 3　CInfo 表结构

列名	数据类型	长度	备注
CID	myID		设为关键字
CName	myName2	20	不能为空
CCredit	tinyint		允许为空
CProperty	varchar	10	

表5-4　ScoreInfo 表结构

列名	数据类型	长度	备注
CID	myID		设为主码，外键引用，参照 CInfo 中的字段 CID
SID	myID		设为主码，外键引用，参照 SInfo 中的字段 SID
TID	myID		外键引用，参照 TInfo 中的字段 TID
Score	numeric	30	允许为空
Schyear	char	9	允许为空
term	char	1	允许为空

（三）用 T-SQL 命令语句按下列要求修改表结构

1. 修改表 SInfo 的表结构，设置 IDCardNo 值为唯一的。

2. 修改表 ScoreInfo 的表结构，设置 term 值只能为 1 或 2，默认值为 1。

3. 在表 SInfo 中添加一个字段 EntrData（即入学日期），要求该值输入范围在 1900 - 1 - 1 至 2099 - 1 - 1 之间。

4. 修改表 TInfo 的表结构，要求删除其中的 Birthday 字段。

5. 修改表 TInfo 的表结构，其中的字段 homeTel 只允许为数字，且第 1 位数不能为"0"。

（四）添加与更新数据

1. 在 Microsoft SQL Server Management Studio 中打开表 TInfo，输入的数据见表 5 - 5。

表5-5　表 TInfo 中的记录

TID	TName	Sex	Dept	Birthday	Title	homeTel
101001	施 华	男		1962 - 5 - 1	教 授	43562634
101002	张小同	男		1969 - 12 - 2	副教授	67109823
101003	李 可	女		1972 - 5 - 13	讲 师	79109999
101004	王 露	女		1982 - 5 - 4	助 教	78322222
101005	周 杰	男		1973 - 5 - 15	讲 师	54344112
102001	张伟华	男		1959 - 2 - 6	教 授	87347654
102002	李 林	女		1963 - 4 - 17	副教授	45261882
102003	林 森	男		1960 - 5 - 18	教 授	75767777
102004	王 明	男		1951 - 10 - 9	教 授	65747778
102005	史有才	男		1964 - 11 - 10	讲 师	32112334

2. 利用 T-SQL 命令语句在表 TInfo 中输入数据，'102006'，'宁伟'，'男'。

3. 利用 T-SQL 命令语句在表 TInfo 中输入数据，当 TID 大于等于 '101000' 且小于等于 '101999' 时，其所在部门 Dept 字段的值为 '信息管理'，当 TID 大于等于 '102000' 且小于等于 '102999' 时，其所在部门 Dept 为电子商务。

（五）创建索引

1. 利用 T-SQL 命令为表 TInfo 中的 Dept 和 TName 两个字段创建一个简单的复合索引。

2. 利用 T-SQL 命令为表 TInfo 中的 homeTel 字段创建一个唯一索引。

3. 利用 T-SQL 命令为表 TInfo 中的 TName 字段创建降序的非聚集索引。

第 6 章

数 据 查 询

教学目标

1. 熟练掌握基本的查询语句的使用方法。
2. 熟练掌握条件查询的基本操作。
3. 掌握分组查询和排序查询的正确用法。
4. 掌握简单的联结查询和嵌套查询。

建立数据库和数据表的主要目的是为了能够在需要的时候进行数据查询。
- 如何查询数据表中的数据？
- 如何按自己设置的条件来查询数据表中的数据？
- 如何将将查询到数据表中的数据按升序或者是降序排列？
- 如何查询多个表中的数据？

本章所要讲解的内容就可以解决上述问题。

6.1 基本的 SELECT 查询

SQL Server 2005 是一种访问数据库的语言，其用集合来描述并访问数据。用户可以使用数据查询技术随时从数据库中获取需要的数据对象的信息。对于用户而言，数据查询则是数据库中最为重要的功能。

SQL Server 2005 使用 T-SQL 语言中的 SELECT 子句来实现对数据库的查询。SELECT 语句的作用是让服务器从数据库中按用户要求检索数据，并将结果以表格的形式返回给用户。本小节主要介绍 SELECT 子句最基本的用法。

6.1.1 基本语法

SELECT 语句的一般格式如下。

```
SELECT [ALL |DISTINCT][TOP n [PERCENT]]
      <select_list>
[FROM{ <table_name > |<view_name > }
```

说明： (1) ALL 指定表示结果集的所有行，可以显示重复行，ALL 是默认选项。

(2) DISTINCT 指定在结果集显示唯一行，空值被认为相等，用于消除取值重复的行。ALL 与 DISTINCT 不能同时使用。

(3) TOP n 表示返回最前面的 n 行数据，n 表示返回的行数。

(4) TOP n PERCENT 表示返回的前面的百分之 n 行数据。

(5) select_list 为结果集选择的要查询的特定表中的列，它可以是星号(＊)、表达式、列表、变量等。其中，星号(＊)用于返回表或视图的所有列，列表用"表名.列名"来表示，如 StuInfo.SID，若只有一个表或多个表中没有相同的列时，表名可以省略。

(6) ｛< table_name > |< view_name > ｝是指定的表或视图。

6.1.2 应用实例

【例 6 - 1】 在数据库 teachingData 中查询 TchInfo 表中教师的 TID(工号)、TName(姓名)和 Title(职称)，要求将列名分别显示为工号、姓名和职称。

```
USE teachingData
SELECT TID AS 工号,TName AS 姓名,Title AS 职称 FROM TchInfo;
```

【例 6 - 2】 在数据库 teachingData 中查询 TchInfo 表中教师的全部信息。

```
USE teachingData
SELECT* FROM TchInfo;
```

【例 6 - 3】 在数据库 teachingData 中查询 TchInfo 表前 6 行数据。

```
USE teachingData
SELECT TOP6* FROM TchInfo;
```

【例 6 - 4】 在数据库 teachingData 中查询 TchInfo 表中前 50% 的数据。

```
USE teachingData
SELECT TOP50 PERCENT* FROM TchInfo;
```

【例6-5】　在数据库 teachingData 中查询 TchInfo 表所有教师的 Title（职称）信息（要求重复信息只输出一次）。

```
USE teachingData
SELECT DISTINCT Title FROM TchInfo;
```

6.2　条件查询

使用 SELECT 进行查询时，如果用户希望设置查询条件来限制返回的数据行，可以通过在 SELECT 语句后使用 WHERE 子句来实现。

带条件查询的 SELECT 语句的一般格式如下。

```
SELECT[ALL |DISTINCT]
[TOP expression[PERCENT]]
<select_list>
[FROM{<table_source> |<view_name>}]
[WHERE <search_condition>]
```

说明：search_condition 用来限定查询的范围和条件，查询条件的数目在 SQL Server 2005 中没有限制。

使用 WHERE 子句可以限制查询的范围，提高查询的效率。使用时，WHERE 子句必须紧跟在 FROM 子句之后。WHERE 子句中的查询条件或限定条件可以是比较运算符、范围说明、可选值列表、模式匹配、是否为空值、逻辑运算符。下面分别对这些查询条件或限定条件进行介绍。

6.2.1　比较查询

比较查询条件由两个表达式和比较运算符（见表6-1）组成，系统将根据该查询条件的真假来决定某一条记录是否满足该查询条件，只有满足该查询条件的记录才会出现在最终结果集中。

比较查询条件的格式如下。

表达式1　比较运算符　表达式2

表6-1　比较运算符

运算符	含义	表达式	运算符	含义	表达式
=	相等	$x=y$	<=	小于等于	$x<=y$
<>	不相等	$x<>y$	!>	不大于	$x!>y$
>	大于	$x>y$	!<	不小于	$x!<y$
<	小于	$x<y$	!=	不等于	$x!<y$
>=	大于等于	$x>=y$			

6.2.2 范围查询

如果需要返回某一字段的值介于两个指定值之间的所有记录，那么可以使用范围查询条件进行检索。范围检索条件主要有两种情况。

1）使用 BETWEEN…AND…语句指定内含范围条件

要求返回记录某个字段的值在两个指定值范围以内，同时包括这两个指定的值，通常使用 BETWEEN…AND…语句来指定内含范围条件。

内含范围条件的格式如下。

> 表达式 BETWEEN 表达式1 AND 表达式2

如果要求返回记录某个字段的值在两个指定值范围以外，并且不包含这两个指定的值，这时可以使用 NOT BETWEEN…AND…语句来指定排除范围条件。

排除范围条件的格式如下。

> 表达式 NOT BETWEEN 表达式1 AND 表达式2

2）使用 IN 语句指定列表查询条件

包含列表查询条件的查询将返回所有与列表中的任意一个值匹配的记录，通常使用 IN 语句指定列表查询条件。对于查询条件表达式中出现多个条件相同的情况，也可以用 IN 语句来简化。

列表查询条件的格式如下。

> 表达式 [NOT]IN （表达式1，表达式2…）

6.2.3 模糊查询

模糊查询常用来返回某种匹配格式的所有记录，通常使用［NOT］LIKE 关键字来指定模糊查询条件。［NOT］LIKE 关键字使用通配符来表示字符串需要匹配的模式，通配符及其含义见表 6－2。

表 6－2 常用通配符及其含义

通配符	中文名称	含义
%	百分号	表示从 $0 \sim n$ 个任意字符
_	下划线	表示单个的任意字符
[]	封闭方括号	表示方括号中列出的任意一个字符
[^]	上尖号	任意一个没有在方括号里列出的字符

模糊查询条件的格式如下。

> 表达式 [NOT]LIKE 模式表达式

6.2.4 空值判断查询条件

空值判断查询条件主要用来搜索某一字段为空值的记录，可以使用 IS NULL 或 IS NOT NULL 关键字来指定查询条件。

注意：IS NULL 不能用 "＝NULL" 代替。

6.2.5　使用逻辑运算符查询

前面介绍的查询条件还可以通过逻辑运算符组成更为复杂的查询条件,逻辑运算符有3个,分别是:NOT、AND、OR。其中,NOT 表示对条件的否定;AND 用于连接两个条件,当两个条件都满足时才返回 True,否则返回 False;OR 也用于连接两个条件,但只要有一个条件满足时就返回 True。

说明:(1)3 种运算的优先级按从高到低的顺序是:NOT、AND、OR,但可以通过括号改变其优先级关系。

（2）在 T-SQL 中,逻辑表达式共有 3 种可能的结果值,分别是 True、False 和 UN-KNOWN。UNKNOWN 是由值为 NULL 的数据参与逻辑运算得出的结果。

6.2.6　应用实例

1)比较查询

【例 6-6】　查询 StuInfo 表中 Grade(年级)为"05 级"、Major(专业)为"计算机科学"专业的学生信息。

```
USE teachingData;
SELECT* FROM StuInfo
WHERE Major = '计算机科学'AND Grade = '05 级';
```

查询得到的结果如图 6.1 所示。

	SID	SName	Sex	Birthday	Dept	Major	Class	Grade
1	05000001	张小红	女	1985-01-01 00:00:00	计算机系	计算机科学	计科1班	05级
2	05000002	孙雯	女	1985-08-05 00:00:00	计算机系	计算机科学	计科1班	05级
3	05000003	李小森	男	1985-07-01 00:00:00	计算机系	计算机科学	计科1班	05级
4	05000004	苏小明	男	1984-12-21 00:00:00	计算机系	计算机科学	计科1班	05级
5	05000005	周杰	男	1985-06-01 00:00:00	计算机系	计算机科学	计科1班	05级
6	05000006	李建国	男	1985-05-01 00:00:00	计算机系	计算机科学	计科1班	05级

图 6.1　满足条件学生的全部信息

如果将上述命令修改为:

```
USE teachingData;
SELECT SName AS 姓名,Sex AS 性别,Dept AS 所在系 FROM StuInfo
WHERE Major = '计算机科学'AND Grade = '05 级';
```

则得到的结果如图 6.2 所示。

	姓名	性别	所在系
1	张小红	女	计算机系
2	孙雯	女	计算机系
3	李小森	男	计算机系
4	苏小明	男	计算机系
5	周杰	男	计算机系
6	李建国	男	计算机系

图 6.2　满足条件学生的部分信息

2)范围查询

【例6-7】 查询 StuInfo 中 Birthday(出生年月)介于 1984 年 9 月 1 日到 1985 年 8 月 31 日的学生信息。

```
USE teachingData
SELECT* FROM StuInfo
WHERE Birthday BETWEEN '1984 - 9 - 1' AND '1985 - 8 - 31';
```

查询结果如图 6.3 所示。

	SID	SName	Sex	Birthday	Dept	Major	Class	Grade
1	05000001	张小红	女	1985-01-01 00:00:00	计算机系	计算机科学	计科1班	05级
2	05000002	孙雯	女	1985-08-05 00:00:00	计算机系	计算机科学	计科1班	05级
3	05000003	李小森	男	1985-07-01 00:00:00	计算机系	计算机科学	计科1班	05级
4	05000004	苏小明	男	1984-12-21 00:00:00	计算机系	计算机科学	计科1班	05级
5	05000005	周杰	男	1985-06-01 00:00:00	计算机系	计算机科学	计科1班	05级
6	05000006	李建国	男	1985-05-01 00:00:00	计算机系	计算机科学	计科1班	05级
7	05010002	徐贺菁	女	1985-03-15 00:00:00	管理科学与工程系	信息管理	信管2班	05级

图 6.3 【例 6-7】的查询结果

【例6-8】 查询 StuInfo 中 Birthday(出生年月)早于 1984 年 9 月 1 日或晚于 1985 年 8 月 31 日的学生信息。

```
USE teachingData;
SELECT* FROM StuInfo
WHERE Birthday NOT BETWEEN '1984 - 9 - 1' AND '1985 - 8 - 31';
```

查询结果如图 6.4 所示。

	SID	SName	Sex	Birthday	Dept	Major	Class	Grade
1	04000002	李少华	男	1984-03-24 00:00:00	计算机系	计算机科学	计科1班	04级
2	06010001	陈平	男	1986-05-10 00:00:00	管理科学与工程系	信息管理	信管1班	06级

图 6.4 【例 6-8】的查询结果

【例6-9】 查询 Title(职称)为副教授和教授的教师的信息。

```
USE teachingData;
SELECT* FROM TchInfo
WHERE Title IN ('副教授','教授');
```

查询结果如图 6.5 所示。

	TID	TName	Sex	Birthday	Title	Dept
1	01000001	王晓红	女	1958-01-01 00:00:00	副教授	计算机系
2	01000002	李小波	男	1959-08-11 00:00:00	教授	计算机系
3	01000003	谈华	男	1962-05-01 00:00:00	教授	计算机系
4	02000002	李丽丽	女	1972-11-12 00:00:00	副教授	管理科学与工程系

图 6.5 【例 6-9】的查询结果

【例6-10】 查询 Title(职称)不是副教授或教授的教师的信息。

```
USE teachingData;
SELECT* FROM TchInfo
    WHERE Title NOT IN('副教授','教授');
```

查询结果如图6.6所示。

	TID	TName	Sex	Birthday	Title	Dept
1	01000004	黄利敏	女	1976-03-21 00:00:00	讲师	计算机系
2	01000005	曹珊珊	女	1982-12-12 00:00:00	助讲	计算机系
3	02000001	刘留	男	1976-09-01 00:00:00	讲师	管理科学与工程系

图6.6 【例6-10】的查询结果

3）模糊查询

【例6-11】 查询 StuInfo 表中所有姓"李"的学生信息。

```
USE teachingData;
SELECT* FROM StuInfo
WHERE SName LIKE'李%';
```

查询结果如图6.7所示。

	SID	SName	Sex	Birthday	Dept	Major	Class	Grade
1	04000002	李少华	男	1984-03-24 00:00:00	计算机系	计算机科学	计科1班	04级
2	05000003	李小森	男	1985-07-01 00:00:00	计算机系	计算机科学	计科1班	05级
3	05000006	李建国	男	1985-05-01 00:00:00	计算机系	计算机科学	计科1班	05级

图6.7 【例6-11】的查询结果

【例6-12】 查询所有 SID(学号)以"05"开头，最后一位是"1"的学生信息。

```
USE teachingData
SELECT* FROM StuInfo
WHERE SID LIKE'05%1';
```

查询结果如图6.8所示。

	SID	SName	Sex	Birthday	Dept	Major	Class	Grade
1	05000001	张小红	女	1985-01-01 00:00:00	计算机系	计算机科学	计科1班	05级

图6.8 【例6-12】的查询结果

【例6-13】 查询所有 SID(学号)以"05"开头，第四位是"0"或"1"的学生信息。

```
USE teachingData
SELECT* FROM StuInfo
WHERE SID LIKE'05_[0,1]%';
```

查询结果如图6.9所示。

	SID	SName	Sex	Birthday	Dept	Major	Class	Grade
1	05000001	张小红	女	1985-01-01...	计算机系	计算机科学	计科1班	05级
2	05000002	孙雯	女	1985-08-05...	计算机系	计算机科学	计科1班	05级
3	05000003	李小森	男	1985-07-01...	计算机系	计算机科学	计科1班	05级
4	05000004	苏小明	男	1984-12-21...	计算机系	计算机科学	计科1班	05级
5	05000005	周杰	男	1985-06-01...	计算机系	计算机科学	计科1班	05级
6	05000006	李建国	男	1985-05-01...	计算机系	计算机科学	计科1班	05级
7	05010002	徐贺菁	女	1985-03-15...	管理科学与工程系	信息管理	信管2班	05级

图6.9 【例6-13】的查询结果

【例6-14】 查询所有 SID(学号)以"05"开头,最后一位不是 1 和 2 的学生的信息。

```
USE teachingData;
SELECT* FROM StuInfo
WHERE TID LIKE'05%[^1,2]';
```

查询结果如图6.10所示。

	SID	SName	Sex	Birthday	Dept	Major	Class	Grade
1	05000003	李小森	男	1985-07-01 00:00:00	计算机系	计算机科学	计科1班	05级
2	05000004	苏小明	男	1984-12-21 00:00:00	计算机系	计算机科学	计科1班	05级
3	05000005	周杰	男	1985-06-01 00:00:00	计算机系	计算机科学	计科1班	05级
4	05000006	李建国	男	1985-05-01 00:00:00	计算机系	计算机科学	计科1班	05级

图6.10 【例6-14】的查询结果

从上面的学习可知,可以使用%(百分号)、_(下划线)、[ ](封闭方括号)、[^]上尖号作为通配符组成匹配模式。但如果搜索的字符串中包含真正的这些通配符,就需要将这些特殊字符标识出来。有两种方法可用来标识这些特殊的字符。

(1)使用 ESCAPE 关键字定义转义字符。

当用户要查询的字符串本身就含有%或_时,要使用 ESCAPE "换码字符"短语对通配符进行转义。下面来看一个例子。

【例6-15】 假设 ScoreInfo 表中有些成绩含有"%",要查找以"%"结尾的字符串。

```
SELECT Score FROM ScoreInfo
WHERE Score LIKE'%a%'
ESCAPE'a'
```

在这个例子中,将"a"指定为转义字符,则"a"后的第一个"%"被解释为普通字符。而另外一个将被解释为通配符。从而该语句将返回所有以%结尾的成绩的信息。

(2)使用方括号 [ ] 来将通配符指定为普通字符。

对于上面的【例6-15】,用方括号 [ ] 来将"%"指定为普通字符的语句如下。

```
SELECT Score FROM ScoreInfo
WHERE Score LIKE'%[%]'
```

4）空值判断查询

【例6-16】 查询 CourseInfo 表中所有 CProperty 为空的课程信息。

```
USE teachingData;
SELECT* FROM CourseInfo
WHERE CProperty IS NULL;
```

查询结果如图6.11所示。

	CID	CName	CCredit	CProperty
1	00000002	英语阅读	2	NULL
2	00200001	程序设计	3	NULL

图6.11 查询结果

5）使用逻辑运算查询

【例6-17】 查询表 ScoreInfo 中 Score（成绩）介于70到90分的记录信息。

```
USE teachingData
SELECT* FROM ScoreInfo
WHERE Score > =70 AND Score < =90;
```

6.3 排序查询

当使用 SELECT 语句查询时，如果希望查询结果能够按照其中的一个或多个字段进行排序，这时可以通过在 SELECT 语句后跟一个 ORDER BY 子句来实现。排序有两种方式：一种是升序，使用 ASC 关键字来指定；一种是降序，使用 DESC 关键字来指定。如果没有指定顺序，系统将默认使用升序。

6.3.1 基本语法

排序查询 SELECT 语句的一般格式如下。

```
SELECT[ALL |DISTINCT]
[TOP expression[PERCENT][WITH TIES]]
< select_list >
[FROM{ < table_source >}[,...n]]
[WHERE < search_condition >]
[ORDER BY order_expression[ASC |DESC]]
```

说明：（1） ORDER BY 子句可以根据一个列（属性）或者多个列（属性）来排序查询结果，在该子句中，既可以使用列名，也可以使用相对列号。

（2） ASC 表示升序排列，DESC 表示降序排列。

6.3.2 应用实例

【例6-18】 查询表 ScoreInfo 中选修了"00000001"课程的学生成绩，并按 Score（成绩）的降序进行排序。

```
USE teachingData
SELECT* FROM ScoreInfo
WHERE CID = '00000001'
ORDER BY Score DESC;
```

查询结果如图 6.12 所示。

	CID	SID	TID	SCore	Schyear	Term
1	00000001	04000002	00000001	90	2004-2005	1
2	00000001	05000001	00000001	87	2005-2006	1
3	00000001	06010001	00000001	75	2005-2006	1
4	00000001	05000003	00000001	71	2004-2005	1
5	00000001	05000002	00000001	56	2005-2006	1

图 6.12 【例 6 − 18】的查询结果

【例 6 − 19】 查询表 ScoreInfo 中选修了 "00000001" 课程的学生的学号 SID、成绩 Score 和学年 Schyear，并按学年 Schyear 升序、按成绩的降序进行排序。

```
USE teachingData;
SELECT SID,Score,Schyear FROM ScoreInfo
ORDER BY Schyear,Score DESC
```

查询结果如图 6.13 所示。

	SID	Score	Schyear
1	04000002	90	2004-2005
2	05000003	71	2004-2005
3	05000001	87	2005-2006
4	06010001	75	2005-2006
5	05000002	56	2005-2006

图 6.13 【例 6 − 19】的查询结果

6.4　分 组 查 询

使用 SELECT 进行查询时，如果用户希望将数据记录依据设置的条件分成多个组，可以通过在 SELECT 语句后使用 GROUP BY 子句来实现。如果 SELECT 子句 < select_list > 中包含聚合函数，则 GROUP BY 将计算每组的汇总值。指定 GROUP BY 时，选择列表中任意非聚合表达式内的所有列都应包含在 GROUP BY 列表中，或者 GROUP BY 表达式必须与选择列表的表达式完全匹配。GROUP BY 子句可以将查询结果按属性列或属性列组合在行的方向上进行分组，每组在属性列或属性列组合上具有相同的聚合值。如果聚合函数没有使用 GROUP BY 子句，则只为 SELECT 语句报告一个聚合值。常用的聚合函数见表 6 − 3。

表6-3　常用聚合函数

函数名	功　能
SUM( )	返回一个数值列或计算列的总和
AVG( )	返回一个数值列或计算列的平均值
MIN( )	返回一个数值列或计算列的最小值
MAX( )	返回一个数值列或计算列的最大值
COUNT( )	返回满足 SELECT 语句中指定条件的记录数
COUNT(*)	返回找到的行数

6.4.1　基本语法

用于分组的 SELECT 语句一般格式如下。

```
SELECT[ALL |DISTINCT]
[TOP expression[PERCENT][WITH TIES]]
<select_list>
[FROM{<table_source>|<view_name>}]
[WHERE<search_condition>]
[GROUP BY[ALL]group_by_expression[,…n]]
[WITH{CUBE |ROLLUP}]
```

说明：（1）ALL：用于指定包含所有组和结果集，甚至包含那些其中任何行都不满足 WHERE 子句指定的搜索条件的组和结果集。

（2）group_by_expression：用于指定进行分级所依据的表达式，也称为组合列。 group_by_expression 既可以是列，也可以是引用由 FROM 子句返回的列的非聚合表达式。

（3）CUBE：指定在结果集内不仅包含由 GROUP BY 提供的行，也包含汇总行。 GROUP BY 汇总行针对每个可能的组和子组组合在结果集内返回。GROUP BY 汇总行在结果集中显示为 NULL，但用于表示所有值。使用 GROUPING 函数可以确定结果集内的空值是否为 GROUP BY 汇总值。

（4）ROLLUP：指定在结果集内不仅包含由 GROUP BY 提供的行，还包含汇总行。 按层次结构顺序，从组内的最低级别到最高级别汇总组。组的层次结构取分组时指定使用的顺序。更改列分级的顺序会影响在结果集内生成的行数。

6.4.2　应用实例

【例6-20】　查询每门课程的平均成绩。

```
USE teachingData
SELECT CID,AVG(Score)FROM ScoreInfo
GROUP BY CID;
```

查询结果如图6.14所示。

	CID	(无列名)
1	00000001	75.800000
2	00100001	78.000000
3	00100002	65.800000

图6.14 【例6-20】的查询结果

【例6-21】 查询每门课程的最高分和最低分。

```
USE teachingData;
SELECT CID,MAX(Score),MIN(Score)FROM ScoreInfo
GROUP BY CID;
```

查询结果如图6.15所示。

	CID	(无列名)	(无列名)
1	00000001	90	56
2	00100001	89	67
3	00100002	88	45

图6.15 【例6-21】的查询结果

如果修改上面的命令为:

```
USE teachingData;
SELECT CID AS 课程号,MAX(Score)AS 最高分,MIN(Score)AS 最低分
FROM ScoreInfo
GROUP BY CID;
```

则修改后的查询结果如图6.16所示。

	课程号	最高分	最低分
1	00000001	90	56
2	00100001	89	67
3	00100002	88	45

图6.16 修改命令后的查询结果

6.5 筛 选 查 询

当完成数据结果的查询和统计后,若希望对查询和计算后的结果进行进一步的筛选,可以通过在SELECT语句后使用GROUP BY子句配合HAVING子句来实现。

6.5.1 基本语法

筛选查询的一般格式如下。

```
SELECT[ALL |DISTINCT]
[TOP expression[PERCENT][WITH TIES]]
<select_list>
[FROM{ <table_source> |<view_name>}
[WHERE <search_condition>]
[GROUP BY[ALL]group_by_expression[,...n]
[WITH{CUBE |ROLLUP}]
HAVING <search_conditions>
```

可以在包含 GROUP BY 子句的查询中使用 WHERE 子句。WHERE 与 HAVING 子句的根本区别在于作用对象不同，WHERE 子句作用于基本表或视图，从中选择满足条件的元组，HAVING 子句作用于组，选择满足条件的组，必须用于 GROUP BY 子句之后，但 GROUP BY 子句可以没有 HAVING 子句。HAVING 与 WHERE 语法类似，但 HAVING 可以包含聚合函数。

6.5.2　应用实例

【例6-22】　查询平均成绩大于76分的课程号。

```
USE teachingData;
SELECT CID,AVG(Score)FROM ScoreInfo
GROUP BY CID
HAVING AVG(Score)>76;
```

如果在这里将 HAVING 改为 WHERE，则系统会报错，因为 WHERE 子句中不能包含聚合函数。

6.6　联　结　查　询

当一条查询语句涉及多个表时，称为联结查询。联结查询在 FROM 子句中要写出所有相关表的表名，在 SELECT 和 WHERE 子句中，可以引用任意有关表的属性列名。当不同的表有相同的属性列名时，为了区分要在列名前加上表名(格式为：表名. 属性列名)。联结查询是关系数据库中最主要的查询，数据表之间的联系是通过表的字段值来体现的，这种字段称为联结字段。

联结操作的目的就是通过增加联结字段的条件将多个表联结起来，以便从多个表中查询数据。联结查询是关系数据库中最主要的查询。联结查询的种类主要有：等值与非等值联结查询、自身联结、外联结、复合条件联结等。

6.6.1　等值与非等值联结查询

联结查询中用来联结两个表的条件称为联结条件或联结谓词。

联结条件的一般格式如下。

[[<表名1 >.] <列名1 > <比较运算符> [<表名2 >.] <列名2 >

其中比较运算符主要有： =、 >、 <、 > =、 < =、! =。

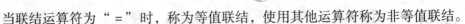

当联结运算符为"="时,称为等值联结,使用其他运算符称为非等值联结。

联结谓词中的列名称为联结字段。联结条件中的各联结字段类型必须是可比的,但不必是相同的。从概念上讲,DBMS 执行联结操作的过程是:首先在表 1 中找到第 1 个元组,然后从头开始扫描表 2,逐一查找满足联结条件的元组,找到后就将表 1 中的第 1 个元组与该元组拼接起来,形成结果表中的一个元组。表 2 全部查找完后,再找表 1 中第 2 个元组,然后再从头开始扫描表 2,逐一查找满足联结条件的元组,找到后就将表 1 中的第 2 个元组与该元组拼接起来,形成结果表中的一个元组。重复上述操作,直到表 1 中的全部元组都处理完毕为止。

等值与非等值联结查询的语法格式如下。

```
SELECT[ALL |DISTINCT]
[TOP expression[PERCENT][WITH TIES]]
<select_list>
FROM{<table_source>|<view_name>}
[WHERE[[<表名1>.]<列名1><比较运算符>[<表名2>.]<列名2>]
```

联结运算中有两种特殊情况,一种为自然联结,另一种为广义笛卡儿积(联结)。

广义笛卡儿积是不带联结谓词的联结。两个表的广义笛卡儿积即是两表中元组的交叉乘积,其联结的结果会产生一些没有意义的元组,所以这种运算实际很少使用。

若在等值联结中把目标列中重复的属性列去掉则为自然联结。

6.6.2 复合条件联结

上面各个联结查询中,WHERE 子句中只有一个条件,而复合条件联结则允许WHERE 子句中有多个联结条件。

6.6.3 自身联结

联结操作不仅可以在两个表之间进行,也可以是一个表与其自己进行联结,称为表的自身联结。这时一般需要为表指定两个别名。

6.6.4 外联结

在通常的联结操作中,只有满足联结条件的元组才能作为结果输出。而采用外联结时,返回到结果集中的不仅包含符合联结条件的行,而且还包括在左表(左外联结)、右表(右外联结)或两个联结表(全外联结)中的所有为空值或者不匹配的数据行。外联结分为左外联结、右外联结和全外联结。

1)左外联结

左外联结的语法格式如下。

数据表 1 LEFT OUTER JOIN 数据表 2 ON 联结表达式

或者是:

数据表 1 LEFT JOIN 数据表 2 ON 联结表达式

使用左外联结进行查询的结果集将包括数据表 1 中的所有记录,而不仅仅是联结字段所匹配的记录。如果数据表 1 的某一条记录在数据表 2 中没有匹配的记录,那么结果集相应记录中的有关数据 2 的所有字段将为空值。

2）右外联结

右外联结的语法格式如下。

数据表 1　RIGHT　OUTER　JOIN 数据表 2 ON 联结表达式

或者是：

RIGHT JOIN 数据表 2 ON 联结表达式

使用右外联结进行查询的结果集将包括数据表 2 中的所有记录，而不仅仅是联结字段所匹配的记录。如果数据表 2 的某一条记录在数据表 1 中没有匹配的记录，那么结果集相应记录中的有关数据 1 的所有字段将为空值。

3）全外联结

全外联结的语法格式如下。

数据表 1　FULL　OUTER　JION 数据表 2 ON 联结表达式

或者是：

FULL JION 数据表 2 ON 联结表达式

使用全外联结进行查询的结果集将包括两个数据表中的所有记录，当某一条记录在另一数据表中没有匹配的记录时，则另一个数据表的选择列表字段将指定为空值。

6.6.5　应用实例

1. 等值与非等值联结查询

【例 6-23】　查询每个教师的信息及其主讲课程的信息。

教师的基本信息存放在 TchInfo 表中，教师主讲课程情况存放在 ScoreInfo 表中，所以本查询实际上涉及 TchInfo、ScoreInfo 两个表。这两个表之间的联系是通过公共属性 TID 实现的。

```
SELECT DISTINCT TchInfo. * ,ScoreInfo. *
FROM TchInfo,ScoreInfo
WHERE TchInfo. TID = ScoreInfo. TID;
/* 将 TchInfo 与 ScoreInfo 中同一教师的元组联结起来* /
```

查询结果如图 6.17 所示。

	TID	TName	Sex	Birthday	Title	Dept	CID	SID	TID	SCore	Schyear	Term
1	00000001	黄贺贺	男	1977-01-15 00:00:00	讲师	基础部	00000001	04000002	00000001	90	2004-2005	1
2	00000001	黄贺贺	男	1977-01-15 00:00:00	讲师	基础部	00000001	05000001	00000001	87	2005-2006	1
3	00000001	黄贺贺	男	1977-01-15 00:00:00	讲师	基础部	00000001	05000002	00000001	56	2005-2006	1
4	00000001	黄贺贺	男	1977-01-15 00:00:00	讲师	基础部	00000001	05000003	00000001	71	2004-2005	1
5	00000001	黄贺贺	男	1977-01-15 00:00:00	讲师	基础部	00000001	06010001	00000001	75	2005-2006	1
6	01000001	王晓红	女	1958-01-01 00:00:00	副教授	计算…	00100002	05000001	01000001	88	2005-2006	2
7	01000001	王晓红	女	1958-01-01 00:00:00	副教授	计算…	00100002	05000002	01000001	45	2005-2006	2
8	01000001	王晓红	女	1958-01-01 00:00:00	副教授	计算…	00100002	05000003	01000001	70	2005-2006	2
9	01000001	王晓红	女	1958-01-01 00:00:00	副教授	计算…	00100002	05000004	01000001	76	2005-2006	2
10	01000002	李小波	男	1959-08-11 00:00:00	教授	计算…	00100002	04000002	01000002	50	2004-2005	2
11	01000003	谈华	男	1962-05-01 00:00:00	教授	计算…	00100002	04000002	01000003	67	2005-2006	2
12	01000003	谈华	男	1962-05-01 00:00:00	教授	计算…	00100002	05000001	01000003	89	2005-2006	2

图 6.17　【例 6-23】的查询结果

本例中，SELECT 子句与 WHERE 子句中的属性名前都加上了表名前缀，这是为了避免混淆。如果属性名在参加联结的各表中是唯一的，则可以省略表名前缀。

【例 6-24】 用自然联结来实现上例。

```
SELECT TchInfo.TID,Tname,Sex,Birthday,Title,Dept,CID,SID,Score,Schyear,Term
FROM TchInfo,ScoreInfo
WHERE TchInfo.TID = ScoreInfo.TID
```

查询结果如图 6.18 所示。

	TID	Tname	Sex	Birthday	Title	Dept	CID	SID	Score	Schyear	Term
1	00000001	黄贺贺	男	1977-01-15 00:00:00	讲师	基础部	00000001	05000001	87	2005-2006	1
2	00000001	黄贺贺	男	1977-01-15 00:00:00	讲师	基础部	00000001	05000002	56	2005-2006	1
3	00000001	黄贺贺	男	1977-01-15 00:00:00	讲师	基础部	00000001	04000002	90	2004-2005	1
4	00000001	黄贺贺	男	1977-01-15 00:00:00	讲师	基础部	00000001	05000003	71	2004-2005	1
5	00000001	黄贺贺	男	1977-01-15 00:00:00	讲师	基础部	00000001	06010001	75	2005-2006	1
6	01000001	王晓红	女	1958-01-01 00:00:00	副教授	计算机系	00100002	05000001	88	2005-2006	2
7	01000001	王晓红	女	1958-01-01 00:00:00	副教授	计算机系	00100002	05000002	45	2005-2006	2
8	01000001	王晓红	女	1958-01-01 00:00:00	副教授	计算机系	00100002	05000003	70	2005-2006	2
9	01000001	王晓红	女	1958-01-01 00:00:00	副教授	计算机系	00100002	05000004	76	2005-2006	2
10	01000002	李小波	男	1959-08-11 00:00:00	教授	计算机系	00100002	04000002	50	2004-2005	1
11	01000003	谈华	男	1962-05-01 00:00:00	教授	计算机系	00100002	04000002	67	2005-2006	1
12	01000003	谈华	男	1962-05-01 00:00:00	教授	计算机系	00100001	05000001	89	2005-2006	2

图 6.18 【例 6-24】的查询结果

在本例中，由于 Tname、Sex、Birthday、Title、Dept、CID、SID、Score、Schyear、Term 属性列在表 TchInfo 和表 ScoreInfo 中是唯一的，因此引用时可以去掉表名前缀。而 TID 在两个表都出现了，因此引用时必须加上表名前缀。

2. 复合条件联结

1）对两个及以上的表进行联结查询

【例 6-25】 查询每门课程成绩在 70 分以上的所有学生的 Sname（姓名）、CID（课程号）、Score（成绩）。

```
SELECT StuInfo.Sname,ScoreInfo.CID,ScoreInfo.Score
FROM StuInfo,ScoreInfo
WHERE StuInfo.SID = ScoreInfo.SID AND ScoreInfo.Score >70
```

查询结果如图 6.19 所示。

	Sname	CID	Score
1	张小红	00000001	87
2	李少华	00000001	90
3	李小森	00000001	71
4	陈平	00000001	75
5	张小红	00100002	88
6	苏小明	00100002	76
7	张小红	00100001	89

图 6.19 【例 6-25】的查询结果

联结操作除了可以是两表联结，还可以是两个以上的表进行联结，后者通常称为多表联结。

【例6-26】　查询选修了高等数学课程且成绩在70分以上的所有学生的姓名、成绩。

```
SELECT StuInfo. Sname,ScoreInfo. Score
FROM StuInfo,ScoreInfo,CourseInfo
WHERE CourseInfo. CID = ScoreInfo. CID AND ScoreInfo. Score >70 AND
StuInfo. SID = ScoreInfo. SID and CourseInfo. CName = '高等数学'
```

查询结果如图6.20所示。

	Sname	Score
1	张小红	87
2	李少华	90
3	李小森	71
4	陈平	75

图6.20　【例6-26】的查询结果

2）使用JOIN和ON的联结查询

在FROM子句中，使用JOIN联结不同的表，使用ON给出两个表之间的联结条件。

【例6-27】　使用JOIN和ON的联结查询，查询每门课程成绩在70分以上的所有学生的Sname（姓名）、CID（课程号）、Score（成绩）。输入如下命令。

```
SELECT StuInfo. Sname,ScoreInfo. CID,ScoreInfo. Score FROM StuInfo
JOIN ScoreInfo ON StuInfo. SID = ScoreInfo. SID
WHERE ScoreInfo. Score >70
```

得到的结果如图6.21所示。

	Sname	CID	Score
1	张小红	00000001	87
2	李少华	00000001	90
3	李小森	00000001	71
4	陈平	00000001	75
5	张小红	00100002	88
6	苏小明	00100002	76
7	张小红	00100001	89

图6.21　查询结果

可以看到该结果与图6.19完全相同。

【例6-28】　利用JOIN和ON命令查询选修了高等数学课程且成绩在70分以上的所有学生的姓名、成绩。

```
SELECT StuInfo. Sname,ScoreInfo. Score FROM StuInfo
JOIN ScoreInfo ON StuInfo. SID = ScoreInfo. SID
WHERE ScoreInfo. Score >70 AND CID IN
```

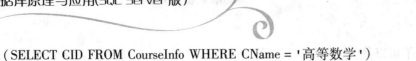

（SELECT CID FROM CourseInfo WHERE CName = '高等数学'）

本例中使用了嵌套查询，关于嵌套查询将在本章6.7节中详细介绍。

3. 自身联结

【例6-29】 在 ScoreInfo 表中，查询具有相同 Score（成绩）的课程信息，给出 SID（学号）、CID（课程号）和 Score（成绩）。在查询中，需要为表 ScoreInfo 指定两个别名 s1 和 s2。

```
USE teachingdata
SELECT DISTINCT s1.SID,s1.CID,s2.score
FROM ScoreInfo s1 JOIN ScoreInfo s2 ON s1.Score = s2.Score
WHERE s1.CID < > s2.CID
```

4. 外联结

1）左外联结

【例6-30】 查询学生信息表 StuInfo 中的所有记录，并将与成绩信息表 ScoreInfo 中学号字段 SID 可以匹配的记录输出到结果集。

```
SELECT*
FROM StuInfo LEFT OUTER JOIN ScoreInfo ON StuInfo.SID = ScoreInfo.SID
```

查询结果如图6.22所示。

	SID	SName	Sex	Birthday	Dept	Major	Class	Grade	CID	SID	TID	SCore	Schyear	Term
1	04000002	李少华	男	1984-03-24 ...	计算机系	计算机科学	计科1班	04级	00000001	04000002	00000001	90	2004-2005	1
2	04000002	李少华	男	1984-03-24 ...	计算机系	计算机科学	计科1班	04级	00100002	04000002	01000002	50	2004-2005	2
3	04000002	李少华	男	1984-03-24 ...	计算机系	计算机科学	计科1班	04级	00100001	04000002	01000003	67	2005-2006	1
4	05000001	张小红	女	1985-01-01 ...	计算机系	计算机科学	计科1班	05级	00000001	05000001	00000001	87	2005-2006	1
5	05000001	张小红	女	1985-01-01 ...	计算机系	计算机科学	计科1班	05级	00100002	05000001	01000001	88	2005-2006	2
6	05000001	张小红	女	1985-01-01 ...	计算机系	计算机科学	计科1班	05级	00100001	05000001	01000003	89	2005-2006	2
7	05000002	孙雯	女	1985-08-05 ...	计算机系	计算机科学	计科1班	05级	00000001	05000002	00000001	56	2005-2006	1
8	05000002	孙雯	女	1985-08-05 ...	计算机系	计算机科学	计科1班	05级	00100002	05000002	01000001	45	2005-2006	2
9	05000003	李小森	男	1985-07-01 ...	计算机系	计算机科学	计科1班	05级	00000001	05000003	00000001	71	2004-2005	1
10	05000003	李小森	男	1985-07-01 ...	计算机系	计算机科学	计科1班	05级	00100002	05000003	01000001	70	2005-2006	2
11	05000004	苏小明	男	1984-12-21 ...	计算机系	计算机科学	计科1班	05级	00100002	05000004	01000001	76	2005-2006	2
12	05000005	周杰	男	1985-06-01 ...	计算机系	计算机科学	计科1班	05级	NULL	NULL	NULL	NULL	NULL	NULL
13	05000006	李建国	男	1985-05-01 ...	计算机系	计算机科学	计科1班	05级	NULL	NULL	NULL	NULL	NULL	NULL
14	05010002	徐贺菁	女	1985-03-15 ...	管理科...	信息管理	信管2班	05级	NULL	NULL	NULL	NULL	NULL	NULL
15	06010001	陈平	男	1986-05-10 ...	管理科...	信息管理	信管1班	06级	00000001	06010001	00000001	75	2005-2006	1

图6.22 【例6-30】的查询结果

2）右外联结

【例6-31】 查询成绩信息表 ScoreInfo 中的所有记录，并将与教师信息表 TchInfo 中工号字段 TID 可以匹配的记录输出到结果集。

```
SELECT*
FROM ScoreInfo RIGHT OUTER JOIN TchInfo ON scoreInfo.TID = TchInfo.TID
```

查询结果如图6.23所示。

	CID	SID	TID	SCore	Schyear	Term	TID	TName	Sex	Birthday	Title	Dept
1	00000001	05000001	00000001	87	2005-2006	1	00000001	黄贺贺	男	1977-01-15 00:00:00	讲师	基础部
2	00000001	05000002	00000001	56	2005-2006	1	00000001	黄贺贺	男	1977-01-15 00:00:00	讲师	基础部
3	00000001	04000002	00000001	90	2004-2005	1	00000001	黄贺贺	男	1977-01-15 00:00:00	讲师	基础部
4	00000001	05000003	00000001	71	2004-2005	1	00000001	黄贺贺	男	1977-01-15 00:00:00	讲师	基础部
5	00000001	06010001	00000001	75	2005-2006	1	00000001	黄贺贺	男	1977-01-15 00:00:00	讲师	基础部
6	00000001	05000003	00000001	NULL		NULL	00000001	黄贺贺	男	1977-01-15 00:00:00	讲师	基础部
7	00100002	05000001	01000001	88	2005-2006	2	01000001	王晓红	女	1958-01-01 00:00:00	副教授	计算机系
8	00100002	05000002	01000001	45	2005-2006	2	01000001	王晓红	女	1958-01-01 00:00:00	副教授	计算机系
9	00100002	05000003	01000001	70	2005-2006	2	01000001	王晓红	女	1958-01-01 00:00:00	副教授	计算机系
10	00100002	05000004	01000001	75	2005-2006	2	01000001	王晓红	女	1958-01-01 00:00:00	副教授	计算机系
11	00100002	06010001	01000001	NULL	2005-2006	NULL	01000001	王晓红	女	1958-01-01 00:00:00	副教授	计算机系
12	00100001	04000002	01000002	50	2004-2005	2	01000002	李小波	男	1959-08-11 00:00:00	教授	计算机系
13	00100001	04000002	01000003	67	2005-2006	1	01000003	谈华	男	1962-05-01 00:00:00	教授	计算机系
14	00100001	05000001	01000003	89	2005-2006	2	01000003	谈华	男	1962-05-01 00:00:00	教授	计算机系
15	NULL	NULL	NULL	NULL	NULL	NULL	01000004	黄利敏	女	1976-03-21 00:00:00	讲师	计算机系
16	NULL	NULL	NULL	NULL	NULL	NULL	01000005	曹珊珊	女	1982-12-12 00:00:00	助讲	计算机系
17	NULL	NULL	NULL	NULL	NULL	NULL	02000001	刘留	男	1976-09-01 00:00:00	讲师	管理科...
18	NULL	NULL	NULL	NULL	NULL	NULL	02000002	李丽丽	女	1972-11-12 00:00:00	副教授	管理科...

图6.23 【例6-31】的查询结果

6.7 嵌套查询

嵌套查询是指在一个外层查询中包含有另一个内层查询，其中外层查询称为主查询，内层查询称为子查询。一般情况下，使用嵌套查询中的子查询先挑出部分数据，以此作为主查询的数据来源或搜索条件。嵌套查询是通过在 SELECT 语句的 WHERE 子句中包含一个形如 SELECT-FROM-WHERE 的查询块来实现的，这个查询块就是子查询或嵌套查询，查询块所在的外层查询就是父查询或外部查询。

【例6-32】 查询选修了00000001号课程的学生姓名。

```
SELECT Sname FROM StuInfo      --外层查询/父查询
WHERE SID IN
(SELECT SID FROM ScoreInfo
  WHERE CID = '00000001')      --内层查询/子查询
```

查询的结果如图6.24所示。

	Sname
1	李少华
2	张小红
3	孙雯
4	李小森
5	陈平

图6.24 查询结果

下面简单分析一下这个查询执行的过程：首先是服务器执行小括号中的子查询，返回结果是表 ScoreInfo 中所有选修了00000001号课程的学生的学号 SID；然后服务器执行主查询，返回查询的结果。

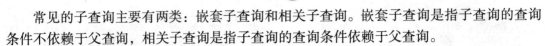

常见的子查询主要有两类：嵌套子查询和相关子查询。嵌套子查询是指子查询的查询条件不依赖于父查询，相关子查询是指子查询的查询条件依赖于父查询。

嵌套查询的语句格式如下。

```
SELECT[ALL |DISTINCT]
[TOP expression[PERCENT][WITH TIES]]
< select_list >
[FROM{ < table_source > | < view_name > }
[WHERE 表达式[NOT] IN |EXISTS |比较运算符[ANY |ALL] (子查询)]
```

6.7.1 使用 IN 和 NOT IN

使用 IN 和 NOT IN 关键字引入的子查询返回的结果是数据表中某个字段的子集，IN 和 NOT IN 关键字用于确定给定的值是否包含在指定的子查询返回的结果集中。

6.7.2 使用比较运算符

当子查询的返回值只有一个时，可以使用比较运算符(= 、 > 、 < 、 > = 、 < = 、 ! =)将父查询和子查询连接起来。

6.7.3 使用 EXISTS 和 NOT EXISTS

使用 EXISTS 和 NOT EXISTS 关键字引入子查询的主要目的是进行存在测试。EXISTS 表示存在量词，带有 EXISTS 的子查询不返回任何实际数据，它只得到逻辑值"真"或"假"。当子查询的查询结果集合为非空时，外层的 WHERE 子句返回真值，否则返回假值。因此，子查询所返回的结果将无需限定是单个字段还是多个字段，只需判断是否有结果返回即可。

6.7.4 应用实例

【例 6 – 33】 查询没有选修 00000001 号课程的学生姓名。

```
SELECT Sname        --外层查询/父查询
FROM StuInfo
WHERE SID NOT IN
(SELECT SID         --内层查询/子查询
 FROM ScoreInfo
 WHERE CID = '00000001')
```

【例 6 – 34】 查询与王晓红老师职称相同的教师的工号 TID、姓名 TName 和职称 Title。

```
USE teachingData
SELECT TID,TName,Title FROM TchInfo
WHERE Title = (SELECT Title FROM TchInfo
WHERE TName = '王晓红')
```

【例 6 – 35】 查询 Score(成绩) 比"05000003"号同学的所有成绩都高的同学的学号和成绩。

```
SELECT SID,Score FROM ScoreInfo
WHERE Score > ALL(SELECT Score FROM ScoreInfo
WHERE SID = '05000003')
```

【例6－36】 查询讲授CID(课程号)为00000001的教师姓名。

```
SELECT TName FROM TchInfo
WHERE TID = ANY(SELECT TID FROM ScoreInfo
                    WHERE CID = '00000001')
```

【例6－37】 查询讲授课程号为00000001的教师姓名。

```
SELECT TName FROM TchInfo
WHERE EXISTS
  (SELECT* FROM ScoreInfo
WHERE TID = TchInfo.TID AND CID = '00000001')
```

6.8　综合实例

【例6－38】 小黄在开发"教学管理系统"数据库的过程中，在SQL Server 2005中创建了数据库teachingData，他想在"教学管理系统"中将不合格课程的学生学号、姓名、课程名查询出来，便于了解有哪些学生有哪些课程需要补考。

解决方案：小黄可以使用多条件查询来实现这一需求，具体代码如下。

```
SELECT StuInfo.SID,StuInfo.Sname,CourseInfo.Cname
FROM StuInfo,ScoreInfo,CourseInfo
WHERE CourseInfo.CID = ScoreInfo.CID AND
ScoreInfo.Score < 60 AND
StuInfo.SID = ScoreInfo.SID
```

6.9　本章小结

本章介绍了SQL Server 2005基本的SELECT查询、条件查询、排序查询、分组查询、筛选查询、联结查询、嵌套查询等基础知识和基本操作方法。

基本的SELECT查询是最简单的一种查询方式，在查询编辑器中输入SELECT…FROM…形式的语句，即可执行基本的查询操作。

条件查询用于用户需要设置查询条件来限制返回的数据行，在查询编辑器中输入SELECT…FROM…WHERE…形式的语句，即可执行条件查询操作。WHERE后使用的条件主要有比较查询条件、范围查询条件、模糊查询条件3种。

排序查询主要用于用户需要将查询结果按照其中的一个或多个字段进行排序的情况，在查询编辑器中输入SELECT…FROM…WHERE…ORDER BY…形式的语句，即可实现排序查询。排序有两种方式：一种是升序，一种是降序，如果没有指定顺序，系统将默认使用升序。

分组查询主要用于将数据记录按照设置的条件分成多个组，可以通过在SELECT语句后使用 GROUP BY 子句来实现。在查询编辑器中输入 SELECT …FROM … WHERE… GROUP BY…形式的语句，即可实现分组查询。

筛选查询主要用于用户需要对查询和计算后的结果进行进一步筛选的情况，可以通过在 SELECT 语句后使用 GROUP BY 子句配合 HAVING 子句来实现。在查询编辑器中输入 SELECT…FROM…WHERE…ORDER BY…HAVING…形式的语句，即可实现筛选查询。

联结查询主要用于从多个表中查询数据。联结查询的种类主要有：等值与非等值联结查询、自身联结、外连接、复合条件联结等。

嵌套查询主要用于需要先从子查询中挑出部分数据，作为主查询的数据来源或搜索条件。嵌套查询是通过在 SELECT 语句的 WHERE 子句中包含一个形如(SELECT-FROM-WHERE)的查询块来实现的。在查询编辑器中输入 SELECT…FROM…WHERE…(SELECT-FROM-WHERE)形式的语句，即可实现嵌套查询。

习 题 6

一、思考题

1. 简述排序查询、分组查询、联结查询及嵌套查询的概念。
2. 在 SELECT 语句中 WHERE 和 HAVING 有什么不同？

二、实验操作题

1. 完成本章中的所有例题。
2. 在表 StuInfo 中查询全体学生的 SID(学号)、Sname(姓名)和 Sex(性别)，并将查询结果生成一个新表 Stu_tbl。
3. 查询表 StuInfo 的前 5 条记录中的学生姓名 Sname 和专业 Major，要求在显示列标题的时候将 Sname 和 Major 分别显示为姓名和专业。
4. 查询表 StuInfo 中的前 50% 的信息。
5. 在表 ScoreInfo 中查询课程号 CID 为"00100002"，且成绩低于 60 分的学生的学号 SID 和成绩 Score。
6. 分别用"BETWEEN…AND…"和比较运算符查询成绩在 70 分到 80 分之间的学生的学号 SID 和成绩 Score。
7. 试用两种方法来查询既没有选修课程"00000001"，也没有选修"00100002"的学生的学号 SID、课程号 CID 和成绩 Score。
8. 在 TchInfo 表中查询职称为"副教授"的教师的 TName(姓名)和 Birthday(出生年月)，并按出生年月进行降序排列。
9. 通过查询表 ScoreInfo，求学号 SID 为"00100001"的学生的总分和平均分。
10. 通过表 TchInfo 查询各院系的讲师数。
11. 在表 StuInfo 中查询与李小红同学在同一个班级的学生的姓名。
12. 查询选修了高等数学课程且成绩在 60 分以下的所有学生的姓名、成绩。

第 7 章

视　图

SQL Server 2005 的初学者在学习了对表中数据进行插入、修改、删除、查询后，通常会有这样一些疑问。

- 在 SQL Server 2005 中只能对基本表进行插入、修改、删除、查询吗？能不能将经常要查询在那些数据放在一个表中？
- 在 SQL Server 2005 中直接对基本表进行数据操作，会破坏原始数据，有没有一种方式既能简化数据操作，又能提高数据库中数据的安全性呢？

通过学习本章知识，将帮助大家解开这些疑团。

7.1 基本概念

什么是视图？视图是一个虚拟的表，该表中的记录是由一个查询语句执行后所得到的查询结果构成的。

7.1.1 视图概述

在 SQL Server 2005 中，表定义了数据的基本结构和编排方式，因此，人们通常把表称为基表，通过查询基表就可以查看数据库中的数据。在 SQL Server 2005 中，还可以通过定义数据视图来查看数据库中存储的数据。

视图是 SQL Server 2005 中提供的查看一个或多个表中数据的另外一种方式，一个视图是一张虚拟表，它的数据是一个或多个表或者是视图的一个或多个子集，视图是用 SQL 语句而不是用数据构造的，一个视图看起来像一个表，而且它的操作也与基表相似。但视图并不是表，它只是一组返回数据的 SQL 语句。使用视图不仅可以简化数据库操作，还可以提高数据库的安全性。

下面通过一个实例来理解什么是视图。

【例 7 - 1】 建立计算机系选修了 00000001 号课程的学生视图 S_1。

```
CREATE VIEW S_1(SID,Sname,Score)
    AS
    SELECT StuInfo.SID,StuInfo.Sname,Score
    FROM   StuInfo,ScoreInfo
    WHERE  StuInfo.Dept = '计算机系'AND
           StuInfo.SID = ScoreInfo.SID AND
           ScoreInfo.CID = '00000001';
```

从上面的例子不难看出，视图实际是一组 T-SQL 的 SELECT 语句。对于用户而言，视图如同一张真实的表，具有行和列，也可以像基本表一样查询数据。但是，视图和基本表有本质上的区别，视图在数据库中只是存储视图的定义，而不是查询出来的数据，通过视图的定义，对视图查询最终转化为对基本表的查询。在上面的例子中，StuInfo、ScoreInfo 是视图 S_1 的基本表，是视图 S_1 数据的来源。

视图定义后，用户可以像查询基本表一样用 SELECT 语句来查询视图，而且对于一部分视图，用户也可以使用 INSERT、DELETE 和 UPDATE 语句来修改视图中的数据。

7.1.2 视图的优点和注意事项

在 SQL Server 2005 中，使用视图有以下优点。

（1）为用户集中数据，简化用户的数据查询和处理。有时用户所需要的数据分散在多个表中，定义视图可将它们集中在一起，从而方便用户的数据查询和处理。

（2）屏蔽数据库的复杂性。用户不必了解复杂的数据库中的表结构，并且数据表的更改也不影响用户对数据库的使用。

（3）简化用户权限的管理。只需授予用户使用视图的权限，而不必指定用户只能使用表的特定列，也增加了安全性。

（4）便于数据共享。各用户不必都定义和存储自己所需的数据，可共享数据库的数据，这样同样的数据只需存储一次。

（5）方便程序维护。如果应用程序使用视图来存取数据，那么当数据表的结构发生改变时，只需要更改视图存储的查询语句即可，不需要更改程序。即可以重新组织数据以便输出到其他应用程序中。

视图的优点有许多，但在使用视图时仍然有一些要注意的事项。

（1）只有在当前数据库中才能创建视图。

（2）给视图的命名必须遵循标识符命名规则，不能与表同名，且对每个用户，视图名必须是唯一的，即对不同用户，即使是定义相同的视图，也必须使用不同的名字。

（3）不能把规则、默认值或触发器与视图相关联。

（4）不能在视图上建立任何索引，包括全文索引。

因此，在定义数据库对象时，应综合考虑视图的优点和注意的问题，合理地定义视图，绝不能不加选择地随意定义视图。

7.2 视图的创建

视图在数据库中是作为一个对象来存储的。创建视图前，要保证创建视图的用户已被数据库所有者授权使用 CREATE VIEW 语句，并且有权操作视图所涉及的表或其他视图。在 SQL Server 2005 中，创建视图可以在对象资源管理器中进行，也可以使用 T-SQL 的 CREATE VIEW 语句来创建。

7.2.1 使用对象资源管理器创建视图

创建视图最简单、最方便的方法就是使用对象资源管理器创建视图。使用 SQL Server 2005 对象资源管理器创建视图的过程十分简单。这里以在 teachingData 数据库中建立视图为例，说明建立视图的具体操作步骤。

步骤 1：启动 Microsoft SQL Server Management Studio，在【对象资源管理器】窗口中展开【数据库】文件夹，然后再展开在前面建立的数据库 teachingData，在【视图】选项上右击鼠标，选择【新建视图】命令，弹出【添加表】对话框，如图 7.1 所示。

步骤 2：在【添加表】对话框中，可以将要引用的表添加到【视图设计】窗口上，在本例中，添加 TchInfo 表（教师信息表）、StuInfo 表（学生信息表）、CourseInfo 表（选课信息表）、ScoreInfo 表（学生成绩表）共 4 个表（可以按住 Ctrl 键选择多个表，然后单击【添加】按钮即可）。

步骤 3：添加完数据表之后，单击【关闭】按钮，返回到如图 7.2 所示的【视图设计】窗口。如果还要添加新的数据表，可以右击【关系图】窗格的空白处，在弹出的快捷菜单中选择【添加表】命令，则会弹出如图 7.1 所示的【添加表】对话框，然后继续为视图添加引用表或视图。如果要移除已经添加的数据表或视图，可以在【关系图】窗格中选择要移除的数据表或视图右击，在弹出的快捷菜单中选择【移除】命令，或选择要移除的数据表或视图后，直接按 Delete 键移除。

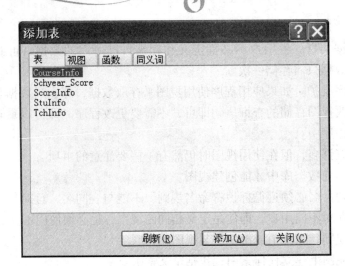

图7.1 【添加表】对话框

步骤4：在【关系图】窗格中，可以建立表与表之间的 JOIN…ON 关系，如 StuInfo 表的 "SID" 与 ScoreInfo 表中的 "SID" 相等，那么只要将 StuInfo 表中的 "SID" 字段拖曳到 ScoreInfo 表中的 "SID" 字段上即可。此时两个表之间将会有一根线连着。

步骤5：在【关系图】窗格中选中数据表字段前的复选框，可以设置视图要输出的字段，同样，在【条件】窗格里也可设置要输出的字段。

步骤6：在【条件】窗格里还可以设置要过滤的查询条件，设置完后的 SQL 语句会显示在 SQL 窗格里，这个 SELECT 语句也就是视图所要存储的查询语句。

步骤7：所有查询条件设置完毕之后，单击工具栏中的【执行 SQL】按钮，试运行 SELECT语句是否正确。

步骤8：在一切测试都正常之后，单击【保存】按钮，在弹出的对话框里输入视图名称，再单击【确定】按钮完成操作。

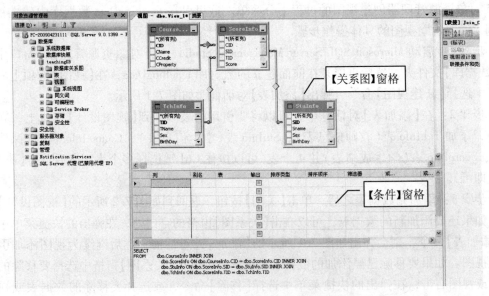

图7.2 添加表后的【视图设计】窗口

7.2.2 用命令语句创建视图

使用命令 CREATE VIEW 可以创建视图。可以在查询编辑器中输入创建视图的命令，命令的形式如下。

```
CREATE VIEW <view_name> [(column[,...n])]
[WITH{ENCRYPTION |SCHEMABINDING |VIEW_METADATA}]
AS select_statement[;]
[WITH CHECK OPTION]
```

其中：

view_name 为新创建的视图指定名字。

column 为在视图中包含的列名。

ENCRYPTION 选项表示加密视图。

SCHEMABINDING 选项表示将视图绑定到基础表的架构。

VIEW_METADATA 选项表示指定为引用视图的查询请求浏览模式的元数据时，SQL Server 实例将向 DB-Library、ODBC 和 OLE DB API 返回有关视图的元数据信息，而不返回基表的元数据信息。

select_statement 设置选择条件。

WITH CHECK OPTION 选项强制视图上执行的所有数据修改语句都必须符合在子查询中设置的条件表达式。

说明：（1）组成视图的属性列名或者全部省略或者全部指定，不能有其他情况。

（2）如果省略视图的各个属性列名，则表示该视图由子查询中 SELECT 目标列中的诸字段组成。

（3）必须明确指定视图的所有列名的 3 种情况：某个目标列是集函数或列表达式目标列为 *、多表连接时选出了几个同名列作为视图的字段、需要在视图中为某个列启用新的更合适的名字。

常见的视图形式主要有：行列子集视图、WITH CHECK OPTION 的视图、基于多个基表的视图、基于视图的视图、带表达式的视图、分组视图 6 种。下面分别来介绍如何建立这 6 种不同的视图。

7.2.3 应用实例

1）建立行列子集视图

视图的常见用法是限制用户能够存取表中的某些行、列，由这种方法产生的视图称为行列子集视图。以下示例创建了计算机学院学生的学号、姓名和专业信息的视图。

【例 7-2】 建立计算机系学生的学号、姓名和专业的视图 Student_1。

```
CREATE VIEW Student_1
    AS
        SELECT SID,Sname,Major FROM StuInfo
        WHERE Dept = '计算机系';
```

在对象资源管理器中展开数据库 teachingData，选中【视图】后单击【刷新】按钮，然后视图即可看到视图 Student_1，右击 Student_1 选择【打开视图】命令，即可看到如图 7.3 所示的视图 Student_1 中的信息。

2）建立使用 WITH CHECK OPTION 的视图

定义视图时，可以设置检查选项 WITH CHECK OPTION，使得当用视图修改和删除数据时，检查这些数据是否符合由 select_statement 设置的条件，不允许破坏视图定义中设置的这些条件。

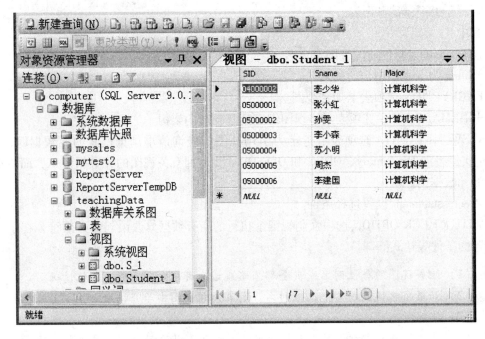

图 7.3　打开视图 Student_1

【例 7-3】　建立计算机系学生的学号、姓名和专业的视图，并要求通过该视图进行的更新操作只涉及计算机学院学生 Student_2。

```
CREATE VIEW Student_2
    AS
    SELECT SID,Sname,Dept FROM StuInfo
      WHERE Dept = '计算机系'
        WITH CHECK OPTION;
```

【例 7-4】　建立 00000001 号课程的选课视图，并要求通过该视图进行的更新操作只涉及 00000001 号课程 SC_1。

```
CREATE VIEW SC_1
    AS
        SELECT SID,CID,Score FROM ScoreInfo
        WHERE CID = '00000001'
        WITH CHECK OPTION;
```

3）建立带表达式的视图

定义基本表时，为了减少数据库中的冗余数据，表中通常只存放基本数据，由基本数据经过各种计算派生出的数据一般是不存储的。但由于视图中的数据并不实际存储，所以定义视图时可以根据应用的需要，设置一些派生属性列。由于这些派生属性在基本表中并不是实际存在的列，因此通常也称它们为虚拟列。带虚拟列的视图通常称为带表达式的视图。

【例7-5】 定义一个反映学生年龄的视图 StuAge。

```
CREATE   VIEW StuAge(SID,Sname,Sage)
     AS
          SELECT SID,Sname,year(getdate())-year(Birthday)
               FROM StuInfo
```

其中，"Sage"是设置的虚拟列。函数 getdate() 返回系统当前日期和时间，函数 year() 返回表示指定日期的年份的整数。

注意：带表达式的视图必须明确定义组成视图的各个属性列名。

4）建立分组视图

分组视图是指用带有集函数和 GROUP BY 子句的查询来定义的视图。

【例7-6】 将学生的学号及他的平均成绩定义为一个视图 ScoreAvg。

```
CREATE   VIEW ScoreAvg(学号,平均成绩)
     AS
          SELECT SID,AVG(Score)
          FROM ScoreInfo
          GROUP BY SID;
```

其中，"平均成绩"是设置的虚拟列。

注意：分组视图也必须明确定义组成视图的各个属性列名。

5）建立基于多个基表的视图

视图不仅可以建立在一个基本表上，也可以建立在多个基本表上。

【例7-7】 建立计算机学院选修了00000001号课程的学生视图 StuCourse1。

```
CREATE VIEW StuCourse1(学号,姓名,成绩)
     AS
       SELECT StuInfo.SID,Sname,Score
          FROM StuInfo,ScoreInfo
          WHERE Dept = '计算机系' AND
          StuInfo.SID = ScoreInfo.SID AND
          ScoreInfo.CID = '00000001';
```

6）建立基于视图的视图

视图可以定义在基本表上，也可以引用其他视图，甚至可以引用视图与表的组合，以下示例创建的视图引用了视图 StuCourse1 的信息。

【例7-8】 建立计算机学院选修了00000001号课程且成绩在60分以上的学生的视图

Stu_Pass1。

```
CREATE VIEW Stu_Pass1
    AS
        SELECT 学号,姓名,成绩
        FROM StuCourse1
        WHERE 成绩 > = 60
```

7.3 视图的查询

在定义了视图之后,用户就可以查询已经定义的视图的属性和视图记录了。

7.3.1 视图属性的查询

如果视图定义没有加密,就可获取该视图定义的有关信息。在实际工作中,可能需要查看视图定义,以了解数据从基表中的提取方式。

1)使用对象资源管理器查询视图信息

步骤1:启动 Microsoft SQL Server Management Studio,在【对象资源管理器】窗口中展开【数据库】文件夹,然后再展开视图所属的数据库。

步骤2:单击【视图】文件夹,在需要查看信息的视图上右击鼠标,打开快捷菜单,执行【属性】命令,打开【视图属性】对话框,如图7.4所示。

图 7.4 【视图属性】对话框

步骤3:在【视图属性】对话框中的【选择页】中有3个选项卡,即【常规】、【权限】、【扩展属性】,选择"常规"选项,就可以查看相应的信息。

步骤4:单击【权限】选项卡,打开【权限设置】对话框,在【用户和角色】中可以添加或删除用户和角色,并可以对添加的用户和角色设置权限,设置完成后,单击【确定】按钮即可。

2)使用 sp_helptext 存储过程查询视图定义

使用 sp_helptext 存储过程显示用户定义规则的定义、默认值、未加密的 Transact-SQL

存储过程、用户定义 Transact-SQL 函数、触发器、计算列、CHECK 约束、视图或系统对象(如系统存储过程)。

使用 sp_helptext 存储过程查询视图信息的语法格式如下。

```
sp_helptext[@objname =]'name'
```

其中,[@objname =]'name'为用户定义对象的限定名称和非限定名称。仅当指定限定对象时才需要引号。如果提供的是完全限定名称(包括数据库名称),则数据库名称必须是当前数据库的名称。对象必须在当前数据库中。name 的数据类型为 nvarchar(776),没有默认值。

注意: sp_helptext 显示用于在多行中创建对象的定义。每行包含 255 个字符的 Transact-SQL 定义。定义位于 sys. sql_modules 目录视图中的 definition 列中。

7.3.2 视图记录的查询

通过视图可以查询视图中来自基本表中的数据,也可以通过视图来修改基本表中的数据,如插入、删除和修改记录。

视图是基于基本表生成的,因此可以用来将需要的数据集中在一起,把不需要的数据过滤掉。使用视图检索数据,可以像对表一样来对视图进行操作。

7.3.3 应用实例

1)视图属性查询

【例 7-9】 查看 teachingData 数据库的 Student_1 视图的定义。

```
USE teachingData;
EXEC sp_helptext Student_1;
```

执行结果如图 7.5 所示。

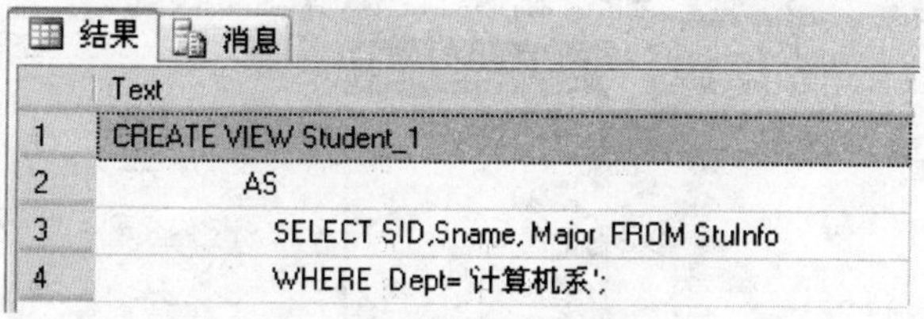

	Text
1	CREATE VIEW Student_1
2	AS
3	SELECT SID,Sname, Major FROM StuInfo
4	WHERE Dept='计算机系';

图7.5 语句执行结果

2)属性记录查询

【例 7-10】 查询计算机学院学生的学号、姓名。

```
USE teachingData;
SELECT SID,Sname FROM Student_1;
```

查询结果如图 7.6 所示。

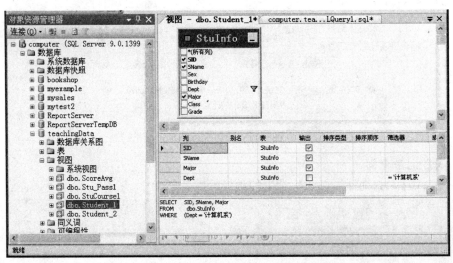

图7.6 查询结果

7.4 视图的修改

当基表中的数据发生变化，或者要通过视图查询更多的信息时，都需要修改视图的定义。可以删除视图，然后重新创建的一个新的视图，但也可以通过修改视图的名称或定义来实现。

7.4.1 修改视图定义

修改视图的定义有两种方法：一是使用对象资源管理器，二是使用 ALTER VIEW 语句。

1）使用对象资源管理器修改视图

步骤 1：启动 Microsoft SQL Server Management Studio，在【对象资源管理器】窗口中展开【数据库】文件夹，然后再展开视图所属的数据库。

步骤 2：单击【视图】文件夹，在要查看的视图上右击鼠标，打开快捷菜单，选择【修改】命令，即可打开【修改视图】对话框。在该对话框中就可以修改视图的定义。图 7.7 是打开 teachingData 数据库中 Student_1 视图的【修改视图】对话框。

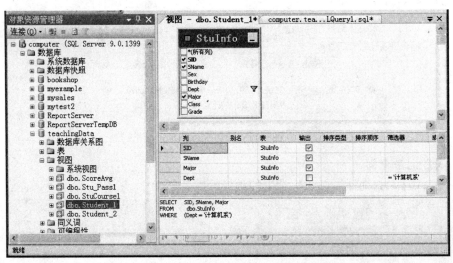

图7.7 【修改视图】对话框

步骤 3：要在视图定义中添加引用表或视图，可以右击图表窗格，并从弹出的菜单中选择【添加表】命令；要从视图定义中删除某个引用表，可以在该表的标题栏上右击鼠标，从弹出的菜单中选择【移除】命令，或直接按 Delete 键。

步骤 4：要在视图定义中添加引用字段，可以在网格窗格中选中某个空白的【列】单元格，从列表中选择所需要的字段名。

步骤 5：对于每个引用字段，通过选中或取消【输出】列中的复选框来控制该字段是否在结果集之中显示出来。

步骤 6：若要基于某个字段进行分组，右击该字段，从弹出的菜单中选择【添加分组依据】，然后在【分组依据】列中指定相应的分组依据。

步骤 7：要在某个字段上设置过滤条件，可以在相应的【准则】单元格中输入所需要的运算符和表达式，这与 WHERE 子句相对应，如果在该字段上设置了分组，则与 HAVING 子句相对应。

步骤 8：若要设置更多的过滤条件，可以在【或…】列中直接输入有关内容。

步骤 9：若要预览视图的结果集，可以右击图表窗格的空白处，并从弹出的菜单中选择【执行 SQL】命令，或在工具栏上单击【执行 SQL】按钮。若要保存对视图定义所做的修改，在工具栏上单击【保存】按钮即可。

2）用 ALTER VIEW 修改视图

使用 ALTER VIEW 语句可以更改一个先前用 CREATE VIEW 语句创建的视图，包括索引视图，但不影响相关的存储过程或触发器，也不更改权限。

ALTER VIEW 语句的语法格式如下。

```
ALTER VIEW view_name[(column[,...n])]
[WITH{ENCRYPTION |SCHEMABINDING |VIEW_METADATA]}]
AS select_statement[;]
[WITH CHECK OPTION]
```

其中，view_name 是要修改的视图名称，其余参数与 CREATE VIEW 语句中的参数相同。

7.4.2 重命名视图

对视图改名有两种方法：一是使用对象资源管理器，二是使用系统存储过程 sp_rename。

1）使用对象资源管理器重命名视图

步骤 1：启动 Microsoft SQL Server Management Studio，在【对象资源管理器】窗口中展开【数据库】文件夹，然后再展开视图所属的数据库。

步骤 2：单击【视图】文件夹，在需更名的视图上右击鼠标，打开快捷菜单，选择【重命名】命令，然后输入新的视图名称即可。

2）使用系统存储过程 sp_rename 重命名视图

sp_rename 语句的语法格式如下。

```
sp_rename[@objname =]'object_name',[@newname =]'new_name'
[,[@objtype =]'object_type']
```

其中：

[@objname =] 'object_name'：用于指定视图的当前名称。

[@newname =] 'new_name'：用于指定视图的新名称。

〔@objtype =〕'object_type'：用于指定要重命名的对象的类型。object_type 的数据类型为 varchar(13)，默认值为 NULL，其取值及含义见表 7 - 1。

表 7 - 1 object_type 的取值及含义

值	含义
COLUMN	要重命名的列
DATABASE	用户定义数据库。重命名数据库时需要此对象类型
INDEX	用户定义索引
OBJECT	在 sys. objects 中跟踪的类型的项目。例如，OBJECT 可用于重命名约束(CHECK、FOREIGN KEY、PRIMARY KEY 等)
USERDATATYPE	通过执行 sp_addtype 而添加的用户定义数据类型

注意：sp_rename 存储过程不仅可以更改视图的名称，而且还可以更改当前数据库中用户创建的表、列或用户定义数据类型的名称。

7.4.3 编辑视图记录

视图与数据表很相似，也可以像对数据表中记录的修改一样对视图中的记录进行修改。但是在编辑视图的记录时须注意如下几点。

(1) timestamp 和 binary 类型的字段不能编辑。

(2) 如果字段的值是自动产生的，如带标识字段、计算字段等不能编辑。

(3) 经编辑的字段内容必须引用表的字段定义。

(4) 在引用的表中可以不用输入内容的字段，如可以为 NULL 或有默认值的字段，在视图中也可以不输入内容。

(5) 在视图中修改的字段最好是同一个引用表中的字段，避免出现一些未知的结果。

(6) 在视图中修改的字段内容，实际上就是在数据表中修改的字段内容。

通过视图修改其中的某些行时，SQL Server 将把它转换为对基表的某些行的操作。对于简单的视图而言，是比较容易实现的，但对于比较复杂的视图，就不能通过视图进行修改。因此可以用来将需要的数据集中在一起，把不需要的数据过滤掉。使用视图检索数据，可以像对表一样来对视图进行操作。

通过视图来修改基表中的数据，要考虑以下几个方面的问题。

(1) 如果在视图定义中使用了 WITH CHECK OPTION 子句，则所有在视图上执行的数据修改语句都必须符合定义视图的 SELECT 语句中所设定的条件。修改行时需注意不能让它们在修改完成后从视图中消失。任何可能导致行消失的修改都会被取消，并提示错误信息。

(2) SQL Server 必须能够明确地解析对视图所引用基表中的特定行所做的修改操作。不能在一个语句中对多个基表使用数据修改语句。因此，列在 UPDATE 或 INSERT 语句中的列必须属于视图定义中的同一个基表。

(3) 对于基础表中需更新而又不允许为空值的所有列，它们的值在 INSERT 语句或 DEFAULT 定义中指定。这将确保基表中所有需要值的列都可以获取值。

（4）在基础表的列中修改的数据必须符合对这些列的约束，如为空性、约束、DE-FAULT 定义等。假如要删除一行，则相关表中的所有 FOREIGN KEY 约束必须仍然得到满足，删除操作才能成功。

（5）假如在视图中删除数据，在视图定义的 FROM 子句中只能列出一个表。

通过视图来修改基表中的数据，实质上是通过 INSERT、UPDATE 和 DELETE 语句来完成的。其操作与基本表的操作相似，由于在视图中修改数据要受到基表的限制，操作时要考虑基表中的约束条件。

编辑视图记录可以在其中进行，也可以用 T-SQL 命令语句。

1）使用对象资源管理器编辑视图记录

步骤1：启动 Microsoft SQL Server Management Studio，在【对象资源管理器】窗口中展开【数据库】文件夹，然后再展开视图所属的数据库。

步骤2：单击【视图】文件夹，在需更名的视图上右击鼠标，打开快捷菜单，选择【打开视图】命令。

步骤3：找到要修改的记录，在记录上直接修改字段内容，修改完毕后，只需将光标从该记录上移开，定位到其他记录上，SQL Server 就会将修改的记录保存。

2）用 T-SQL 命令语句编辑视图记录

可以使用 INSERT、UPDATE 和 DELETE 来编辑视图中的记录。

7.4.4　删除视图

删除视图有两种方法：一是使用对象资源管理器，二是使用 DROP VIEW 语句。

1）使用对象资源管理器删除视图

步骤1：启动 Microsoft SQL Server Management Studio，在【对象资源管理器】窗口中展开【数据库】文件夹，然后再展开视图所属的数据库。

步骤2：单击【视图】文件夹，在需要删除的视图上右击鼠标，打开快捷菜单，选择【删除】命令。

2）使用 DROP VIEW 命令删除视图

使用 DROP VIEW 语句可以从当前数据库中删除一个或多个视图，其语法格式如下。

```
DROP  VIEW  {view_name}[,...n]
```

其中，view_name 是要删除的视图名称，n 表示可以指定多个视图的占位符。

7.4.5　应用实例

【例7-11】 修改视图 Student_1 为查看计算机系学生的学号、姓名、性别和专业。

```
ALTER VIEW Student_1
    AS
      SELECT SID,Sname,Sex,Major
        FROM StuInfo
        WHERE Dept = '计算机系';
```

【例7-12】 将视图 Student_1 更名为"Student_info"。

```
USE teachingData
GO
EXEC sp_rename 'Student_1','Student_info'
```

【例 7 – 13】 利用视图 StuCourse1 将计算机系中每位学生的高等数学成绩减少 5 分。

```
UPDATE StuCourse1
    SET 成绩 = 成绩 - 5
```

可以看到，在视图中编辑记录的方法与在数据表中编辑记录的方法相似，在视图中插入（或删除）记录的方法与在数据表中插入（或删除）记录的方法也相似。但一般来说，不建议在视图中插入（或删除）记录，因为在视图中往往显示的是多个表中的几个字段，而在插入（或删除）记录时，除了要插入（或删除）这些字段的内容之外，还可能要输入（或删除）其他字段内容才能完成该数据表的记录插入（或删除）工作。

【例 7 – 14】 从 teachingData 数据库中删除名为 Student_1 的视图。

```
USE teachingData
GO
DROP VIEW Student_1
```

【例 7 – 15】 从 teachingData 数据库中删除视图 Student_2 和 sc_1。

```
USE teachingData
GO
DROP VIEW Student_2,sc_1
```

7.5　疑难分析

7.5.1　视图数据更新的限制条件

当用户更新视图中的数据时，其实更改的是其对应的数据表的数据。但不是所有视图都可以进行更改。如下面的这些视图，在 SQL Server 数据库中就不能够直接对其内容进行更新，否则，系统会拒绝这种非法的操作。

（1）在视图中采用 GROUP BY 子句对视图中的内容进行了汇总，则用户就不能够对这张视图进行更新。因为采用 GROUP BY 子句对查询结果进行汇总后，视图中就会丢失这条记录的物理存储位置，系统就无法找到需要更新的记录。若用户想要在视图中更改数据，则数据库管理员就不能够在视图中添加这个 GROUP BY 分组语句。

（2）在视图建立时，使用了 DISTINCT 关键字，这个关键字的用途就是去除重复的记录。添加了这个关键字后，数据库就会剔除重复的记录，只显示不重复的记录。此时，若用户要改变其中一个数据，则数据库就不知道其到底需要更改哪条记录。因为视图中看起来只有一条记录，而在基础表中可能对应的记录有几十条。为此，若在视图中采用了 DISTINCT 关键字的话，就无法对视图中的内容进行更改。

（3）如果在视图中有 AVG、MAX 等聚合函数，也不能够对其进行更新。比如，在一张视图中，其采用了 SUM 函数来汇总学生的成绩，此时，就不能够对这张表进行更新。这是数据库为了保障数据一致性所添加的限制条件。

7.5.2 保证列名唯一性的限制条件

在表关联查询时，当不同表的列名相同时，只需要加上表的前缀，不需要对列另外命名。但是，在创建视图时就会出现问题，数据库会给出错误提示，警告用户有重复的列名。有时候，用户利用 SELECT 语句连接多个来自不同表的列，若拥有相同的名字，则这个语句仍然可以执行。但是，若把它复制到创建视图的窗口，创建视图就会不成功。

7.5.3 视图权限的限制条件

为了保障基表数据的安全性，在视图创建时，其权限控制比较严格。

（1）若用户需要创建视图，则必须拥有数据库视图创建的权限，这是视图建立时必须遵循的一个基本条件。有些数据库管理员虽然具有表的创建、修改权限，但是，这并不表示这个数据库管理员就有建立视图的权限。在大型数据库设计中，往往会对数据库管理员进行分工。建立基础表的就只管建立基础表，负责创建视图的就只有创建视图的权限，这样可以使数据库安全性更高。

（2）在具有创建视图权限的同时，用户还必须具有访问对应表的权限。比如，某个数据库管理员已经有了创建视图的权限。此时，若其需要创建一张学生信息的视图，还不一定会成功。系统要求数据库管理员对学生信息相关的基础表有访问权限。也就是说，如果建立学生信息这张视图一共涉及两张表，则这个数据库管理员就需要拥有对这两张表的查询权限，若没有这些权限的话，则这个建立视图操作就会以失败告终。

7.6 本章小结

本章介绍了视图的概念、视图的创建和视图的基本操作。

视图的创建可以在 Microsoft SQL Server Management Studio 的【对象资源管理器】窗口中展开【数据库】|视图所属的数据库|【视图】，然后右击鼠标，选择【新建视图】命令；或者在查询编辑器中用命令 CREATE VIEW 来创建视图。

使用视图查询包括视图属性的查询和视图记录的查询。可以在 Microsoft SQL Server Management Studio 中的【对象资源管理器】窗口中展开【数据库】|视图所属的数据库|【视图】，然后在需查询的视图上右击鼠标，选择【属性】命令来查看视图属性，选择【打开视图】命令来查看视图记录；也可以用系统存储过程 sp_helptext 来查询视图属性，使用 SELECT 命令来查询视图记录。

重命名视图可以在 Microsoft SQL Server Management Studio 中的【对象资源管理器】窗口中逐级展开【数据库】|视图所属的数据库|【视图】，然后在需更名的视图上右击鼠标，选择【重命名】命令；或者在查询编辑器中使用系统存储过程 sp_rename 来重命名视图。

视图定义的修改可以在 Microsoft SQL Server Management Studio 中的【对象资源管理器】窗口中逐级展开【数据库】|视图所属的数据库|【视图】，然后在需修改的视图上右击鼠标，选择【修改】命令；或者在查询编辑器中用 ALTER VIEW 语句来修改视图的定义。

视图记录的修改就是通过视图来修改基表中的数据，实质上是通过 INSERT、UPDATE 和 DELETE 语句来完成的。视图记录的修改可以在 Microsoft SQL Server Management Studio

中的【对象资源管理器】窗口中逐级展开【数据库】|视图所属的数据库|【视图】，然后在需修改的视图上右击鼠标，选择【打开视图】命令，然后根据需要进行修改；或者在查询编辑器中用 INSERT、UPDATE 和 DELETE 命令来修改视图记录。一般不建议对视图记录进行插入或删除操作。

删除视图可以在 Microsoft SQL Server Management Studio 中的【对象资源管理器】窗口中展开【数据库】|视图所属的数据库|【视图】文件夹，在需要删除的视图上右击鼠标，打开快捷菜单，选择【删除】命令；或者在查询编辑器中输入 DROP VIEW 来删除视图。

习 题 7

一、概念题

1. 什么是视图？使用视图的优缺点有哪些？

2. 能从视图上创建视图吗？

3. 在修改视图数据时有哪些约束？

二、实验操作题

1. 完成本章中所有例题的操作。

2. 在 teachingData 数据库中建立视图 score_top，要求在该视图中显示各门学科的 CID 和 score_max（即学科的最高分）。

3. 利用 teachingData 数据库中的相关的数据表和视图 score_top 新建一视图 top_stu，要求在该视图中显示各门学科的学科名 Cname，取得最高分的学生名 Sname 和成绩 Score。

4. 试用 T-SQL 语句新建一视图 stu_comp，要求该视图中只包括计算机系学生的学号 SID、姓名 Sname、年龄 Sage 和班级 Class。

5. 试用 T-SQL 语句修改视图 stu_comp，要求该视图中只包括 05 级计算机系学生的学号 SID、姓名 Sname、年龄 Sage、班级 Class。

6. 试用 T-SQL 语句建立成绩低于 60 分的学生的学号、姓名、班级、课程名和成绩的视图 stu_fall。

第 8 章

数据库设计

教学目标

1. 了解数据库设计的方法和基本过程。
2. 了解需求分析的基本步骤，以及描述用户需求的主要方法。
3. 掌握利用 E-R 图描述系统概念结构的方法。
4. 掌握从 E-R 图到关系模型的转换方法。
5. 了解数据库物理设计的内容。
6. 了解数据库的实施、运行和维护。

对于初学者来讲，可能会想到这样一些问题：
- 数据库设计的结果对信息系统的运行效果有怎样的影响？
- 数据库设计的过程与软件的开发过程有怎样的联系？
- 作为一名数据库设计人员应掌握哪些基本的数据库设计技术？

通过对本章的学习，可以理解并掌握数据库设计工作中各阶段的主要任务和所采取的技术措施，特别是概念结构设计和逻辑结构设计。

8.1 数据库设计概述

数据库设计是建立数据库及其应用系统的技术的基础，是信息系统开发和建设中的核心技术和重要的组成部分。具体来讲，数据库设计是指对于一个给定的应用环境，构造最优的数据库模式，建立数据库及其应用系统，使之能够有效地存储数据，满足各种用户的应用需求(信息要求和处理要求)。

8.1.1 数据库设计的特点

数据库设计是涉及许多学科的综合技术，具有开发周期长、耗资多和风险大等特点，又是一项庞大的工程项目，所以必须把软件工程的原理和方法应用到数据库的建设中。

1. 对数据库设计人员的要求

为了保证设计出的数据库能很好地满足实际应用的需要，对从事数据库设计的专业人员来讲，应具备以下几个方面的技术和知识。主要包括：计算机的基础知识和程序设计的方法与技巧；软件工程的原理和方法；数据库的基础知识和设计技术；应用领域的知识。其中应用领域的知识随着应用系统所属的领域不同而不同。数据库设计人员必须深入实际与用户密切接触，对应用环境、专业知识有具体深入的了解才能设计出符合具体领域要求的数据库应用系统。

2. 数据库设计的特点

俗话说"三分技术，七分管理，十二分基础数据"，这反映了数据库建设的基本规律。由此可见，数据库设计的特点之一是将技术和管理相结合。

在20世纪70年代末80年代初，人们为了研究数据库设计方法的便利，曾主张将结构设计和行为设计两者分离(如图8.1所示)。随着数据库设计方法学的成熟、结构化分析与设计方法的普及使用，人们主张将两者作一体化的考虑，提高数据库的设计效率。

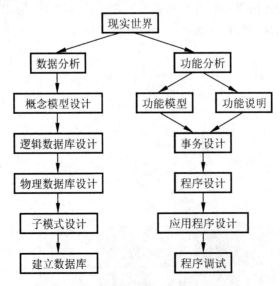

图8.1 结构和行为设计分离的设计

数据库设计的特点之二，就是强调结构（数据）设计和行为（处理）设计相结合。一个性能优良的数据库不可能一次性地完成设计，需要经过"反复探寻，逐步求精"的过程。首先从数据模型开始设计，以数据模型为核心进行展开，将数据库设计和应用系统设计相结合，建立一个完整、独立、共享、冗余小并且安全有效的数据库系统。

3. 数据库设计的方法

数据库设计方法目前可分为4类：直观设计法、规范设计法、计算机辅助设计法和自动化设计法。这些设计方法大都是数据库设计在不同阶段所使用的具体技术和方法。

1）直观设计法

由于现实世界的复杂性及用户需求的多样性，早期的数据库设计主要采用手工与经验相结合的方法，这种设计方法称为直观设计法（也叫手工试凑法）。这种方法设计的数据库依赖于设计者的经验和技巧，缺乏科学理论和工程原则的支持，设计的质量很难保证，增加了系统维护成本。因此，这种方法已不适应信息管理发展的需要。

2）规范设计法

要想设计一个优良的数据库，减少系统开发的成本以及运行后的维护代价、延长系统的使用周期，必须以科学的数据库设计理论为基础，在具体的设计原则指导下，采用科学的数据库设计方法来进行数据库的设计。人们经过多年的努力探索，提出了各种数据库设计方法，它们都运用软件工程的思想和方法，根据数据库设计的特点，提出了各自的设计准则和设计规程。

在规范设计法中比较著名有新奥尔良方法。将数据库设计分为4个阶段：需求分析、概念结构设计、逻辑结构设计、物理设计，并采用一些辅助手段实现每个过程。它符合软件工程的思想，按一定的设计规程用工程化的方法设计数据库。

针对不同的数据库设计阶段，人们提出了具体的实现技术与实现方法。如针对概念结构设计阶段的基于 E-R 模型的数据库设计方法，基于 3NF 的设计方法，基于抽象语法规范的设计方法。

3）计算机辅助设计法

为了提高数据库的设计速度和质量，在数据库设计的某些过程中模拟某一规范化设计的方法，并以人的知识或经验为主导，使用一些计算机辅助设计工具来帮助或者辅助设计人员完成数据库设计中的某些任务。这些工具统称 CASE（Computer Aided Software Engineering，计算机辅助软件工程），如 SYSBASE 公司的 PowerDesigner、Oracle 公司的 Design 2000、Rational 公司的 Rational Rose、Microsoft 公司的 Vision 等。

4）自动化设计法

完全由计算机完成数据库设计。

8.1.2 数据库设计的基本步骤

按照规范的设计方法，考虑数据库及应用系统开发的全过程，将数据库设计分为以下6个阶段，各阶段需要完成的任务如图 8.2 所示。

（1）需求分析。

（2）概念结构设计。

（3）逻辑结构设计。

（4）物理结构设计。

（5）数据库实施。

（6）数据库的运行和维护。

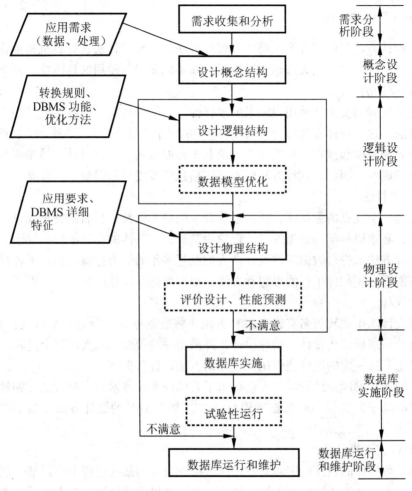

图 8.2　数据库设计的几个阶段

1. 需求分析

进行数据库设计首先必须准确了解与分析用户需求，这是整个数据库设计的基础。需求分析要收集数据库所有用户的信息内容和处理要求，并加以归纳和分析，建立系统说明文档。这是最费时、最复杂的一步，同时也是最重要的一步，是后续设计的依据。它相当于待构建的数据库大厦的地基，它决定了以后每步设计的速度与质量，需求分析做得不好，可能会导致整个数据库设计返工重做。

2. 概念结构设计

概念结构设计通过对用户的需求进行综合、归纳与抽象，形成一个独立于具体 DBMS 的概念模型，是整个数据库设计的关键。

3. 逻辑结构设计

在概念模型的基础上，根据实际应用的需要导出某种 DBMS 支持的逻辑数据模型，并进行优化。该模型应满足数据库存取、一致性及运行等各方面的用户需求。

4. 物理结构设计

物理设计的目标是从一个满足用户需求的已确定的逻辑模型出发，在限定的软、硬件环境下，利用 DBMS 提供的各种手段设计一个可实现的、运行高效的物理数据库结构，包括选择数据库文件的存储结构、选择索引、分配存储空间以形成数据库的内模式。

5. 数据库实施

设计人员运用 DBMS 提供的数据定义语言及宿主语言，根据逻辑设计和物理设计的结果建立数据库，编制与调试应用程序，组织数据入库，并进行试运行。

6. 数据库运行和维护

数据库应用系统经过试运行后，即可投入正式运行。在数据库系统运行过程中需要不断地对其进行评价、调整与修改。

需要指出的是，数据库的设计步骤既是数据库设计的过程，也包括了数据库应用系统的设计过程。设计一个完善的数据库应用系统是不可能一蹴而就的，它往往是上述 6 个阶段的不断反复。

8.2 需 求 分 析

需求分析就是分析用户对数据库的具体要求，它是整个数据库设计的起点。它的结果需要准确地反映用户的实际要求，因为这将影响到后面各个阶段的设计和最终结果是否合理和实用。

8.2.1 需求分析的任务

需求分析的任务是通过详细调查现实世界要处理的对象（如一个部门或企业），充分了解原系统的工作概况，明确不同用户的各种需求，在此基础上确定新系统的功能。新系统的设计不仅要考虑现时的需求，还要为今后的扩充和改变留有余地，要有一定的前瞻性。

需求分析的重点是通过调查、收集和分析，获得用户对数据库的如下要求。

（1）信息要求：是指用户需要从数据库中获取信息的内容与性质。由用户的信息要求可以导出数据要求，即在数据库中需要存储哪些数据。

（2）处理要求：是指用户要求完成什么样的处理功能，对处理的响应时间有什么要求，处理方式是批处理还是联机处理。

（3）安全性和完整性要求：安全性是指用户需要如何保护数据不被未授权的用户破坏，完整性是指用户需要如何检查和控制不合语义的、不正确的数据，防止它们进入数据库。

确定用户的最终需求是很困难的，主要原因是：①用户缺少计算机知识，开始时无法确定计算机究竟能为自己做什么，不能做什么，因此往往不能准确表达自己的需求，致使所提出的需求不断地变化；②设计人员缺少用户的专业知识，不易理解用户的真正需求，甚至会误解用户的需求；③新的硬件、软件技术的不断出现，也会导致用户需求不断发生变化。因此设计人员必须采用有效的方法，与用户不断深入地进行交流，才能逐步确定用户的实际需求。

8.2.2 需求分析的方法

进行需求分析首先要调查清楚用户的实际需求并初步进行分析，然后与用户达成共识，最后进一步分析与表达用户的这些需求。

1. 需求分析的步骤

（1）调查组织机构情况。主要了解该组织的部门组成情况，各部门的职责，为分析信息流程作准备。

（2）调查各部门的业务活动情况。主要了解各部门输入和使用什么数据，如何加工和处理这些数据、输出什么信息、输出到什么部门、输出结果的格式是什么，这是调查的重点。

（3）在熟悉了业务活动的基础上，协助用户明确对新系统的各种要求，包括信息要求、处理要求、完整性与安全性的要求，这是调查的又一个重点。

（4）最后对前面调查结果进行初步分析，确定系统的边界，即确定哪些工作由人工完成，哪些工作由计算机系统来完成，由计算机完成的功能就是新系统应该实现的功能。

在调查过程中，可以根据实际的问题和条件，采用不同的调查方法。

2. 需求调查的常用方法

做需求调查时，可以采用多种方法，但无论使用哪种调查方法，都必须有用户的积极参与和配合。设计人员应该和用户取得共同的语言，帮助不熟悉计算机的用户建立数据库环境下的共同概念，并对设计工作的最后结果共同承担责任。常用的调查方法有以下几种。

（1）跟班作业。通过亲身参与业务工作来了解业务活动清况。这种方法能比较准确地理解用户的需求，但比较耗时。

（2）开调查会。通过与用户座谈来了解业务活动情况及用户的需求，这种方法有利于双方相互启发。

（3）请专人介绍或询问。可以请专业人员专门讲解来了解用户的需求；在调查过程中，对于某些具体问题也可以请教管理人员和具体操作人员等。

（4）查阅档案资料。通过查阅企业的各种报表、总体规划、工作总结、条例规范等了解用户的需求。

（5）设计调查表请用户填写。这种方式的关键是调查表要设计合理。

在实际需求分析过程中，往往需要综合采用上述多种调查方法。同时在与用户沟通中，最好与那些具有一定计算机知识的一线用户多交流，因为他们更能清楚地表达系统的实际需求。

3. 需求分析的方法

了解用户需求后，还需要进一步分析和表达用户的需求，使之转换为后续各设计阶段可用的形式。分析和表达用户需求的方法很多，其中结构化分析（Structured Analysis，SA）方法是一个简单实用的方法。SA 方法是从最上层的系统组织机构入手，采用逐层分解的方式分析系统，并且把每一层用数据流图和数据字典进行描述。

数据流图表达了数据和处理的关系。处理过程的处理逻辑通常借助判定表或判定树来描述，而系统中的数据则借助数据字典来描述。

图 8.3 给出的只是最高层次抽象的系统概貌，要反映更详细的内容，可将处理功能分解为若干子功能，每个子功能还可以进一步分解，直到把系统工作过程表示清楚为止。

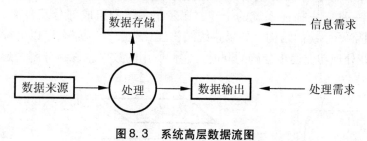

图 8.3 系统高层数据流图

需求分析阶段的工作结果是数据库设计的重要基础，因此对用户需求进行分析和表达后，必须要交给用户，征得用户的认可。

8.2.3 数据流图和数据字典

1. 数据流图

数据流图（Data Flow Diagram，DFD）是描述各处理活动之间数据流动的有力工具，是一种从数据流的角度描述一个组织业务活动的图示。数据流图被广泛用于数据库设计中，并作为需求分析阶段的重要文档资料——系统需求说明书的重要内容，也是数据库信息系统验收的依据。

1）数据流图的绘制

数据流图是软件工程中专门描述信息在系统中流动和处理过程的图形化工具。由于数据流图是逻辑系统的图形表示，非计算机的专业技术人员也很容易理解，所以是技术人员和用户之间很好的交流工具。数据流图中使用的基本符号及其含义如图 8.4 所示。

从原则上讲，只要有足够大的纸，一个软件系统的数据流图可以画在一张纸上。然而，一个复杂的软件系统可能涉及到几百个加工和数据流，甚至更多。如果将它们画在一张图上，不易阅读。因此，当系统比较复杂时，为了便于理解，控制其复杂性，根据自顶向下逐层分解的思想，可以将数据流图进行分层绘制，如图 8.5 所示。

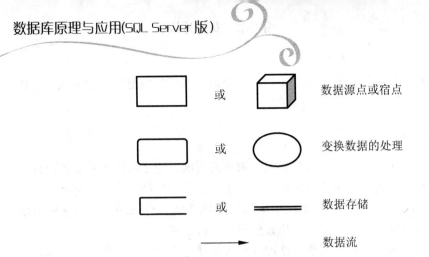

图 8.4   数据流图的基本符号

在分层数据流图中，顶层图只有一张图，其中只有一个处理，代表整个软件系统，该处理描述了软件系统与外界(源或宿)之间的数据流；顶层图中的加工经过分解后的图称为0层图，也只有一张，它描述系统的全貌，揭示了系统的组成部分及各部分之间的关系；1层图分别描述各子系统的结构。如果系统结构还比较复杂，那么可以继续细化，直到表达清楚为止。在处理功能逐步分解的同时，它们所用的数据也逐级分解，形成若干层次的数据流图。

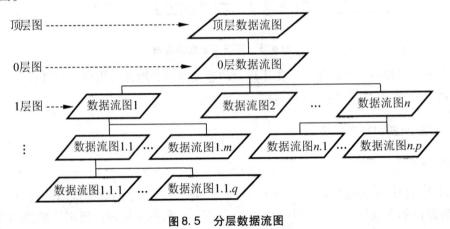

图 8.5   分层数据流图

2）数据流图应用举例

这里以图书管理系统开发的需求调研为例，在详细调查用户需求后，经过抽象、综合，将用户的活动归类为：注册、借书、还书和图书查询等活动。在此基础上可以将业务活动描述如下。

（1）注册：工作人员对读者进行信息注册，发放借书证。

（2）借书：首先输入读者的借书证号，检查借书证是否有效；如借书证有效，则查阅借还书登记文件，检查该读者所借图书是否超过可借图书数量(不同类别的读者具有不同的可借图书数量)。若超过，拒绝借阅；未超过，再检查图书的库存数量，在有库存的情况下办理借书，修改库存数量，并记录读者借书信息。

（3）还书：根据所还图书编号及借书证编号，从借还书登记文件中，查阅与读者有关的记录，查阅所借日期。如果超期，作罚款处理；否则，修改库存信息与借还书记录。

（4）图书查询：根据一定的条件对图书进行查询，并可查看图书详细信息。

通过以上描述可以把握用户的工作需求，要进一步分析系统范围内的用户活动所涉及数据的性质、流向和所需的处理，用数据流图进行描述。下面图8.6给出图书管理系统的顶层数据流图，图8.7给出图书管理系统的0层数据流图。

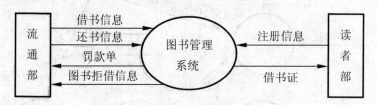

图8.6　图书管理系统顶层数据流图

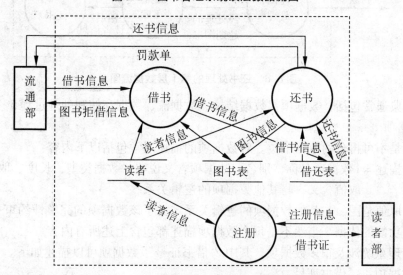

图8.7　图书管理系统0层数据流图

在还书处理时，流通部工作人员需要进一步查询读者的借阅信息，如有超期的图书进行超期处理，出具相应的罚款单，然后登记入库；若未超期，直接登记入库；然后再登记还书，所以需要更新"图书表"和"借还表"中的信息。这样，在图8.7的基础上，对"还书"处理进行进一步细化，相应的还书处理的数据流图如图8.8所示。借书处理的数据流图在这里就不再细化，读者可自己完成。

从上述分析可以看出，将处理功能的具体内容分解为若干子功能，再将每个子功能继续分解，直到把系统的工作过程表达清楚为止。在处理功能逐步分解的同时，它们所用的数据也逐级分解，形成若干层次的数据流图。

2. 数据字典

数据流图表达了数据和处理过程之间的关系，其中对数据的描述是笼统的、粗糙的，并没有表述数据组成各部分的确切含义，数据流图中的数据流、文件、加工等元素的确切描述是借助数据字典（Data Dictionary，DD）来完成的。数据流图和数据字典密不可分，两者结合起来构成软件的逻辑模型。

数据字典是进行数据收集和数据分析所获得的主要成果。数据字典是各类数据描述的集合，是数据库设计中的又一个有力工具。数据字典对数据流图中出现的所有数据元素给出逻辑定义和描述，可供系统设计者，软件开发者、系统维护者和用户参照使用。

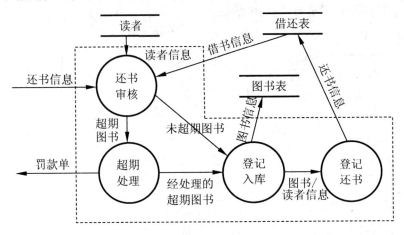

图 8.8　还书处理的第 1 层数据流图

数据字典通常包括：数据项、数据结构、数据流、数据存储和处理过程 5 个部分。

1）数据项

数据项是不可再分的数据单位。对数据项的描述通常包括以下内容：

数据项描述 = {数据项名称，别名，数据项含义说明，数据类型，长度，取值范围，
　　　　　　取值含义，与其他数据项的逻辑关系}

其中：取值范围、与其他数据项的逻辑关系定义了该数据项的完整性约束条件，是设计数据检查功能的依据。当然不是每个数据项描述都包含上述所有内容。

图书管理系统涉及很多数据项，其中"借书证号"数据项可以描述如下。

（1）数据项：　借书证号

（2）别名：　　卡号

（3）含义说明：唯一标识一个借书证

（4）类型：　　字符型

（5）长度：　　10

（6）取值范围：[S|T] 000000000 ~ [S|T] 999999999。

（7）取值含义：第 1 位是字母，代表学生(S)或老师(T)；第 2、3 位标识该学生所在年级，第 4、5 位标识该学生所在系部，后 5 位按顺序编号。

2）数据结构

数据结构反映了数据项之间的组合关系。一个数据结构可以由若干个数据项组成，也可以由若干个数据结构组成，或由若干个数据项和数据结构混合组成。对数据结构的描述通常包括以下内容：

数据结构描述 = {数据结构名，含义说明，组成：{数据项或数据结构}}

在图书管理系统中，"读者"是核心数据结构之一，它可以描述如下。

（1）数据结构名：读者

（2）含义说明：是图书管理系统的主体数据结构之一，定义了一个读者的相关信息

（3）组成：　　 = {[学号|工号] + 姓名 + 性别 + 年龄 + 所在系 + 年级 + 借书证号}

3） 数据流

数据流是数据结构在系统内传输的路径。对数据流的描述通常包括以下内容：

数据流描述 = ｛数据流名称，说明，数据流来源，数据流去向，

组成：｛数据结构｝，平均流量，高峰期流量｝

其中：数据流来源说明该数据流来自哪里，可以是一个处理、源或文件；数据流去向说明该数据流将到哪个处理、宿或文件；平均流量是指在单位时间（每天、每周、每月等）中的传输次数；高峰期流量则是指在高峰时期的数据流量。

"罚款单"是图书管理系统中的一个数据流，具体描述如下。

（1）数据流名： 罚款单

（2）说明： 超期归还图书的处理结果

（3）数据流来源：超期处理

（4）数据流去向：流通部（或读者）

（5）组成： = ｛借书证号 + 姓名 + 图书编号 + 书名 + 超期天数 + 罚款金额｝

（6）平均流量： ……

（7）高峰期流量：……

4） 数据储存

数据存储是数据结构停留或保存的地方，也是数据流的来源和去向之一。对数据存储的描述通常包括以下内容：

数据存储描述 = ｛数据存储名，说明，编号，写文件加工，读文件加工，

组成：｛数据结构｝，数据量，存取方式｝

其中：流入的数据流要指出其来源；流出的数据流要指出其去向；数据量是指每次存取多少数据，每天（或每小时、每周等）存取几次等信息；存取方式包括是批处理还是联机处理，是检索还是更新，是顺序检索还是随机检索等。

"图书借阅表"是图书管理系统中的一个数据存储，具体描述如下。

（1）数据存储名： 借还表

（2）说明： 记录图书借阅的基本信息

（3）写文件的处理：登记借书、登记还书

（4）流出数据流： 还书审核

（5）组成： =｛借书证号 + 图书编号 + 借阅日期 + 应归还日期 + 实际归还日期…｝

（6）数据量： 平均每年 60000 条

（7）存取方式： 随机存取

5） 处理过程

数据字典中只需要描述处理过程的说明性信息，通常包括以下内容：

处理过程描述 = ｛处理过程名，说明，输入：｛数据流｝，输出：｛数据流｝，

处理逻辑：｛简要说明｝｝

其中：简要说明中主要描述该处理过程的功能及处理要求。功能是指该处理过程用来做什么（而不是怎么做），处理要求包括处理频度要求，如单位时间里处理多少事务，多少数据量；响应时间要求等。这些处理要求是后面物理设计的输入及性能评价的标准。

处理过程"还书审核"可如下描述。

(1) 处理过程名：还书审核

(2) 说明：　　　认定该图书借阅是否超期

(3) 输入：　　　还书信息、借书信息、读者信息

(4) 输出：　　　超期图书或未超期图书

(5) 处理逻辑：　根据借阅表和读者表，如果借阅图书没有超过规定的期限，认定未超期图书，否则认定为超期图书。要求从借阅之日起，学生借阅时间不能超过 3 个月，教师不能超过 6 个月。

由此可见，数据字典是关于数据库中数据的描述，而不是数据本身。数据本身将存放在物理数据库中，由数据库管理系统管理。数据字典有助于这些数据的进一步管理和控制，为设计人员和数据库管理员在数据库设计、实现和运行阶段控制有关数据提供依据。

8.2.4　应用实例

为学生信息管理系统设计一个学生信息数据库，该系统主要实现对学生基本信息、班级、课程、教师等的管理，学生选课管理以及数据的综合查询统计等功能。学生信息管理系统功能需求包括：基本信息管理、课程设置与选课管理、查询与统计。

1) 基本信息管理

该模块包括班级信息、学生基本信息、课程基本信息、教师基本信息的输入、维护、删除功能。

2) 课程设置与选课管理

该模块包括学期课程设置、编制课表、学生选课。学期课程设置设定本学期所开设课程并安排相应的教师；编制课程表，根据学期课程安排编制课程表；根据学期的课程安排和课程表，学生进行选课。

3) 查询与统计

查询和统计学生、教师、课程的基本信息、课表信息、学期课程安排信息、课程表、学生选课信息等。

通过对上述系统的功能需求分析和对学生管理的流程分析，得到如下的数据需求。

(1) 班级信息：班级编号、班级名称、专业、所属院系、入学年度、学制、备注。

(2) 学生基本信息：学号、姓名、性别、出生日期、政治面貌、毕业学校、照片、籍贯、备注。

(3) 课程信息：课程编号、课程名、类别、学分、备注。

(4) 教师信息：工号、姓名、性别、所在院系、专业、学历、毕业学校、备注。

(5) 教室信息：教室编号、教室名称、位置、容纳人数、备注。

(6) 班级学生表：班级编号、学号、状态、备注。

(7) 学期课程安排表：安排编号、学期、课程编号、教师编号、周课时数、上课周数、开始时间、结束时间、考试方式、学分、班级编号、备注。

(8) 课程表：课程表编号、安排编号、教室编号、上课时间、备注。

(9) 学生选课表：课程安排编号、学号、成绩、备注。

下面对部分数据项、数据结构、数据流、数据存储、处理过程进行描述。

数据项"班级编号"描述如下：

数据项:班级编号
别名:班级号
含义说明:唯标识一个班级
类型:字符型
长度:10 位
取值范围:0000000001 ~ 9999999999
取值含义:前 4 位为该班建立的年度号;第 5 位标注入学季节,0 为春季入学,1 为秋季入学;第 6、7 位为所在二级学院序列号;第 8 位为所在系序列号;第 9 位为所学专业序列号;第 10 位为相关专业的班级序列号

数据项"学制"的描述如下：

数据项:学制
含义说明:标识该班级招收的是几年制的学生
类型:数值型
长度:1 位
取值范围:4 ~ 8
取值含义:4 年、5 年制的为本科生,6 年制及 6 年制以上的为研究生

"课程信息"的数据结构描述为：

数据结构名:课程信息
含义说明:它是学生选课的依据之一,定义了一门课程的相关信息
组成: = 课程编号 + 课程名 + 类别 + 学分 + 备注

"教室信息"的数据结构描述为：

数据结构名:教室信息
含义说明:是教务人员排课的依据之一,定义了在一个教室排课所需的相关信息
组成: = 教室编号 + 教室名称 + 位置 + 容纳人数 + 备注

"学期课程安排表"的数据流描述为：

数据流名:学期课程安排表
说明:下学期授课的安排信息
数据流来源:授课计划、教室信息表、教师信息表、课程信息表
数据流去向:听课学生、任课教师、教务处
组成: = 安排编号 + 学期 + 课程编号 + 教师编号 + 周课时数 + 上课周数 + 开始时间 + 结束时间 + 考试方式 + 班级编号 + 学分 + 备注
平均流量:10000 条/年
高峰期流量:300 条/天

"学生信息表"数据存储描述为：

数据存储名:学生信息表
说明:记录学生的基本信息
写文件的处理:新生入学报到后从新生登记表中获取信息并输入
流出数据流:为所有学生相关的表如成绩表登记、选课表登记等提供学生基本信息,也为学生基本信

息查询、统计模块提供原始数据

　　组成：＝学号＋姓名＋性别＋出生日期＋政治面貌＋毕业学校＋照片＋籍贯＋备注

　　数据量：平均每年 30000 条

　　存取方式：随机存取

8.3　概念结构设计

　　概念结构设计是指将需求分析得到的用户需求抽象为信息结构及概念模型的过程，是对现实世界中实际的人、物、事和概念进行模拟和抽象，抽取人们关心的共同特性，忽略非本质的细节，并把这些特性用各种概念精确地加以描述。概念结构是现实世界与机器世界的中间层次。

　　概念结构既独立于数据库逻辑结构，也独立于支持数据库的 DBMS。概念结构的主要特点如下。

　　(1) 能真实、充分地反映现实世界。概念结构包括事物和相互之间的联系，能满足用户对数据的处理要求，是现实世界的一个真实模型。

　　(2) 易于理解。便于和不熟悉计算机的用户交换意见，使用户易于参与。

　　(3) 易于更改。当现实世界需求改变时，概念结构又可以很容易地作相应调整，易于向关系、网状、层次等各种数据模型转换。

　　概念结构设计是整个数据库设计的关键所在，描述概念模型的常用工具是 E-R 模型。

8.3.1　概念结构设计的方法和步骤

1. 概念结构设计的方法

　　设计概念结构通常有以下 4 种方法。

　　(1) 自顶向下：首先定义全局概念结构的框架，然后逐步细化。

　　(2) 自底向上：首先定义各局部应用的概念结构，然后将它们整合起来，得到全局概念结构。

　　(3) 逐步扩张：首先定义最重要的核心概念结构，然后向外扩充，以滚雪球的方式逐步生成其他概念结构，直至形成总体概念结构。

　　(4) 混合策略：将自顶向下和自底向上的设计方法相结合，用自顶向下策略设计一个全局概念结构的框架，以它为骨架集成由自底向上策略中设计的各局部概念结构。

　　但无论采用哪种设计方法，一般都以 E-R 模型为工具来描述概念结构。

2. 概念结构设计的步骤

　　在概念结构设计中经常采用的是自底向上的设计策略，即自顶向下地进行需求分析，然后再自底向上地设计概念结构。自底向上方式的主要设计步骤如下。

　　(1) 进行数据抽象和局部概念结构的设计。

　　(2) 将局部概念结构综合成全局概念结构。

　　(3) 将概念设计的结果返回给用户，征求用户的意见并进行修改，直到用户满意为止。设计过程如图8.9所示。

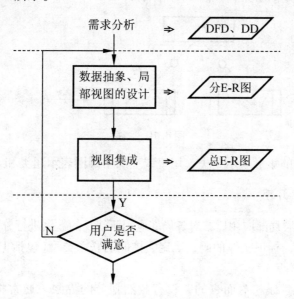

图8.9 概念结构设计的步骤

8.3.2 数据抽象与局部视图设计

利用需求分析阶段得到的系统分析报告、数据流图和数据字典，对应用环境和要求有了较详尽的了解，根据设计系统的具体情况，在多层数据流图中选择一个适当层次的数据流图，让这组图中每一部分对应一个局部应用，即以这一层次的数据流图为出发点，设计局部 E-R 图。一般而言，中层的数据流图能较好地反映系统中各局部应用的子系统组成，因此人们往往以中层数据流图作为设计分 E-R 图的依据。

1. 数据抽象

数据抽象用来确定实体与实体之间的联系。所谓抽象是指对实际的人、物、事和概念进行人为处理，抽取所关心的共同特性，忽略非本质的细节，并把这些特征用各种概念精确地加以描述，这些概念即组成了某种模型。概念结构就是对现实世界的一种抽象，一般有以下 3 种抽象。

1）分类

定义现实世界中一组具有某些共同特征和行为的对象的类型，即实体的抽象。对象和实体之间是"is member of"的关系。例如在图书管理系统中，可以把张三、李四、王五等对象抽象为读者实体。

2）聚集

定义某一对象类型的组成成分。组成成分与对象类型之间是"is part of"的关系。例如学号、姓名、专业、年级、借书证号等可以抽象为读者实体的属性。其中借书证号为标识读者实体的码。

3）概括

定义类型之间的一种子集关系。例如读者是一个实体型，它包括的学生和教工也是实体型，并且是读者实体的子集，如图 8.10 所示。

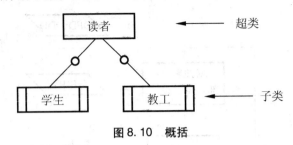

图 8.10　概括

这里用双竖线边的矩形表示子类，用直线上加小圆圈表示超类和子类的联系。

2. 逐一设计分 E-R 图

选定合适的中间层局部应用后，对各局部应用所涉及的数据进行分类、组织(聚集)，形成实体和实体的属性，标识实体的码，确定实体间的联系类型(包括 $1:1$、$1:n$、$m:n$)，来完成分 E-R 图的设计。

实际上实体与属性是相对而言的，没有截然划分的界限。通常将现实中的事物能做"属性"处理的就不要做"实体"对待，这样有利于 E-R 图的处理简化。同一事物，在一种应用环境中作为"属性"，在另一种应用环境中就可能为"实体"，因为人们讨论问题的角度发生了变化。如在"图书管理系统"中，"读者类型"是读者实体的一个属性，但当考虑到读者类型有借阅册数、借阅天数等，这时读者类型就是一个实体。

一般来讲，可以用以下两条准则来区分实体和属性。

(1) 属性是最小的描述性质的单位。即属性必须是不可分的数据项。

(2) 属性不能与其他实体具有联系。联系只发生在实体之间。

在图书管理系统中的实体，参照局部应用中的数据流图和数据字典，可以初步确定为读者、读者类型、图书和图书类别。由于一本图书可以借给多个学生阅读，而一个学生又可以借阅多本图书，因此图书与读者之间是 $m:n$ 的联系；由于一个读者属于一种读者类型，一种读者类型包括多名读者，因此读者类型与读者之间是 $1:n$ 的联系。

这样，得到"注册"局部应用的分 E-R 图和"借还"局部应用的分 E-R 图，分别如图 8.11 和图 8.12 所示。

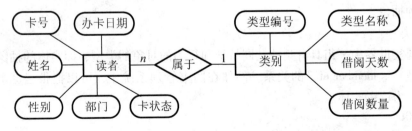

图 8.11　注册局部 E-R 视图

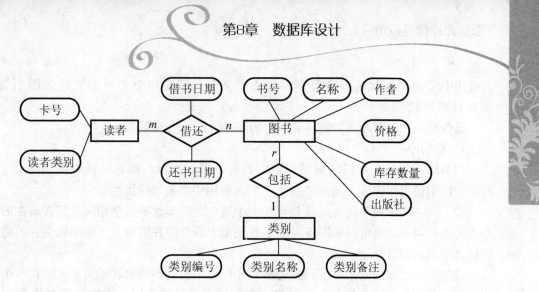

图 8.12 借还书局部 E-R 视图

8.3.3 全局概念结构的集成

当所有的局部 E-R 图设计完毕后，就可以对局部 E-R 图进行集成。集成即把各局部 E-R 图加以综合连接在一起，使同一实体只出现一次，消除不一致和冗余。局部 E-R 模型的集成一般需要经过以下两个步骤。

（1）合并，解决各局部 E-R 图之间的冲突问题，生成初步的 E-R 图。

（2）修改和重构，消除不必要的冗余，生成基本的 E-R 图。

1. 消除冲突，合并局部 E-R 图

把局部 E-R 图集成为全局 E-R 图的方法有两种，即一次集成和逐步集成。

一般采用逐步集成法，即先将具有相同实体的两个 E-R 图，以该相同实体为基准进行集成。如果还有相同实体的 E-R 图，再次集成，这样一直下去，直到所有的具有相同实体的局部 E-R 图都被集成，从而初步得到总的 E-R 图。

无论采用哪一种方法，将局部的 E-R 图集成为全局的 E-R 图时，可能存在以下 3 类冲突。

1）属性冲突

包括属性域冲突和属性取值单位冲突。

（1）属性域冲突：是指在不同的局部 E-R 模型中同一属性有不同的数值类型、取值范围或取值集合。例如学生的年龄，在有的局部 E-R 图中用出生日期表示，有的局部 E-R 图中用整型表示。

（2）属性取值单位的冲突：是指同一属性在不同的局部 E-R 模型中具有不同的单位。例如身高在有的局部 E-R 图中单位用米，有的局部 E-R 图中单位用厘米。

2）命名冲突

命名冲突可能发生在属性、实体和联系之间，主要有以下两种情况。

（1）异名同义：如果两个对象有相同的语义则应归为同一对象，使用相同的命名以消除不一致。例如，在学生宿舍管理中，学生处称之为宿舍，后勤处称之为房间。

（2）同名异义（一名多义）：如果两个对象在不同局部 E-R 图中采用了相同的命名，但表示的却是不同的对象，则可以将其中一个更名来消除名字冲突。例如，在"注册"局部应用中"类型"代表读者类别,在"还书"局部应用中"类型"代表图书类别(如图 8.11 和 8.12 所示。

属性冲突和命名冲突需要各部门之间通过讨论、协商来解决。

3)结构冲突

(1)同一对象在不同的局部应用中具有不同的抽象。例如"读者类别"在"注册"局部应用中被当作实体,而在"借还"局部应用中则被当作属性。

(2)同一实体在不同的局部 E-R 模型中所包含的属性不完全相同,或者属性的排列次序不完全相同。这时可以采用各局部 E-R 模型中属性的并集作为实体的属性,再将实体的属性作适当的调整。

(3)实体之间的联系在不同的局部 E-R 模型中具有不同的联系类型。如在一个局部应用中的某两个实体联系类型为一对多,而在另一个局部应用中它们的联系类型变为多对多。这时应该根据实际的语义加以调整。

冲突结构可以根据应用的语义对实体联系的类型进行综合或调整。

在将"注册"功能局部 E-R 图与"借还"功能局部 E-R 图进行合并时,这两个分 E-R 图存在着以下冲突。

(1)存在结构冲突。读者类别在两个视图中具有不同的抽象,在"注册"管理中的读者类别是实体,在"借还"管理中的读者类别是属性,这种结构冲突可以通过将借还书管理中的读者类别属性转换为实体来解决。

还有在上述两个局部 E-R 图中,读者实体属性组成存在差异,应将所有属性综合。

(2)存在命名冲突。在"注册"管理和"借还"管理局部 E-R 图中,都有"类别"实体,而且该实体都有类别编号和类别名称等属性,但它们代表的不是同一个实体,这属于同名异义,通过对其进行更名来加以区分,如分别改为"读者类别"和"图书类别"。

解决上述冲突后,"注册"管理局部 E-R 图与"借还"管理局部 E-R 图合并成为所有用户共同理解和接受的初步 E-R 图,如图 8.13 所示。

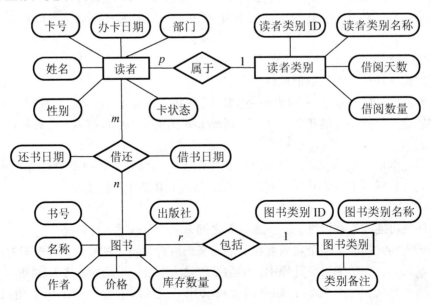

图 8.13 图书管理初步 E-R 图

2. 修改与重构，生成基本 E-R 图

在上述设计基础上形成的初步 E-R 图中可能存在冗余的数据和联系。所谓冗余数据是指可由基本数据导出的数据。所谓冗余联系是可由其他联系导出的联系。冗余的存在容易破坏数据库的完整性，给数据库维护增加困难，应当予以消除。修改与重构初步 E-R 图，主要包括合并具有相同键的实体类型，消除冗余属性，消除冗余联系等。消除冗余后的初步 E-R 图称为基本 E-R 图。

消除冗余主要采用分析法，即以数据流图和数据字典为依据，通过分析数据字典中关于数据项之间逻辑关系的说明来消除冗余，有时也会用到规范化理论来消除冗余，在规范化理论中，函数依赖的概念提供了消除冗余联系的形式化工具。具体方法前面已经介绍，这里不再赘述。

在生成基本 E-R 图的过程中，并不是所有的冗余数据和冗余联系都必须加以消除，有时为了提高效率，不得不以冗余信息作为代价。因此，在设计数据库概念结构时，哪些冗余信息必须消除，哪些冗余信息允许存在，需要根据用户的整体需求来确定。例如，在"借还"联系中，"应还日期"属性是冗余信息，它可以根据借书时间、读者信息和借阅天数导出"应还时间"，但该属性经常使用，为了提高操作效率而将它保留。

视图集成后形成一个整体的数据库概念结构，对该整体概念结构还必须进行进一步验证，确保它能够满足下列条件。

（1）整体概念结构内部必须具有一致性，即不能存在互相矛盾的表达。

（2）整体概念结构能准确地反映原来的每个视图结构，包括属性、实体及实体间的联系。

（3）整体概念结构能满足需要分析阶段所确定的所有要求。

整体概念结构最终还应该提交给用户，征求用户和有关人员的意见，进行评审、修改和优化，然后把它确定下来，作为进一步设计数据库的依据。

8.3.4 应用实例

在 8.2.4 节中对学生信息管理系统的数据库进行分析的基础上对该系统的数据库进行概念结构设计。

经过分析、归纳、整理，可以得到的具体实体有：学生、教师、课程、班级、教室等。学生、教师、课程、班级、教室实体的属性如图 8.14 所示，各实体间的 E-R 图如图 8.15所示。

8.4 逻辑结构设计

概念结构是独立于任何一种数据模型的信息结构，它与 DBMS 无关。对于系统的实现还需要将概念结构进一步转换为逻辑结构，再通过计算机来加以实现。逻辑结构设计的任务就是把概念结构设计阶段产生的系统基本 E-R 图转换为某种具体的 DBMS 所支持的数据模型相符合的逻辑结构。逻辑结构设计一般分为以下 3 步。

（1）将概念结构转换为一般的关系、网状或层次模型。

（2）将转换来的关系、网状、层次模型向 DBMS 支持下的数据模型转换，变成合适的数据库模式。

（3）对模式进行调整和优化。

从理论上讲，设计逻辑结构应该选择最适用于相关概念结构的数据模型，但是由于目前使用的数据库管理系统基本上都是关系型的，因此，主要学习将概念结构转换为 RD-BMS 的关系模型的方法。

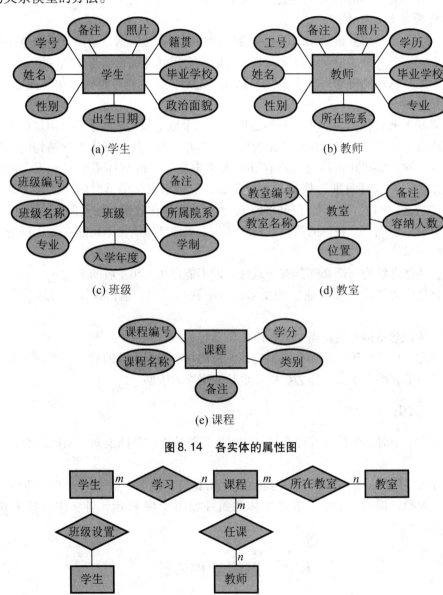

图 8.14 各实体的属性图

图 8.15 各实体间的 E-R 图

8.4.1 E-R 图向关系模型的转换

E-R 图由实体、实体的属性、实体之间的联系三要素组成，因此 E-R 图向关系模型的转换就是解决如何将这三要素转换成关系模型中的关系和属性以及如何确定关系的码。在

E-R 图向关系模式的转换中，一般遵循下列几个原则。

1. 实体的转换

原则 1：一个实体型转换为一个关系模式，实体名成为关系名，实体的属性成为关系的属性，实体的码就是关系的码。

图书管理系统基本 E-R 图中的实体可以转换为如下的关系模型：

读者(卡号，姓名，性别，部门，办卡日期，卡状态)

读者类别(读者类别ID，读者类别名称，借阅数量，借阅天数)

图书(书号，书名，作者，价格，出版社，库存数量)

图书类别(图书类别 ID，图书类别名称，类别备注)

2. 联系的转换

由于实体间的联系存在一对一、一对多、多对多 3 种联系类型，所以实体间的联系转换时，则采取不同的原则。

1) 1：1 联系的转换

原则 2：一个 1：1 联系，可以将联系转换成一个独立的关系模式，也可以与联系的任意一端对应的关系模式合并。如果转换成独立的关系模式，则与该联系相连的各实体的码及联系本身的属性均转换成新关系的属性，每个实体的码均是该关系的候选码；如果将联系与其中的某端实体对应的关系模式合并，则需在该关系模式中加上另一关系模式的码及联系自身的属性。

2) 1：n 联系的转换

原则 3：一个 1：n 联系，可以将联系转换成一个独立的关系模式，也可以与 n 端对应的关系模式合并。如果转换为一个独立的关系模式，则与该联系相连的各实体的码以及联系自身的属性均转换成新关系模式的属性，n 端实体的码成为新关系的码；如果将其与 n 端实体对应的关系模式合并，则将 1 端关系的码和联系的自身的属性加入到 n 端实体对应的关系模式中，这时 n 端实体对应的关系模式的码仍然保持不变。

图 8.13 所示的读者和读者类别之间存在 1：n 的联系，如果转化为独立的关系模式，其具体的内容为：

属于(卡号，读者类别 ID)

由于联系自身没有属性，最好将其与 n 端合并，可以转化为如下关系模式：

读者(卡号，姓名，性别，部门，办卡日期，卡状态，读者类别 ID)

3) m：n 联系的转换

原则 4：对于 m：n 联系，将其转换成一个独立的关系模式。与该联系相连的各实体的码及联系自身的属性均转换成新关系的属性，而新关系模式的码为各实体的码的组合。

图 8.13 所示的读者和图书实体之间存在 m：n 的联系，可以转化为下列关系模式：

借还(卡号，图书编号，借书日期，应还日期，实还日期)

4) 多元联系的转换

原则 5：对于 3 个或 3 个以上实体的多元联系可以转换成一个独立的关系模式。与该联系相连的各实体的码及联系本身的属性均转换成新关系的属性，而新关系模式的码为各个实体的码的组合。

3. 关系模式的合并

原则6：具有相同码的关系模式可以合并。

为减少系统中的关系个数，如果两个关系模式具有相同的主码，可以考虑将它们合并为一个关系模式，合并时将其中一个关系模式的全部属性加入到另一个关系模式，然后去掉其中的同义属性，并适当调整属性的次序。

例如在转换中得到的关系模式中得到"属于"和"读者"两个关系模式：

属于(<u>卡号</u>，读者类别 ID)

读者(<u>卡号</u>，姓名，性别，部门，办卡日期，卡状态)

两者的码均是"卡号"，因此可以将这两个关系模式进行合并，合并后的关系模式为：

读者(<u>卡号</u>，姓名，性别，部门，办卡日期，卡状态，读者类别 ID)

8.4.2　逻辑结构的优化

数据库逻辑结构设计的结果不是唯一的。为了进一步提高数据库应用系统的性能，还应该适当地修改、调整数据模型的结构，这就是数据模型的优化。关系数据模型的优化通常以规范化理论为指导。常用的优化步骤如下。

（1）确定各属性间的数据依赖。从 E-R 图转换而来的关系模式还只是逻辑结构的雏形，根据需求分析阶段得到的语义，用数据依赖的概念分析和表示数据之间的联系，写出每个关系模式的各属性之间的函数依赖以及不同关系模式各属性之间的数据依赖关系。

（2）对于各个关系模式之间的数据依赖进行极小化处理，消除冗余联系。

（3）根据数据依赖的理论逐一分析各关系模式，考查是否存在部分函数依赖、传递函数依赖等，确定它们分别属于第几范式。

（4）按照需求分析阶段得到的处理要求，分析这些模式对于这样的应用环境是否合适，确定是否要对某些模式进行合并和分解。

必须注意的是，虽然规范化设计的优点是有效消除数据冗余，保持数据的完整性，但是并非规范化程度越高的关系就越好。例如，当查询经常涉及两个或多个关系模式的属性时，系统进行连接运算，大量的 I/O 操作使得连接的代价相当高，可以说关系模型低效率的主要原因就是由连接运算引起的。这时可以考虑将几个关系进行合并，甚至可以在表中适当增加冗余数据列，此时第二范式甚至第一范式也是合适的；另一方面，非 BCNF 模式从理论上分析存在不同程度的更新异常和冗余，但实际应用中若对此关系模式只是查询，并不执行更新操作，就不会产生实际影响。有时分解带来的消除更新异常的好处与经常查询需频繁进行自然连接所带来的效率降低相比是得不偿失的，对于这些情况就不必进行分解。

对于一个具体的应用来说，到底规范化到什么程度，则需要权衡响应时间和潜在问题两者的利弊，作出最佳选择。目前遵循的主要范式有 INF、2NF、3NF、BCNF、4NF 和 5NF 等。在工程应用中 3NF、BCNF 应用得最为广泛。

（5）对关系模式进行必要的分解。已知被查询关系的大小对查询的速度有很大的影响，为了提高数据操作的效率和存储空间的利用率，有时需要把关系进行分割。常用方法是水平分解和垂直分解，这两种方法的思想都是提高数据访问的局部性。

① 水平分解。水平分解是把关系的元组分成若干个子集合，定义每个集合为一个子关系，以提高系统的效率。根据"80/20 原则"，在一个大关系中，经常用到的数据只是关系的一部分，约为20%，可以把这 20% 的数据分解出来，形成一个子关系。分解的依据一般以范畴属性的取值范围划分数据行。这样在操作同表数据时，时空范围相对集中，便于管理。

在水平分解中，分解后的表结构及主码与原表保持不变，原表数据的内容相当于分解后表数据内容的并集。例如，在图书管理系统中的读者借阅信息表，可以水平分解为"历史借阅信息表"和"当前借阅信息表"。"历史借阅信息表"中存放已还图书的借阅信息，"当前借阅信息表"中存放外借未还的图书借阅信息表。因为经常需要操作当前借阅图书信息的数据，而对已还图书的信息关心较少，因此将读者的借阅信息分别存放在两张表中，可以提高对在借图书的处理速度。

② 垂直分解。垂直分解是把关系模式的属性分解成若干个子集合，形成若干个子关系模式。垂直分解是将经常在一起使用的属性从原关系模式中分解出来，形成一个新的子关系模式，这样可以提高某些事务的效率；另一方面，垂直分解又可能使得执行某些事务不得不增加连接的次数。因此分解时要综合考虑使得系统总的效率得到提高。在垂直分解时需要确保分解后的关系具有无损连接性和保持函数依赖性。

例如，对图书管理系统中的图书信息数据，可把查询时常用的属性和不常用的属性分置在两个不同的关系模式中，从而提高查询速度。

规范化理论为数据库设计人员判断关系模式的优劣提供了理论标准，可用来预测模式可能出现的问题，使数据库设计工作有了严格的理论基础。

8.4.3　外模式的设计

将概念结构转换为逻辑结构后，也就生成了整个应用系统的模式，此时，还应该根据局部应用的需求，结合具体 DBMS 的特点设计用户的外模式。

外模式是用户所看到的数据模式，各类用户有各自的外模式。目前关系数据库管理系统一般都提供了视图概念，可以利用这一功能设计更符合局部用户需要的外模式。

在外模式的设计中，首先要明确数据库的外模式设计与模式设计的出发点不同。在定义数据库模式时，主要是从系统的时间效率、空间效率、易维护性等角度出发；在设计用户外模式时，可以更注重用户的个别差异，如考虑数据的安全性、用户的习惯和操作方便等因素。在定义外模式时可以考虑如下几个方面。

1) 尽可能符合不同用户的使用习惯

在概念结构设计阶段，合并各局部 E-R 图时，曾做过消除命名冲突的工作，以便使数据库系统中同一关系和属性具有唯一的名字。这在设计数据库整体结构时是非常必要的。但这样修改之后使得一些用户必须使用不符合习惯的属性名。为此用 VIEW 机制在设计用户外模式时重新定义某些属性名，即在外模式设计时重新设计这些属性的别名使其与用户习惯一致，便于用户的使用。

2) 保证数据的安全性

针对不同级别的用户定义不同的外模式，可以防止用户非法访问本来不允许他们访问的数据，以保证系统的安全性要求。

例如，有关系模式：学生(学号，姓名，年龄，性别，专业，年级，联系电话，身份证号码，家长姓名，家长联系方式，…)，在这个关系模式上根据不同用户的需要建立不同的外模式。

为一般用户查看学生基本信息建立的外模式：

学生 1(学号，姓名，年龄，性别，专业，年级)

为辅导员老师建立的外模式：

学生 2(学号，姓名，年龄，性别，专业，年级，联系电话，家长姓名，家长联系方式)

3) 简化用户对系统的使用

如果某些局部应用经常用到某些复杂的查询，为了方便用户可以将这些查询定义为视图 VIEW，用户每次只对定义好的视图进行查询，以使用户的操作简单直观、易于理解，从而大大简化了用户对系统的使用。

8.4.4　应用实例

将 8.3.4 节应用实例中的 E-R 图转换为关系模型，则可得到如下关系：

学生(学号，姓名，性别，出生日期，政治面貌，毕业学校，籍贯，照片，备注)

教师(工号，姓名，性别，所在院系，专业，毕业学校，学历，照片，备注)

班级(班级编号，班级名称，专业，入学年度，学制，所属院系，备注)

教室(教室编号，教室名称，位置，容纳人数，备注)

课程(课程编号，课程名称，学分，类别，备注)

由于图 8.15 中存在 $m:n$ 的关系，所以需要增加一些关系：

选课－成绩(学号，课程号，任课教师编号，成绩，学分)

课程－教室(课程编号，教室编号，上课时间)

8.5　物理结构设计

数据库最终是要存储在物理设备上的。数据库在物理设备上的存储结构和存取方式称为数据库的物理结构。为一个给定的逻辑数据模型选取一个最适合应用环境的物理结构的过程，就是数据库的物理结构设计。物理结构设计根据具体的 DBMS 的特点和应用处理的需要，将逻辑结构设计的关系模式进行物理存储安排，建立索引，形成数据库的内模式。

数据库的物理结构设计通常分为两步。

(1) 确定数据库的物理结构。

(2) 对物理结构进行评价，评价的重点是时间和空间效率。

8.5.1　确定数据库的物理结构

不同的数据库产品所提供的硬件环境、存储结构和存取方法不同，能供设计人员使用的设计变量、参数范围也不相同，因此物理设计没有通用的方法可遵循，这里只能给出一般的技术方法仅供参考。

1. 数据库物理设计的要求

为了设计出优化的物理数据库结构，使得在数据库上运行的各种事务响应时间小、存储空间利用率高、事务吞吐率大，设计人员必须深入了解以下几方面的内容。

（1）详细了解给定的 DBMS 的功能和特点，特别是系统提供的存取方法和存储结构。

（2）熟悉系统的应用环境，了解所设计的应用系统中各部分的重要程度、处理频率及对响应时间的要求。

（3）了解外存设备的特性，包括外存储器的分块原则、块的大小、设备的 I/O 特性等。因为物理结构的设计要通过外存设备来实现。

（4）能够针对不同的事务获取相关的设计信息。

对于数据库的查询事务，需要得到如下信息。

① 查询的关系。

② 查询条件所涉及的属性。

③ 连接条件所涉及的属性。

④ 查询的投影属性。

对于数据更新事务，需要得到如下信息。

① 被更新的关系。

② 每个关系上的更新操作条件所涉及的属性。

③ 修改操作要改变的属性值。

此外，还需要了解每个事务在各关系上运行的频率和性能要求。上述信息对存取方法的选择具有重大的影响。

应注意的是，数据库上运行的事务是不断变化的，因此需要根据上述设计信息的变化及时调整数据库的物理结构，以获得最佳的数据库性能。

通常对于关系数据库物理结构设计的内容主要包括以下两点。

（1）为关系模式选择存取方法。

（2）设计关系、索引等数据库文件的物理存储结构。

2. 确定数据的存取方法

存取方法是快速存取数据库中数据的技术，许多关系型数据库管理系统都提供了多种存取方法。常用的方法有 3 类：①索引存取方法；②聚簇（Cluster）存取方法；③HASH 方法。其中索引方法中的 B + 树索引方法是数据库中经典的存取方法。具体采用哪种存取方法由系统根据数据的存储方式决定，一般用户不能干预。

1）索引存取方法的选择

对于一般用户来讲，存取方法的设计主要是指如何建立索引，根据应用要求确定哪些属性建立索引，哪些属性建立组合索引，哪些索引设计为唯一索引。如果建立了索引，系统就可以利用索引查询数据。通过建立索引的方法来加快数据的查询效率。

建立普通索引的一般原则如下。

（1）如果一个（或一组）属性经常在查询条件中出现，则考虑在这个属性（组）上建立索引（组合索引）。

（2）如果一个属性经常作为最大值或最小值等聚集函数的参数，则考虑在这个属性上建立索引。

（3）如果一个（或一组）属性经常在连接操作的连接条件中出现，则考虑在这个（组）属性上建立索引。

（4）对于以读为主或只读的关系表，只要需要且存储空间允许，可以多建索引。

凡是满足下列条件之一的属性或表，可以考虑不建索引。

（1）不出现或很少出现在查询条件中的属性。

（2）属性值可能取值的个数很少的属性。例如属性"性别"只有两个值，若在其上建立索引，则平均起来每个索引值对应一半的元组。

（3）经常更新的属性和表。

（4）太小的表。太小的表不值得采用索引。

在关系上定义适当的索引可以加快数据的存取，但并不是索引越多越好。因为在修改数据时，系统要同时对索引进行维护，使索引与数据保持一致。维护索引要占用相当多的时间，而且存放索引信息也会占用空间资源。因此在决定是否建立索引时，要权衡数据库的操作，如果查询多，并且对查询的性能要求比较高时，则可以考虑多建一些索引。如果数据更改多，并且对更新的效率要求比较高，则应该考虑少建一些索引。总之，在设计和创建索引时，应确保对性能的提高程度大于存储空间和处理资源方面的代价，不能顾此失彼。

2）聚簇存取方法的选取

聚簇就是把某个属性或属性组（称为聚簇码）上具有相同值的元组集中在一个或连续的几个物理块上，以提高按这些属性的查询速度。聚簇索引的索引顺序与物理顺序相同，而在非聚簇索引中索引顺序和物理顺序没有必然的联系。

聚簇索引可以大大提高按聚簇码进行查询的效率。例如，要查询计算机系的读者，若在读者表上建有部门的普通索引，设符合条件的读者有 300 人。在极端的情况下，这 300 条记录分散在 300 个不同的物理块中。由于每访问一个物理块需要执行一次 I/O 操作，该查询即使不考虑访问索引的 I/O 次数，也要执行 300 次 I/O 操作。若将同一部门的读者记录集中存放，则每读一个物理块可得到多个满足查询条件的记录，从而显著地减少了访问磁盘的次数。而 I/O 操作会占用大量的时间，所以聚簇索引可以大大提高按聚簇查询的效率。聚簇以后，聚簇码相同的记录集中在一起，因而聚簇码值不必在每个记录中重复存储，只要在一组中存一次就行了，因此可以节省一些存储空间。

聚簇功能不但适用于单个关系，也适用于多个关系。即把多个连接关系的元组按连接属性值聚簇存放。这相当于把多个关系按"预连接"的形式存放，从而大大提高连接操作的效率。例如，用户经常要按部门查询读者借阅情况，这一查询涉及"读者"关系和"借阅"关系的连接操作，即需要按借书证的卡号连接这两个关系，可以把具有相同卡号的读者记录和借阅记录在物理上聚簇在一起。

一个数据库可以建立多个聚簇，但一个关系中只能建立一个聚簇。因为聚簇索引规定了数据在表中的物理存储顺序。SQL Server 2005 在默认情况下，会为每个表的主键创建聚簇索引。在具体的应用情况下，如果将聚簇索引建立在其他的字段上更能提高系统的性能，可进行调整。

在满足下列条件时，一般可以先确定为候选聚簇。

（1）对经常在一起进行连接操作的关系可以建立聚簇。

（2）如果一个关系的一个（或一组）属性上的值重复率很高，则此关系可建立聚簇索引。对应每个聚簇键值的平均元组不要太少，太少则聚簇效果不明显。

（3）如果一个关系的一组属性经常出现在相等比较条件中，则该单个关系可建立聚簇索引。这样符合条件的记录正好出现在一个物理块或相邻的物理块中。

然后检查候选聚簇所在关系，取消其中不必要的关系。

（1）从聚簇中删除经常进行全表扫描的关系。

（2）从聚簇中删除更新操作远多于连接操作的关系。

（3）不同的聚簇中可能包含相同的关系，一个关系可以在某一个聚簇中，但不能同时在多个聚簇中。要从这多个聚簇方案（包括不建立聚簇）中选择一个较优的，即保证在这个聚簇上运行各种事务的总代价最小。

值得注意的是，聚簇只能提高某些特定应用的性能，而且建立与维护聚簇的开销是相当大的。对已有关系建立聚簇，将导致关系中元组移动其物理存储位置，并使此关系上原有的索引无效，必须重建。当一个元组的聚簇码改变时，该元组的存储位置也要作相应移动。因此只有用户在一个关系上经常通过一个（或一组）属性进行访问或连接操作，与这个（或这组）属性无关的其他操作很少或者是次要的，这时可以为该关系的这个属性建立聚簇。尤其当 SQL 语句中包含有与聚簇码有关的 ORDER BY、GROUP BY、UNION、DIS-TINCT 等子句或短语时，使用聚簇特别有利，可以省去对结果集的排序操作，否则很可能会适得其反。

3）HASH 存取方法的选择

有些数据库管理系统提供了 HASH 存取方法，选择 HASH 存取方法的规则如下。

如果一个关系的属性主要出现在等值连接条件中或主要出现在相等比较选择条件中，而且满足下列两个条件之一，则此关系可以选择 HASH 存取方法。

（1）如果一个关系的大小可预知，而且不变。

（2）如果关系的大小动态改变，而且数据库管理系统提供了动态 HASH 存取方法。

3. 确定数据的存储结构

确定数据库物理结构主要指确定数据的存放位置和存储结构，包括确定关系、索引、聚簇、日志和备份等的存储安排和存储结构，确定系统配置等。

确定数据的存放位置和存储结构要综合考虑存取时间、存储空间利用率和维护代价 3 方面的因素。这 3 个方面常常是相互矛盾的，因此需要进行权衡，选择一个折中方案。

1）确定数据的存放位置

一般来说，在设计中应遵守以下原则。

（1）减少访问磁盘时的冲突，提高 I/O 的并行性。

多个事务并发访问同一磁盘组时，会因访盘冲突而等待。如果事务访问的数据分散在不同的磁盘组上，则可并行地执行 I/O，从而提高性能。例如，将表和索引放在不同的磁盘上，在查询时，由于两个磁盘驱动器分别在工作，因而可以保证物理读写速度比较快；也可以将比较大的表分别放在两个磁盘上，以加快存取速度，这在多用户环境下非常有效。

（2）分散热点数据，均衡 I/O 负载。

经常访问的数据称为热点数据。热点数据最好分散在多个磁盘组上，以均衡各个磁盘组的负荷，充分利用磁盘组并行操作的优势。

（3）保证关键数据的快速访问，缓解系统的瓶颈。

对常用的数据应保存在高性能的外存上，不常用的数据可以保存在较低性能的外存上。比如，数据库的数据备份和日志文件备份等只有在故障恢复时才使用，且它们的数据量很大，因而可以将其存放在磁带上。

由于各个系统所能提供的对数据进行物理安排的手段、方法差异很大，因此设计人员必须仔细了解给定的 DBMS 在这方面能提供哪些方法，再针对应用环境的要求进行合理的物理安排。

2）确定系统的配置参数

DBMS 一般都提供了一些系统配置参数、存储分配参数供设计人员和 DBA 对数据库进行物理优化。初始情况下，系统都为这些参数赋予了合理的默认值。为了系统的性能适合具体的应用环境，在进行物理设计时需要对这些参数重新赋值，以改善系统的性能。

DBMS 提供的配置变量很多，一般包括：同时使用数据库的用户数，同时打开的数据库对象数，内存分配参数，缓冲区分配参数（使用的缓冲区长度、个数），存储分配参数，物理块的大小，物理块装填因子，时间片大小，数据库的大小，锁的数目等。这些参数值影响存取时间和存储空间的分配，在物理设计时就要根据应用环境确定这些参数值，以使系统性能最佳。

在物理设计时对系统配置变量的调整只是初步的，在系统运行时还要根据系统实际运行情况作进一步的调整，从而改进系统性能。

8.5.2　评价物理结构

在确定了数据库的物理结构之后，还需进行评价，其评价重点是时间和空间的效率。评价物理数据库的方法完全依赖于所选用的 DBMS，主要是从定量估算各种方案的存储空间、存取时间、维护代价入手，对估算结果进行权衡、比较，其结果可以产生多种方案。

在实施数据库前，对这些方案进行细致的评价，以选择一个较优的方案作为数据库的物理结构。如果该结构不符合用户需求，则需要修改设计。如果评价结果满足设计要求，则可进行数据库实施。实际上，往往需要经过反复测试才能优化物理设计。

8.6　数据库的实施

完成了数据库的物理设计之后，设计人员使用具体的关系数据库管理系统提供的数据定义语言 DDL 和其他的实用程序将数据库逻辑结构设计和物理结构设计严格地描述出来，在计算机上建立起实际数据库结构，然后装入数据、进行测试和试运行，这就是数据库实施阶段的主要任务。

1. 定义数据库结构

确定数据库的逻辑结构及物理结构后，就可以用选定的 RDBMS 提供的数据定义语言

DDL 来严格描述数据库的结构，或采用其他使用程序建立数据库结构。

2. 加载数据

数据库结构建立后，就可以向数据库中加载数据。一般数据库系统中的数据量都很大，并且数据来自各个部门或部门中的不同单位，数据的组织方式、结构和格式等通常与系统的要求有一定的差距，而且系统对数据的完整性也有一定的要求。因此，加载数据是一项费时、费力的工作。

对于大中型系统，由于数据量极大，用人工方式组织数据入库将会耗费大量人力物力，而且很难保证数据的正确性。因此应该设计一个数据输入子系统由计算机辅助数据的入库工作。通常加载数据包括以下步骤。

（1）筛选数据。需要装入数据库的数据通常分散在各个部门的数据文件或原始凭证中，首先要从中选出需要入库的数据。

（2）转换格式与输入数据。在输入数据时，如果数据的格式与系统要求的格式不一样，就要进行数据格式的转换。如果数据量小，可以先转换后再输入；如果数据量较大，可以针对具体的应用环境设计数据录入子系统来完成数据格式的自动转换工作。

（3）检验数据。检验输入的数据是否有误。一般在数据录入子系统的设计中都设计有一定的数据校验功能。在数据库结构的描述中，其中对数据库的完整性描述也能起到一定的校验作用，如图书的“价格”要大于零。当然有些校验手段在数据输入完后才能实施，如在财务管理系统中的借贷平衡等；有些错误只能通过人工来进行检验，如在录入图书时把图书的“书名”输错。

3. 应用程序的编码与调试

数据库的实施阶段相应于软件工程的编码、调试阶段，也就是说编制与调试应用程序是与数据库加载同步进行的。调试应用程序时由于数据库入库尚未完成，可先使用模拟数据。

数据库应用程序的设计属于一般的程序设计范畴，但数据库应用程序有自己的一些特点。例如，大量使用屏幕显示控制语句、形式多样的输出报表、重视数据的有效性和完整性检查、有灵活的交互功能。为了加快应用系统的开发速度，一般选择第四代语言开发环境，利用自动生成技术和软件复用技术，在程序设计编写中往往采用工具软件（CASE）来帮助编写程序和文档。

4. 数据库试运行

应用程序调试完成，并且有一部分数据入库后，就可以开始数据库的试运行。这一阶段要实际运行应用程序，执行其中的各种操作，测试功能是否满足设计要求。如不满足就要对应用程序部分进行修改、调整及达到设计要求为止。数据库试运行主要包括下列内容。

（1）功能测试。实际运行应用程序，执行其中的各种操作，测试各项功能是否达到要求。

（2）性能测试。即分析系统的性能指标，从总体上看系统是否达到设计要求。

特别需要强调的是，在组织数据入库时要注意以下两个方面。

1）采取分批输入数据的方法

如果测试结果达不到系统设计的要求，则可能需要返回物理设计阶段，调整各项参数；有时甚至要返回逻辑设计阶段来调整逻辑结构。如果试运行后要修改数据库设计，这可能导致要重新组织数据入库，因此在组织数据入库时，要采取分批输入数据的方法，即先输入少批量数据供调试使用，待调试合格后再大批量输入数据来逐步完成试运行评价。

2）在试运行过程中先调试好系统的转储和恢复功能

在数据库试运行过程中首先对数据库中的数据做好备份工作。这是因为，在试运行阶段，一方面系统还不很稳定，软、硬件故障时有发生，会对数据造成破坏；另一方面，操作人员对系统还处于生疏阶段，误操作不可避免，因此要做好数据库的备份和恢复工作，把损失降到最低点。

8.7　数据库的运行和维护

数据库试运行符合要求后，数据库就可以正式运行。由于应用环境不断变化，数据库运行过程中物理存储也会不断变化，因此对数据库设计进行评价、调整、修改等维护工作是一个长期的任务，也是设计工作的继续和提高。

在数据运行阶段，数据库的维护工作主要由数据库管理员 DBA 完成，包括以下内容。

1. 数据库的转储与恢复

数据库的转储与恢复是系统正式投入运行后最重要的维护工作之一。DBA 要根据不同的应用需求指定不同的转储计划，按计划定期对数据库建立副本，以保证一旦发生故障能尽快将数据库恢复到某种一致性状态，并尽可能地减少对数据库的破坏。

2. 数据库的安全性和完整性控制

在数据库的运行过程中，由于应用环境的变化，对安全性和完整性的要求也会发生变化。例如用户岗位的变化使得用户的密级、权限随着发生变化，同样数据的完整性要求也会发生变化，有的数据原来是机密的现在变成公开信息等，这些都需要 DBA 及时进行修改以满足用户的需求。

3. 数据库性能的监督、分析和改造

在数据库运行期间，监督系统的运行，对监测数据进行分析，找出改进系统性能的方法是 DBA 的重要任务。目前有些 DBMS 产品提供了监测系统性能参数的工具，DBA 可以利用这些工具得到系统的性能参数值，分析这些数值为重组织或重构造数据库提供依据。

4. 数据库的重组织和重构造

在数据库运行一段时间后，由于不断的增、删、改等操作使得数据库的物理存储情况变坏，数据存储效率降低，这时需要对数据库进行全部或部分重组织。数据库的重组织，并不修改原设计的逻辑结构和物理结构。

当数据库的应用环境发生变化，如增加了新的应用或实体或取消了某些应用或实体，都会导致实体及实体间的联系发生变化，使原有的数据库不能很好地满足系统的需要，这时就需要进行数据库的重构。数据库的重构部分修改了数据库的逻辑和物理结构，即修改了数据库的模式和内模式。

8.8　本章小结

本章详细介绍了数据库设计的 6 个阶段：系统需求分析、概念结构设计、逻辑结构设计、物理结构设计、数据库实施、数据库运行与维护。详细讨论了每一个阶段的任务、方法和步骤。

需求分析是整个数据库设计过程的基础，需求分析做得不好，可能会导致整个数据库设计返工重做。

概念结构设计将需求分析所得到的用户需求抽象为信息结构即概念模型。概念结构设计是整个数据库设计的关键，包括局部 E-R 图的设计、合并成初步 E-R 图以及 E-R 图的优化。

逻辑结构设计将独立于 DBMS 的概念模型转化成相应的数据模型，包括初始关系模式设计、关系模式的规范化、外模式的设计。

物理结构设计则为给定的逻辑模型选取一个合适应用环境的物理结构，物理结构设计包括确定物理结构和评价物理结构两部分。

根据逻辑结构设计和物理结构设计的结果，在计算机上建立起实际的数据库结构，装入数据，进行应用程序的设计，并试运行整个数据库系统，这是数据库实施阶段的任务。

数据库的运行与维护是数据库设计的最后阶段，包括维护数据库的安全性与完整性，监测并改善数据库性能，必要时需要进行数据库的重新组织和构造。

习 题 8

1. 数据库设计分为哪几个阶段？
2. 需求分析的主要任务是什么？
3. 简述概念结构设计基本步骤。
4. 逻辑结构设计的任务是什么？
5. 简述将 E-R 图转换为关系模型的转换规则。
6. 在逻辑结构设计中，设计外模式有哪些好处？
7. 设某商业集团数据库中有 3 类实体：商店、商品、职工。其中商店具有商店编号、商店名、地址属性，商品具有商品号、商品名、规格、单价等属性，职工具有职工编号、姓名、性别和业绩等属性；每个商店可销售多种商品，每种商品也可以放在多个商店销售，每个商店销售的每种商品有月销售量；一个商店聘用多名职工，每个职工只能在一个商店工作，商店聘用职工有聘期和工资。
   （1）试画出 E-R 图。
   （2）将该 E-R 图转换成关系模式，并指出主码和外码。
8. 数据库物理结构设计包括哪些主要内容？

第 9 章

数据的安全性

1. 理解数据安全性的基本概念。
2. 熟练掌握 SQL Server 2005 中常用的几种数据库安全性控制技术。
3. 了解 SQL Server 2005 安全规划和安全配置。

在日常管理数据库时，出于安全上的考虑，通常需要解决如下实际问题：

- 如何限制某些用户不让其访问 SQL Server 数据库？
- 如何根据工作的需要，对不同的用户设置不同的操作权限？
- 如果在一个部门有多个操作权限相同的用户，是否需要逐个对这些用户的权限进行管理？
- SQL Server 2005 提供了哪些保护数据安全性的策略来实现对数据访问的控制？

学习和理解本章的知识，可以帮助读者顺利地解决上述问题。

9.1　数据库的安全性机制

数据安全性是指保护数据库以防止非法使用造成数据泄露、更改或破坏。安全性问题不是数据库系统所独有的，所有计算机系统都有这个问题。只是在数据库系统中大量数据集中存放，且为许多最终用户直接共享，因而其安全性问题尤为突出。

数据库的安全性与计算机系统的安全性(包括操作系统、网络系统)紧密相连、相互支持。在一般计算机系统中，安全措施是层层设置的，常见的计算机系统安全模型如图9.1所示。

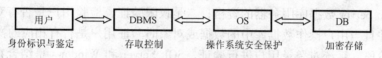

图9.1　计算机系统的安全模型

在安全模型中，用户标识与鉴定是系统提供的最外层安全保护措施。只有在DBMS成功注册了的人员才是该数据库的用户，才可以访问数据库。任何数据库用户要访问数据库时，首先由系统将用户提供的身份标识与系统内部记录的合法用户标识进行核对，通过鉴定后才提供对系统的访问权。

用户标识与鉴定的方法有多种，而且在一个系统中往往是多种方法并举，以获得更强的安全性。使用用户标识来鉴定一个用户最常用的方法是输入用户名和口令进行用户身份验证，只有合法的用户才准许进入计算机系统，否则不能使用计算机。

用户标识与鉴定解决了检查用户是否合法的问题，但是合法用户的存取权限不尽相同。数据安全性的核心问题是DBMS的存取控制机制，确保进入系统的用户只能进行合法的操作。在数据库系统中，为了保证用户只能访问他有权存取的数据，SQL Server 2005提供了预先对每个用户定义存取权限的功能。定义一个用户的存取权限就是定义这个用户可以在哪些数据对象上进行哪些类型的操作。在数据库系统中，定义存取权限称为授权(Authorization)。这些授权定义经过编译后存放在数据字典中。对于获得访问权后又进一步发出存取数据库操作的用户，DBMS查找数据字典，根据其存取权限对操作的合法性进行检查，若用户的操作请求超出了定义的权限，系统将拒绝执行此操作，这就是存取控制。

数据库中的用户按其操作权限的大小可分为以下3类。

(1) 数据库系统管理员：在数据库中具有全部的权限，当用户以系统管理员身份登录进行操作时，系统不对其权限进行检查。

(2) 数据库对象拥有者：创建数据库对象的用户即为数据库对象的拥有者。数据库对象拥有者对其所拥有的对象具有一切权限。

(3) 普通用户：只具有授予用户的对数据库中数据的增加、删除、更改和查询的权限。

操作系统一级也有自己的保护措施。数据最后还可以以加密的形式存储到数据库中。

9.2　SQL Server 的安全策略

SQL Server 2005 提供的安全策略可以划分为以下4个等级。

（1）客户机操作系统的安全性。

（2）SQL Server 的登录安全性。

（3）数据库的安全性。

（4）数据库对象的安全性。

客户机操作系统的安全保护措施可以参考操作系统的有关书籍，本节主要介绍 SQL Server 的安全认证模式、登录账号管理和用户账号管理。

9.2.1 SQL Server 的安全认证模式

用户要访问 SQL Server 时，需要经过两个认证过程：一是身份验证，只验证用户是否有连接到 SQL Server 数据库服务器的资格；二是权限验证，检验用户是否有对指定数据库的访问权，并且当用户操作数据库中的数据或对象时验证用户是否有相应的操作权限。

在验证阶段，系统对登录用户进行验证。SQL Server 和 Windows 是结合在一起的，因此，产生了两种验证模式：Windows 身份验证模式和混合验证模式。

1. Windows 身份验证模式

Windows 身份验证模式是利用 Windows 操作系统的安全机制验证用户的身份的，只要用户能够通过 Windows 用户身份验证，即可连接到 SQL Server 服务器。这种验证模式只适用于能够提供有效身份验证的 Windows 操作系统，在其他操作系统下无法使用。

在 Windows 身份验证模式下，用户必须首先登录到 Windows 中，然后再登录到 SQL Server。而且用户登录到 SQL Server 时，只需选择 Windows 身份验证模式，而无需再提供登录账号和密码，系统会从用户登录到 Windows 时提供的用户名和密码中查找当前用户的登录信息，以判断该用户是否是 SQL Server 的合法用户。

对于 SQL Server 来讲，一般推荐使用 Windows 验证模式，因为它能够与 Windows 操作系统的安全子系统集成在一起，以提供更多的安全功能。但 Windwos 验证模式只能用在运行 Windows 服务器版操作系统的服务器上，如果 SQL Server 运行在 Windows 98 等个人操作系统，则 Windows 身份验证无效。

注意：（1）如果用户在登录 SQL Server 时未给出用户登录名，则 SQL Server 将使用 Windows 验证模式。

（2）如果 SQL Server 被设置为 Windows 验证模式，则用户在登录时即使输入一个具体的登录名时，SQL Server 也将忽略该登录名。

2. 混合验证模式

混合验证模式表示 SQL Server 接受 Windows 授权用户和 SQL Server 授权用户。在该认证模式下，用户在连接 SQL Server 时必须提供登录名和密码，然后系统确定用户账号在 Winwods 操作系统下是否可信，对于可信连接用户，系统直接采用 Windows 身份验证机制，否则采用 SQL Server 验证机制。

SQL Server 验证机制是系统自己执行验证处理，它通过与系统表 syslogins 中信息比较，检查输入的登录账号是否已存在且密码是否正确。如果匹配，则表明登录成功，否则身份验证失败，用户将收到错误信息。

注意：Windows 操作系统的用户既可以使用 Windows 认证，也可以使用 SQL Server 验证。若不是 Windows 操作系统的用户只能使用 SQL Server 验证。

3. 验证模式的设置

用户在使用 SQL Server 时，首先要根据自身的需要设置身份验证模式。SQL Server 2005 的验证模式的设置通常是在 Microsoft SQL Server Management Studio 下的【对象资源管理器】中进行操作来完成的。具体步骤如下。

步骤 1：打开 Microsoft SQL Server Management Studio 集成环境，在【对象资源管理器】窗口中用鼠标右击服务器实例名（如 computer），在弹出的快捷菜单中选择【属性】命令，打开【服务器属性】窗口。

步骤 2：在【服务器属性】窗口中，选择【安全性】选项，界面如图 9.2 所示。

步骤 3：在【安全性】选项界面的【服务器身份验证】栏中选中要设置的验证模式，然后单击【确定】按钮即可完成验证模式的设置。

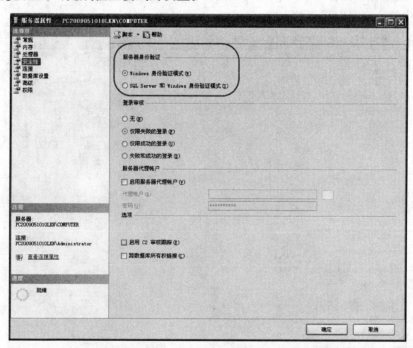

图 9.2 【服务器属性】窗口中的【安全性】选项界面

9.2.2 SQL Server 登录账号的管理

在 SQL Server 2005 中有两种账号，一类是登录服务器的登录账号，也称登录名；另一类是操作数据库的用户账号。登录账号是指能登录到 SQL Server 服务器的账号，属于服务器的层面，本身并不能让用户访问服务器中的数据库。如果登录服务器的用户要访问数据库时必须拥有用户账号。这好比 SQL Server 是一幢大楼，每个数据库是大楼中的一个房间，登录账号就是进入大楼的钥匙，而用户账号就好像是打开房间的钥匙。

在安装 SQL Server 后，系统默认创建两个登录账号，即 sa 账号和服务器账号。其中 sa 是超级管理员账号，允许 SQL Server 的系统管理员登录。尽管如此，在实际的使用过程中还需要用户根据应用需要对登录账户进行必要的管理。

1. 创建登录账号

为了分配一个用户登录 SQL Server，需要创建一个新的登录账号 stu_admin，可以采用以下两种方法创建。

1）利用"对象资源管理器"创建登录账号

步骤 1：启动 Microsoft SQL Server Management Studio 集成环境，在【对象资源管理器】中，逐级展开【服务器】|【安全性】|【登录名】选项。

步骤 2：右击【登录名】选项，在弹出的快捷菜单中选择【新建登录名】命令，打开【登录名－新建】窗口，如图 9.3 所示。

步骤 3：在【登录名】右侧的文本框中输入要创建的登录账号（如 stu_admin），若选中【Windows 身份验证】单选按钮，可以通过单击右侧的【搜索】按钮来查找并添加 Windows 操作系统中的用户名称；若选中【SQL Server 身份验证】单选按钮，则需在【密码】和【确认密码】文本框中输入登录时采用的密码。

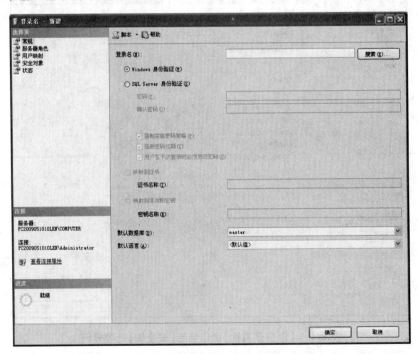

图 9.3　【登录名－新建】窗口

步骤 4：在【默认数据库】下拉列表中选择该登录账号对应的默认使用的数据库，例如选择 TeachingData；在【默认语言】下拉列表中选择登录后使用的默认语言，一般采用默认值。然后，单击【确定】按钮即可新建一个登录账号。

2）利用 T-SQL 语句创建登录账号

要在 SQL Server 中添加新的登录账号，也可以使用 CREATE LOGIN 语句来实现。其语法格式为：

```
CREATE LOGIN login_name
{WITH
< PASSWORD = 'password',
    [ < SID = sid
      |DEFAULT_DATABASE = database
      |DEFAULT_LANGUAGE = language
     > [,…]
    ]
  >
|FROM
  < WINDOWS
  [WITH < DEFAULT_DATABASE = database |DEFAULT_LANGUAGE = language >
    [,…] >
}
```

参数说明：

（1）login_name：指定创建的登录账号。如果从 Windows 域账户映射 login_name，则 login_name 必须用方括号 [] 括起来。

（2）password：仅适用于 SQL Server 登录账号，指定正在创建的登录账号的密码。

（3）sid：仅适用于 SQL Server 登录账号。指定新 SQL Server 登录账号的 GUID。如果未选择此选项，则 SQL Server 将自动指派 GUID。

（4）database：指定将指派给登录账号的默认数据库，若此项省略，默认数据库将设置为 master。

（5）language：指定将指派给登录账号的默认语言。若此选项省略，则默认语言将设置为服务器的当前默认语言。

（6）WINDOWS：指定将登录账号映射到 Windows 登录名。

注意： 虽然 SQL Server 2005 也提供了系统存储过程 sp_grantlogin 和 sp_addlogin 创建登录账号，但由于后续的 SQL Server 版本将取消此项功能。因此，应避免在新的开发工作中使用该功能。

2. 创建数据库的用户账号

登录账号创建后，用户可以通过该登录账号访问 SQL Server，如果用户想要访问某个数据库，还需要给这个用户授予访问某个数据库的权限，也就是在所要访问的数据库中为该用户创建一个数据库用户账号。

说明： SQL Server 在安装之后有两个用户：即 sa 和 guest。sa 用户为系统管理员或数据库管理员，在 SQL Server 上可以做任何事情；guest 用户可以对样板数据库作最基本查询。

1）利用"对象资源管理器"创建用户账号

现以在"TeachingData"数据库中，创建一个 stu_admin 登录账号下的"U1"用户为例，具体操作步骤如下。

步骤 1：启动 Microsoft SQL Server Management Studio 管理器，在【对象资源管理器】窗

口逐级展开【服务器】|【数据库】|TeachingData|【安全性】|【用户】选项。

步骤2：右击【用户】选项，在弹出的快捷菜单中选择【新建用户】命令，打开【数据库用户－新建】窗口，如图9.4所示。

图9.4 【数据库用户－新建】窗口

步骤3：在【用户名】文本框中输入新建的用户名 U1；在【登录名】文本框中直接输入已存在的登录账号 stu_admin，或单击【登录名】文本框右侧的【…】按钮，选择登录账号 stu_admin。

步骤4：在【此用户拥有的架构】列表框中选择拥有的架构；在【数据库角色成员身份】列表框中选择新建用户应该属于的数据库成员角色。

步骤5：单击【确定】按钮即可完成用户账号的创建。

2）利用 T-SQL 语句创建数据库的用户账号

向当前数据库添加新的用户账号，也可使用 CREATE USER 语句来实现。其语法格式为：

```
CREATE USER user_name[{FOR |FROM}
{LOGIN login_name}
|WITHOUT LOGIN]
```

参数说明：

（1）user_name：指定在此数据库中用于识别该用户的名称。

（2）login_name：指定要创建数据库用户账号的 SQL Server 登录账号。login_name 必须是服务器中有效的登录账号。

（3）WITHOUT LOGIN：指定不应将用户映射到现有登录账号。

注意：（1）如果省略 FOR LOGIN，则新的数据库用户将被映射到同名的 SQL Server 登录名。

（2）不能使用 CREATE USER 创建 guest 用户，因为每个数据库中均已存在 guest 用户。可以通过授予 guest 用户 CONNECT 权限来启用该用户。

3. 管理登录账号和用户账号

1）利用"对象资源管理器"管理

（1）查看和删除服务器的登录账号。

步骤1：启动 Microsoft SQL Server Management Studio 管理器，在【对象资源管理器】窗口逐级展开【服务器】|【安全性】|【登录名】选项。在登录名的下方即可看到 SQL Server 系统创建的默认登录账号和已经建立的其他登录账号。

步骤2：右击欲删除的登录账号，在弹出的快捷菜单中选择【删除】命令，打开【删除对象】对话框。

步骤3：在对话框中单击【确定】按钮，弹出如图 9.5 所示提示框。

图 9.5 删除对象确认提示框

步骤4：若确实要删除此登录账号，单击【确定】按钮，否则单击【取消】按钮即可。

（2）修改登录账号的属性。

在创建登录账号之后，还可以对登录账号的密码等信息进行修改。操作步骤如下。

步骤1：启动 Microsoft SQL Server Management Studio 管理器，在【对象资源管理器】窗口逐级展开【服务器名称】|【安全性】|【登录名】选项。

步骤2：右击要修改的登录账号，在弹出的快捷菜单中选择【属性】命令，打开【登录属性】窗口，界面类似于图 9.3。

步骤3：选择窗口左侧【选项页】列表中的【常规】选项，在【密码】文本框中输入新的密码；或在【默认数据库】列表中，选择登录所连接的新的默认数据库。

步骤4：选择窗口左侧【选项页】列表中的【安全对象】选项，即可添加新的安全对象；选择【选项页】列表中的【状态】选项，即可确定是否允许连接到数据库引擎，以及设置该登录是禁用还是启用。

步骤5：单击【确定】按钮，即可完成对登录账户的修改。

（3）查看和删除数据库的用户账号。

步骤1：启动 Microsoft SQL Server Management Studio 管理器，在【对象资源管理器】窗口逐级展开【服务器】|【数据库】|【用户数据库】（如 TeachingData）|【安全性】|【用户】选项。即可看到当前数据库的所有用户账号。

步骤2：右击欲删除的用户名，在弹出的快捷菜单中选择【删除】命令，在打开的【删除对象】对话框中单击【确定】按钮即可。

2）利用 T-SQL 语句管理

（1）查看服务器的登录账号。

使用 sp_helplogins 系统存储过程可以查看指定的登录账号信息和相关用户账号的信息。其语法格式为：

```
sp_helplogins['login_name']
```

参数说明：

login_name：指定要查看的登录名。login_name 的数据类型为 sysname，默认值为 NULL。如果指定该参数，则 login_name 必须存在。如果未指定 login，则返回当前数据库的所有登录账号的信息。

说明：在该语句的结果集中将返回两个报告，第一个报告包含指定的登录账号信息，第二个报告包含与登录账号相关联的用户账号信息。

（2）修改服务器的登录账号。

修改登录账号的属性可以使用 ALTER LOGIN 语句，其语法格式为：

```
ALTER LOGIN login_name
  {
  ENABLE |DISABLE |WITH
    <
    PASSWORD = 'password'[OLD_PASSWORD = 'oldpassword']
    |DEFAULT_DATABASE = database
    |DEFAULT_LANGUAGE = language
    |NAME = login_name
    >[,...]
  }
```

参数说明：

① login_name：指定正在更改的 SQL Server 登录账号。

② ENABLE|DISABLE：启用或禁用此登录账号。

③ password：指定正在更改的登录账号的密码，仅适用于 SQL Server 登录账号。

④ oldpassword：要指派新密码的登录账号的当前密码，仅适用于 SQL Server 登录账号。

⑤ database：指定将指派给登录账号的默认数据库。

⑥ language：指定将指派给登录账号的默认语言。

⑦ login_name：正在重命名的登录账号的新名称。SQL Server 登录的新名称不能包含反斜杠字符（ \ ）。

（3）删除服务器的登录账号。

删除 SQL Server 登录账号可以使用 DROP LOGIN 语句，其语法格式为：

```
DROP LOGIN login_name
```

其中，login_name 是指定要删除的登录账号。

注意：不能删除正在使用的登录名，也不能删除拥有任何安全对象、服务器级别对象或

SQL 代理作业的登录名。

（4）查看数据库的用户账号。

使用 sp_helpuser 系统存储过程可以查看有关当前数据库中的用户账号信息。其语法格式为：

```
sp_helpuser[security_account]
```

参数说明：

security_account：当前数据库中数据库用户账号或数据库角色的名称。security_account 必须存在于当前数据库中。security_account 的数据类型为 sysname，默认值为 NULL。如果未指定 security_account，则 sp_helpuser 返回当前数据库主体的信息。

（5）修改数据库的用户账号。

若要重命名数据库用户账号或更改它的默认架构可以使用 ALTER USER 语句，其语法格式为：

```
ALTER USER user_name
WITH < NAME = new_user_name
|DEFAULT_SCHEMA = schema_name
> [,...n]
```

参数说明：

① user_name：指定在此数据库中用于识别该用户的名称。

② new_user_name：指定此用户的新名称，且不存在于在当前数据库中。

③ schema_name：指定服务器在解析此用户的对象名称时将搜索的第一个架构。

（6）删除数据库的用户账号。

若要从当前数据库中删除用户可使用 DROP USER 语句，其语法格式为：

```
DROP USER user_name
```

9.2.3 应用实例

【例9-1】 在 SQL Server 服务器上，创建 stu_admin 登录账号，密码为 123，默认数据库为 teachingData。

```
CREATE LOGIN stu_admin
WITH PASSWORD = '123',DEFAULT_DATABASE = TeachingData
```

【例9-2】 从 Windows 域账户创建 [NT AUTHORITYLOCAL SERVICE] 登录名。

```
CREATE LOGIN[NT AUTHORITYLOCAL SERVICE]FROM WINDOWS;
```

【例9-3】 在 TeachingData 数据库中为登录账号 stu_admin 创建用户账号，并取名为 U1。

```
USE TeachingData
CREATE USER U1 FOR LOGIN stu_admin
```

【例9-4】 禁用 stu_admin 登录账号。

```
ALTER LOGIN stu_admin DISABLE
```

【例9-5】 对 stu_admin 登录账号重新启用后，将账号的登录密码更改为111。

```
ALTER LOGIN stu_admin ENABLE
ALTER LOGIN stu_admin WITH PASSWORD = '111'
```

【例9-6】 将 stu_admin 登录账号称更改为 user1。

```
ALTER LOGIN stu_admin WITH NAME = user1
```

【例9-7】 将 user1 登录账号删除。

```
DROP LOGIN user1
```

【例9-8】 将数据库用户 U1 的名称更改为 user_stu。

```
ALTER USER U1 WITH NAME = user_stu
```

9.3 权限管理

当用户成为指定数据库中的合法用户之后，除了具有一些系统表的查询权之外，对数据库中的数据和对象并不具有任何操作权限，因此，接下来就需要为数据库中的用户账号授予数据库数据及对象的操作权限。

9.3.1 SQL Server 权限分类

在 SQL Server 中，权限分为对象权限和语句权限两种。

1. 对象权限

对象权限是针对表、视图和存储过程而言的，是指用户对数据库对象中的数据能够执行哪些操作。例如当用户 U1 要成功修改 StuInfo 表中的数据，前提是用户 U1 已获得 StuInfo 表的 UPDATE 权限。

不同类型对象支持不同的操作，各种对象支持的常用操作见表9-1。

表9-1 对象权限表

权限	描述
SELECT	可以查询表、视图中的数据
INSERT	可以向表中插入行
UPDATE	可以在表中修改表中的数据
DELETE	可以从表中删除行
EXECUTE	可以执行存储过程
ALTER	可以修改表的属性
REFERENCES	可以通过外键引用其他表
TAKE OWNERSHIP	可以取得表的所有权

其中：SELECT、INSERT、UPDATE 和 DELETE 权限可以应用到整个表或视图中；SE-LECT 和 UPDATE 权限还可以有选择地应用到表或视图中的指定列上。

2. 语句权限

语句权限是指用户是否具有权限来执行某一语句，这些语句通常是一些具有管理性的操作，例如创建表。这类语句的特点是在语句执行前操作的对象并不存在于数据库中，所以将其归为语句权限。

SQL Server 提供的语句权限见表 9-2。

表 9-2 语句权限表

权限	描述
CREATE DATEBASE	创建数据库
CREATE TABLE	创建表
CREATE VIEW	创建视图
CREATE PROCEDURE	创建存储过程
CREATE RULE	创建规则
CREATE DEFAULT	创建默认
BACKUP DATABASE	备份数据库
BACKUP LOG	备份事务日志

9.3.2 利用"对象资源管理器"管理用户权限

权限的管理主要是指权限的授予、收回和拒绝访问 3 个方面。在 SQL Server 中可以通过对象资源管理器和 T-SQL 语句实现。

首先来学习利用"对象资源管理器"管理用户权限，这种方法操作简单，易于掌握，比较适合于初学者使用。如给"U1"用户授予 StuInfo 表的 SELECT、UPDATE 或 REFER-ENCE 权限，具体操作步骤如下。

步骤 1：启动 Microsoft SQL Server Management Studio 管理器，在【对象资源管理器】窗口逐级展开【服务器】|【数据库】|【用户数据库】(如 TeachingData)|【安全性】|【用户】选项，列出当前数据库的所有用户。

步骤 2：右击要设置权限的用户账号，在弹出的快捷菜单中选择【属性】命令，打开【数据库用户 - U1】窗口。

步骤 3：在上述窗口中的【选择页】列表中选择【安全对象】选项，出现如图 9.6 所示的界面。

步骤 4：单击【添加】按钮，打开【添加对象】对话框。在该对话框中选中【特定对象】单选按钮，如图 9.7 所示。

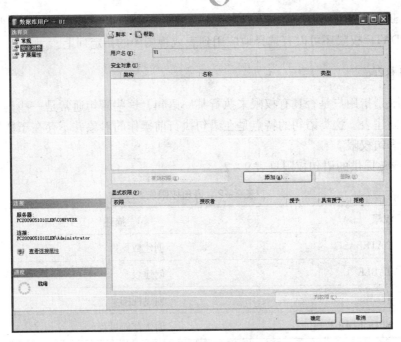

图 9.6 【数据库用户 – U1】窗口

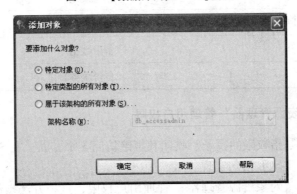

图 9.7 【添加对象】对话框

步骤 5：单击【确定】按钮，打开【选择对象】对话框。单击【对象类型】按钮选择操作的对象类型"表"，单击【浏览】按钮选择操作对象的名称"StuInfo"，如图 9.8 所示。

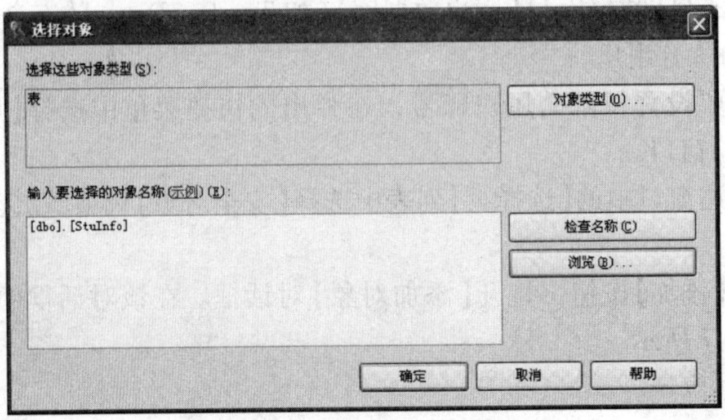

图 9.8 【选择对象】对话框

步骤6：单击【确定】按钮后，返回到【数据库用户－U1】窗口，在该窗口的【授予】列中选择 SELECT、UPDATE 或 REFERENCE 权限，如图9.9所示。

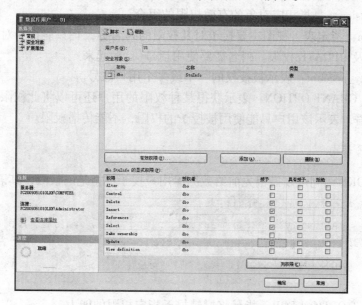

图9.9　【数据库用户－U1】中的权限设置界面

步骤7：单击【确定】按钮，完成对象的权限设置。

注意： 如果只允许用户查询 StuInfo 表的 SID 和 Sname 两列，可以单击图9.9所示窗口底部的【列权限】按钮，可以进一步设置用户对其中的哪些列具有操作权限。

说明： 上面介绍的是面向单一用户的权限设置，SQL Server 同时也提供了面向数据库对象的权限设置。除在上述操作的步骤1中需要右击用户数据库中的对象名（如 StuInfo 表），其余操作基本类似。限于篇幅这里不再详述。

利用"对象资源管理器"对用户进行权限的撤销和拒绝设置，与对用户进行授权操作的过程类似，这里不再赘述。

9.3.3　利用 T-SQL 语句管理用户权限

利用 T-SQL 中的 GRANT 语句、REVOKE 语句和 DENY 语句也可以实现对数据库中的用户进行权限管理。

1. GRANT 语句

使用 GRANT 语句可以实现对表、视图、存储过程等数据对象的授权，其语法格式为：

```
GRANT
   {ALL[PRIVILEGES] |permission  [,...n]}
    {[(column[,...n])]ON  {table_name |view_name}}
     |ON  {table_name |view_name}[(column[,...n])]
     TO  security_account[,...n]
    [WITH GRANT OPTION]
```

参数说明:

(1) ALL:表示具有所有的语句权限或所有的对象权限。

(2) permission:是指相应对象的有效权限的组合。

(3) column:指定表、视图中要授予对其权限的列名称,且只能授予对列的 SELECT、REFERENCES 及 UPDATE 权限。列名需要使用括号( )括起来。

(4) security_account:表示被授权的一个或多个用户账号。

(5) WITH GRANT OPTION:表示获得某种权限的用户还可以将此权限再授予其他用户;若无此短语,表示该用户只能使用被授予的权限,不能传播权限。

2. REVOKE 语句

使用 REVOKE 语句可以撤销先前给数据库用户授予或拒绝的权限,其语法格式为:

```
REVOKE[GRANT OPTION FOR]
      {[ALL[PRIVILEGES]] |permission[(column[,...n])][,...n]}
      {TO |FROM}security_account[,...n]
      [CASCADE]
```

参数说明:

(1) GRANT OPTION FOR:指示将撤销授予指定权限的能力。

(2) CASCADE:指示当前正在撤销的权限也将从其他被该主体授权的主体中撤销。

3. DENY 语句

使用 DENY 语句可以拒绝对授予用户或角色的权限,防止用户通过其组或角色成员身份继承权限。其语法格式为:

```
DENY{[ALL[PRIVILEGES]] |permission[(column[,...n])][,...n]}
    TO security_account[,...n]
   [CASCADE]
```

9.3.4 应用实例

【例 9-9】 将 StuInfo 表的查询权限授予用户 U1。

```
GRANT SELECT ON StuInfo
TO U1
```

执行此操作后,stu_admin 登录 SQL Server 后,可以对 StuInfo 表进行 SELECT 的操作,但它不能将此权限授予其他用户。

【例 9-10】 将表 ScoreInfo 的查询权授予全体用户。

```
GRANT SELECT ON ScoreInfo
TO PUBLIC
```

执行此操作后,每个用户登录 SQL Server 后都可以对 ScoreInfo 表进行 SELECT 操作。

【例 9-11】 将表 StuInfo 的插入权和修改 Sname 的权限授予用户 U2。

```
GRANT SELECT,UPDATE(Sname)ON StuInfo
TO U2
```

执行此操作后，U2 用户登录 SQL Server 后可以对 ScoreInfo 表进行 SELECT 的操作，并对该表中的 Sname 列可以进行修改操作。

【例9-12】　将表 TchInfo 的查询权授予用户 U3，并允许它将此权限再授予其他用户。

```
GRANT SELECT ON TchInfo
TO U3
WITH GRANT OPTION
```

执行此操作后，U3 用户登录 SQL Server 后不仅可以对 TchInfo 表可以进行 SELECT 操作，同时还可以使用 GRANT 语句给其他用户授权。例如 U3 给 U4 授予此权限：

```
GRANT SELECT ON TchInfo
TO U4
WITH GRANT OPTION
```

同样 U4 获得了对 TchInfo 表的 SELECT 权限，并允许将此权限再授予其他用户。

```
GRANT SELECT ON TchInfo
TO U5
```

此时 U5 只获得了对 TchInfo 表的 SELECT 权限，没有获得传播的权利，因此，它不能再给其他用户授权。

【例9-13】　撤销用户 U2 在 StuInfo 表上 Sname 的修改权。

```
REVOKE  UPDATE(Sname)  ON StuInfo
FROM  U2
```

【例9-14】　撤销用户 U3 对 TchInfo 表的查询权限。

```
REVOKE  SELECT  ON  TchInfo
FROM  U3
CASCADE
```

由于前面操作中 U3 在获得了对 TchInfo 表的 SELECT 权限后，又将该操作权授予了 U4，U4 又授予了 U5。在执行上例的 REVOKE 语句后，将 U3 用户对 TchInfo 表的 SELECT 权限收回的同时，采用级联收回的方式自动收回 U4 和 U5 对 TchInfo 表的 SELECT 权限。如果省略 CASCADE，系统将拒绝执行该命令。

注意：如果用户 U4 和 U5 还从其他用户那里获得了对 TchInfo 表的 SELECT 权限，执行上例的 REVOKE 语句后，系统只收回直接或间接从 U3 处获得的权限，并没有收回从其他用户处获得的权限，因此他们仍具有此权限。

【例9-15】　拒绝用户 U1 拥有 ScoreInfo 表的查询权限。

```
DENY  SELECT  ON  ScoreInfo
TO  U1
```

执行此操作后，U1 用户登录 SQL Server 不能对 ScoreInfo 表进行 SELECT 操作，即使该用户被明确授予或继承得到对 ScoreInfo 表进行 SELECT 权限，仍然不允许执行相应的操作。

9.4 角色管理

在数据库中，为了简化对用户操作权限的管理，可以将具有相同权限的一组用户组织在一起，形成数据库中的角色(Role)。对一个角色授予、撤销和拒绝的权限也适用于该角色的任何成员。使用角色来管理数据库权限可以简化授权过程。例如，可以建立一个角色来代表单位中一类工作人员所执行的工作，然后给这个角色授予适当的权限。当用户发生变化时，只需添加或删除角色中的成员即可，而不必为每个用户反复地进行权限设置。

在 SQL Server 2005 中，角色分为系统预定义的固定角色和用户自定义角色。固定角色又分为固定服务器角色和固定数据库角色。

9.4.1 系统预定义角色

1. 固定服务器角色

1) 固定服务器角色及权限

服务器角色是负责管理和维护 SQL Server 的组，一般只是设置需要管理服务器的登录账号属于服务器角色。SQL Server 2005 安装后自动创建了在服务器级别上的预定义的固定服务器角色和相应的权限。用户不能被添加、更改和删除固定服务器角色，但是可以将登录账号添加到固定的服务器角色中。固定服务器角色及权限的描述见表9-3。

表9-3 固定服务器角色及权限

固定服务器角色	权限
sysadmin	该角色可以在服务器中执行任何操作。Windows BUILTIN\Adnimistrators 组的所有成员都是 sysadmin 角色的成员
securityadmin	管理服务器登录账户和创建数据库的权限
serveradmin	能够配置服务器的设置选项，关闭服务器
setupadmin	能执行某些系统存储过程，以及管理链接服务器
processadmin	管理 SQL Server 实例中运行的进程
diskadmin	管理磁盘文件
dbcreator	创建、修改和删除数据库
bulkadmin	执行大容量数据的插入操作

2) 将登录账号添加到固定服务器角色中

(1) 使用对象资源管理器为登录账号指定和删除服务器角色。

步骤1：启动 Microsoft SQL Server Management Studio 管理器，在【对象资源管理器】窗口逐级展开【服务器】|【安全性】|【服务器角色】选项，显示预定义的固定服务器角色。

步骤2：右击添加登录账号的服务器角色，如 sysadmin，在弹出的快捷菜单中选择【属性】命令，打开【服务器角色属性】窗口。

步骤3：单击【添加】按钮，出现【查找对象】对话框。在该对话框中选择相应的登录账号，如图9.10所示。单击【确定】按钮即可将选定的对象添加到服务器角色中。

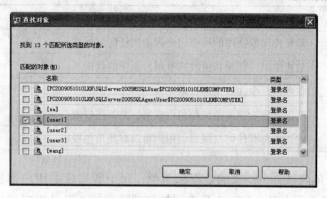

图9.10 【查找对象】对话框

（2）利用 T-SQL 语句为登录账号指定和删除服务器角色。

SQL Server 提供系统存储过程 sp_addsrvrolemember 为登录账号指定服务器角色，其语法格式为：

```
sp_addsrvrolemember{login_name},role_name
```

参数说明：

① login_name：指定添加到服务器角色中的登录账号。

② role_name：指定服务器角色的名称。

SQL Server 还提供了系统存储过程 sp_dropsrvrolemember 为服务器角色删除登录账户，其语法格式为：

```
sp_dropsrvrolemember{'login_name'},'role_name'
```

2. 固定数据库角色

1）固定数据库角色及权限

固定数据库角色是数据库级别上的一些预定义的角色。在创建每个数据库时，都会自动添加这些角色到新创建的数据库中，每个角色对应着相应的权限。固定的数据库角色为管理数据库一级的权限提供了方便，它的成员是来自每个数据库的用户。用户不能被添加、更改和删除固定数据库角色，但是可以将用户账号添加到固定的数据库角色中。固定数据库角色及权限的描述见表9-4。

表9-4 固定数据库角色及权限

固定的数据库角色	权限
db_accessadmin	添加或删除 Windows 用户、组和 SQL Server 登录的访问权限
db_backupoperator	可以进行数据库的备份和恢复操作
db_datareader	可以查询所有用户表中的所有数据
db_datawriter	可以添加、删除和更改所有用户表中的数据
db_ddladmin	在数据库中运行所有数据定义语句（DDL），可以建立、删除和修改数据库对象

续表

固定的数据库角色	权限
db_denydatareader	禁止查询数据库的所有用户表中的任何数据
db_denydatawriter	禁止添加、删除和更改所有用户表中的数据
db_owner	在数据库中拥有全部权限
db_securityadmin	可以管理数据库角色和角色成员，并管理权限
public	默认不具有任何权限，但用户可以对此角色授权

其中，public 角色是一个特殊的数据库角色，每个数据库的用户都自动是 public 数据库角色的成员。用户无法在 public 角色中添加和删除成员，但是用户可以对这个角色进行授权，而其他的固定数据库角色的权限是固定的，用户不可改变。如果想让数据库的所有用户都具有某个权限，则可以将该权限授予 public。同时，如果没有给用户专门授予某个对象的权限，他们就只能使用授予 public 角色的权限。

2）为固定服务器角色添加用户账号

（1）使用对象资源管理器查看数据库角色和为数据库角色添加用户账号。

现以将 TeachingData 数据库中的用户账号 U1 添加到 db_owner 数据库角色为例，具体操作步骤如下。

步骤 1：启动 Microsoft SQL Server Management Studio 管理器，在【对象资源管理器】窗口逐级展开【服务器】|【数据库】|【用户数据库 TeachingData】|【安全性】|【角色】|【数据库角色】选项，这时可以看到 10 个默认的数据库角色。

步骤 2：右击添加用户账号的数据库角色 db_owner，在弹出的快捷菜单中选择【属性】命令，打开【数据库角色属性】窗口，显示 db_owner 角色拥有的框架和成员。

步骤 3：单击【添加】按钮，出现【选择数据库用户或角色】对话框，在此选择用户 U1 并单击【确定】按钮返回。

步骤 4：在完成用户账号的添加后，单击【确定】按钮即可将所选用户账号添加到 db_owner 数据库角色中。

（2）利用 T-SQL 语句为数据库角色添加用户账号。

SQL Server 提供系统存储过程 sp_addrolemember 可为数据库角色添加用户账号，其语法格式为：

```
sp_addrolemember  'role','security_account'
```

参数说明：

① role：当前数据库中的数据库角色的名称。role 数据类型为 sysname，无默认值。

② security_account：是添加到该角色的安全用户账户。security_account 可以是数据库用户、数据库角色、Windows 登录或 Windows 组。

9.4.2　用户自定义角色

当为一组数据库用户在 SQL Server 中设置相同的一组权限，但这些权限的集合不等同于固定数据库角色所具有的权限时，可以通过用户自定义角色来满足这一要求，轻松地管理数据库中的权限。

1. 创建用户自定义角色

1）使用对象资源管理器创建用户自定义角色

现以在 TeachingData 数据库中创建 R1 用户自定义角色，并为它添加 U1 用户账号为例，介绍利用对象资源管理器创建用户自定义角色的具体步骤。

步骤 1：启动 Microsoft SQL Server Management Studio 管理器，在【对象资源管理器】窗口中，逐级展开【服务器】|【数据库】|【TeachingData】|【安全性】|【角色】选项。

步骤 2：右击【角色】选项，在弹出的快捷菜单中选择【新建数据库角色】命令，打开如图 9.11 所示的窗口。

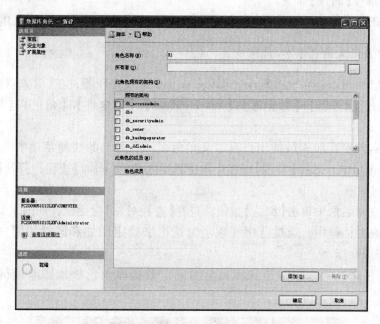

图 9.11　【数据库角色 – 新建】窗口

步骤 3：选择窗口中的【常规】选项，在【角色名称】文本框中输入创建的数据库角色的名称 R1；在【此角色拥有的架构】列表框中也可以选择当前新创建的角色要添加到哪个固定数据库角色。

步骤 4：单击窗口底部的【添加】按钮，直接为此角色添加成员用户账号 U1，返回【数据库角色】窗口后，单击【确定】按钮即可；也可以不添加成员，直接单击【确定】按钮完成角色的创建。

此时创建的角色是无成员的，可以在以后的应用中添加。

2）使用 T-SQL 语句创建用户自定义角色

SQL Server 提供系统存储过程 sp_addrole 可为数据库角色添加用户账号，其语法格式为：

```
sp_addrole 'role',['owner']
```

参数说明：

（1）role：要创建的数据库角色的名称。

（2）owner：数据库角色的拥有者，默认值为 dbo。

【例 9 – 16】 在 TeachingData 数据库中创建新的数据库角色 Teacher。

```
sp_addrole Teacher
```

2. 为用户定义的角色授权

为用户定义的角色授权可以通过对象资源管理器或 T-SQL 语句实现。若使用 T-SQL 语句给角色授权与给用户授权语法格式完全一样，这里不再赘述。这里只介绍利用"对象资源管理器"给角色授权。

步骤 1：在【对象资源管理器】窗口中，右击要授权的用户自定义角色的名称，在弹出的快捷菜单中选择【属性】命令。

步骤 2：在出现的窗口中选择【安全对象】选项，在此界面下即可实现对角色的授权。

3. 为用户自定义角色添加/删除成员

步骤 1：启动 Microsoft SQL Server Management Studio 管理器，在【对象资源管理器】窗口中，逐级展开【服务器】|【数据库】|【TeachingData】|【安全性】|【角色】|【数据库角色】选项。

步骤 2：右击要添加成员的用户自定义角色名，在弹出的快捷菜单中选择【属性】命令，在打开的窗口中，选择【常规】选项，单击界面底部的【添加】按钮，打开【选择数据库用户或角色】对话框。

步骤 3：在对话框中单击【浏览】按钮，打开【查找对象】对话框，如图 9.12 所示。

步骤 4：在对话框中，通过选中和取消复选框来确定添加和删除的用户。最后单击【确定】按钮完成操作。

使用系统存储过程来添加删除成员与为固定数据库角色添加删除成员相同，参见 9.4.1 节。

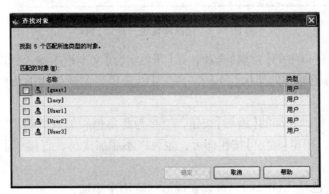

图 9.12 【查找对象】对话框

9.4.3 应用实例

【例 9 – 17】 将登录账号 user1 添加到固定服务器角色 sysadmin 中。

```
sp_addsrvrolemember  user1,sysadmin
```

9.5 疑 难 分 析

通过前面的学习，对 SQL Server 2005 安全体系结构和安全设置有了一定的掌握，要想配置安全的数据库，还需要考虑以下问题，以避免系统中的一些常见漏洞。

1. 使用安全的验证方式和密码策略

SQL Server 的验证模式是把一组账户、密码与 Master 数据库中系统表 Syslogins 进行匹配；Windows 是请求域控制器检查用户身份的合法性，这样可以更好地进行安全控制和安全管理。SQL Server 2005 如果使用混合模式，那么就需要设置 sa 账号的密码，不要太简单，而且不要将 sa 账号的密码写于应用程序或者脚本中。另外数据库管理员应该定期查看是否有不符合密码要求的账号。

2. 权限的合理分配

根据实际需要分配账号，并给账号或角色赋予仅仅能够满足应用要求和需要的权限即可。如果多数用户主要做查询，那么就给 public 角色赋予查询(select)权限就可以了。要正确处理 guest 账户，防止其他登录用户获得没有直接授予他们的数据库的访问权。

如果数据库管理员不希望操作系统管理员来通过操作系统登录来接触数据库，可以在账号管理中把系统账号 "BUILTIN\Administrators" 删除，不过进行此操作一定要慎重。这样做的结果是一旦 sa 账号忘记密码的话，就无法恢复。

3. 管理扩展存储过程

SQL Server 为了适应广大用户需求，提供许多系统存储过程，其中许多系统存储过程根本用不到，而有些系统的存储过程很容易被人利用来提升权限或进行破坏。因此，对调用扩展存储过程的权限要慎重分配，并且可以删除不必要的存储过程。

4. TCP/IP 端口设置

默认情况下，SQL Server 使用 1433 端口监听。如果数据库与 Internet 直接连接，应在 SQL Server 配置时把这个端口改变为一个非标准的端口数字，同时将客户端的端口号做相应的改变，将 TCP/IP 使用的默认端口变为其他端口，从而限制别人探测自己的 TCP/IP 端口。

9.6 本 章 小 结

随着计算机技术特别是计算机网络的发展，数据的共享日益增强，这就要求数据库管理系统具有一套完整而有效的安全机制。

本章主要讨论了 SQL Server 2005 的安全机制，主要介绍了 SQL Server 的登录安全性、数据库的安全性、数据库对象的安全性。

登录 SQL Server 有两种验证模式，以及验证模式的设置。

SQL Server 提供了两种账号，一种是登录账号，用于验证用户是否是合法的服务器登录账号；另一种是用户账号，用于验证用户是否是要访问的数据库的合法用户；如果要想使用服务器上的数据库，必须有合法的登录账号和相应的有效用户账号。

登录的用户要想操作数据库，必须有适当的操作权限。SQL Server 提供了语句权限和对象权限两类。通过授权、收权或拒绝权限来防止不合法的用户使用数据库，或合法用户越权使用数据库，避免数据的泄密、更改或破坏。

为方便对用户和权限进行管理，SQL Server 2005 通过角色来管理权限。利用角色可以免除许多重复性的工作，方便地实现数据库的安全管理。

作为一个数据库系统管理员一定要仔细规划数据库管理系统的安全机制，安全策略规划的好坏将直接影响数据库中数据和应用系统的安全。

习 题 9

一、思考题

1. 什么是数据库的安全性？
2. 试述实现数据库安全性控制的常用方法和技术。
3. SQL Server 的身份验证有哪两种模式？说明两者的不同。
4. 在 SQL Server 中如何创建登录账号和用户账号？试述登录账号和用户账号的区别。
5. SQL Server 可以对用户和角色进行权限管理，试述两者的区别与联系。
6. 如何查看不同用户对数据库对象的操作权限？
7. 用于权限控制的 SQL 语句有那几条？它们的作用分别是什么？
8. 阅读下列语句，回答问题。

```
CREATE LOGIN wang
WITH  PASSWORD = '123',DEFAULT_DATABASE = TeachingData
USE TeachingData
CREATE USER lucky FOR LOGIN wang;
GRANT SELECT,INSERT,UPDATE  ON  StuInfo  TO  PUBLIC;
GRANT  ALL  ON  StuInfo  TO  lucky;
REVOKE  SELECT  ON  StuInfo  FROM  lucky;
DENY  UPDATE  ON  StuInfo  TO  lucky;
```

（1）第 1 行的 '123' 表示什么？

（2）第 4 行的 wang 表示什么？lucky 表示什么？

（3）在执行了上述命令语句之后，若以账户 'wang' 登录服务器，能否对 TeachingData 中的表 StuInfo 进行 SELECT 和 UPDATE 操作，为什么？

二、操作题

1. 完成本章中的所有例题。

2. 为数据库 teachingData 创建角色 datamanager，使该角色拥有 db_backupoperator 架构，并将 U1、U2 添加为该角色的成员。

第 10 章

数据的完整性

教学目标

1. 了解数据完整性的概念与分类，以及与数据库安全性的区别。
2. 掌握各种数据完整性的实现方法。
3. 掌握约束和规则的创建和使用。

SQL Server 2005 的初学者在操纵数据表时，经常会遇到以下一些问题：

- 当向数据表中的某列插入数据时，插入了不合适的数据，当时却没有及时发现，在 SQL Server 2005 下如何最大限度地防止这些现象的发生呢？
- 当用户操作不符合某种实际应用逻辑时，SQL Server 2005 能自动发现吗？它又是如何进行处理来确保数据库中的数据正确有效呢？

本章主要介绍两个方面的内容。首先，分析操纵数据时经常遇到的问题；然后提出解决这些问题的方法。通过对本章内容的学习，可以顺利地解决上述问题。

10.1　数据完整性概述

数据库的完整性是指数据的正确性和相容性，它检查和控制的对象是不合语义的、不正确的数据，防止它们进入数据库；而安全性控制的对象是非法的用户和非法的操作，防止他们对数据库中的数据进行非法存取。数据完整性是保证数据质量的一种重要方法，是现代数据库系统的一个重要特征。SQL Server 2005 提供了一系列的数据完整性方法和机制。

本节主要从分析操纵数据时经常遇到的问题入手，引出数据完整性的概念，以及 SQL Server 2005 中的 4 种完整性约束。

10.1.1　数据操作中存在的问题

数据库中的数据主要是从外界输入的，在数据输入时由于种种原因，可能会发生输入无效或错误的信息。人们可能会经常遇到如下问题。

问题 1：不能确保同一表内数据间的相容性。在学生表中，每个学生的学号要求不能相同，由于操作人员的疏忽，在输入时造成两个学生的学号相同，如果数据库无法做到此项检查，就违背了数据的正确性内涵。

问题 2：不能确保不同表之间数据的相容性。在教务管理系统中有学生表和系部信息表等多个表，其中在学生表中存储了学生的基本信息，系部表中记录了学校已经成立的所有系部信息。如果在学生表中某个学生所在的系部不是系部表中已经存在的系部，且数据库无法做到此项检查，这就违反了数据相容性的含义。

问题 3：不能保证数据值的正确性。在学生表中规定性别属性只能取"男"或"女"，则在数据库的操作中在性别属性上输入其他字符；又如，在学生表中学生的入学日期早于该学生的出生日期，这些显然是不符合应用逻辑的。因此数据库应有能力不让违反某项规定的数据存在于字段中。

上述示例对数据完整性的含义已有所介绍。显然要保证数据库中数据的完整性，仅仅依靠操纵人员的认真负责是不够的，数据库管理系统自身应该提供一套完整的定义、检查和控制的机制。因此，数据完整性成为数据库系统，尤其是多用户的关系数据库系统首要关注的问题。在评价数据库的设计时，数据完整性的设计是数据库设计好坏的一项重要指标。

10.1.2　数据完整性的分类

SQL Server 2005 为了保证数据库中数据的正确性、一致性和有效性，提供了一套数据完整性的保障机制，包括实体完整性（Entity Integrity）、域完整性（Domain Integrity）、参照完整性（Referential Integrity）和用户定义完整性。

1．实体完整性

实体是数据库中表示的一个客观存在并可相互区别的事物。实体完整性也称为行完整性，用来标识数据库中存放的每一个实体。

实体完整性要求每个实体都必须保持唯一性。一是，基本表中的主码不能取空值，如果主码由若干属性组成，则构成主码的各属性值均不能取 Null 值。例如，在教务数据库 TeachingData 中，包括学生、教师、课程和成绩等实体，其中成绩表(ScoreInfo)的主码由 CID 和 SID 组成，显然没有学号的成绩或没有课程号的成绩都是无意义的，因此 CID 和 SID 两个属性均不能为空。二是，基本表中的主码必须唯一，同一表内的任意两个实体可以相互区分。如果主码由若干属性组成，则构成主码的各属性值可以重复，但它们的组合值不能重复。例如，在成绩表(ScoreInfo)中，一门课程有若干名学生的成绩，一名学生也可以有多门课程的成绩，但一名学生的一门课程只能有一个成绩。

2. 域完整性

域完整性也称为列完整性，要求存入数据库基本表中的数据必须满足某种特定的数据类型、格式和取值范围，以及该列是否接受 Null 值等规定。例如出生日期(BirthDay)必须是日期型数据；性别(Sex)是字符型的，且只能取"男"或"女"；成绩(Score)取值在 0～100之间，等等。这些限制均属于域完整性。

3. 参照完整性

参照完整性是在对数据表中的数据操纵时，维护表之间数据一致性的手段。参照完整性通过主码和外码约束来实现。参照完整性是建立在外码和主码之间或外码和唯一性属性之间的表间约束。规则规定参照表中的外码取值只能取 Null 值或是等于被参照表中某个记录的码值，不能引用不存在的码值。

例如，在学生信息表(StuInfo)和成绩表(ScoreInfo)之间用学号建立关联，StuInfo 表是被参照表，ScoreInfo 是参照表，那么，在向参照表中输入一条新记录时，系统要检查新记录的学号是否在被参照表中已存在，如果存在，则允许执行输入操作，否则拒绝输入，这就是参照完整性。

参照完整性还体现在对被参照表中的删除和修改操作，例如，如果删除被参照表中的一条记录，则参照表中凡是外码的值与被参照表的主码值相同的记录也会被同时删除，将此称为级联删除；如果修改被参照表中主码的值，则参照表中相应记录的外码值也随之被修改，将此称为级联修改。

4. 用户定义完整性

不同的关系数据库系统根据其应用环境的不同，往往还需要一些特殊的约束条件。用户定义完整性指的是由用户针对具体数据环境与应用环境设置的一组规则或约束，它反映了具体应用中数据的语义要求。它泛指其他所有不属于实体完整性、域完整性和参照完整性的业务规则。例如要求学生的出生日期一定要早于入学日期值，像这种业务规则有时无法利用前面的 3 种数据完整性来完成，而通常使用触发器或存储过程进行检验，或由客户端的应用程序来进行控制。

SQL Server 提供了定义和检验这类完整性的机制，以便用统一的系统方法来处理它们，而不是用应用程序来承担这一功能。

10.2 数据完整性的实现

前面介绍了数据完整性的作用和分类，SQL Server 2005 提供的实现数据完整性的途径主要包括以下一些。

(1) 约束(Constraint)。

(2) 规则(Rule)。

(3) 触发器(Trigger)。

(4) 存储过程(Stored Procedure)。

(5) 标识列(Identity Column)。

(6) 数据类型(Data Type)。

(7) 索引(Index)。

其中，SQL Server 2005 提供的约束机制又包括以下几种常用的约束类型。

(1) Primary Key 约束。

(2) Unique 约束。

(3) Check 约束。

(4) Foreign Key 约束。

(5) Default 定义。

(6) Not Null 约束。

下面是每一类数据完整性实现的基本途径。

1. 实体完整性

实体完整性的实现途径主要包括 Primary Key(主键约束)、Unique(唯一性约束)、Unique Inedx(唯一索引)和 Identity Column(标识列)。

2. 域完整性

域完整性的实现途径主要包括 Default(默认值)、Check(检查约束)、Foreign Key(外键约束)、Data Type(数据类型)和 Rule(规则)。

3. 参照完整性

参照完整性的实现途径主要包括 Foreign Key(外键约束)、Check(检查约束)、Triggers(触发器)和 Stored Procedure(存储过程)。

4. 用户定义完整性

用户定义完整性的实现途径主要包括 Check(检查约束)、Rule(规则)、Triggers(触发器)和 Stored Procedure(存储过程)等。

在完整性的实现途径中，数据类型、标识列和索引的知识在前面的章节中已经介绍，触发器和存储过程在将第 11 章详细介绍，这两部分知识在此均不再赘述。接下来主要介绍约束、规则的知识。

10.3 约 束

约束是 SQL Server 提供的自动保持数据完整性的一种机制，是数据库服务器强制用户必须遵从的业务逻辑。它通过限制字段中的数据、记录中数据和表之间的数据来保证数据的完整性。

约束根据其在 CREATE TABLE 语句中定义的位置不同，可以分为列级约束或表级约束。列级约束的声明是列定义的一部分，并且仅适用于对应的列；表级约束的声明与列定义无关，可以应用于表中的多个列。当一个约束中包含同一个表的多个列时，必须使用表级约束。

10.3.1 PRIMARY KEY 约束

PRIMARY KEY 约束是通过定义表的主键来实现实体完整性约束的。为了能唯一地表示表中的数据行，通常将某一列或多列的组合定义为主键。一个表只能有一个主键，而且主键约束中的列不能为空值，且唯一地标识表中的每一行。如果主键不止一列，则一列中的值可以重复，但主键定义的所有列的组合值必须唯一。

1. 使用对象资源管理器管理 PRIMARY KEY 约束

使用对象资源管理器创建 PRIMARY KEY 约束的操作方法为：在【对象资源管理器】窗口中，右击相应的数据表，选择【修改】命令，然后在表设计器界面中选择需要设置成主键的列（如果要设置多个列为主键，可以按住 Ctrl 键后进行选择），然后右击相应的列名，选择【设置主键】命令。

如果要取消已经设置的主键，可右击已设置的主键属性，在弹出的快捷菜单中选择【移除主键】命令。移除主键后，字段左侧的行选择器上的 🔑 标志消失。

2. 使用 T-SQL 语句管理 PRIMARY KEY 约束

1）创建 PRIMARY KEY 约束

使用 T-SQL 语句创建 PRIMARY KEY 约束的语法格式如下：

```
[CONSTRAINT constraint_name ]
PRIMARY KEY[CLUSTERED |NONCLUSTERED](column_name [,…n ])
```

参数说明：

（1）constraint_name：指定约束的名称。约束名在数据库中应唯一，若省略则系统会自动生成一个约束名。

（2）CLUSTERED|NONCLUSTERED：指定 SQL Server 按主键自动创建的索引的类型。CLUSTERED 表示创建聚集索引，NONCL USTERED 表示创建非聚集索引。PRIMARY KEY 约束默认创建 CLUSTERED 索引。

（3）column_name：指定创建主键的列名，最多为 16 列。

（4）n：表示可以指定多列的复合主键。

上述创建 PRIMARY KEY 约束的语句不能独立使用，通常放在 CREATE TABLE 语句或 ALTER TABLE 语句中使用。如果在 CREATE TABLE 语句中使用上述 SQL 语句, 表示在定义表结构的同时指定主键; 在 ALTER TABLE…ADD…语句中使用上述 SQL 语句, 表示为已存在的表创建主键。

2）删除约束

使用 T-SQL 语句删除约束, 其语法格式如下:

```
DROP  CONSTRAINT constraint_name
```

其中, constraint_name 指定要删除的约束名称。该语句需要在 ALTER TABLE 语句中使用。

注意: (1)删除各种约束的 T-SQL 语句的语法格式都是一样的, 即:

　　　ALTER TABLE < 表名 > DROP < 约束名 >

(2) 如果在建立约束时没有为约束命名, 则需要使用系统自动为该约束命名。

10.3.2　UNIQUE 约束

UNIQUE 约束确保表中一列或多列的组合值具有唯一性, 防止输入重复值, 主要用于保证非主键列的实体完整性。例如, 在学生信息表(StuInfo)中增加身份证号一列, 由于身份证号不可能重复, 所以在该列上可以设置 Unique 约束, 以确保不会输入重复的身份证号码。

UNIQUE 约束与 PRIMARY KEY 约束类似, 每个 UNIQUE 约束 SQL Server 也会为其创建一个唯一索引, 强制唯一性。与 PRIMARY KEY 约束不同的是, UNIQUE 约束用于非主键的一列或多列组合, 允许为一个表创建多个 UNIQUE 约束, 且可以用于定义允许空值的列。

1. 使用对象资源器管理 UNIQUE 约束

使用对象资源器创建 UNIQUE 约束的方法为: 在【对象资源管理器】窗口中, 右击相应的数据表, 选择【修改】命令, 在表设计器中, 右击需要建立 UNIQUE 约束的列名, 在弹出的快捷菜单中选择【索引/键】命令, 然后在【索引/键】对话框中添加约束, 并设置【是唯一的】为 "是", 完成后单击【关闭】按钮。

在【索引/键】对话框中也可完成删除 UNIQUE 约束。如果想删除 UNIQUE 约束, 打开【索引/键】对话框后, 从左侧【选定的主/唯一键或索引】列表中选择要删除的唯一键约束的名称, 单击【删除】按钮, 然后关闭对话框并保存修改即可。

2. 使用 T-SQL 语句管理 UNIQUE 约束

使用 T-SQL 语句创建 UNIQUE 约束的语法格式如下:

```
[CONSTRAINT constraint_name ]
UNIQUE [CLUSTERED |NONCLUSTERED] (column_name [... ,n ])
```

参数说明: 见 PRIMARY KEY 约束。

10.3.3　CHECK 约束

CHECK 约束用于限制输入到一个或多个属性的值的范围。使用一个逻辑表达式来检查要输入数据的有效性，如果输入内容满足 CHECK 约束的条件，将数据写入到表中，否则，数据无法输入，从而保证 SQL Server 数据库中数据的域完整性。一个数据表可以定义多个 CHECK 约束。

1. 使用对象资源管理器管理 CHECK 约束

使用对象资源管理器创建 CHECK 约束的方法为：在【对象资源管理器】窗口展开相应的表，右击【约束】选项，选择【新建约束】命令，在弹出的【CHECK 约束】窗口中添加约束，输入约束条件，完成后单击【确定】按钮。

如果想要删除已经创建的 CHECK 约束，再次打开【CHECK 约束】对话框后，先在左侧【选定的 CHECK 约束】列表中选取要删除的约束名，单击【删除】按钮，然后依次确认，最后单击工具栏上的【保存】按钮即可。

2. 使用 T-SQL 语句管理 CHECK 约束

使用 T-SQL 语句建立 CHECK 约束的语法格式为：

```
[CONSTRAINT constraint_name ]
CHECK[NOT FOR REPLICATION](logical_expression )
```

参数说明：

（1）NOT FOR REPLICATION：指定在从其他表中复制的数据插入到表中时检查约束对其不发生作用。

（2）logical_expression：指定创建 CHECK 约束的逻辑表达式。

10.3.4 FOREIGN KEY 约束

FOREIGN KEY 约束为表中一列或多列的组合定义为外键。其主要目的是建立和加强表与表之间的数据联系，确保数据的参照完整性。在创建和修改表时可通过定义 FOREIGN KEY 约束来建立外键。外键的取值只能是被参照表中对应字段已经存在的值，或者是 Null 值。FOREIGN KEY 约束只能参照本身所在数据库中的某个表，包括参照自身表，但不能参照其他数据库中的表。

1. 使用对象资源管理器管理 FOREIGN KEY 约束

使用对象资源管理器创建 FOREIGN KEY 约束的操作方法为：在【对象资源管理器】窗口中，展开相应的数据表，右击【键】选项，选择【新建外键】命令，然后在【外键关系】对话框中完成相应的设置。

FOREIGN KEY 约束是存储在参照表中的，若要修改或删除已经建立的 FOREIGN KEY 约束，在【对象资源管理器】窗口中展开参照表节点（如 ScoreInfo 表），再展开【键】选项，右击要删除或修改的"键"名称，如图 10.1 所示，在弹出的快捷菜单中选择【删除】命令，即可删除当前选定的键；选择【修改】命令，打开【外键关系】对话框，即可编辑已建立的外键。

图 10.1 FOREIGN KEY 约束的删除与修改操作

2. 使用 T-SQL 语句管理 FOREIGN KEY 约束

使用 T-SQL 语句创建 FOREIGN KEY 约束的语法格式为：

```
[CONSTRAINT constraint_name ]
FOREIGN KEY (column_name [,···n ])
REFERENCES ref_table (ref_column [,···n ])
```

参数说明：

(1) ref_table：指定 FOREIGN KEY 约束引用表的名称。

(2) ref_column：指定 FOREIGN KEY 约束引用表中相关列的名称。

注意：(1) 被参照属性列必须是主键或具有 UNIQUE 约束。

(2) 外键不仅可以对输入自身表的数据进行限制，也可以对被参照表中的数据操作进行限制。

10.3.5 NOT NULL 约束

列的 NOT NULL 约束定义了表中的数据行的特定列是否可以指定为 Null 值。Null 值不同于零(0)或长度为零的字符串('')。在一般情况下，如果在插入数据时不输入该属性的值，则表示为 Null 值。因此，出现 NULL 通常表示为未知或未定义。

指定某一属性不允许为 NULL 值有助于维护数据的完整性，如用户向表中输入数据必须在该属性上输入一个值，否则数据库将不接受该记录，从而确保了记录中该字段永远包含数据。在通常情况下，对一些主要字段建议不允许 Null 值，因为 Null 值会使查询和更新变得复杂，使用户在操作数据时变得更加困难。

在 SQL Server 2005 中，允许 Null 值的实现有两种方法：一种方法是在表设计器中设计字段的时候，选择该列是否可以为空，默认可以为空；另一种方法是在用 T-SQL 语句创建表的时候，在对属性的描述时附加 NULL、NOT NULL 来实现。

注意：定义了 PROMARY KEY 约束的列不允许 Null 值。

10.3.6　DEFAULT 约束

DEFAULT 约束是为属性定义默认值。若表中的某属性定义了 DEFAULT 约束，在插入新记录时，如果未指定在该属性的值，则系统将默认值置为该属性的内容。默认值可以包括常量、函数或者 NULL 值等。

对于一个不允许接受 Null 值的属性，默认值更显示出其重要性。最常见的情况是，当用户在添加数据记录时，在某属性上无法确定应该输入什么数据，而该属性又存在 NOT NULL 约束，这时与其让用户随便输入一个数据值，还不如由系统以默认值的方式指定一个值给该属性。例如，在教师信息表 TchInfo 中，不允许教师所在部门 Dept 属性的内容为 Null 值，可以为该字段定义一个默认值"尚未确定"，如此一来，在添加新进教师的数据时，如果还未确定其所在部门时，操作人员先不输入该属性值，系统自动将字符串"尚未确定"存入该属性中。

1. 使用对象资源管理器管理 DEFAULT 约束

使用对象资源管理器创建 DEFAULT 约束的操作方法为：在【对象资源管理器】窗口中，右击相应的数据表，选择【修改】命令，在表设计器界面中选择需设置默认值的列，然后在列属性中设置【默认值或绑定】的值即可。

如果想要修改或删除已经创建的 DEFAULT 约束，按上述步骤打开表设计器界面，先用鼠标选中要修改的字段，在【列属性】选项卡中的【默认值或绑定】文本框中重新输入默认值或清空，最后保存表定义即可。

2. 使用 T-SQL 语句管理 DEFAULT 约束

使用 T-SQL 语句创建 DEFAULT 约束的语法格式为：

```
[CONSTRAINT constraint_name ]
DEFAULT  constraint_expression [FOR column_name ]
```

参数说明：

constraint_expression：指定该字段的默认值或默认表达式。

注意：（1）默认值的数据类型必须与字段的数据类型相同，且不能与 CHECK 约束相违背。

（2）DEFAULT 定义的默认值只有在添加数据记录时才会发生作用。

10.3.7　应用实例

【例 10-1】　在 teachingData 数据库中，在 StuInfo 中为了唯一区别每个学生实体，防止出现两条完全相同的学生记录，需要设置学号(SID)字段为主键，为 StuInfo 表创建 PRIMARY KEY 约束。

操作步骤：

步骤1：打开并进入 Microsoft SQL Server Management Studio 集成环境，在【对象资源管理器】窗口中，逐级展开 TeachingData 数据库至"表"节点。

步骤2：右击 StuInfo 表，在弹出的快捷菜单中选择【修改】命令，打开 StuInfo 表设计器界面。

步骤3：在表设计器界面，右击要设置为主键的"SID"列名，在弹出的快捷菜单中选择【设置主键】命令，如图 10.2(a)所示；或先单击"SID"列名左侧的行选择器，再单击【表设计器】工具栏上的【设置主键】按钮。

步骤4：设置后主键字段左侧的行选择器上出现 标志，这表示该字段已经定义成主键，如图 10.2(b)所示。最后单击工具栏上的【保存】按钮即可完成操作。

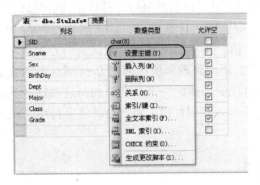

图 10.2　创建 PRIMARY KEY 约束的设置界面

注意： 如果要创建由多个属性组成的复合主键，需先按住 Ctrl 键，再用鼠标依次单击每个需设为主键的属性，然后再右击选中字段，在弹出的快捷菜单中选择【设置主键】命令即可。其中被定义为主键的所有属性前面均出现 标志。

【例 10-2】　用 T-SQL 语句创建课程表(CourseInfo)，并指定 CID 字段为主键。

方法一： 使用列级约束的方式定义主键，主键约束的名称由系统命名。

```
CREATE TABLE CourseInfo
  (CID char(8) PRIMARY KEY,
   CName char(20),
   CCredit tinyint,
   CProperty char(10)
  )
```

方法二： 使用表级约束的方式定义主键，在定义主键约束的同时指定约束名。

```
CREATE TABLE CourseInfo
  (CID char(8),
   CName char(20),
   CCredit tinyint,
   CProperty char(10),
   CONSTRAINT PK_CID PRIMARY KEY(CID)
  )
```

【例 10-3】　用 T-SQL 语句将成绩表 ScoreInfo 中的 SID 和 CID 字段设置复合主键，并将该约束命名为 PK_SC。

```
ALTER TABLE ScoreInfo
ADD CONSTRAINT PK_SC PRIMARY KEY CLUSTERED(SID,CID)
```

【例 10-4】　用 T-SQL 语句删除成绩表(ScoreInfo)中的已创建的主键。

```
ALTER TABLE ScoreInfo
    DROP CONSTRAINT PK_SC
```

【例10-5】 在 TeachingData 数据库中，使用对象资源管理器为课程信息表(CourseInfo)中的课程名属性建立 UNIQUE 约束。

操作步骤：

步骤1：打开并进入 Microsoft SQL Server Management Studio 集成环境，在【对象资源管理器】窗口中，逐级展开 TeachingData 数据库至"表"节点。

步骤2：右击 CourseInfo 表，在弹出的快捷菜单中选择【修改】命令，打开 CourseInfo 表设计器界面。

步骤3：在表设计器中，右击建立 UNIQUE 约束的列名 Cname，在弹出的快捷菜单中选择【索引/键】命令；或选择 Cname 列后，单击【表设计器】工具栏上的【管理索引和键】按钮，均可打开【索引/键】对话框，如图10.3所示。

步骤4：在【索引/键】对话框中，单击【添加】按钮，则会在左侧【选定的主/唯一键或索引】列表中出现新建的约束名，进入编辑状态。

步骤5：在对话框右侧的【常规】分类中，在【类型】下拉列表中选择【唯一键】选项，在【列】选项中选择设置 UNIQUE 约束的属性名 CName 和排序方式；在【标识】分类中的【名称】文本框中可修改 UNIQUE 约束的名称，如图10.3所示。

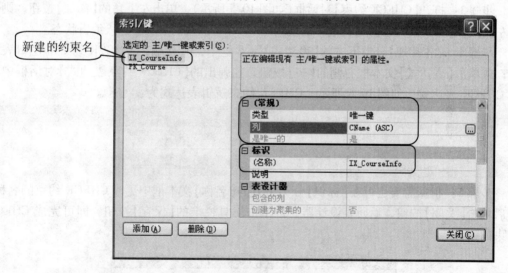

图10.3 UNIQUE 约束的设置界面

步骤6：再单击【添加】按钮可以重复建立其他 UNIQUE 约束。设置完成后单击【关闭】按钮返回表设计器界面。

步骤7：单击【标准】工具栏上的【保存】按钮，即可完成 UNIQUE 约束的建立。

【例10-6】 在为学生信息表(StuInfo)添加身份证号码 IDCode 属性的前提下，用 T-SQL 语句为该属性创建 UNIQUE 约束。

```
ALTER TABLE StuInfo
    ADD IDCode CHAR(19)CONSTRAINT IX_ID UNIQUE(IDCode)
```

【例10-7】使用对象资源管理器为 TeachingData 数据库的成绩表 ScoreInfo 设置约束：

要求成绩(Score)属性的取值在 0 ~ 100 之间。

操作步骤：

步骤 1：打开并进入 Microsoft SQL Server Management Studio 集成环境，在【对象资源管理器】窗口中，逐级展开 TeachingData 数据库至"ScoreInfo"表节点。

步骤 2：在【对象资源管理器】窗口中右击【约束】选项，在弹出的快捷菜单中选择【新建约束】命令，如图 10.4 所示。

图 10.4　选择【新建约束】

步骤 3：打开【CHECK 约束】对话框(如图 10.5 所示)，单击左下角的【添加】按钮，则会在左侧【选定的 CHECK 约束】列表中出现新建 CHECK 约束的名称，进入编辑状态。

步骤 4：在【常规】分类下方的【表达式】文本框中，直接输入 CHECK 约束的逻辑表达式；或单击【表达式】文本框右侧的【…】按钮，在弹出的【CHECK 约束表达式】对话框中输入 CHECK 表达式，如图 10.6 所示。CHECK 约束逻辑表达式为：

> Score > =0 and Score < =100

或

> Score　BETWEEN 0 AND 100

步骤 5：根据需要也可在【标识】分类下方的【名称】文本框中更改 CHECK 约束的名称。最后单击【关闭】按钮，返回表设计器，再单击工具栏上的【保存】按钮，即可完成 CHECK 约束的创建。

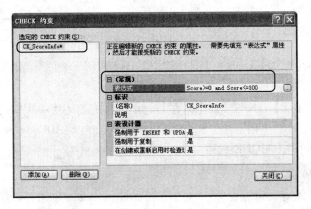

图 10.5　【CHECK 约束】对话框

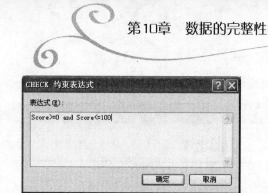

图 10.6 【CHECK 约束表达式】对话框

注意：上述叙述中，逻辑表达式的书写可以有两种方式，在设置中即使使用第二种逻辑表达式表示，SQL Server 编译时也会自动将其转换为第一种逻辑表达式。

以后用户再向 Score 列输入数据时，若不在 0 ~ 100 之间，系统将报告输入错误的提示信息。

【例 10 – 8】　用 T-SQL 语句为学生信息表 StuInfo 添加性别(Sex)属性只能取"男"或"女"的约束，并将该约束命名为 CK_Sex。

```
ALTER TABLE StuInfo
ADD CONSTRAINT CK_Sex CHECK (Sex = '男' or Sex = '女')
```

【例 10 – 9】　使用资源管理器在数据库 TeachingData 中建立学生信息表 StuInfo 和成绩表 ScoreInfo 之间的联系，设置 ScoreInfo 表中的 SID 为外键，参照 StuInfo 表中的 SID 属性值。操作步骤：

步骤 1：打开并进入 Microsoft SQL Server Management Studio 集成环境，在【对象资源管理器】窗口中，逐级展开 TeachingData 数据库至"ScoreInfo"表节点。

步骤 2：在【对象资源管理器】窗口中，右击【键】选项，在弹出的快捷菜单中选择【新建外键】命令，SQL Server 在打开表设计器的同时，并打开【外键关系】对话框，并单击对话框中的【添加】按钮，如图 10.7 所示。

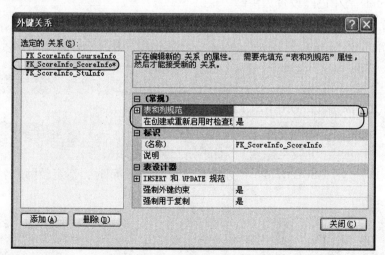

图 10.7 【外键关系】对话框

步骤 3：在对话框中左侧【选定的关系】列表中选中带"＊"号的关系名(表示未定义)。在右侧的编辑栏中展开【表和列规范】选项，并单击【表和列规范】文本框右侧的【…】

按钮，出现如图 10.8 所示的对话框。

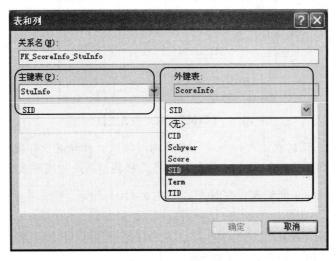

图 10.8 【表和列】对话框

步骤 4：在【表和列】对话框中，在【主键表】下拉列表中选择该属性被参照的表 StuInfo，并单击主键表下方的下拉按钮选择其中的被参照属性 SID，再单击【外键表】ScoreInfo 表下方的下拉按钮选择被参照属性 SID。

步骤 5：若重命名外键约束名，可以在【关系名】文本框中重新输入新的关系名。

步骤 6：单击【确定】按钮，返回【外键关系】对话框，再单击【关闭】按钮，返回表设计器；最后保存建立的 FOREIGN KEY 约束。

这样设置后，ScoreInfo 表和 StuInfo 表通过 SID 属性连接起来。在插入、修改和删除表中的数据时，建立的 FOREIGN KEY 约束就会检查数据的一致性。

【例 10 – 10】 用 T-SQL 语句为 ScoreInfo 表中 CID 属性添加 FK_S 外键约束，假设 CID 属性在 CourseInfo 表中已经设置为主键。

外键设置语句为：

```
ALTER TABLE ScoreInfo
ADD CONSTRAINT FK_S FOREIGN KEY(CID)
REFERENCES CourseInfo(CID)
```

使用 T-SQL 语句删除 FOREIGN KEY 约束的具体语句为：

```
ALTER TABLE ScoreInfo
DROP CONSTRAINT FK_S
```

【例 10 – 11】 用 T-SQL 语句在创建教师信息表 TchInfo 时，指定教师姓名 Tname 字段不允许为空。

```
CREATE TABLE TchInfo
  (TID CHAR(8)PRIMARY KEY,
   Tname CHAR(10)NOT NULL,
   Sex CHAR(2)NOT NULL,
   ...
   )
```

【例10-12】　在 TeachingData 数据库中，将 TchInfo 表中 Dept 属性的默认值设置为"尚未确定"。

操作步骤：

步骤1：打开并进入 Microsoft SQL Server Management Studio 集成环境，在【对象资源管理器】窗口中，逐级展开 TeachingData 数据库至"TchInfo"表节点。

步骤2：在【对象资源管理器】窗口中右击 TchInfo 表，在弹出的快捷菜单中选择【修改】命令，打开表设计器界面。

步骤3：在表设计器中，用鼠标单击选中 Dept 字段，在下方【列属性】选项卡中的【默认值或绑定】文本框中输入"'尚未确定'"，如图10.9所示。

图10.9　设置 DEFAULT 约束的界面

步骤4：保存表定义，即可完成 Dept 属性 DEFAULT 约束的创建。

以后再向 TchInfo 表中输入记录时，若 Dept 属性的值省略，系统自动将"'尚未确定'"存入该属性。

【例10-13】　用 T-SQL 语句将 StuInfo 表中 Sex 字段设置默认值为"男"，并将该约束命名为 DF_Sex。

```
ALTER TABLE StuInfo
ADD CONSTRAINT DF_Sex DEFAULT('男') FOR Sex
```

【例10-14】　用阅读下列代码，理解各类约束在 CREATE TABLE 语句中的应用。

```
USE TeachingData
GO
--创建 StuInfo 表
CREATE TABLE StuInfo
(SID CHAR(8) PRIMARY KEY,
 Sname CHAR(10) NOT NULL,
 Sex CHAR(2) CHECK(Sex in('男','女')),
 BrithDay SMALLDATETIME NULL,
 IDCode CHAR(18) UNIQUE                    /* 身份证号*/
 ...
```

```
)
- -创建 StuInfo 表
CREATE TABLE ScoreInfo
(CID CHAR(8)NOT NULL,
 SID CHAR(8)NOT NULL,
 TID CHAR(8)NULL,
 Score NUMERIC(3,0)CHECK(Score > =0 and Score < =100),
 Schyear CHAR(9)NULL,
 Term CHAR(1)DEFAULT('1'),
 PRIMARY KEY(CID,SID),
 FOREIGN KEY(SID)REFERENCES StuInfo(SID)
 )
```

10.4　规则的创建和管理

　　规则(Rule)是数据库中对表的属性列或用户自定义数据类型取值的规定和限制。规则是一组使用 T-SQL 语句书写的条件语句,它可以与属性或用户定义的数据类型绑定在一起。当用户向数据表插入数据时,指定该属性接受数据值的范围,保证数据的完整性。

　　规则是作为一个独立对象储存在数据库中的,即属性或用户自定义数据类型的删除、修改不会对与之绑定的规则产生影响。规则与 CHECK 约束相似,只是规则不固定于某个属性,而是创建好后可以将其绑定到任意表中的一列或多列上,且规则和约束可以同时使用。相比之下,使用在 CREATE TABLE 或 ALTER TABLE 语句中的 CHECK 约束是更标准的限制列值的方法,但 CHECK 约束不能直接作用于用户自定义数据类型。

10.4.1　创建规则

　　在 SQL Server 2005 中,使用 CREATE RULE 语句在当前数据库中创建一个规则,其语法格式如下:

```
CREATE RULE rule_name
AS
condition_expression [;]
```

　　参数说明:

　　(1)rule_name:指定创建规则的名称。

　　(2)condition_expression:指定定义规则的条件。描述规则的表达式可以是能用于 WHERE 条件子句中的任何有效表达式,可以包含算术运算符、关系运算符和谓词(如 IN、LIKE、BETWEEN 等),也可以包含不引用数据库对象的内置函数。

　　注意: (1)规则不能引用属性或其他数据库对象。

　　　　(2)condition_expression 中应包含一个局部变量,局部变量名必须以"@"开头。

10.4.2　绑定规则

　　创建规则后,规则只是一个存在于数据库中的对象。在将规则应用于表的属性或用户自定义数据类型之前，规则并不发生作用。因此，需要将规则与表的属性或用户自定义数据类型联系起来，这样才达到创建规则的目的，建立这种联系的方法称为"绑定"（BIND）。所谓绑定就是指定规则作用于某个表的某一属性或用户自定义数据类型。一个规则可以绑定多个属性或用户自定义数据类型，而表中的每个对象只能和一个规则绑定。

使用系统的存储过程 sp_BINDRULE 可以实现将规则和属性绑定，其语法格式如下：

```
sp_BINDRULE
'rule_name ','object_name '
['futureonly_flag ']
```

参数说明：

（1）rule_name：指定要绑定的规则名称。

（2）object_name：指定与规则绑定的对象名称，可以是属性或用户自定义数据类型名，若是属性名，需要同时指定该属性所在的表名。

（3）futureonly_flag：在与用户自定义数据类型绑定时有效。若 futureonly_flag 设置为空，表示已经存在的使用了这个用户自定义变量的表属性将不受这个规则的约束；futureonly_flag 设置为 futureonly_only 时，所有表属性不管是以后才创建或者绑定的，或是已经存在的都将受到这个规则的约束，默认值为空。

注意： （1）规则对绑定前已经输入的数据不起作用。

（2）规则所指定的数据类型必须与所绑定对象的数据类型一致，且规则不能与数据类型为 TEXT、MAGE 或 TIMESTAMP 的属性绑定。

（3）与属性绑定的规则优先于与用户自定义数据类型绑定的规则。例如，如果表的一个属性是用户自定义数据类型，该数据类型与规则 A 绑定，同时该属性又与规则 B 绑定，则以规则 B 为该属性的规则。

10.4.3 解除规则的绑定

对于不再使用的规则，可以将其删除。删除前首先要解除属性或用户自定义数据类型与规则的绑定，使用系统存储过程 sp_UNBINDRULE 可以解除规则的绑定，其语法格式如下：

```
sp_UNBINDRULE  'object_name '
[,'futureonly ']
```

注意： 若某属性已与一个规则绑定，如果再次将一个新的规则绑定到该属性时，旧的规则将自动解除，只有最近一次绑定的规则有效。

10.4.4 删除规则

删除规则可以使用对象资源管理器和 T-SQL 语句两种方法完成。

1. 使用对象资源管理器删除规则

使用对象资源管理器创建删除规则的操作方法为：在【对象资源管理器】窗口中，逐级展开相应的数据库|【可编程性】|【规则】选项，右击要删除的规则名称，在弹出的快捷菜

单中选择【删除】命令。

2. 使用 T-SQL 语句删除规则

使用 DROP RULE 语句可以删除当前数据库中的一个或多个规则。其语法格式如下：

```
DROP RULE{rule_name }[,...n ]
```

注意：在删除一个规则前，必须先将与其绑定的对象解除绑定。

【例10-15】 用 T-SQL 语句删除多个规则。

```
DROP RULE r1,mytest_rule
```

10.4.5　查看规则

使用系统存储过程 sp_helptext 可以查看指定规则的定义细节，其语法格式如下：

```
sp_HELPTEXT[@objname =]'rule_name '
```

参数说明：

rule_name：指定要查看的对象名称。

用 sp_HELPTEXT 系统存储过程查看的对象不仅可以是当前数据库中的规则，还可以是触发器、视图或未加密的存储过程等。

10.4.6　应用实例

【例10-16】 创建一个规则，用以限制绑定属性中的取值范围在0～100之间。

```
CREATE RULE r1
AS
@c > =0 and @c < =100
```

【例10-17】 创建一个规则，用以限制绑定属性只能取基础课、必修课或选修课。

```
CREATE RULE CProperty_rule
AS
@cp IN ('基础课','必选课','选修课')
```

【例10-18】 创建一个规则，用以限制绑定属性的数据格式是以'a'～'c'的字母开头，以'0'～'9'的整数字符结尾。

```
CREATE RULE mytest_rule
AS
@value LIKE '[a-c]%[0-9]'
```

【例10-19】 将规则 CProperty_rule 与课程信息表 CourseInfo 中的 CProperty 字段绑定。

```
USE TeachingData
GO
EXEC sp_BINDRULE
'CProperty_rule','CourseInfo.CProperty'
GO
```

【例 10 - 20】 解除规则 CProperty_rule 与课程信息表 CourseInfo 中 CProperty 属性的绑定。

```
USE TeachingData
GO
EXEC sp_UNBINDRULE 'CourseInfo.CProperty'
GO
```

【例 10 - 21】 查看规则 CProperty_rule。

```
sp_HELPTEXT 'CProperty_rule'
```

运行结果如图 10.10 所示。

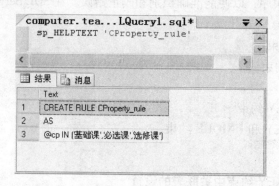

图 10.10 查看规则

【例 10 - 22】 使用对象资源管理器删除规则 CProperty_rule。

操作步骤：

步骤 1：打开并进入 Microsoft SQL Server Management Studio 集成环境，在【对象资源管理器】窗口中，逐级展开【TeachingData 数据库】|【可编程性】|【规则】选项。

步骤 2：右击要删除的规则名称，在弹出的快捷菜单中选择【删除】命令，如图 10.11 所示，在打开的【删除对象】对话框中进行确认即可。

图 10.11 在【对象资源管理器】窗口中删除规则的操作

10.5 疑难分析

本章介绍了实现数据完整性的两种机制——约束和规则。为了更好地保证数据库中数据的完整性，在此基础上，有两个问题需要进一步掌握。

10.5.1 完整性的检查次序

已知 SQL Server 2005 的数据库提供了哪些完整性的检查机制，但是针对数据的添加、修改与删除操作只要违反其中的一项完整性审核便会导致操作的失败。因此，必须清楚各项完整性检查引发的次序，以便能准确识别和改正错误。在 SQL Server 2005 中数据完整性检查引发的次序如下。

（1）DEFAULT 约束。

（2）NOT NULL 约束。

（3）CHECK 约束。

（4）FOREIGN KEY 约束。

（5）PRIMARY KEY 和 UNIQUE 约束。

（6）触发器。

10.5.2 FOREIGN KEY 约束中关联表的设置

如前所述，学生信息表 StuInfo 和成绩表 ScoreInfo 通过 SID 属性建立了 FORERGN KEY 约束后，如果其中张小红同学因某种原因退学，而她已经参加了一些课程的学习，此时从 StuInfo 表中直接删除该学生的信息，将会出现错误提示（如图 10.12 所示），修改操作也类似。

图 10.12 违反 FOREIGN KEY 约束的删除操作的错误提示

在删除或者修改被参照表（主表）中的某条记录时，如果一定要在整个数据库中对所有引用该键值的参照表中的记录进行相应一致的删除或修改，则在被参照表中对数据的修改和删除会很烦琐。有时只需要删除主表的记录，而从表中的记录需要保留，则可通过以下方法实现。

下面来进一步分析 SQL Server 2005 中 FOREIGN KEY 约束。在 SQL Server 2005 中 FOREIGN KEY 约束比 SQL Server 2000 有所改进，新增加了 INSERT 和 UPDATE 规范，而上述问题也只要通过设置 INSERT 和 UPDATE 规范就可以解决。

在 SQL Server 2005 的【对象资源管理器】窗口中，逐级展开 TeachingData 数据库至"ScoreInfo"表节点；右击该表下的【键】选项，打开【外键关系】对话框，在左侧【选定的关系】列表中选择外键约束名称，在右侧展开【INSERT 和 UPDATE 规范】选项，如图 10.13 所示，指定删除或更新某一记录时，与该记录对应的外键关系所涉及的数据有如下操作。

（1）无操作：当参照表中有被参照表中某键值的引用时，删除主表中该行数据记录将会出现错误提示，告知用户不允许执行该删除或更新操作，该操作将会被回滚，恢复被参照表中原先的删除操作。该选项是系统的默认值。

（2）层叠：删除或更新被参照表中的某行数据记录时，SQL Server 2005 自动将参照表中所有与该记录相关的数据记录全部删除或更新。

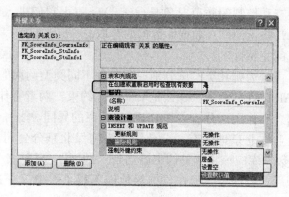

图 10.13 【外键关系】对话框

注意：（1）"层叠"在 SQL Server 2000 中叫"级联"。

（2）当 FOREIGN KEY 约束所引用的被参照表和参照表的字段是 timestamp 类型时，不能进行"层叠"删除或更新操作。

（3）设置空：这是 SQL Server 2005 新增的功能。表示在删除被参照表中的某行数据记录时，如果参照表中的外键属性可以接受空值，SQL Server 2005 自动将参照表中的所有与该记录相关的所有记录的外键属性都设置为空。

（4）设置默认值：这是 SQL Server 2005 新增的功能。与"设置空"类似，所不同的是这个设置将参照表中相关的数据记录的外键属性都设置为该字段的默认值。

注意：（1）若要将删除规则（或更新规则）设置为"设置空"，则该外码的约束必须是允许 NULL 值的。

（2）若要将外键的删除规则（或更新规则）设为"设置默认值"，则该外码属性必须是有 DEFAULT 约束的。

10.6 本章小结

数据库完整性设计是数据库管理和开发人员需要学习和掌握的一个非常重要的内容，它是维护数据库中数据一致性的重要机制。本章先介绍了完整性的基础知识，完整性的用途、分类和实现数据库完整性的两种基本机制——约束和规则；然后具体介绍了实现完整性的各种方法的特点，以及具体的使用，其中约束更为通用。

在数据完整性管理中，对于违反完整性操作一般的处理是采用默认方式，即拒绝执行。对于违反 FOREIGN KEY 约束的操作，讲解了不同的处理策略。用户要根据实际的应用需要来定义合适的处理策略，以保证数据库的正确性和相容性。

通过本章的学习，应该对数据完整性的概念有一个清楚的认识，应该能够对数据库完整性进行有效的设置，从而更好地维护数据库。

习 题 10

1. 数据完整性检查和控制的防范对象是( )，防止它们进入数据库。安全性控制的防范对象是( )，防止他们对数据库数据的存取。

2. 什么是数据库的完整性？

3. 什么是约束？可分为哪几类？试分别说明各种不同类型约束的含义。

4. 什么是 PRIMARY KEY 约束？什么是 UNIQUE 约束？两者有什么区别？

5. 试述规则的概念和作用，分析它和 CHECK 约束的异同。

6. 假设有一个企业在北京地区有一分公司，为确保北京分公司只与其他北京企业进行贸易，在业务管理数据库应该将哪种约束添加到"地区"字段中？

7. 在问题 6 实现后，数据录入操作员抱怨他们不得不一遍又一遍地输入"北京"这个词，有什么办法可以解决它吗？

8. 试述所了解的某一个实际的 DBMS 产品的完整性控制策略。

第 11 章

数据库编程

教学目标

1. 了解 T-SQL 语言的产生和发展过程。
2. 掌握 T-SQL 语言的基本元素和流程控制语句。
3. 能正确理解事务、存储过程和触发器的相关概念。
4. 掌握事务、存储过程和触发器的操作方法和技巧，并能灵活应用。

在 SQL Server 2005 的学习中，通常会遇到下面一些问题：

- 在数据库管理系统中使用 SQL 语言能像在高级语言中那样进行编程控制吗？
- 如何将相关的命令组合起来，将烦琐的操作一次完成？
- 在数据库操作中，有些操作是不可分割的，要么全做要么全不做。该如何实现这样的要求呢？

通过对本章内容的学习可以发现，T-SQL 是解决这些问题的最佳方法。

11.1 Transact-SQL 概述

11.1.1 Transact-SQL 的产生

SQL(Structure Query Language，结构化查询语言)是被国际标准化组织(ISO)采纳的标准数据库语言，目前所有关系数据库管理系统都以 SQL 作为核心，在 JAVA、VC＋＋、VB、Delphi 等程序设计语言中也可使用 SQL，它是一种真正跨平台、跨产品的语言。

SQL 是在 1974 年由 IBM 的两名研究员 Ray Boyce 和 Chamberlin 提出，并在 IBM 公司研制的关系数据库管理系统原型 System R 上实现。由于 SQL 功能强大，简洁易用，得到业界的广泛使用和认可。1986 年 10 月，美国国家标准局(简称 ANSI)采用 SQL 作为关系数据库管理系统的标准语言，随后公布了 SQL 标准文本(简称 SQL 86)。1987 年被国际标准化组织采纳为关系数据库管理系统的国际标准。此后 SQL 标准几经修改和完善，相续公布了 SQL89、SQL92(或 SQL-2)、SQL-99(或 SQL-3)，以及目前较新的 SQL 标准，是 2003 年制定的 SQL2003(或 SQL4)。如今不同的数据库产品厂商在各自的数据库管理系统中都支持 SQL 语言，但又在此标准的基础上针对各自的产品对 SQL 进行了一定程度的修改和扩充。

Transact-SQL(简写为 T-SQL)是 Microsoft 公司针对其自身的数据库产品 Microsoft SQL Server 设计开发并遵循 SQL99 标准的结构化查询语言，并对 SQL99 进行了扩展。它在保持 SQL 语言的主要特点的基础上，增加了变量、运算符、函数、流程控制和注释等语言元素。

Transact-SQL 是 SQL Server 2005 的核心，与 SQL Server 2005 实例通信的所有应用程序都是通过将 Transact-SQL 语句发送到服务器来实现的，与应用程序无关。对于开发人员来讲，掌握 Transact-SQL 及其应用编程是管理 SQL Server 2005 和开发数据库应用程序的基础。

11.1.2 Transact-SQL 特点与分类

1. Transact-SQL 的特点

Transact-SQL 语言结构类似于英语，简单易懂，易学易用，初学者容易掌握。它的主要特点可以概括为以下几点。

1) 综合统一

Transact-SQL 语言集数据定义语言 DDL、数据操作语言 DML、数据控制语言 DCL 和附加语言元素等多种功能于一体，语言风格统一，可以独立完成数据库生命周期中的全部活动，同时还保证了数据库的一致性、完整性和良好的可扩展性，为数据库应用系统的开发提供了良好的环境。

2) 高度非过程化且面向集合

用 Transact-SQL 语言进行数据操作，只要提出"做什么"，而无需指明"怎么做"，语句的操作过程由系统自动完成，无需了解存储路径。即存取路径的选择以及操作过程由系统自动完成，这样不仅减轻了用户的负担，而且有利于提高数据的独立性。

Transact-SQL 语言允许用户在高层的数据结构上工作，操作对象是记录集，而不是对单个记录进行操作；所有的 SQL 语句接受集合作为输入，返回集合作为输出，并允许一条 SQL 语句的结果作为另一条 SQL 语句的输入。

3）不同使用方式的语法结构相同

Transact-SQL 提供了两种使用方式，即交互式使用和嵌入式使用。交互式使用是能够独立地用于联机交互的使用方式，用户可以在终端键盘上直接输入 Transact-SQL 命令对数据库进行操作；嵌入式使用是指 Transact-SQL 语言能够嵌入到高级语言程序中，供程序员设计程序时使用。在这两种不同的使用方式下，其语法结构基本是一致的。这种以统一的语法结构提供多种不同使用方式的做法，为用户提供了极大的灵活性和方便性。

4）容易理解和掌握

Transact-SQL 语言虽然功能极强，但由于设计巧妙，语言十分简简洁，同时符合人的思维习惯，因此易学易用，便于掌握。

2. Transact-SQL 的分类

根据其完成的具体功能，可以将 Transact-SQL 语言分为 4 类：数据定义语言、数据操作语言、数据控制语言和附加语言元素，各种类型包含的 T-SQL 语句见表 11 – 1。

表 11 – 1　T-SQL 语言分类

T-SQL 语言类型	包含的 T-SQL 语句
数据定义语言	CREATE、ALTER、DROP
数据操作语言	SELECT、INSERT、UPDATE、DELETE
数据控制语言	GRANT、REVOKE
附加语言元素	事务管理语句、流程控制语句、变量、表达式等语言元素

1）数据定义语言 DDL

数据定义语言 DDL(Data Definition Language)是最基本的 Transact-SQL 语言类型，用来创建、修改和删除数据库和数据库中的基本表、视图、索引、存储过程、触发器、规则等各种对象的语句，包括 CREATE、ALTER、DROP 语句。

2）数据操纵语言 DML

数据操纵语言 DML(Data Manipulation Language)提供对数据库中的数据进行查询、添加、修改和删除的语句，包括 SELETE、INSERT、UPDATE、DELETE 语句。

3）数据控制语言 DCL

数据控制语言 DCL(Data Control Language)主要用来进行数据库安全性管理，以确保数据库中的数据和操作不被未授权的用户使用和执行。数据控制语言用于设置或者更改数据库用户（或角色）的权限，包括 GRANT 和 REVOKE 语句。

4）附加的语言元素

除上述介绍的几种类型外，Transact-SQL 语言还包括了一些附加的语言元素，如变量、常量、运算符、表达式、函数、流程控制语句、错误处理语句和事务控制语句等。它不是 SQL99 的标准内容，而是为了编写脚本增加的语言元素。

11.2 Transact-SQL 基础

11.2.1 标识符

标识符是指用户在 Microsoft SQL Server 2005 中定义的服务器、数据库、数据库对象（例如表、视图、列、索引、触发器、过程、约束及规则等）、变量和列等对象的名称。大多数对象要求有标识符，例如，在创建表时必须为表指定标识符。但是也有些对象标识符是可选的，例如创建约束时用户可以不提供标识符，其标识符由系统自动生成。

按照标识符的使用方式，Microsoft SQL Server 2005 中的标识符可以分为常规标识符和分隔标识符两类。

1. 常规标识符

符合标识符命名规则的，在 Transact-SQL 语句中使用时不用将其分隔的标识符称为常规标识符。

标识符的命名规则如下。

（1）标识符长度可以为 1～128 个字符。

（2）标识符的首字符必须为 Unicode 3.2 标准所定义的字母、下划线（_）、at 符号（@）、和数字符号（#）。

（3）后续字母可以为 Unicode 3.2 标准所定义的字符、0～9 数字或下划线（_）、at 符号（@）、数字符号（#）、美元符号（$）。

（4）标识符内不能嵌入空格或其他特殊字符。

（5）标识符不能与 SQL Server 中的保留关键字同名。

说明：（1）Unicode 3.2 标准所定义的字母包括拉丁字符 a～z 和 A～Z，以及来自其他语言的字母字符。

（2）在 SQL Server 2005 中，某些位于标识符开头位置的符号具有特殊意义。以一个"@"符号开头的标识符表示局部变量或参数，以两个"@"符号开头的标识符表示系统内置的全局变量。以一个"#"开头的标识符表示临时表或过程。以两个"#"符号开头的标识符表示全局临时对象。

例如，下面 SELECT 语句中的表标识符 StuInfo 和列标识符 SID 均为常规标识符。

```
SELECT*  FROM StuInfo
WHERE SID = '05000004'
```

2. 分隔标识符

分隔标识符允许在标识符中使用 SQL Server 2005 保留关键字或常规标识符中不允许使用的一些特殊字符，这时该标识符应包含在双引号（""）或者方括号（[]）内。符合标识符命名规则的标识符可以分隔，也可以不分隔。

例如，下列语句由于所创建的表名 My Table 中包含空格，列名 order 与 T-SQL 保留字相同，因此均要用方括号来分隔。

```
SELECT*
FROM[My Table]
WHERE[order]=10
```

说明： 分隔标识符的分隔符在默认情况下，只能使用方括号（［　］）作为分隔符，当 QUOT-ED_IDENTIFIER 选项设置为 ON 时，才能使用引号（""）作为分隔符。

11.2.2　变量

在 SQL Server 2005 中，变量由系统或用户定义并赋值，被用来作为在语句间传递数据的方式之一。Transact-SQL 可以有两种变量，一种是局部变量，另一种是全局变量。它们的主要区别在于存储的数据作用范围不同。

1. 局部变量

局部变量是用户可以自定义的变量，它的作用范围仅限于定义该变量的程序中使用。局部变量必须先定义后使用，变量名必须以"@"开头，且必须符合 SQL Server 标识符的命名规则。局部变量在程序中常用来存储从表中查询的结果，或当作程序执行过程中暂存变量使用。

1）局部变量的声明

局部变量用 DECLARE 语句声明，其语法格式如下：

```
DECLARE  @variable_name datatype[,...n]
```

参数说明：

（1）@variable_name：声明的变量名。

（2）Datatype：变量的数据类型，可以是除 text、ntext 和 image 类型以外所有的系统数据类型或用户定义数据类型，如果没有特殊用途，建议尽量使用系统数据类型。

2）局部变量的赋值

在 Transact-SQL 语言中不能像在一般程序语言中一样使用"变量名＝变量值"来给变量赋值，用户可在与定义变量的 DECLARE 语句同一批处理中用 SET 语句或 SELECT 语句为其赋值。

用 SET 语句给变量赋值的语法格式如下：

```
SET  @variable_name =expression
```

参数说明：

expression：给变量赋值的有效表达式，与局部变量@variable_name 的数据类型相匹配。

用 SELECT 语句给变量赋值的语法格式如下：

```
SELECT  @variable_name =expression  [,...n]
[FROM table_name
Where condition ]
```

赋值语句的功能是将该表达式的值赋给指定的变量。这里 SELECT 的作用是为了给变量赋值，而不仅仅是为了从表中检索数据。使用 SELECT 语句进行赋值的过程中，可以省略 FROM 和 WHERE 子句。

3）局部变量的输出

局部变量可以使用 PRINT 语句或 SELECT 语句输出。Print 语句一次只能输出一个变量的值,而 SELECT 语句一次可以输出多个变量的值。输出语句的语法格式如下。

用 PRINT 语句输出变量的语法格式如下:

```
PRINT  @variable_name
```

用 SELECT 语句输出变量的语法格式如下:

```
SELECT  @variable_name [,... n ]
```

2. 全局变量

全局变量是 SQL Server 2005 内部事先定义好的变量,用户不能定义或赋值,对用户而言是只读的。全局变量在任何程序中可随时调用。全局变量通常存储一些 SQL erver 的配置设定值和统计数据。使用全局变量来记录 SQL Server 2005 服务器的活动状态信息。用户可以在程序中调用全局变量来测试系统的设定值或者是 Transact-SQL 命令执行后的状态值。全局变量的名字以"@@"开头。

SQL Server 2005 提供的全局变量共 33 个,一部分是与当前的 SQL Server 连接或与当前的处理相关的全局变量,如@@ rowcount 表示最近一个语句影响的记录数;另一部分是与系统内部信息有关的全局变量,如@@ version 表示 SQL Server 的版本信息。

有关 SQL Server 2005 中其他全局变量及其功能可参看系统帮助。

11.2.3 运算符

运算符是一种特殊符号,用来指定要在一个或多个表达式中执行的操作。在 SQL Server 2005 中运算符分为算术运算符、赋值运算符、字符串连接运算符、比较运算符、逻辑运算符、位运算符和一元运算符。

1. 算术运算符

算术运算符对两个表达式执行数学运算,这两个表达式可以是数值数据类型中的一个或多个数据类型。Transact-SQL 支持的算术运算符有:加(+)、减(−)、乘(∗)、除(/)、取模(％)。

注意: 取模运算两边的表达式必须是整型数据。

2. 赋值运算符

赋值运算符(=)是将表达式的值赋给一个变量。它通常用于 SET 和 SELECT 语句中。

3. 比较运算符

比较运算符用于比较两个表达式的大小,或者比较是否相同,其比较的结果是布尔数据类型,包括 TRUE、FALSE 和 UNKNOWN。比较运算符可以用于除了 TEXT、NTEXT 或 IMAGE 数据类型以外的所有数据类型的表达式。Transact-SQL 支持的比较运算符有:大于(>)、等于(=)、小于(<)、大于等于(> =)、小于等于(< =)、不等于(! = 或 < >)、不大于(! >)、不小于(! <)。其中! = 、! > 、! < 不是 ANSI 标准的运算符。

注意: 布尔数据类型和其他 SQL Server 数据类型不同,该类型不能指定为表列(属性)或变量的数据类型,也不能在结果集中返回布尔数据类型。

4. 逻辑运算符

逻辑运算符可以把多个关系表达式连接起来，用于测试条件是否为真。它与比较运算符一样，返回带有 TRUE 或 FALSE 的布尔数据类型。SQL Server 2005 的逻辑运算符及含义见表 11－2。

表 11－2 SQL Server 逻辑运算符

运算符	含义
ALL	如果一组的比较都为 TRUE，则为 TRUE
AND	如果两个布尔表达式都为 TRUE，则为 TRUE
ANY	如果一组的比较中任何一个为 TRUE，则为 TRUE
BETWEEN	如果操作数在某个范围之内，则为 TRUE
EXISTS	如果子查询包含一些行，则为 TRUE
IN	如果操作数等于表达式列表中的一个，则为 TRUE
LIKE	如果操作数与一种模式相匹配，则为 TRUE
NOT	对任何其他布尔运算符的值取反
OR	如果两个布尔表达式中的一个为 TRUE，则为 TRUE
SOME	如果在一组比较中，有些为 TRUE，则为 TRUE

5. 字符串连接运算符

字符串连接运算符(＋)用于将字符串或字符型变量串接起来。其他所有字符串操作都需要使用字符串函数进行处理。

说明： 默认情况下，对于 VARCHAR 数据类型的数据，在连接 VARCHAR、CHAR 或 TEXT 类型的数据时，在默认设置情况下空的字符串被解释为空字符串，例如'abc'＋''＋'def'被存储为'abcdef'。但是，如果兼容级别设置为 65，则空字符串将作为单个空白字符处理，'abc'＋''＋'def'将被存储为'abc def'。

6. 位运算符

位运算符在两个表达式之间执行位操作，这两个表达式可以为整数数据类型或二进制数据类型(Image 数据类型除外)。位运算符包括：与(＆)、或(｜)、异或(^)、求反(～)等逻辑运算。

7. 运算符优先级

当一个复杂的表达式中包含多个运算符时，运算执行的先后次序取决于运算符的优先级。具有相同优先级的运算符，根据它们在表达式中的位置对其从左到右进行求值。在 SQL Server 2005 中运算符的优先级排列如下。

(1) ( )

(2) ＋(正)、－(负)、～(按位 NOT)

（3）＊（乘）、/（除）、%（模）

（4）＋（加）、＋（连接）、－（减）

（5）＝、＞、＜、＞＝、＜＝、＜＞、！＝、！＞和！＜（比较运算符）

（6）^（位异或）、&（位与）、|（位或）

（7）NOT

（8）AND

（9）OR、ALL、ANY、BETWEEN、IN、LIKE、SOME

（10）＝（赋值）

11.2.4 函数

SQL Server 2005 提供了大量的内置系统函数，包括数学函数、字符串函数、数据类型转换函数和日期函数等几类。此外，SQL Server 2005 还支持用户定义函数，在系统函数不能满足需要的情况下，用户可以创建、修改和删除用户定义函数。

1. 系统内置函数

1）数学函数

数学函数对数值表达式进行数学运算，并将运算结果返回给用户。数学函数可以对 SQL Server 2005 系统提供的数据类型为 Decimal、Integer、Float、Real、Money、Smallmoney、Smallint 和 Tinyint 的数据进行运算。常用的数学函数见表 11 – 3。

表 11 – 3 常用数学函数

函数名称	说明
ABS(n)	返回 n 的绝对值
RAND	返回 0～1 之间的随机数
EXP(n)	返回 n 的指数值
SQRT(n)	返回 n 的平方根
SQUARE(n)	返回 n 的平方
POWER(n, m)	返回 n 的 m 次方
CEILING(n)	返回大于等于 n 的最小整数
FLOOR(n)	返回小于等于 n 的最大整数
ROUND(n, m)	对 n 做四舍五入处理，保留 m 位
LOG10(n)、LOG(n)	返回 n 以 10 为底的对数、返回 n 的自然对数
SIGN(n)	返回 n 的正号（＋1）、零（0）或负号（－1）
PI	返回 π 的常量值 3.14159265358979
ASIN(n)、ACOS(n)、ATAN(n)	反正弦、反余弦、反正切函数，其中 n 用弧度表示
SIN(n)、COS(n)、TAN(n)、COT(n)	正弦、余弦、正切、余切函数，其中 n 用弧度表示
DEGREES(n)	将指定的弧度值转换为相应角度值
RADIANS(n)	将指定的角度值转换为相应弧度值

2）字符串函数

字符串函数是对二进制数据、字符串和表达式执行不同的运算。字符串函数作用于 CHAR、VARCHAR、BINARY、VARBINARY 数据类型，以及可以隐式转换为 CHAR 或 VARCHAR 的数据类型。通常在 SELECT 和 WHERE 子句以及表达式中使用，常用的字符串函数见表 11 - 4。

表 11 - 4 常用字符函数

种类	函数名称	说明描述
转换函数	ASCII(<字符表达式>)	返回字符串表达式最左边字符的 ASCII 码值
	CHAR(<整型表达式>)	把 ASCII 码值转换成字符
	STR(<浮点型表达式> [, <长度 [, <小数长度>] >])	将数值数据转换为字符数据
	LOWER(<字符表达式>)	把大写字母转换成小写字母
	UPPER(<字符表达式>)	将小写字母转换成大写字母
取子串函数	SUBSTRING(<字符串表达式> , <起始位置> , <长度>)	在目标字符串或列值中，返回指定起始位置和长度的子串
	LEFT(<字符串表达式> , n)	从字符串的左边取 n 个字符
	RIGHT(<字符串表达式> , n)	从字符串的右边取 n 个字符
去空格函数	LTRIM(<字符串表达式>)	删除字符串头部的空格。
	RTRIM(<字符串表达式>)	删除字符串尾部的空格。
字符串比较函数	CHARINDEX(<字符串2> , <字符串1>)	返回字符串 2 在字符串 1 表达式中出现的起始位置
	PATINDEX(% <模式>%, <字符串>)	返回指定模式在字符串中第一次出现的起始位置；若未找到，则返回零。
基本字符串函数	SPACE(n)	返回由 n 个空格组成的字符串。
	REPLICATE(<字符串> , n)	返回一个按指定字符串重复 n 次字符串
	LEN(<字符串>)	返回指定字符串的字符个数
	STUFF(<字符串1> , <起始位置> , <长度> , <字符串2>)	用字符串 2 替换字符串 1 中指定起始位置、长度的子串
	REPLACE(<字符串1> , <字符串2> , <字符串3>)	在字符串 1 中，用字符串 3 替换字符串 2
	REVERSE(<字符串> I <列名>)	取字符串的逆序

3）日期时间函数

日期和时间函数用于对 DATETIME 和 SMALLDATETIME 类型的数据进行操作，并返回一个字符串数据值或日期时间值。日期时间函数见表 11 −5。

表 11 −5　日期时间函数

函数名称	说明
GETDATE( )	以 DATETIME 数据类型的标准格式返回当前系统的日期和时间
DAY(日期)	返回指定日期的天数
MONTH(日期)	返回指定日期的月份
YEAR(日期)	返回指定日期的年份
DATEADD(＜日期格式＞，n，＜日期表达式＞)	返回在指定日期按指定方式加上一个时间间隔 n 后的新日期时间值
DATEDIFF(＜日期格式＞，＜日期 1＞，＜日期 2＞)	以指定的方式给出日期 2 和日期 1 之差
DATENAME(＜日期格式＞，＜日期表达式＞)	返回指定日期中指定部分所对应的字符串
DATEPART(＜日期方式＞，＜日期表达式＞)	返回指定日期中指定部分所对应的整数值

　　在日期时间函数中，参数"日期格式"经常被使用，用来指定构成日期类型数据的各组成部分，如年、月、日、星期等，其取值见表 11 −6。

表 11 −6　日期时间函数中参数 DATEPART 的取值

日期组成部分	缩写	取值
year	yy，yyy	1753 ~ 9999
quarter	qq，q	1 ~ 4
month	mm，m	1 ~ 12
day f year	dy，y	1 ~ 366
day	dd，d	1 ~ 31
week	wk，ww	1 ~ 54
weekday	dw，w	1 ~ 7
hour	hh	0 ~ 23
minute	mi，n	0 ~ 59
second	ss，s	0 ~ 59
millisecond	ms	0 ~ 999

　　4）数据转换函数

　　SQL Server 能够自动处理某些数据类型的转换，如 CHAR 和 VARCHAR、INT 和 SMALLINT 的转换可以实现自动转换，也称为隐性转换。但是有些类型的转换 SQL Server 无法自动实现，或者自动转换结果不符合预期结果，这就需要使用转换函数进行显示转换。转换函数见表 11 −7。

表 11 - 7　数据转换函数

函数名称	功能
CAST(< 表达式 > AS < 数据类型 >)	将某种数据类型的表达式显式转换为另一种数据类型
CONVERT(< 数据类型 > [< 长度 >], < 表达式 > [, 日期格式])	将某种数据类型的表达式显式转换为另一种数据类型, 可以指定长度; Style 为日期格式样式

5) 系统函数

系统函数用于获取有关 SQL Server 系统、用户、数据库和数据库对象的信息。用户可以根据返回信息, 使用条件语句进行不同的操作。系统函数见表 11 - 8。

表 11 - 8　系统函数

函数名称	说明
COALESCE	返回其参数中第一个非空表达式
DATALENGTH	返回任何表达式所占用的字节数
HOST_NAME	返回工作站名称
ISNULL	使用指定的替换值替换 NULL
NEWID	创建 uniqueidentifier 类型的唯一值
NULLIF	如果两个指定的表达式相等, 则返回空值
USER_NAME	返回给定标识号的用户数据库用户名

2. 用户自定义函数

用户在编写程序的过程中, 除了可以调用系统函数外, 还可以根据应用需要自定义函数, 以便用在允许使用系统函数的任何地方。用户自定义函数包括表值函数和标量值函数两类, 其中表值函数又包括内联表值函数和多语句表值函数。

(1) 标量值函数: 返回一个确定类型的标量值。其返回类型为除 TEXT、NTEXT、IMAGE、CURSOR、TIMESTAMP 和 TABLE 类型以外的其他数据类型。函数体语句定义在 BEGIN…END 语句内。

(2) 内联表值函数: 返回值是一个表。内联表值函数没有由 BEGIN…END 语句括起来的函数体, 其返回的表由一个位于 RETURN 语句中的 SELECT 语句从数据库中筛选出来。内联表值函数的功能相当于一个参数化的视图。

(3) 多语句表值函数: 返回值是一个表。函数体包括多个 SELECT 语句, 并定义在 BEGIN…END 语句内。

可以利用 T-SQL 语句在查询分析器中直接输入创建函数的代码创建自定义函数。现以创建一个求两个数中的最大值的标量函数为例, 学习用户自定义函数创建的两种方法。

1) 标量函数

创建标量函数语法格式如下:

```
CREATE  FUNCTION  function_name
(@Parameter  scalar_parameter_data_type [ = default ], [ ... n ])
```

```
RETURNS  scalar_return_data_type
AS
BEGIN
    Function  body
    RETURN  scalar_expresstion
END
```

参数说明：

（1）function_name：指定要创建的函数名。

（2）@Parameter：为函数指定一个或多个标量参数的名称。

（3）scalar_parameter_data_type：指定标量参数的数据类型。

（4）default：指定标量参数的默认值。

（5）scalar_return_data_type：指定标量函数返回值的数据类型。

（6）Function body：指定实现函数功能的函数体。

（7）scalar_expresstion：指定标量函数返回的标量值表达式。

2）内联表值函数

创建内联表值函数语法格式如下：

```
CREATE  FUNCTION  function_name
(@Parameter  scalar_parameter_data_type[=default],[...n])
RETURNS  TABLE
AS
RETURN  select_stmt
```

参数说明：

（1）TABLE：指定返回值为一个表。

（2）select_stmt：单条 SELECT 语句，确定返回表的数据。

其余参数与标量函数相同。

```
CREATE  FUNCTION  Score(@cj FLOAT)
RETURNS  TABLE
AS
RETURN  SELECT*
        FROM ScoreInfo
        WHERE Score > = @cj
```

3）多语句表值函数

创建多语句表值函数语法格式如下：

```
CREATE  FUNCTION  function_name
(@Parameter  scalar_parameter_data_type[=default],[...n])
RETURNS  table_varible_name TABLE
(<colume_definition>)
AS
BEGIN
function_body
```

```
            RETURN
            END
```

参数说明：

（1）table_varible_name：指定返回的表变量名。

（2）colume_definition：返回表中各个列的定义。

3．调用用户自定义函数

1）调用标量函数

当调用用户自定义的标量函数时，提供由两部分组成的函数名称，即所有者.函数名，自定义函数的默认所有者为dbo。可以利用PRINT、SELECT和EXEC语句调用标量函数。

2）调用表值函数

表值函数只能通过SELECT语句调用，在调用时可以省略函数的所有者。内联表值函数和多语句表值函数的调用方法相同。

11.2.5　应用实例

【例11-1】　定义两个变量@var1和@course_name，使用常量直接为其赋值，并输出。

```
            --声明局部变量
            DECLARE  @var1 int,@course_name char(15)
            --给局部变量赋值
            SET @var1 =100
            SELECT @course_name = '数据库原理'
            --输出局部变量
            Print @var1
            Print course_name
```

【例11-2】　定义两个变量@Max_Score和@Min_Score，将ScoreInfo表中的最高分和最低分分别赋给这两个变量。

```
            --声明局部变量
            DECLARE  @Max_Score int,@Min_Score int
            --为变量赋值
            SELECT  @Max_Score =MAX(Score),@Min_Score =MIN(Score)
            FROM  ScoreInfo
            SELECT  @Max_Score as 最高分,@Min_Score as 最低分
```

【例11-3】　在UPDATA语句中使用@@rowcount变量来检测是否存在发生更改的记录。

```
            USE TeachingData
            GO
            --将选修课程"00000001"的每个学生的成绩增加5分
            UPDATE ScoreInfo
            SET Score =Score +5
            WHERE CID = '00100001'
```

```
- -如果没有发生记录更新,则发生警告信息
IF @@rowcount = 0
Print'警告:没有发生记录更新! '/* Print 语句将字符串返回给客户端* /
```

【例11-4】 分析比较下列语句的执行结果,正确理解 CEILING(n)、FLOOR(n)、ROUND(n,m)这3个数学函数的功能。

在 SQL 的查询窗口中输入:

```
SELECT  'Select1',CEILING(8.4),FLOOR(8.4),ROUND(8.456,2)
SELECT  'Select2',CEILING(8.4),CEILING(-8.4)
SELECT  'Select3',FLOOR(8.6),FLOOR(-8.6)
```

运行结果如图11.1所示。

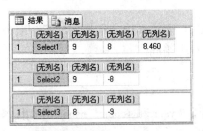

图 11.1 【例 11-4】运行结果

【例11-5】 分析下列函数的执行结果,正确理解字符串函数的功能。

在 SQL 的查询窗口中输入:

```
SELECT REPLICATE('abc',3)
SELECT REPLACE('abcdefgbcd','bcd','12')
SELECT STUFF('abcdefgbcd',2,4,'12')
```

运行结果如图11.2所示。

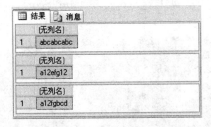

图 11.2 【例 11-5】运行结果

【例11-6】 获取当前系统日期和当前月份。

```
SELECT GETDATE()as 当前日期,MONTH(GETDATE())as 月份
```

运行结果如图11.3所示。

图 11.3 【例 11-6】运行结果

【例11－7】　在 StuInfo 表中，查询所有年满 19 岁的学生学号、姓名、性别、年龄和所在系部。

```
SELECT  SID,Sname,Sex,DATEDIFF(yy,Birthday,GETDATE())as Sge,Dept
FROM  StuInfo
```

运行结果如图 11.4 所示。

	SID	Sname	Sex	Sge	Dept
1	04000002	李少华	男	25	计算机系
2	05000001	张小红	女	24	计算机系
3	05000002	孙雯	女	24	计算机系
4	05000003	李小森	男	24	计算机系
5	05000004	苏小明	男	25	计算机系
6	05000005	周杰	男	24	计算机系
7	05000006	李建国	男	24	计算机系
8	05010002	徐贺菁	女	24	管理科学与工程系
9	06010001	陈平	男	23	管理科学与工程系

图 11.4　【例 11－7】运行结果

【例11－8】　使用 CAST 数据类型转换函数将 Score 转换为字符型，并实现字符串连接运算。

```
SELECT sid as 学号,'成绩是：' +CAST(Score S VARCHAR(12))
FROM scoreInfo
WHERE Score >85
```

运行结果如图 11.5 所示。

	学号	[无列名]
1	05000001	成绩是：97
2	04000002	成绩是：100
3	05000001	成绩是：88
4	05000001	成绩是：89
5	06010001	成绩是：100

图 11.5　【例 11－8】运行结果

【例11－9】　查询数据库所在的计算机名。

```
SELECT HOST_NAME()AS 计算机名
```

【例11－10】　创建一个标量函数，该函数返回两个参数的最大值。

```
CREATE  FUNCTION  My_Max(@X REAL,@Y REAL)
RETURNS  REAL
AS
BEGIN
DECLARE @Z REAL
```

```
IF @X > @Y          SET @Z = @X          ELSE
    SET @Z = @Y
RETURN(@Z)
END
```

【例 11 - 11】 在 TeachingData 数据库中创建一个内联表值函数，该函数返回高于指定成绩的查询信息。

```
CREATE FUNCTLON UP-Score(@Score numeric(3,0))
RETURNS TABLE
AS
RETURN SELECT*
FROM Scorelnfo
WHERE Score > @Score
```

【例 11 - 12】 使用不同的方式调用 my_Max 标量函数。

（1）用 Print 语句调用标量函数。

```
PRINT dbo.my_max(3,6)
```

（2）用 Select 语句调用标量函数。

```
SELECT dbo.my_max(3,6)
```

（3）用 EXEC 语句调用标量函数。

```
DECLARE @m REAL
EXEC @m = dbo.my_max 3,6
PRINT @m
GO
```

说明：在使用 EXEC 调用自定义函数时，调用参数的次序与函数定义中的参数次序可以不同，此时必须用赋值号为函数的标量参数指定相应的实参。例如：

```
DECLARE @m REAL
EXEC @m = dbo.my_max @y = 15,@x = 2
PRINT @m
GO
```

【例 11 - 13】 利用内联表值函数 Score 查询成绩大于 90 分的信息。

```
SELECT*
FROM Score(90)
```

11.3 Transact-SQL 编程

11.3.1 批处理

批处理将一条或多条 Transact-SQL 语句归纳为一组，以便一起提交到 SQL Server 执行。

SQL Server 将批处理语句编译成一个可执行单元，此单元称为执行计划。每次执行一条语句。批处理以 GO 语句作为结束符。

在批处理中，由于语法错误等问题而造成编译错误，将使执行计划无法编译，而且批处理中的所有语句不被执行。例如：

```
INSERT INTO ScoreInfo (SID,CID,TID,Score)
VALUES('06010001','00000002','01000001',87)
INSERT INTO ScoreInfo(SID,CID,TID,Score)
Go
```

当上述批处理被执行时，首先进行批处理编译，第一条 INSERT 语句被编译，第二条 INSERT 语句由于缺少 VALUES 子句存在语法错误而不被编译。因此整个批处理的语句不被执行。

如果是由于数据溢出或违反约束等原因造成的运行时错误，则处理方式如下。

（1）大多数的运行时错误会停止执行发生错误的语句，而且当前批处理中该语句之后的所有语句也不执行。

（2）少数的运行时错误（如违反约束）仅会停止执行发生错误的语句，而且当前批处理中该语句之后的所有语句仍会继续执行。

例如：

```
INSERT INTO ScoreInfo(SID,CID,TID,Score)
VALUES('06010001','00000002','01000001',87)
INSERT INTO ScoreInfo(SID,CID,TID,Score)
VALUES('05010002','00000001','01000001','男')
GO
```

当上述批处理被执行时，首先能成功进行编译，接下来由于第二条 INSERT 语句在执行时失败，则第一条语句的执行结果不受影响，因为它已经执行。

11.3.2　流程控制语句

流程控制语句是指那些用来控制程序流程执行的语句。使用控制流程语句可以提高编程语言的处理能力，得以完成较复杂的操作。Transact-SQL 语言使用的流程控制命令与常见的程序设计语言类似，主要有以下几种控制命令。

1. BEGIN…END 语句

BEGIN…END 语句用于将多个 Transact-SQL 语句组合成一个语句块，以便将它们视为一个整体来处理。在条件语句和循环语句等控制流程中，当符合特定条件便执行两条或两条以上的 T-SQL 语句时，需要使用 BEGIN…END 语句将它们组合成一个语句块。其语法格式为：

```
BEGIN
{sql_statement|statement_block}
END
```

其中 sql_statement|statement_block 是指所包含的 T-SQL 语句或语句块。例如下面的代码中，由于符合 IF 表达式的条件需要执行两条语句，因此必须使用 BEGIN…END 语句将

这两条语句组合成一个语句块：

```
DECLARE ErrorNumber INT
IF(@@ERROR < >0)
    BEGIN
        SET @ErrorNumber = @@ERROR
        PRINT '错误代码是:' + CAST(@ErrorNumber AS VARCHAR(10))
    END
```

BEGIN···END 语句会经常在 WHILE 语句、CASE 函数、IF···ELSE 语句中被用到，而且 BEGIN···END 语句允许嵌套使用。

2. IF···ELSE 语句

IF···ELSE 语句是条件判断语句。利用该语句使程序具有不同条件的分支，以完成执行各种不同条件下的功能操作。其语法格式如下：

```
IF Boolean_expression
{sql_statement1 |statement_block1}
[ELSE
{sql_statement2 |statement_block2}]
```

其中 Boolean_expression 为条件表达式，如果条件表达式值为 TRUE，则执行 sql_statement1 或 statement_block1 部分；如果条件表达式值为 FALSE，则执行 sql_statement2 或 statement_block2 部分。

说明：(1)ELSE 子句可选，最简单的 IF 语句没有 ELSE 子句部分。

(2) 如果不使用 BEGIN···END 语句，IF 或 ELSE 只能执行一条语句。

(3) IF···ELSE 可以进行嵌套，可实现多重条件的选择。在 Transact-SQL 中最多可嵌套 32 级。

3. CASE 函数

虽然使用 IF 语句嵌套可以实现多重条件的选择，但是比较烦琐。SQL Server 提供了一个简单的方法，那就是 CASE 函数。CASE 函数按其使用形式的不同，可以分为简单 CASE 函数和搜索 CASE 函数。

1）简单 CASE 函数

简单 CASE 函数必须以 CASE 开头，以 END 结束。它能够将一个指定表达式与一系列简单表达式进行比较，并且返回符合条件的结果表达式。语法格式如下：

```
CASE nput_expression
WHEN when_expression THEN result_expression
[...n]
[ELSE else_result_expression]
END
```

参数说明：

(1) input_expression：指定计算表达式。

（2）when_expression：指定比较表达式。input_expression 的值依次与每个 WHEN 子句中的 when_expression 的值进行比较。

（3）result_expression：指定结果表达式。指定当 input_expression 的值与 when_expression 的值相等时，返回的表达式。

（4）else_result_expression：指定当 input_expression 的值与所有的 when_expression 的值比较结果均为假时，返回的表达式。

简单 CASE 函数的执行顺序如下。

（1）首先计算 input_expression，然后按指定顺序对每个 WHEN 子句中 when_expression 的值与 input_expression 的值进行比较。

（2）如果比较结果为 TRUE，则返回当前 WHEN 子句对应的 result_expression，然后跳出 CASE 函数。

（3）如果没有任何一个 WHEN 子句中 when_expression 的值与 input_expression 的值相同，SQL Server 检查是否有 ELSE 子句，如果有便返回 else_result_expression，否则返回 NULL。

注意：（1）CASE 函数中的各个 when_expression 的数据类型必须与 input_expression 的数据类型相同，或者是可以隐式转换的数据类型。

（2）CASE 函数中如果多个 WHEN 子句 when_expression 的值与 input_expression 的值相同，则只会返回第一个与 input_expression 值相同的 when_expression 对应的 result_expression 的值。

说明：CASE 函数可以嵌套到 SQL 命令中使用。

2）搜索 CASE 函数

搜索 CASE 函数的语法格式为：

```
CASE
WHEN Boolean_expression THEN result_expression
[...n]
[ELSE else_result_expression]
END
```

参数说明：

Boolean_expression：条件表达式，结果为逻辑值。

搜索 CASE 函数的执行顺序如下。

（1）首先按指定顺序依次计算每个 WHEN 子句的 Boolean_expression 的值。

（2）返回第一个取值为 TRUE 的 WHEN 子句对应的 result_expression，然后跳出 CASE 语句。

（3）如果所有 WHEN 子句后的 Boolean_expression 都为 FALSE，SQL Server 检查是否有 ELSE 子句，如果有则返回 else_result_expression，否则返回 NULL。

4. WHILE…CONTINUE…BREAK 语句

WHILE 语句用于设置重复执行 SQL 语句或语句块的条件。只要设定的条件为 TRUE，就重复执行命令行或程序块。其语法格式如下：

```
WHILE Boolean_expression
   BEGIN
      {sql_statement |statement_block}
      [BREAK]
      [CONTINUE]
      {sql_statement |statement_block}
   END
```

其中，CONTINUE 和 BREAK 语句可以控制 WHILE 循环中语句的执行。CONTINUE 语句可以让程序跳过 CONTINUE 命令之后的所有语句，回到 WHILE 循环的第一行，继续进行下一次循环。BREAK 语句则使程序跳出循环，结束 WHILE 语句的执行。

注意：如果嵌套了两个或多个 WHILE 循环，则内层循环的 BREAK 语句将使程序退出到下一个外层循环。此时首先运行内层循环结束之后的所有语句，然后重新开始下一次外层循环。

5. WAITFOR 语句

WAITFOR 语句又称为延迟语句，用于指定触发器、存储过程或事务执行的时间或时间间隔；还可以暂停程序的运行，直到所设定的等待时间已过或所设定的时间已到才继续往下执行。其语法格式如下：

```
WAITFOR
{DELAY 'time_to_pass' |TIME'time_to_execute'}
```

参数说明：

（1）DELAY：指定可以继续执行批处理、存储过程或事务之前必须经过的等待时间间隔。

（2）time_to_pass：指定等待的时间间隔，最长设定为 24 小时。

（3）TIME：指定运行批处理、存储过程或事务的时间点。

（4）time_to_execute：指定 WAITFOR 语句的完成时间。

注意：time_to_pass 和 time_to_execute 必须是 DATETIME 数据类型。如"1∶10∶00"，但不能包括日期。

6. GOTO 语句

GOTO 语句用来改变程序执行的流程，使程序流程跳到指定的标识符，跳过 GOTO 语句后面的语句，并从标签符位置继续进行。GOTO 语句和标识符可以用在语句块、批处理和存储过程中的任意位置使用。作为跳转目标的标识符可以是数字与字符的组合。但必须以"∶"结尾，在 GOTO 语句行，标识符后不必跟"∶"。其语法格式如下：

```
GOTO label
```

7. RETURN 语句

RETURN 语句用于从查询或过程中无条件退出。此时位于该语句后的语句将不再被执行，返回到上一个调用它的程序或其他程序。其语法格式如下：

```
RETURN[integer_expression ]
```

参数说明：

integer_expression：用于指定一个返回值，要求是整型表达式。integer_expression 部分可选，如果省略，SQL Server 系统会根据程序执行的结果返回一个内定值。内定值及相应的含义见表 11-9。

表 11-9　RETURN 语句返回的内定值

返回值	含义	返回值	含义
0	程序执行成功		
-1	找不到对象	-8	非致命的内部错误
-2	数据类型错误	-9	已达到系统的极限
-3	死锁	-10	致命的内部不一致性错误
-4	违反权限原则	-11	致命的内部不一致性错误
-5	语法错误	-12	表或指针破坏
-6	用户造成的一般错误	-13	数据库破坏
-7	资源错误，如磁盘空间不足	-14	硬件错误

说明：（1）如程序运行过程产生了多个错误，SQL Server 系统将返回内定值中绝对值最大的那个数值。

（2）如果用户定义了返回值，则优先返回用户定义的值。RETURN 语句不能返回 NULL 值。

11.3.3　错误捕获语句

为了增强程序的健壮性，必须对程序中可能出现的错误进行及时的处理。在 Transact-SQL 语句中，可以使用 TRY…CATCH 语句和@@ERROR 函数两种方式处理发现的错误。

1. TRY…CATCH 语句

TRY…CATCH 语句是 SQL Server 2005 新增的功能语句，它类似于 C++ 中的异常处理。Transact-SQL 语句组可以包含在 TRY 块中，当执行 TRY 语句组中的语句出现错误时，系统将会把控制传递给 CATCH 块中包含的另一个语句组处理。其语法格式如下：

```
BEGIN TRY
    {sql_statement |statement_block}
END RY
BEGIN CATCH
    {sql_statement |statement_block}
END CATCH
```

参数说明：

sql_statement|statement_block：表示任何 Transact-SQL 语句、批处理，或包括于 BEGIN

…END 块中的语句组。

说明：（1）必须在 BEGIN TRY…END TRY 语句块后紧跟着相关的 BEGIN CATCH…END CATCH 语句块。如果有位于这两个语句块之间的语句，将会产生错误。

（2）每个 BEGIN TRY…END TRY 语句块只能与一个 BEGIN CATCH…END CATCH 语句块相关联。

2. @@ERROR 函数

@@ERROR 函数用于捕捉上一条 Transact-SQL 语句的错误号。由于@@ERROR 在每一条语句执行后被清除并且重置，因此应在语句执行后立即查看它，或将其保存到一个局部变量中以备以后查看。

如果前一个 Transact-SQL 语句执行没有错误，则返回 0，否则返回错误代号。

11.3.4 注释

注释是指程序中用来说明程序内容的语句，它不执行而且也不参与程序的编译。通常是对代码功能给出简要解释或提示的一些说明性的文字，有时也用于暂时禁用的部分 Transact-SQL 语句或语句块。在程序中使用注释是一个程序员的良好编程习惯，它不但可以帮助他人了解自己编写程序的具体内容，而且还可以便于对程序总体结构的掌握。SQL Server 2005 支持两种语法形式表示注释内容。

1. 单行注释

使用两个连字符"－－"作为注释的开始标志，到本行行尾即最近的回车结束之间的所有内容为注释信息。该注释符可与要执行的代码处在同一行，也可另起一行。例如：

```
USE TeachingData      - -打开 TeachingData 数据库
GO
 - -检索 StuInfo 表的数据
SELECT*
FROM   StuInfo
GO
```

2. 块注释

块注释的格式为/*……*/，其间的所有内容均为注释信息。块注释与单行注释不同的是它可以跨越多行，并且可以插入在程序代码中的任何地方。例如：

```
USE TeachingData
DECLARE @Cname VARCHAR(8) /* 定义变量@Cname* /
/* 定义变量
把查询的结果赋给变量* /
SELECT @Cname = Cname FROM CourseInfo
  WHERE CID = '00000001'
GO
```

11.3.5 应用实例

【例11-14】 从 ScoreInfo 表中查找学号为"05000001"的同学的各科成绩，如果选修课程全部及格，则输出各门课程全部及格，否则输出该同学不及格课程的门数。

```
DECLARE @n INT;
IF(SELECT min(Score)FROM ScoreInfo
WHERE SID = '05000002' GROUP BY SID) > = 60
    print '该同学的各门课程全部及格！'
ELSE
  BEGIN
      SELECT @n = COUNT(CID)FROM ScoreInfo
WHERE SID = '05000002' AND Score < 60
      print '该同学有' + CAST(@n AS VARCHAR) + '门课程不及格！'
  END
```

思考，如果上例中没有 BEGIN…END 语句，运行结果会怎样？

【例11-15】 从 StuInfo 表中，显示学生的学号(SID)、姓名(Sname)和性别(Sex)，如果性别为"男"显示"M"，性别为"女"则显示"F"。

```
SELECT SID,Sname,性别 =
    CASE Sex
        WHEN '男' THEN 'M'
        WHEN '女' THEN 'F'
    END
    FROM StuInfo
```

【例11-16】 从 ScoreInfo 表中查询所有同学选课成绩情况，将百分制转换为五分制：凡成绩大于或等于90分时显示"优秀"；80~90分显示"良好"；70~80分显示"中等"；60~70分显示"及格"；小于60分显示"不及格"；为空者显示"未考"。

```
SELECT SID,CID,Score,等级 =
    CASE
        WHEN Score > =90 THEN '优秀'
        WHEN Score > =80  THEN '良好'
        WHEN Score > =70  THEN '中等'
        WHEN Score > =60  THEN '及格'
        WHEN Score <60 THEN '不及格'
        WHEN Score IS NULL THEN '未考'
    END
    FROM ScoreInfo
```

【例11-17】 编写 Transact-SQL 程序，计算20~100的累加和，如果累加和大于等于2000则结束循环，并输出结果。

```
DECLARE @sum INT,@i int
SET @sum=0
SET @i=20
WHILE   @I< =100
    BEGIN
        SET @sum=@sum+@i
        IF sum> =2000
            BREAK
        SET @i=@i+1
    END
PRINT '20~'+CAST(@i as VARCHAR(2))+'的累加和sum='+STR(@sum)
```

其运行结果如图 11.6 所示。

图 11.6 【例 11-17】运行结果

【例 11-18】 等待 5 秒钟后执行 SELECT 语句。

```
WAITFOR DELAY '0:0:5'
SELECT* FROM StuInfo
```

【例 11-19】 向 StuInfo 表中插入两条记录,第二条记录学号 SID 已经存在,观察捕捉的错误信息。

```
BEGIN TRY
    INSERT StuInfo(SID,Sname)
        VALUES('09011101','汪洋')
    INSERT StuInfo(SID,Sname)
        VALUES('04000002','李少华')
END TRY
BEGIN CATCH
    SELECT   ERROR_NUMBER()AS ErrorNumber,    --返回错误号
            ERROR_SEVERITY()AS ErrorSeverity, --返回严重性
            ERROR_STATE()AS rrorState,         --返回错误状态号
            ERROR_LINE()AS ErrorLine,          --返回导致错误的例程中的行号
            ERROR_MESSAGE()AS ErrorMessage; --返回错误消息的完整文本
END CATCH;
```

运行结果如图 11.7 所示。

	ErrorNumber	ErrorSeverity	ErrorState	ErrorLine	ErrorMessage
1	2627	14	1	4	违反了 PRIMARY KEY 约束 'PK_StuInfo'。不能在对象 'dbo.StuInfo' 中插入重复键。

图 11.7　TRY…CATCH 语句的错误捕捉

【例 11－20】　用 @@ERROR 在 UPDATE 语句中检测约束检查冲突(错误 #547)。

```
USE TeachingData
GO
UPDATE ScoreInfo
SET CID = '70000004'
WHERE SID = '04000002' AND TID = '01000003'
IF @@ERROR = 547
PRINT N'违反了约束冲突！'
GO
```

其运行结果如图 11.8 所示。

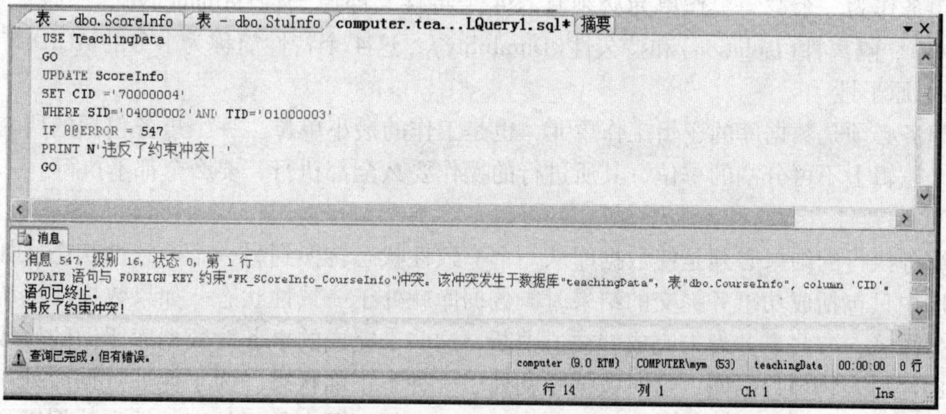

图 11.8　【例 11－20】运行结果

11.4　事 务 编 程

数据库系统的主要特点之一是实现了数据共享，允许多个用户对数据进行同时访问。当多个用户同时操作相同的数据时，如果不采取任何措施，则会造成数据异常。事务是为避免这些异常情况的发生而引入的一个概念。因此，SQL Server 应用事务来保证数据库的一致性和可恢复性，正确地使用事务处理可以有效控制这类问题的发生。

11.4.1　事务概述

1. 事务的概念

事务(Transaction)是用户定义的一个数据库操作的序列，这些操作要么全做要么全不做，绝不能只完成部分操作，而另一部分操作没有执行。事务中任何一条语句执行时出错，事务都会返回到事务开始前的状态。它是一个不可分割的逻辑工作单元。

例如，银行转账工作中，从账户 A 转账 1000 元钱到账户 B，这是一个非常简单的问题，完成这一功能需要进行以下两步操作。

第一步：账户 A 的余额 – 1000。

第二步：账户 B 的余额 + 1000。

如果在成功完成第一步操作后，由于突然断电或其他原因而没有执行第二步操作，那么在系统恢复运行后，将会出现什么结果？显然只完成第一步操作，账户 A 的余额减少了 1000 元，而账户 B 并没有增加 1000 元。这样账户信息发生逻辑错误，账面上少了 1000 元，这时数据库处于不一致性状态，这也是不希望出现的现象。也就是说，当第二步操作没有完成时，系统应该将第一步操作撤销掉，相当于第一个操作没有做。这样当系统恢复正常时，账面数值才是正确的。

要让系统知道哪几个操作属于一个事务，必须显式地告诉系统，这可以通过标记事务的开始和结束来实现。

2. 事务的特性

事务作为一个逻辑工作单元必须具有 4 个特性，即原子性(Atomicity)、一致性(Consistency)、隔离性(Isolation)和持久性(Durability)，这 4 个特性简称为事务的 ACID 特性。

1）原子性

事务必须是数据库的逻辑工作单元，也是工作的最小单位。一个事务包括的所有操作是一个逻辑上不可分割的单位，其所进行的操作要么全都执行，要么全都不执行。

2）一致性

事务执行的结果必须是使数据库从一个一致性状态转换到另一个一致性状态。如果当数据库中只包括成功事务提交的结果时，数据库就处于一致性状态。如果数据库系统运行中发生故障，有些事务尚未完成就被迫中断，这些未完成的事务对数据库所做的修改有一部分已经写入物理数据库，这时数据库就处于一种不正确状态。为了保证数据库处于一致性状态，所有的规则都必须应用于事务的修改，以保证所有数据的完整性和数据库的一致性。可见数据库的一致性和原子性是密不可分的。

3）隔离性

一个事务的执行不能被其他事务干扰。即一个事务内部的操作和使用的数据对其他并发事务是隔离的。并发执行的各个事务之间不能相互干扰，即事务识别数据时数据所处的状态，要么是另一并发事务修改它之前的状态，要么是其他事务修改它之后的状态，事务不会识别中间状态的数据。

4）持久性

事务的持久性也称永久性，是指一个事务一旦提交，它对数据库中数据的改变就应该是永久的。接下来的其他操作或故障不应该对其执行结果有任何影响。

保证事务 ACID 特性是事务管理的重要任务。可以说对数据库中的数据保护是围绕着实现事务的特性而达到的。

3. 事务模式

根据事务的运行模式，SQL Server 2005 将事务分为 4 种类型，即自动提交事务、显式事务、隐式事务和批处理级事务。

1）自动提交事务

自动提交事务是系统默认的事务管理模式，它是指每条单独的 Transact-SQL 语句都是一个事务，即在每条 Transact-SQL 语句成功执行后自动提交；如果遇到错误，则自动回滚该语句。

2）显式事务

显式事务是指由用户可以用 BEGIN TRANSACTION 语句显式地定义事务开始和 COMMIT 语句或 ROLLBACK 语句显式地定义事务的结束。

3）隐式事务

隐式事务是指在前一个事务完成（提交或回滚）时新事物隐式启动。但每个事务仍以 COMMIT 或 ROLLBACK 语句显式定义事务的结束来结束。

4）批处理级事务

批处理级事务只能应用于多个活动结果集（ARS），在 MARS 会话中启动的 T-SQL 显式或隐式事务变为批处理级事务。当批处理完成时没有提交或回滚的批处理级事务自动由 SQL Server 进行回滚。

11.4.2 事务处理语句

在 SQL Server 中，对事务的管理是通过事务控制语句和全局变量结合起来实现的。事务的控制语句如下。

（1）BEGIN TRANSACTION

（2）COMMIT TRANSACTION

（3）ROLLBACK TRANSACTION

（4）SAVE TRANSACTION

1. BEGIN TRANSACTION 语句

BEGIN TRANSACTION 语句定义一个显式事务的开始。其语法格式为：

```
BEGIN{TRANSACTION |TRAN}
    [{transaction_name |tran_name_variable }][WITH MARK['description ']]]
```

参数说明：

（1）transaction_name：指定显式定义事务的名称。

（2）tran_name_variable：指定用户定义的、含有有效事务名的变量名，必须是 CHAR、VARCHAR、NCHAR 或 N VARCHAR 数据类型声明。

（3）description：指定在日志中标记事务的字符串。

2. COMMIT TRANSACTION 语句

COMMIT TRANSACTION 语句标志一个成功的显式事务或隐性事务的结束。提交当前事务，事务中所有数据的改变在数据库中都将永久有效。其语法格式为：

```
COMMIT{TRAN |TRANSACTION}[transaction_name ]
```

3. ROLLBACK TRANSACTION 语句

ROLLBACK TRANSACTION 语句将显式事务或隐性事务回滚到事务的起点或事务内的某个保存点。它也标志一个事务的结束。其语法格式为：

```
ROLLBACK{TRAN |TRANSACTION}[transaction_name |savepoint_name]
```

参数说明：

savepoint_name：指定检查点的名称。

4. SAVE TRANSACTION 语句

SAVE TRANSACTION 语句是在事务内设置保存点，它类似于 C 语言中 GOTO 语句的标号。其语法格式为：

```
SAVE{TRAN |TRANSACTION}{savepoint_name}
```

说明： 全局变量@@TRANCOUNT 记录了当前连接的活动事务数。每条 BEGIN TRANSAC-TION 语句都将@@TRANCOUNT 变量值加 1。每条 COMMIT TRANSACTION 语句将@@TRANCOUNT 变量值递减 1。ROLLBACK TRANSACTION 语句将@@TRANCOUNT 变量值递减到 0，但 ROLLBACK TRANSACTION savepoint_name 除外，它不影响@@TRANCOUNT 的值。

11.4.3 应用实例

【例 11-21】 定义一个事务 score_manager，将所有选修了课程号为 00100002 的学生的成绩都减少 5 分，成功则提交事务，失败则取消事务。

```
USE TeachingData
GO
BEGIN TRAN score_manager
UPDATE ScoreInfo
SET Score=Score-5 WHERE CID='00100002'
IF @@ERROR! =0
    ROLLBACK TRAN score_manager
ELSE
    COMMIT TRAN score_manager
```

【例 11-22】 定义一个事务 stu_add，主要操作是向 StuInfo 表中添加一条学生记录，并设置保存点，然后再修改该生所在的院系，并回滚到事务的保存点，提交该事务。

```
USE TeachingData
GO
BEGIN TRAN stu_add
INSERT INTO StuInfo(SID,Sname,Sex,Dept,Major)
VALUES('07011103','林敏','女','管理科学与工程系','多媒体');
```

```
SAVE TRAN sp1;
UPDATE StuInfo
SET Dept = '计算机系' WHERE SID = '07011103';
ROLLBACK TRAN sp1
COMMIT TRAN stu_manager
```

对上述代码的执行结果进行分析得知，如果在使用 ROLLBACK TRANSACTION 语句时，指定了检查点名称，则事务回滚到设置检查点的位置；如果指定了事务名称，则回滚到该事务执行前的状态；如果没有指定事务名称或保存点名称，则将事务回滚到事务执行前；如果是嵌套事务时，则该语句将所有内层事务回滚到最外面的 BEGIN TRANSACTION 语句。

11.5　存储过程

存储过程是 SQL Server 2005 应用程序设计中的重要内容之一。它是一种高效、安全地访问数据库的方法。主要用于提高数据库检索速度，也经常被用来访问数据或管理被修改的数据。本节主要介绍存储过程的概念和使用。

11.5.1　存储过程概述

1. 存储过程的概念

在开发基于 SQL Server 的应用程序时，SQL 语句是应用程序和数据库之间的重要编程接口。为了提高执行效率，修改和维护方便，经常会将实现某种功能的语句集中起来独立存储，以便能够重复使用，这些独立存放的语句称为存储过程。存储过程（Stored Procedure）是一组完成特定功能的 SQL 语句的集合，经编译后存储在数据库中，用户通过指定存储过程的名称和参数来执行存储过程。

2. 存储过程的优点

使用 SQL 语句编程有两种方法，一是在本地存储 SQL 程序，并创建应用程序向 SQL Server 发送命令来对结果进行处理；二是可以把部分用 SQL 编写的程序作为存储过程存储在 SQL Sever 中，然后创建应用程序来调用存储过程，对数据结果进行处理。

在实际应用中推荐使用第二种方法，主要原因是存储过程具有以下优点。

1）模块化程序设计

存储过程只需创建一次并存储在数据库中，即可被应用程序反复调用，用户可以独立于应用程序而对存储过程进行修改。

2）提高执行速度

当执行 Transact-SQL 程序代码时，SQL Server 必须先检查语法是否正确，接着进行编译、优化，然后再执行操作，因此每条 SQL 语句在执行前都要耗费一些时间。

在创建存储过程时要进行 SQL 语法的正确性检查、编译和优化，在执行存储过程时就无需再重复这些步骤。而且存储过程在第一次调用后就常驻内存，每次执行时不需要再将存储过程从磁盘调入内存,因此执行速度很快。

3)降低网络通信量

如果建立了一个为完成某项操作而包括了数百行 T-SQL 语句的存储过程,客户端应用程序只需要通过网络向服务器发送一条存储过程名称和参数的调用语句,就可以让 SQL Server 执行存储过程中包括的 SQL 语句,并执行数据处理;否则,在客户端应用程序使用 T-SQL 语句完成的话,需要在网络中发送完成此项操作的数百行的代码。

4)保证系统的安全性

数据库系统管理员通过设置用户对存储过程的操作权限,从而实现对相应的数据访问权的限制,避免非授权的用户对数据的访问。

3. 存储过程的类型

SQL Server 2005 数据库包括多种存储过程,主要有系统存储过程、用户自定义存储过程和扩展存储过程。

1)系统存储过程

系统存储过程是在安装 SQL Server 2005 时自动创建的存储过程,主要用于管理 SQL Server 和显示有关数据库及用户的信息。物理意义上讲,系统存储过程主要存储在 master 数据库中,名称以"sp_"作前缀。从逻辑上看,系统存储过程出现在每个系统定义的数据库和用户定义的数据库的 sys 构架中。在 SQL Server 2005 中,可将 GRANT、REVOKE 和 DENY 权限应用于系统存储过程。

通过 SQL Server 2005 中的 SQL Server Management Studio 管理器,在【对象资源管理器】窗口下,逐级展开【服务器】|【数据库】|用户数据库(如 TeachingData)|【可编程性】|【存储过程】|【系统存储过程】选项,单击【系统存储过程】节点可以看到系统提供的所有存储过程的列表。

2)用户自定义存储过程

用户存储过程是由用户为完成某一特定功能自行创建并存储在用户数据库中的存储过程。用户存储过程的名称在数据库中必须唯一,可以附带参数,完全由用户创建和维护。

在 SQL Server 2005 中,按编写语言的不同又将用户存储过程分为 Transact-SQL 存储过程和 CLR 存储过程。Transact-SQL 存储过程是指保存的 Transact-SQL 语句的集合,可以接收和返回用户提供的参数;CLR 存储过程是指对 Microsoft. NET Framework Common Language Runtime(CLR)方法的一个引用,可以接收并返回用户所提供的参数。它们在 . NET Framework 程序集中是作为类的公共静态方法实现的。

注意:用户自定义存储过程的名称不要以"sp_"开头,因为用户自定义存储过程与系统存储过程重名时,用户自定义存储过程永远不会被调用。

3)扩展存储过程

扩展存储过程允许使用外部程序设计语言(例如 C 语言)创建自己的外部例程,它可以由 SQL Server 2005 的实例动态加载和运行。以动态链接 DLL 的形式存在,直接在 SQL Server 实例地址空间中运行,可以使用 SQL Server 2005 扩展存储过程 API 完成编程,扩展存储过程以"xp_"开头。

说明：当初引入扩展存储过程的目的是为了通过外部程序语言来扩充 SQL Server 的功能并弥补 T-SQL 的不足。现在 SQL Server 2005 提供了完整的 .NET Framework CLR 集成功能后，提供了更健全和安全的替代方案来编写扩展存储过程，因此扩展存储过程的使用在减少。

11.5.2　存储过程的创建

存储过程是已经保存的 Transact-SQL 语句的集合，或者对 .NET Framework CLR 的引用，可以接收并返回用户提供的参数。在 SQL Server 中创建存储过程可以使用对象资源管理器，也可以使用 T-SQL 中的 CREATE PROCEDURE 语句。使用 T-SQL 语句创建比较快捷，但是对于初学者使用对象资源管理器创建比较简单。

1. 使用对象资源管理器创建存储过程

利用对象资源管理器创建存储过程的操作方法为：在【对象资源管理器】窗口中，逐级展开要创建存储过程的数据库 |【可编程性】选项，右击【存储过程】选项，选择【新建存储过程】命令，根据对存储过程的功能要求，在代码编辑窗口中输入代码，完成后单击【执行】按钮。

2. 使用 T-SQL 语句创建存储过程

用户还可以使用 CREAT PROCEDURE 语句来手工编写存储过程。在 SQL Server Management Studio 窗口中，单击【新建查询】按钮，在打开新建查询窗口中输入代码即可。其语法格式如下：

```
CREATE{PROC |PROCEDURE}procedure_name
    [{@parameter data_type }[ =default][[OUTPUT]][,...n]
[WITH{RECOMPLIE |ENCRYPTION |RECOMPLIE,ENCRYPTION}]
AS
    {<sql_statement>[...n]}
```

参数说明：

（1）procedure_name：指定存储过程的名称，存储过程的名称必须唯一。

（2）@parameter：指定过程的输入和输出参数的名称，参数的名称必须以 "@" 开头，且符合标识符的命名规则。

（3）data_type：指定参数的数据类型。

（4）default：指定参数的默认值，它可以是一个常量或 NULL。

（5）OUTPUT：指定对应参数是一个输出参数。

（6）RECOMPLIE：表明 SQL Server 不会缓冲该存储过程的执行计划，该过程将在执行时重新编译。

（7）ENCRYPTION：表明 SQL Server 对该存储过程的源代码加密，用 sp_helptext 系统存储过程无法查看。

（8）sql_statement：指定在存储过程中需要执行的 Transact-SQL 语句操作的集合。

11.5.3 存储过程的执行

1. 在对象资源管理器中执行存储过程

可以在 SQL Server Management Studio 中执行存储过程,免去编写代码的过程。具体操作步骤如下。

步骤 1:打开 SQL Server Management Studio,并连接到数据库服务器实例。

步骤 2:在【对象资源管理器】窗口中,逐级展开【数据库】|teachingData|【可编程性】|【存储过程】选项。

步骤 3:右击存储过程(如图 11.9 中的 Stu_Proc),在弹出快捷菜单中选择【执行存储过程】命令,在打开的【执行过程】对话框中,单击【确定】按钮,即可执行该存储过程。

执行后的结果如图 11.9 所示。

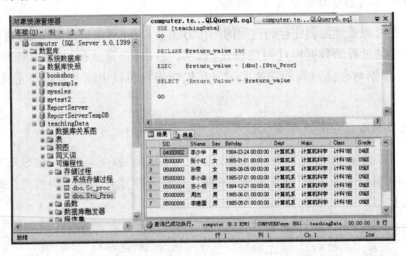

图 11.9 执行存储过程 Stu_Proc 的显示结果

2. 使用 Transact-SQL 语句执行存储过程

可以使用 EXECUTE 语句来执行存储过程。在执行存储过程时,建议使用架构名来限定存储过程的名称。其语法格式如下:

```
EXEC[UTE] [schema_name.]procedure_namevalue ,[,...n]
```

参数说明:

(1) schema_name:指定存储过程所属架构的名称。

(2) procedure_name:指定调用存储过程的名称。

(3) value:指定传递给各输入参数的值。

11.5.4 存储过程的管理

1. 查看存储过程

在使用存储过程时,有时根据存储过程的名称很难了解存储过程的功能,这就需要对该过程进行查看。

1）使用 SQL Server Management Studio 查看存储过程

具体步骤如下。

步骤1：打开 SQL Server Management Studio，并连接到数据库服务器实例。

步骤2：在【对象资源管理器】窗口中，逐级展开【数据库】|teachingData|【可编程性】|【存储过程】选项。在存储过程列表中，即可看到该数据库的所有存储过程。如图11.10左侧的"对象资源管理器"中的内容所示。

步骤3：右击要查看的存储过程 Stu_Proc，在弹出的快捷菜单中选择【执行存储过程】命令，在【执行过程】对话框中，单击【确定】按钮，即可在 SQL 命令窗口中显示该存储过程的代码和执行结果，如图11.10右侧的【SQL 命令窗口】中的内容所示。

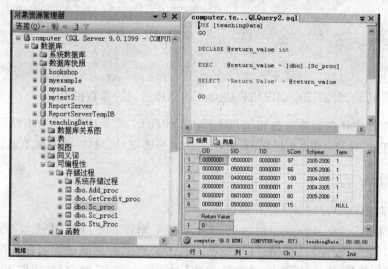

图 11.10 利用 SQL Server Management Studio 查看存储过程

2）使用系统存储过程查看

使用系统存储过程 sp_helptext 可以查看存储过程源代码，其语法格式如下：

```
sp_helptext procedure_name
```

如查看 Sc_proc1 存储过程的源代码，在 SQL 命令窗口中输入如下语句后执行即可。

```
EXEC sp_helptext  Sc_proc1
```

注意： 在创建存储过程时，如果使用了 WITH ENCRYPTION 参数，使用 sp_helptext 系统存储过程无法查看存储过程的源代码。

2. 修改存储过程

创建存储过程后，如果需要更改存储过程的语句和参数，可以删除后再重新创建该存储过程，也可以利用对象资源管理器或 ALTER PROCEDURE 语句进行修改。

1）使用对象资源管理器修改存储过程

使用对象资源管理器修改存储过程的具体步骤如下。

步骤1：打开 SQL Server Management Studio，并连接到数据库服务器实例。

步骤2：在【对象资源管理器】窗口中，逐级展开【数据库】|TeachingData|【可编程性】|

【存储过程】选项。

步骤 3：在存储过程列表中，右击要修改的存储过程名，在弹出的快捷菜单中选择【修改】命令，在 SQL 命令窗口中编辑 T-SQL 代码，完成编辑后，单击标准工具栏中的 **！执行(X)** 按钮，执行修改代码。此时可以在 SQL 命令窗口下方的"消息"框中看到执行结果。

2）使用 T-SQL 语句修改存储过程

使用 ALTER PROCEDURE 语句修改存储过程，不会影响存储过程的已经设定的权限，这是与删除后重建存储过程最大的不同。其语法格式如下：

```
ALTER{PROC |PROCEDURE}procedure_name
  [{@parameter data_type }][=default][[OUT[PUT]][,...n]
[WITH{RECOMPLIE |ENCRYPTION |RECOMPLIE,ENCRYPTION}]
AS
  {<sql_statement>[...n]}
```

参数说明见 11.5.2 节的 CREATE PROCEDURE 语句的参数说明。

注意：如果存储过程在创建时使用 WITH ENCRYPTION 或 WITH RECOMPILE 等选项，那么只有在 ALTER PROCEDURE 中也包含这些选项时，这些选项才有效。

3. 删除存储过程

1）使用对象资源管理器删除存储过程

首先在 SQL Server Management Studio 的【对象资源管理器】窗口中逐级展开【数据库】|TeachingData|【可编程性】|【存储过程】选项，右击要删除的存储过程名称，在弹出的快捷菜单中选择【删除】命令，在弹出的【删除对象】对话框中单击【确定】按钮即可。

2）使用 T-SQL 语句删除存储过程

使用 DROP PROCEDURE 语句可以从当前数据库中删除一个或多个存储过程。其语法格式如下：

```
DROP{PROC |PROCEDURE}{procedure_name }[,..n]
```

例如，从数据库中删除 Sc_proc 和 Stu_proc 存储过程，可执行语句：

```
DROP  PROCEDURE  Sc_proc,Stu_proc
```

11.5.5 应用实例

【例 11-23】 利用对象资源管理器在 TeachingData 数据库中创建一个显示"计算机系"学生的基本信息的存储过程。

操作步骤：

步骤 1：打开 SQL Server Management Studio，并连接到数据库服务器实例。

步骤 2：在【对象资源管理器】窗口中，逐级展开【数据库】|teachingData|【可编程性】选项，右击【存储过程】选项，弹出快捷菜单，如图 11.11 所示。

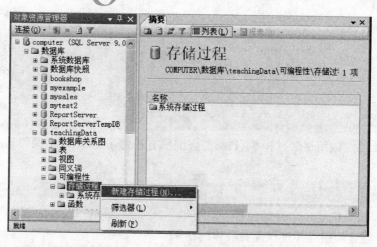

图 11.11 选择【新建存储过程】命令

步骤3：在弹出快捷菜单中选择【新建存储过程】命令，打开新建存储过程的代码编辑窗口。

步骤4：在代码编辑窗口按照下面代码修改系统新建存储过程的命令模板。

```
CREATE PROCEDURE Stu_Proc
AS
    SELECT* FROM StuInfo
    WHERE Dept = '计算机系'
```

步骤5：单击【SQL 编辑器】工具栏中的【执行】按钮即可。在建立存储过程的命令执行成功后，在【对象资源管理器】窗口中的 teachingData 数据库下，选择【可编程性】中的【存储过程】选项，刷新【存储过程】，可以看到新建的存储过程，如图 11.12 所示。

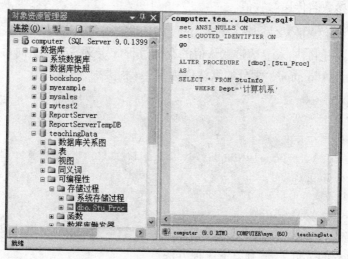

图 11.12 查看新建完成的存储过程

【例 11-24】 创建不带参数的存储过程。定义一个存储过程 Sc_Proc，实现从 ScoreInfo 数据表中查询所有选修了 00000001 课程号的学生选课信息。

```
USE TeachingData
GO
CREATE PROCEDURE Sc_proc
AS
SELECT* FROM ScoreInfo WHERE CID = '00000001'
GO
```

【例 11 – 25】 调用存储过程 Sc_Proc，查询所有选修了 00000001 课程号的学生选课信息。

```
EXECUTE Sc_Proc
```

【例 11 – 26】 创建一个存储过程 Sc_Proc1，实现从 ScoreInfo 表中查询某个学生某门课程的成绩。通过调用存储过程查看具体的结果。

```
USE TeachingData
GO
CREATE PROCEDURE Sc_proc1 (@sid VARCHAR(8),@cid VARCHAR(8))
AS
SELECT SID,CID,Score
FROM ScoreInfo
WHERE SID = @sid AND CID = @cid
GO
```

执行存储过程的 Sc_Proc1 有以下两种方法。

方法一：按位置传递参数值。

```
EXEC Sc_Proc1 '05000001', '00100002'
```

方法二：按参数名传递参数值。

```
EXEC Sc_Proc1 @cid = '00100002',@sid = '05000001'
```

【例 11 – 27】 创建输入参数带默认值的存储过程。定义一个用于向 CourseInfo 表中插入记录的存储过程 Add_proc，学分的默认值为 3，课程类别为基础课。

```
USE TeachingData
GO
CREATE PROC Add_proc
(@cid CHAR(8),@cname CHAR(20),@ccredit TINYINT = 3,@cproperty CHAR(10) =
'基础课')
AS
INSERT INTO CourseInfo
VALUES(@cid,@cname,@ccredit,@cproperty)
```

执行存储过程的 Add_proc 有以下 3 种方法。

1）无缺省值的调用

调用该存储过程插入一条课程号为 00000004、课程名为大学计算机基础、学分为 4 课程记录，使用按位置传递参数值和按参数名传递参数值的调用语句均可。

```
EXEC Add_proc '00000004','大学计算机基础',4,'基础课'
```

另外一种传递参数的方法是采用"参数=值"的形式,此时各个参数的顺序可以任意排列。例如上例也可以这样执行:

```
EXEC Add_proc @cid = '00000004', @ccredit =4, @cproperty ='基础课',@
cname ='大学计算机基础'
```

2)缺省@cproperty 参数的调用

调用该存储过程插入一条课程号为 00000005、课程名为大学体育,2 学分。调用语句为:

```
EXEC Add_proc '00000005','大学体育', 2
```

或

```
EXEC Add_proc @cid = '00000005', @cname ='大学体育', @ccredit =2
```

打开表 CourseInfo 可以看到在调用存储过程时,没有指定参数值时就自动使用相应的默认值,即这里的 CProperty 自动设为默认值"基础课"。

3)缺省@ccredit 参数的调用

调用该存储过程插入一条课程号为 00211003、课程名为软件工程,专业课。调用语句为:

```
EXEC Add_proc @cid ='00211003',@cname ='软件工程',@cproperty ='专业课'
```

由于该调用缺省的中间参数,只能使用"参数=值"形式进行参数传递。

【例 11 - 28】 创建带输出参数的存储过程。定义一个存储过程 GetCredit_proc,实现从 CourseInfo 数据表中返回某门课程的学分。

```
CREATE PROC GetCredit_proc(@cid VARCHAR(8),@ccredit TINYINT OUTPUT)
AS
SELECT @ccredit =Ccredit FROM CourseInfo
WHERE CID = @cid
GO
```

在该例中@cid 为输入参数,用于传入课程号;@ccredit 为输出参数,用于返回学分,需注意其后面的 OUTPUT 表明此参数为输出参数。

执行该存储过程,来查询课程号 CID 为"00200002"的课程学分:

```
DECLARE @xf INT
EXEC GetCredit_proc '00200002',@xfOUTPUT
PRINT @xf
```

返回结果为:3。

下面对存储过程的创建与执行进行总结。

(1)在建立存储过程时,SQL Server 需要对存储过程中的语句进行语法检查。如果存储过程定义中存在语法错误,将返回错误提示,并不创建该存储过程;如果语法正确,则存储过程的文本将存储在 syscomments 系统表中。

(2)在执行存储过程时,查询处理从 syscomments 系统表中读取该存储过程中的文本,并检查存储过程所使用的对象是否存在,这一过程称为延迟名称解释。存储过程中引用的对象只需在执行该存储过程时存在,而不需要在创建该存储过程时就存在。在解析阶段,SQL Server 还将执行数据类型检查和变量兼容性等其他验证活动。如果执行存储过程

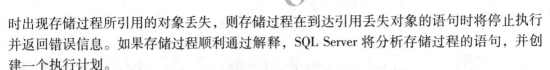

时出现存储过程所引用的对象丢失，则存储过程在到达引用丢失对象的语句时将停止执行并返回错误信息。如果存储过程顺利通过解释，SQL Server 将分析存储过程的语句，并创建一个执行计划。

（3） 分析存储过程中各因素表中的数据量后，将执行计划置于内存，优化后的执行计划将用来执行该查询。执行计划将驻留在内存中，直到重新启动 SQL Server 或需要空间以存储另一个对象为止。

11.6 触 发 器

触发器是数据库中较高级的应用，灵活使用触发器可以大大增强应用程序的健壮性、数据库的可恢复性和可管理性。同时可以帮助开发人员和数据库管理员实现一些复杂的功能，简化开发步骤，降低开发成本，提高数据库的可靠性。本节主要介绍触发器的基本概念，以及触发器的创建和管理。

11.6.1 触发器概述

1. 触发器的概念

触发器是数据库服务器中发生事件时自动执行的一种特殊的存储过程，为数据库提供了有效的监控和处理机制，确保了数据的完整性。触发器基于一个表创建，但可以针对多个表进行操作，所以触发器常被用来实现复杂的商业规则。

在 SQL Server 中，一张表可以有多个触发器，用户可以根据数据操作语句对触发器进行设置。它不同于前面学过的一般存储过程，触发器定义后，任何用户对表操作均由服务器自动激活相应的触发器，执行该触发器所定义的 T-SQL 语句，不像存储过程那样需要通过存储过程名字显示调用。触发器不能通过名称直接调用，更不允许设置参数和返回值。

2. 触发器的优点

触发器能够实现由主码和外码所不能保证的复杂的数据完整性和一致性，可以解决高级形式的业务规则、复杂的行为限制以及实现定制记录等一些方面的问题。触发器具有如下的优点。

（1）强化完整性约束。触发器能够实现比 CHECK 语句更为复杂的约束。与 CHECK 相比，触发器可以引用其他表中的列，更适合在大型数据库管理系统中用来约束数据的完整性。

（2）实现表的级联操作。触发器可以侦测数据库内的操作，并自动级联影响整个数据库的各项内容。

（3）可以禁止和回滚违反完整性约束的更改。触发器可以侦测数据库内的操作，从而可以取消数据库未经许可的更新操作，并返回自定义的错误信息。使数据库的修改、更新操作更安全，数据库的运行也更稳定。

3. 触发器的分类

SQL Server 2005 提供了两种类型的触发器，即 DML 触发器和 DDL 触发器。

1）DML 触发器

DML 触发器是在执行数据操作语句（DML）时被执行的触发器。DML 事件包括指定表或者视图中修改数据的 INSERT 语句、UPDATE 语句和 DELETE 语句。DML 触发器中可以查询其他表，可以包含复杂的 Transact-SQL 语句。可以将触发器和触发它的语句作为整体被看作一个事务，如果检测到错误时，整个事务即自动回滚。

DML 触发器根据操作事件的不同可以分为以下两种类型。

（1）AFTER 触发器。AFTER 触发器是在执行了 INSERT、UPDATE 和 DELETE 语句操作之后才执行的触发器。该触发器要求只有执行某一操作之后，触发器才被触发，且只能在表上定义。可以针对表的同一操作定义多个触发器，还可以使用系统存储过程 sp_settriggerorder 定义触发器触发的顺序。

（2）INSERTED OF 触发器。INSERTED OF 触发器在触发事件发生前被调用，即 INSERTED OF 触发器执行时并不执行其发出触发事件的操作语句（INSERT、UPDATE 或 DELETE），而仅仅执行触发器中的语句。可为带有一个或多个基表的视图定义 INSERTED OF 触发器，而这些触发器能够扩展视图可支持的更新类型。

2）DDL 触发器

DDL 触发器是 SQL Server 2005 的新增功能，也是一种特殊的存储过程，它与 DML 中的 AFTER 触发器类似。当服务器或数据库中发生数据定义语言（DDL）事件时将调用这些触发器。与 DML 不同的是，它相应的触发事件是由数据定义语句 CREATE、ALTER 或 DROP 操作引发的。DDL 触发器通常用于执行数据库的管理任务，如调节和审计数据库运转等。

由于 DDL 触发器是 SQL Server 2005 引入的新概念，主要应用于数据审计等工作，不属于数据库基本使用范围，若需进一步了解 DDL 触发器的更多知识，可参阅 SQL Server 2005 工具书或联机丛书。

11.6.2 创建触发器

在 SQL Server 2005 中可以使用 SQL Server Management Studio 管理器或者 Transaction-SQL 语句创建触发器。在创建触发器前需要注意以下几个问题。

（1）CREATE TRIGGER 语句必须是批处理的第一个语句，并且只能应用在一张表上。

（2）创建触发器的权限默认分配给表的所有者，且不能把该权限传给其他用户。

（3）触发器只能在当前的数据库中创建，但是可以引用当前数据库的外部对象。

（4）在同一条 CREATE TRIGGER 语句中，可以为多种用户操作（如 INSERT 和 UP-DATE）定义相同的触发器操作。

（5）如果一个表的外码设置为 DELETE/UPDATE 的级联操作，则不能再为该表定义 INSTEAD OF DELETE/UPDATE 触发器。

（6）在 DML 触发器中不允许使用的 T-SQL 语句有：CREATE DATABASE、ALTER DA-TABASE、DROP DATABASE、LOAD DATABASE、LOAD LOG、RECONFIGURE、RE-STORE DATABASE、RESTORE LOG。

1. 使用对象资源管理器创建 DML 触发器

在 TeachingData 数据库的 StuInfo 表中创建一个触发器 Stu_t1，旨在进行 INSERT 操作时给出提示信息。具体的操作步骤如下。

步骤 1：打开 SQL Server Management Studio，并连接到数据库服务器实例。

步骤 2：在"对象资源管理器"窗口中，逐级展开【数据库】|TeachingData|【表】|【StuInfo 表】选项，右击【触发器】选项，在快捷菜单中选择【新建触发器】命令，打开新建触发器的代码编辑窗口，如图 11.13 所示。

图 11.13　新建触发器的代码编辑窗口

步骤 3：在代码编辑窗口中的相应位置填入创建触发器的 T-SQL 语句。Stu_t1 代码如下：

```
CREATE TRIGGER Stu_t1
ON StuInfo
FOR INSERT
AS
PRINT   '欢迎新同学！'
```

步骤 4：单击工具栏上的【执行】按钮，完成触发器的创建，如需保存创建触发器的 T-SQL 语句，单击【保存】按钮即可。

2. 用 T-SQL 语句创建 DML 触发器

其语法格式如下：

```
CREATE TRIGGER trigger_name
ON{table |view }
[WITH ENCRYPTION]
{{FOR |AFTER |INSTEAD OF}{[INSERT][,][UPDATE][,][DELETE]}
AS
[IF UPDATE(column)[{AND |OR}UPDATE(column)]
sql_statements
}
```

参数说明：

（1）trigger_name：指定触发器的名字，其名字在当前数据库中必须是唯一的，不能以#或##开头。

（2）table|view：执行 DML 触发器的表或视图，若是视图则只能被 INSTEAD OF 触发器引用。

（3）WITH ENCRYPTION：表示对包含有 CREATE TRIGGER 文本的 syscomments 表进行加密。

（4）FOR|AFTER|INSTEAD OF：指定触发器的类型，FOR 和 AFTER 等价。

（5）[DELETE][,][INSERT][,][UPDATE]：指定激活触发器的数据操作，至少要指明一个选项。在触发器的定义中，三者的顺序不受限制，且各选项要用逗号隔开。

（6）sql_statement：指定触发器被触发后将执行的操作，它包括触发器执行的条件和动作。触发器条件是指除了引起触发器执行的操作外的附加条件；触发器动作是指当用户执行激发触发器的某种操作并满足触发器的附加条件时，触发器所执行的操作。

（7）IF UPDATE（column）：指定对表内某列增加或修改内容时触发器才起作用，它可以指定两个以上的列。

3. 创建 DDL 触发器

DDL 触发器与标准触发器一样，在响应事件时执行存储过程。但与标准触发器不同的是，它们并不响应对表或者视图的 UPDATE、INSERT 或者 DELETE 语句时执行存储过程。它们主要在响应数据定义语言（DDL）语句时执行存储过程，主要包括 CREATE、ALTER、DROP、GRANT、DENY、REVOKE 等语句。它可以用于在数据库中执行管理任务。

可以在 SQL Server Management Studio 界面下的【对象资源管理器】窗口中，逐级展开【数据库】|【TeachingData】|【表】|【StuInfo 表】选项，右击【触发器】选项并选择【新建触发器】命令，打开新建触发器代码编辑器来创建 DDL 触发器，也可以利用 T-SQL 语句来创建 DDL 触发器。

以上两种方法创建 DDL 触发器的核心都是 CREATE TRIGGER 语句，其语法格式如下：

```
CREATE TRIGGER trigger_name
ON{ALL SERVER |DATABASE}
[WITH ENCRYPTION]
{{FOR |AFTER}{event_type |event_group}[,...n]
AS
{sql_statements[,...n]
}
```

参数说明：

（1）trigger_name：指定 DDL 触发器的名称。

（2）ALL SERVER：将 DDL 或登录触发器的作用域应用当前服务器。

（3）DATABASE：将 DDL 触发器的作用域应用当前数据库。

（4）event_type：执行之后将导致激发 DDL 触发器的 Transact-SQL 语言事件的名称。

（5）event_group：预定义的 Transact-SQL 语言事件分组的名称。

（6）sql_statements：触发后的判断条件和操作。

11.6.3 DML 触发器的工作原理

理解 DML 触发器的工作过程，有助于用户更好地设计和使用它。为了更好地理解这一工作过程，先来认识两个特殊的临时表，即 Inserted 表和 Deleted 表。这两个表是在触发器执行时产生的临时表，驻留在内存中，它的结构和触发器所在的表的结构相同，由 SQL Server 2005 自动创建和管理这些表。用户可以使用这两个表中的数据，但不能直接对表中的数据进行修改。

1）Inserted 表

Inserted 表用于存储被 INSERT 和 UPDATE 语句操作所影响的新数据行的副本。在 IN-SERT 操作或 UPDATE 操作时，新的数据行被添加到基本表中，同时这些数据行的副本被添加到 Inserted 临时表中。

2）Deleted 表

Deleted 表用于存储被 DELETE 和 UPDATE 语句操作所影响的旧数据行。在执行 DE-LETE 或 UPDATE 操作时，指定的数据行从基本表中删除，并转移到 Deleted 表中。在基本表和 Deleted 表中一般不会出现相同的行。

Inserted 表和 Deleted 表存在于内存中，仅仅在触发器执行时存在，它们在某一特定时间和某一特定表相关。一旦某个触发器结束执行，相应的两个表内的数据都会消失。如果想将这些表内的数据永久保存，需要在触发器把这些表中的数据复制到一个永久表中。

在对具有触发器的表进行操作时，其执行过程如下。

（1）执行 INSERT 操作时，插入到触发器表中的新行也被插入到 Inserted 表中。

（2）执行 DELETE 操作时，从触发器表中删除的行被插入到 Deleted 表中。

（3）执行 UPDATE 操作时，先从触发器表中删除旧行，然后再插入新行。其中删除的旧行被插入到 Deleted 表中，插入的新行插入到 Inserted 表中。

在设置触发器条件时，应使用激发触发器操作相应的 Inserted 或 Deleted 表。尽管在测试 INSERT 时引用删除的表或在测试 DELETE 时引用插入的表不会导致任何错误，但在这些情况下，这些触发器测试表将不包含任何行。

11.6.4 管理触发器

像存储过程一样，触发器创建后，其名称保存在系统表 sysobjects 中，并把创建的代码保存在系统 syscomments 中。SQL Server 用户可以根据应用需要灵活管理触发器。

1．使用"对象资源管理器"管理触发器

步骤 1：打开 SQL Server Management Studio，并连接到数据库服务器实例。

步骤 2：在【对象资源管理器】窗口中，逐级展开【数据库】|teachingData|【表】|【StuInfo 表】|【触发器】选项。

步骤 3：选中要查看的触发器（如 Stu_t1）右击，在弹出的快捷菜单中进行选择，如图 11.14 所示。

（1）选择【查看依赖关系】命令，则显示依赖该触发器的对象和该触发器依赖的其他数据库对象的名称。

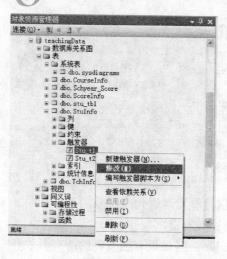

图 11.14　利用"对象资源管理器"管理触发器

（2）选择【修改】命令，在右窗格中显示要修改的触发器的代码，用户可以直接修改该触发器的 T-SQL 语句。最后单击【执行】按钮，可以执行修改后的触发器。

（3）选择【删除】命令，在弹出的【删除对象】对话框中显示了当前要删除触发器的相关信息，如果确认删除，则单击【确定】按钮，系统将删除触发器。

2. 使用 T-SQL 语句管理触发器

1）使用 T-SQL 语句查看触发器

SQL Server 2005 使用系统存储过程 sp_help、sp_helptext 和 sp_depends 和系统表 sysobjects 浏览触发器的相关信息，也可以使用 sp_rename 系统存储过程来为触发器更名。

（1）sp_help。系统存储过程 sp_help 用于查看触发器的名称等一般信息，其语法格式为：

```
EXEC sp_help trigger_name
```

（2）sp_helptext。系统存储过程 sp_helptext 用于查看触发器的正文信息，其语法格式为：

```
EXEC sp_helptext trigger_name
```

（3）sp_depends。系统存储过程 sp_depends 用于查看触发器所引用的表或指定表涉及的所有触发器。其语法格式为：

```
EXEC sp_depends trigger_name
```

或

```
EXEC sp_depends table_name
```

（4）使用系统表 sysobjects。

```
USE TeachingData
SELECT* FROM sysobjects
WHERE type = 'TR'
```

2）使用 T-SQL 语句修改 DML 触发器

使用 ALTER TRIGGER 语句可以修改指定的触发器，其具体语法格式如下：

```
ALTER TRIGGER trigger_name
ON(table |view )
[WITH ENCRYPTION]
(FOR |AFTER |INSTEAD OF){[DELETE][,][INSERT][,][UPDATE]}
[NOT FOR REPLICATION]
AS
{IF UPDATE(column)[{AND |OR}UPDATE(column)]
sql_statements
}
```

其中各参数的含义与创建触发器语句中参数的意义相同。

3）使用 T-SQL 语句删除触发器

触发器使用之后可以删除，但是只有触发器的所有者才有权删除触发器。

若删除 DML 触发器，其 DROP TRIGGER 语句的语法格式如下：

```
DROP TRIGGER trigger_name [,...n]
```

若删除 DDL 触发器，其 DROP TRIGGER 语句的语法格式如下：

```
DROP TRIGGER trigger_name [,...n]
ON{ALL SERVER |DATABASE}
```

其中 ALL SERVER|DATABASE 只是 DDL 触发器的作用域应用对象，如果在创建或修改触发器时指定了 ALL SERVER，则删除时必须指定 ALL SERVER；如果在创建或修改触发器时指定了 DATABASE，则删除时必须指定 DATABASE。

说明：当删除一个数据表，SQL Server 会自动删除与该数据表相关的触发器。

11.6.5 应用实例

【例 11-29】 为数据表 StuInfo 创建一个触发器 Stu_t2，实现在更新操作中禁止修改学生姓名。

```
CREATE TRIGGER Stu_t2 on StuInfo
  FOR UPDATE
  AS
     IF UPDATE(Sname)
     BEGIN
       PRINT '学生姓名不允许修改！'
       ROLLBACK TRANSACTION
     END
```

【例 11-30】 使用 DDL 触发器 DB_tr 来防止从数据库中删除任何同义词。

```
CREATE TRIGGER DB_tr
  ON DATABASE
  FOR DROP_SYNONYM
  AS
     PRINT'不能删除同义词！'
```

```
        ROLLBACK TRANSACTION
  GO
```

【例11 – 31】　创建一个触发器 Tch_t1，实现禁止删除工号为 01000003 的教师。

```
CREATE TRIGGER Tea_t1
ON TchInfo
FOR UPDATE,DELETE
AS
IF((SELECT TID FROM Deleted) = '01000003')
  BEGIN
    PRINT '不允许删除该教师,操作失败! '
    ROLLBACK
  END
GO
```

【例11 – 32】　创建一个触发器 Cou_t1，当向 CourseInfo 表插入课程记录时，先检查是否与该课程同名的课程已经存在，以避免课程的混淆。

```
CREATE TRIGGER Cou_t1
ON CourseInfo
FOR INSERT,UPDATE
AS
IF(SELECT COUNT(Cname)FROM Inserted
WHERE Cname IN(SELECT Cname FROM CourseInfo))>0
  BEGIN
    PRINT('已经有同名课程存在,不能插入或修改! ')
    ROLLBACK
  END
GO
```

11.7　疑 难 分 析

　　为保证数据库的完整性和一致性，使用触发器是主要的方法之一。但是在触发器的使用中还会遇到以下一些问题：当批处理插入或更新多条数据记录时，可能只有部分数据记录不符合条件，则整个事务回滚，如何实现只取消不符合条件的数据记录，而让符合条件的记录写入表呢？对同一个表而言，INSEERT、UPDATE 和 DELETE 均可以拥有多个 AFTER 触发器，如何来确定它们的触发顺序呢？通过下面的一些实例讲解解决上述问题的方法。

11.7.1　有条件的 INSERT 触发器

　　在编写触发器时，回滚整个条件比较容易，通过一个示例来掌握创建一个触发器只取消不符合条件的数据记录，而让符合条件的数据记录写入表中的方法。

　　在编写触发器时，回滚整个事务比较容易。如果批处理添加学生选课记录到 ScoreInfo

表的选课数据中，应检查是否有不正确的学号和课程号。学号正确的数据将会添加到 ScoreInfo 表，学号不正确的则不能添加到 ScoreInfo 表。具体代码为：

```
CREATE TRIGGER check_t
ON ScoreInfo AFTER INSERT
AS
- -比对 inserted 的学号是否不存在 StuInfo 表中
- -如果计算出来的条数大于零,表示有些数据记录的学号错误
IF(SELECT COUNT(inserted. SID)FROM inserted
      WHERE inserted. SID NOT IN
            (SELECT DISTINCT SID FROM StuInfo))>0
BEGIN
  - -只有学号正确的数据记录才会被添加
  DELETE ScoreInfo
    WHERE SID NOT IN
          (SELECT DISTINCT SID FROM StuInfo);
END
```

11.7.2　指定 AFTER 触发器的顺序

使用系统存储过程 sp_settriggerorder 可以设定第一个和最后一个被激发执行的 AFTER 触发器，其语法格式如下：

```
sp_settriggerorder'[trigger_schema. ]trigger_name'
    ,[@order = ]'value'
    ,[@stmttype = ]'statement_type'
```

参数说明：

（1）trigger_name：指定要设定其激发执行顺序的触发器名称。

（2）value：指定触发器的激发执行顺序。若希望第一个被激发，此参数设定为'frist'，若希望最后一个被激发，此参数设定为'last'；若取消已经设定的激发顺序，此参数设定为'none'。

（3）statement_type：指定触发器的类型。可以取值为 INSEERT、UPDATE 和 DELETE。

例如，将 Stu_t1 触发器设定为最后一个执行的触发器，设置代码为：

```
sp_settriggerorder Stu_t1
    ,@order = 'first'
    ,@stmttype = 'INSERT'
```

11.8　本 章 小 结

在 SQL Server 中利用 T-SQL 语言进行程序设计时，通常是把一组 T-SQL 语言中的语句组成一个批处理，并由一个或多个批处理构成一个程序文件。本章介绍了 T-SQL 语言中编程的语法规范和基本编程方法。在此基础上，介绍了事务、存储过程和触发器。

批处理是一组 T-SQL 语句的集合，一个批处理以 GO 语句结束，批处理可以在 Transact-SQL 的各种应用环境下交互运行，也可以被编译成可执行文件。T-SQL 语言中的流程控制语句与其他程序设计语言一样，有 IF、WHILE、CASE、RUTURN 等语句。

事务是作为单个逻辑单元执行的一系列操作；存储过程是存储在服务器上的 T-SQL 语句的预编译集合，能实现特定数据操作功能。

存储过程存储在服务器上，用户可以像使用函数一样重复调用这些存储过程，实现它所定义的操作。

触发器是一种特殊的存储过程，在数据表或视图被修改时自动执行，利用触发器可以实现更为复杂的数据完整性约束。SQL Server 2005 中有 DML 和 DDL 两类触发器。DML 触发器在数据表执行修改操作时才执行，而 DDL 触发器在执行数据定义语句时才执行。

习　题　11

一、思考题

1. 什么是事务？若取消一个事务用什么语句？
2. 使用存储过程的主要优点有哪些？
3. 存储过程分哪两类？各有何特点？
4. 与删除和重建存储过程相比，修改存储过程有什么好处？
5. 触发器与一般存储过程的主要区别是什么？
6. 触发器的类型有哪些？

二、实验操作题

1. 完成本章中所有例题的操作。

2. 创建一个触发器 CID_Update，要求当表（CourseInfo）中的 CID 字段值被修改时，该字段在另一张表（ScoreInfo）中的对应值也做相应的修改。

3. 创建一个触发器 stu_count，要求当表 StuInfo 中相同年级中的任一班级的人数达到 45 人时，不允许继续在这个班级插入新的记录。

4. 创建一个触发器 Tch_t2，实现禁止删除表 TchInfo 中职称为教授的记录的功能。

5. 创建一个存储过程 sc_unpass，其功能是输入某一门学课的课程名后，即可查看某一门课程不及格学生的学号、姓名、班级及任课教师。

6. 创建一个存储过程 tch_count，其功能是输入某一个院系（Dept）名后，即可查看该系中教师的姓名、性别、年龄和职称。

7. 创建一个存储过程 pass_state，其功能是输入某一个学生姓名和课程名，查看该学生相应课程的成绩，如果其成绩低于 60 分，则在一列中显示"很遗憾！"+学生姓名+课程名+"未及格"；如果其成绩大于等于 60 分，则在一列中显示"很高兴！"+学生姓名+课程名+"已合格"。

第 12 章

数据库的日常维护与管理

教学目标

1. 了解数据库日常维护与管理的主要工作。
2. 掌握数据的备份与恢复的相关概念及基本操作方法。
3. 掌握 SQL Server 2005 代理服务的基本内容和操作技巧。
4. 掌握维护计划的基本用途和使用技巧。

在具备以上的数据库相关知识后，基本已经掌握了数据库使用方法，但当建立了庞大的数据库后，用户会担心数据库会因为各种意想不到的事件而造成数据的丢失，希望能够经常性地进行维护，从而确保数据库的正常运行，因此，需要了解以下问题：

- 作为一个数据库管理员如何才能保证数据库中的数据不丢失？
- 当意外发生时应该如何恢复数据库？
- 在日常的数据库管理中主要的维护工作有哪些？如何提高工作效率？

在学习了本章之后，以上问题也就迎刃而解了。

12.1　数据的备份与还原

对一个企业来说，数据的安全性是至关重要的，数据一旦遭受破坏或丢失可能造成不可挽回的损失。虽然 SQL Server 2005 本身具有较高的稳定性，也采用了内置的安全性和数据保护措施，这种安全管理主要是针对非法用户对数据库或数据的破坏，但这种安全机制仍不能确保数据库中的数据不被丢失。例如，当一个合法用户不小心对一个数据库做了不正确的操作，或保存数据库文件的存储设备出现不可修复的故障时，或突然停电导致软硬件的错误等，这种意外事故往往是不可预见的，也是不可避免的。因此，需要采用一定的措施来解决这些问题。SQL Server 2005 提供的解决方案是对数据库进行备份，使用户可以在出现故障后将正确数据还原。

12.1.1　数据库的恢复模式

备份和还原操作是在"恢复模式"下进行的。恢复模式是数据库的属性之一，它用于控制数据库备份和还原操作的基本行为。恢复模式简化了恢复计划，简化了备份和恢复过程，明确了系统操作要求之间的权衡，明确了可用性和恢复要求之间的权衡。

在第 4 章中提到过数据库恢复的模式，数据库恢复模式有 3 种：简单恢复模式、完整恢复模式和大容量日志恢复模式，其描述见表 12－1。

表 12－1　恢复模式的比较

恢复模式	描述	工作损失风险	是否恢复到时间点
简　单	没有事务记录备份，系统自动收回日志空间，使硬盘空间需求保持在最低	最近一次备份之后所做的变更并未受到保护。如果发生损毁事件，则必须重做这些变更	因为没有事务日志备份，所以不能恢复到失败的时间点，只能恢复至备份结束时
完　整	需要备份事务记录文件，它是系统默认的恢复模式，在该模式下应该定期做事务日志备份，否则日志文件将会变得很大	适用于对数据可靠性要求较高的数据库。在该模式下数据丢失的风险最小。除非事务日志被损坏，否则需要重做自最新日志备份后所做的更改	可以将数据恢复至特定的时间点（假设已完成至该时间点的备份），这个时间点可以是最近一次可用的备份、一个特定的日期和时间或标记的事务
大容量日志	简略地记录大多数大容量操作，完整地记录其他事务。它是对完整恢复模式的补充。使用该恢复模式，在保护大容量操作不受媒体故障的危害下，提供最佳性能并占用最小日志空间	由于日志不完整，一旦出现问题，数据将有可能无法恢复	可恢复至任何备份结束时，不支持时间点恢复

当数据库的恢复模式设置为"大容量日志"时,以下行为将不产生管理事务记录。

(1)执行 SELECT INFO 语句。

(2)执行 BULK COPY 语句或 bcp 工具程序。

(3)建立索引、ALTER INDEX REBUILD 或 DBCC DBREINDEX 等操作。

(4)对 text、ntext 及 image 大型数据类型的运行,如 WRITETEXT 或 UPDATETEXT。或是针对 varchar(max)、nvarchar(max)及 varbinary(max)数据类型使用 UPDATE 陈述式的 WRITE 子句。

由于上述操作都将耗费大量事务日志空间,若这些操作不产生日志记录,就可大大提高执行效率。

数据库的恢复模式可以随时进行切换,如果在大容量操作过程中发生切换,则大量的操作记录会适当地变更,执行很多大容量操作的前后在"完整"恢复模式和"大容量日志"恢复模式之间进行切换会很有益处。完整恢复模式会完整记录所有的事务,主要用于一般状况,大容量日志恢复模式主要是暂时用于大型的大容量操作期间。

对于使用完整恢复模式的数据库而言,临时切换至大量记录恢复模式以进行大量操作,可以明显改善大容量数据操作的性能,不过,如果对数据损失控制的要求较高时,建议只在下列情况切换至大容量日志恢复模式,从而可以避免数据丢失。

(1)目前数据库不允许用户进行一般操作。

(2)大量处理期间,并未进行任何必须依赖建立事务记录文件备份才能恢复的数据修改。

(3)在切换到大容量日志恢复模式之前,须先备份事务记录文件。

(4)执行大容量操作之后,立即切换回至完整恢复模式。

(5)切换回完整恢复模式之后,再次备份事务记录文件。

在这两种恢复模式切换时,其备份策略维持不变,持续执行定期数据库备份、事务记录文件备份及差异备份。

也可以将"完整"或"大容量日志"恢复模式切换到"简单"恢复模式,但在切换之前应该先备份事务日志文件,以便允许恢复到该时间点。简单恢复模式不支持备份事务记录文件,所以在切换之后,会中断任何备份事务日志的排定操作,因此,须重新查看备份策略是否受到影响。

数据库恢复模式可以在 SQL Server Management Studio 的"对象资源管理器"窗口中方便地进行设置。其操作步骤如下。

步骤1:启动 SQL Server Management Studio,在"对象资源管理器"窗口中展开【数据库】选项,右击相应的数据库名,在弹出的快捷菜单中选择【属性】命令,打开【数据库属性】窗口。

步骤2:在【数据库属性】窗口左上方的【选择页】列表中选择【选项】选项,在如图12.1 所示的窗口中在【恢复模式】下拉列表框中选择所需要的恢复模式。

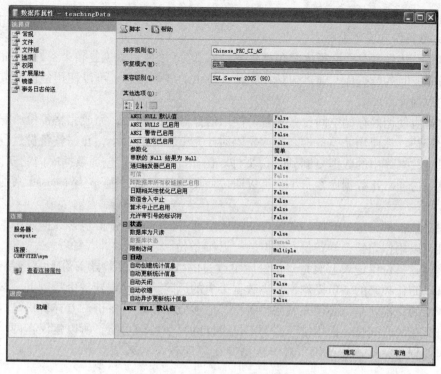

图 12.1　更改数据库的恢复模式

12.1.2　数据库的备份

SQL Server 2005 提供了高性能的备份和还原机制。数据库备份可以创建备份完成时数据库内存在的数据的副本，这个副本能在遇到故障时恢复数据库，另外，数据库备份对于例行的工作（如将数据库从一台服务器复制到另一台服务器、设置数据库镜像、重要文件归档和灾难恢复）也很有用，备份是数据库日常管理的一项重要工作。

SQL Server 2005 中，对数据库或事务日志进行备份时，数据库备份记录了在进行备份这一操作时数据库中所有数据的状态，以便在数据库遭到破坏时能够及时地将其恢复。备份数据库操作是动态进行的，即在备份数据库时，仍允许其他用户继续对数据库进行操作。但是，在备份过程中不允许执行以下操作。

（1）创建或删除数据库文件。

（2）创建索引。

（3）执行非日志操作。

（4）自动或手工缩小数据库或数据库文件大小。

如果以上各种操作正在进行时执行备份操作，则备份处理将被终止。如果在备份过程中执行以上任何操作，则操作将失败，而备份将继续进行。

注意：SQL Server 2005 只允许系统管理员、数据库所有者和数据库备份执行者对数据库进行备份操作。

1. 备份方式

SQL Server 2005 提供了不同的备份方式：完整备份和完整差异备份、部分备份和部分差异备份、事务日志备份。

1）完整备份和完整差异备份

完整备份将备份整个数据库，包括事务日志部分（以便可以恢复整个备份）。完整备份代表备份完成时的数据库。通过包括在完整备份中的事务日志，可以使用备份恢复到备份完成时的数据库。

完整备份使用的存储空间比差异备份使用的存储空间要大，完成完整备份所需花费的时间也比较长。在使用完整备份之前首先要估计完整备份的大小，在完整备份过程中，备份操作只将数据库中的数据复制到备份文件。由于完整备份只包含数据库内的实际数据，因此完整备份通常比数据库本身小。可以通过使用系统存储过程 sp_spaceused 来估计完整备份的大小。

创建完整备份是单一操作，通常会安排该定期备份。完整备份包含数据库中的所有数据，并且可以用作完整差异备份所依据的"基准备份"。

完整差异备份仅记录上次完整备份后更改过的数据。完整差异备份比完整备份更小、更快，可以简化频繁的备份操作，减少数据丢失的风险。完整差异备份是以上一次的完整备份为基准的，也就是说必须先做完整备份，才能做完整差异备份。差异备份是为了弥补完整备份所花的时间长、占用空间多的不足设计的一个备份功能，所以建议在两个完整备份之间定期创建完整差异备份，对于数据变化频度较高的系统，可以频繁地做完整差异备份。

在还原差异备份之前，必须先还原其基准备份。如果按照给定基准进行一系列完整差异备份，则在还原时只需还原基准和最近的差异备份。建议完全按照保留的基准保留创建的所有差异备份。如果最近的差异备份损坏了，则可以使用上一个差异备份还原数据库。

使用完整恢复模式和大容量日志恢复模式时，完整差异备份可以尽量减少还原数据时前滚事务日志备份所花的时间。完整差异备份将把数据库还原到完成差异备份的时刻。为了恢复到故障点，必须使用事务日志备份。如果自上次完整备份后又创建了文件备份，则下一个完整差异备份的操作开始时将扫描备份文件以确定变化内容。这可能会导致差异备份的性能有所降低。

2）部分备份和部分差异备份

部分备份和部分差异备份是 SQL Server 2005 的新增功能，它们操作方便，在简单恢复模式下备份时具有更大的灵活性，它允许用户有选择地备份所需要的文件和文件组，而不是整个数据库。所有恢复模式都支持这两种备份方式。

部分备份包含主文件组、每个读写文件组和任何指定文件中的所有数据，当数据库包含自从上次完整备份后一直为只读的一个或多个只读文件组时，部分备份很有用。只读数据库的部分备份仅包含主文件组。

部分差异备份仅记录文件或文件组中自上次部分备份后更改的数据，这样的部分备份为差异备份的"基准备份"。因此，部分差异备份比部分备份更小而且更快，这样就可以经常备份来降低数据丢失的风险。

注意： 当 SQL Server 2005 系统备份文件或文件组时，必须指定需要备份的文件，可以指定多个文件或文件组，但指定的文件或文件组的总数不能超过 16 个。文件备份操作可以备份部分数据库，而不是整个数据库。

3）事务日志备份

事务日志是数据库的黑匣子，它记录了上次备份数据后所有对数据库进行改动的操作，因此，通过上次备份的数据库和事务日志即可恢复到对数据库进行操作的某一点。事务日志备份是对数据库发生的事务进行备份，包括从上次进行事务日志备份、差异备份或数据完全备份之后，所有已经完成的事务。它可以在相应的数据库备份的基础上，尽可能地恢复最新的数据库记录。由于它仅对数据库事务日志进行备份，所以其需要的磁盘空间和备份时间都比数据库备份少得多。执行事务日志备份主要有两个原因：首先，要在一个安全的介质上存储自上次事务日志备份或数据库备份以来修改的数据；其次，要合适地关闭事务日志到它的活动部分的开始。

2. 备份策略

如何进行备份是数据库管理员日常管理中必须考虑的一重要工作，尤其是在美国911事件之后，更使人们对数据库备份的重要性有了新的认识，很多企业对一些重要的数据库都进行了异地备份，比如证券交易所、银行等，对于这些不允许丢失数据的企业往往会同时在不同地方制作多个数据备份。

创建备份的目的是为了可以恢复已损坏的数据库。但是备份和还原数据需要占用一定量的资源，因此，可靠使用备份和还原以实现恢复需要制订备份和还原策略。设计良好的备份和还原策略可以尽量提高数据的可用性、减少数据丢失并能合理地使用系统资源。

设计有效的备份策略需要仔细计划、实现和测试。在设计备份策略时首先要了解用户对数据库的要求、数据库的特性和对资源的约束。

1）用户对数据库的要求

（1）用户对数据库有什么可用性要求？

（2）每天什么时间必须处于在线状态？

（3）服务器停机会对业务造成多大的经济损失？

（4）如果遇到媒体故障，如磁盘驱动器或服务器发生故障，可接受的停机时间是多长？

2）数据库的特性

（1）每个数据库有多大？

（2）哪些表修改频度更高？

（3）什么时候需要大量使用数据库，从而导致频繁地插入和更新操作？

（4）数据库是否易受周期性的数据库大容量操作影响？

3）对资源的约束

（1）现有的硬件设备性能如何？

（2）系统资源的分布情况如何？

（3）使用单位是否雇用系统或数据库管理员？

（4）负责备份和恢复操作的员工专业水平如何？

不同的情况需要采取不同的备份策略，在设计备份策略时主要基于以下几个方面来考虑。

（1）性能：评估备份与还原本身的性能，以及备份对在线数据库运行性能的冲击大小。

（2）数据流失量：当数据库系统发生异常时可能的数据流失量，据此评估备份频率。

（3）空间的容量和分布情况：事务记录的空间使用量及其分布情况，它是数据备份和恢复模式选择的重要依据。

（4）简单性：整个备份与还原的过程务求简单，备份是常态性的工作，如果设计得太过复杂，时间一久会难以控制。而还原数据时，可能受时间上的限制，过于复杂的操作也可能会导致出错。

在实际应用中，通常需要将完全数据库备份、差异数据库备份和事务日志备份结合起来使用。如果数据库每天变动的数据量很小的话，可以每周做一次完整备份，如周末做一次完整备份，平时下班前做一次事务日志备份，那么一旦数据库发生问题，也可以将数据恢复到前一天下班时的状态。当然也可以周末做一次完整备份，平时每天下班前做一次差异备份，这样一旦数据库发生问题，同样也可以将数据恢复到前一天下班时的状态，只是每周的下半周做差异备份时，备份的时间和备份的文件都会增加，但在数据损坏时，只需要恢复完整备份的数据和前一天差异备份的数据即可，不需要去恢复每一天的事务日志备份，恢复所需的时间比较短。

如果数据库里每天数据的变动比较频繁，只要损失一个小时的数据就会对使用单位造成较大的损失，此时可以采用 3 种备份方式交替使用的方法来备份数据库。每天下班时做一次完整备份，在两次完整备份之间每隔 8 小时做一次差异备份，在两次差异备份之间每隔一小时做一次事务日志备份。这样，一旦数据损坏可以将数据恢复到最近一个小时以内的状态，同时又能减少数据库备份数据的时间和备份数据文件的大小。

如果数据库文件过大不易备份时，可以分别备份数据库文件或文件组，将一个数据库分多次备份。在实际操作中，还有一种情况可以使用数据库文件备份。例如，一个数据库中某些表中的数据变动很少，而另有一些数据表变动非常频繁，则可以考虑将这些数据表分别存储在不同的文件或文件组中，然后通过不同的备份方案来备份这些文件和文件组。但使用文件和文件组来进行备份时，还原数据也需要分多次才能将整个数据库还原完毕，所以除非数据库大到备份困难时，一般不建议采用这种备份方式。

如何才能设计出好的备份策略，需要在实践中不断摸索，要具体情况具体分析，经过一段时间的跟踪测试，才能最后确定，如果情况发生变化还需要进行重新调整。

注意： 除了要备份用户自己创建的数据库外，系统数据库中的 master 数据库和 msdb 数据库也应该备份。否则一旦系统崩溃，即使有用户数据库的备份也无法完全恢复。

3. 备份设备

在进行备份操作时需要告诉系统要把备份数据写在哪个设备上，这个设备称之为备份设备。在 SQL Server 2005 中，备份设备通常可以是磁盘或磁带设备。

如果备份设备为硬盘或其他磁盘存储媒体上的文件，则引用磁盘备份设备与引用任何其他操作文件一样，可以在服务器本地磁盘上或共享网络资源的远程磁盘上定义磁盘备份设备，磁盘备份设备根据需要可大可小。如果要通过网络备份到远程计算机上的磁盘，须使用通用命名约定(UNC)名称（格式为 <SystemName > <ShareName > <Path > <FileName > ）来指定文件的位置。磁带备份设备的用法与磁盘设备基本相同，如果磁带备份设备在备份操作过程中已满，系统将提示更换新磁带并继续备份操作。

注意：备份文件不要与原数据库放在的同一物理磁盘上，否则一旦这个磁盘设备发生故障，将无法恢复数据库。

磁带设备必须物理连接在运行 SQL Server 2005 的计算机上，系统不支持备份到远程磁带设备上。

SQL Server 2005 数据库引擎使用物理设备名称或逻辑设备名称标识备份设备，物理备份设备是操作系统用来标识备份设备的名称的；逻辑备份设备是用户定义的别名，用来标识物理备份设备。逻辑设备名称可以永久性地存储在 SQL Server 内的系统表中。使用逻辑备份设备的优点是引用它比引用物理设备名称简单，因为物理设备名称通常由物理设备的路径和文件名组成。例如逻辑设备名称可以是 StuInfo_Bak，而物理设备名称则可能是 E：BackupsStufull. bak。备份或还原数据库时，物理备份设备名称和逻辑设备可以互换使用。

创建备份设备可以用两种方法：使用 SQL Server 2005 管理平台中的对象资源管理器或执行系统存储过程 sp_addumpdevice。

1）使用对象资源管理器管理备份设备

使用对象资源管理器创建备份设备的创建方法为：在【对象资源管理器】窗口中展开【服务器对象】选项，右击【备份设备】选项，选择【新建备份设备】命令，在如图 12.2 所示的【备份设备】对话框中输入设备名称和目标文件。这里的设备名称就是设备的逻辑名，目标文件为设备的物理名称。

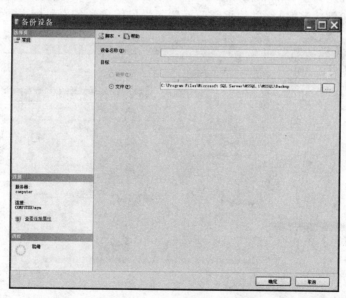

图 12.2 【备份设备】对话框

如果要删除已建立的备份设备，只需在【对象资源管理器】窗口中展开【服务器对象】|【备份设备】选项，右击要删除的备份设备名，在弹出的快捷菜单中选择【删除】命令即可。

2）使用系统存储过程创建备份设备

可以通过执行系统存储过程 sp_addumpdevice 来创建备份设备，其语法如下：

```
exec sp_addumpdevice[@devtype = ]'device_type',
[@logicalname = ]'logicalname',
[@physicalname = ]'physicalname'
```

参数说明：

（1）devtype：存储媒体类型，其值可以为 disk、tape，disk 表示存储媒体为磁盘，tape 表示存储媒体为 Windows 支持的任何磁带设备。

（2）logicalname：备份设备逻辑名称，相当于图 12.2 中的"设备名称"。

（3）physicalname：备份设备物理名称，相当于图 12.2 中的"文件"。

如果要删除创建的备份设备，则可以执行系统存储过程 sp_dropdevice，其语法为：

```
exec sp_dropdevice['logicalname'][,'delfile']
```

这里的 delfile 是指要删除的备份文件。

4. 备份操作

可以在对象资源管理器中备份数据库，也可以使用 T-SQL 语言备份数据库。

1）在对象资源管理器中备份数据库

（1）完整备份。

使用对象资源管理器实现完整备份的操作步骤如下。

步骤 1：在【对象资源管理器】窗口中，展开【数据库】选项，右击要备份的数据库名，选择【任务】|【备份】命令，然后在如图 12.3 所示的【备份数据库】窗口的【常规】选项中设置【备份类型】选项为【完整】，并根据需要设置备份集信息和备份目标。

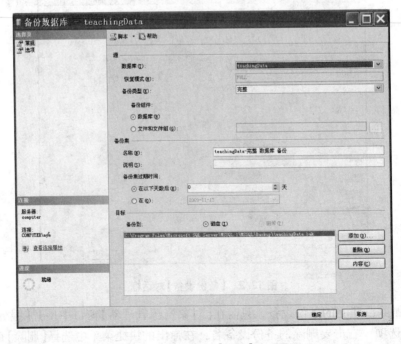

图 12.3　备份数据库【常规】选项界面

说明：选择要备份的数据库：在【数据库】下拉列表框里可以选择要备份的数据库名。

选择要备份的类型：在【备份类型】下拉列表框里可以选择【完整】、【差异】和【事务日志】3 种备份类型。如果要进行文件和文件组备份，则选中【文件和文件组】单选按钮，此时会弹出如图 12.4 所示的对话框，在该对话框里可以选择要备份的文件和文件组，选择完毕后单击【确定】按钮返回图 12.3 所示对话框。

图 12.4　【选择文件和文件组】对话框

设置备份集信息：在【备份集】区域里可以设置备份集的信息，其中【名称】文本框里可以设置备份集的名称；【说明】文本框里可以输入对备份集的说明内容；在【备份集过期时间】区域可以设置本次备份在几天后过期或在哪一天过期；在【在以下天数后】文本框里可以输入的范围为 0～99999，如果为 0 则表示永不过期。备份过期后会被新的备份覆盖。

设置备份目标设备：指定备份媒体。SQL Server 2005 可以将数据库备份到磁盘或磁带上，在本例的计算机上没有安装磁带机，所以【磁带】单选按钮是灰色的。将数据备份到磁盘也有两种方式，一种是文件方式，一种是备份设备方式。单击【添加】按钮可以选择将数据库备份到文件还是备份设备上，可以选择包含单个媒体集的多个磁盘或磁带机，但最多不得超过 64 个。

步骤 2：在左侧的【选择页】列表中选择【选项】选项，弹出如图 12.5 所示的【选项】选项界面。

说明： 覆盖媒体：选中【追加到现有备份集】单选按钮，则不覆盖现有的备份集，将数据库备份追加到备份集里，同一个备份集里可以有多个数据库备份信息；如果选中【覆盖所有现有备份集】单选按钮，将覆盖现有备份集，以前在该备份集里备份信息将无法重新读取。

设置媒体集名称和备份集过期时间：可以通过选中【检查媒体集名称和备份集过期时间】复选框要求备份操作时验证备份集的名称和过期时间。在【媒体集名称】文本框里可以输入要验证的媒体集名称，如果没有指定名称，将使用空白名称创建媒体集，当【检查媒体集名称和备份集过期时间】复选框处于选中状态时，则只有当

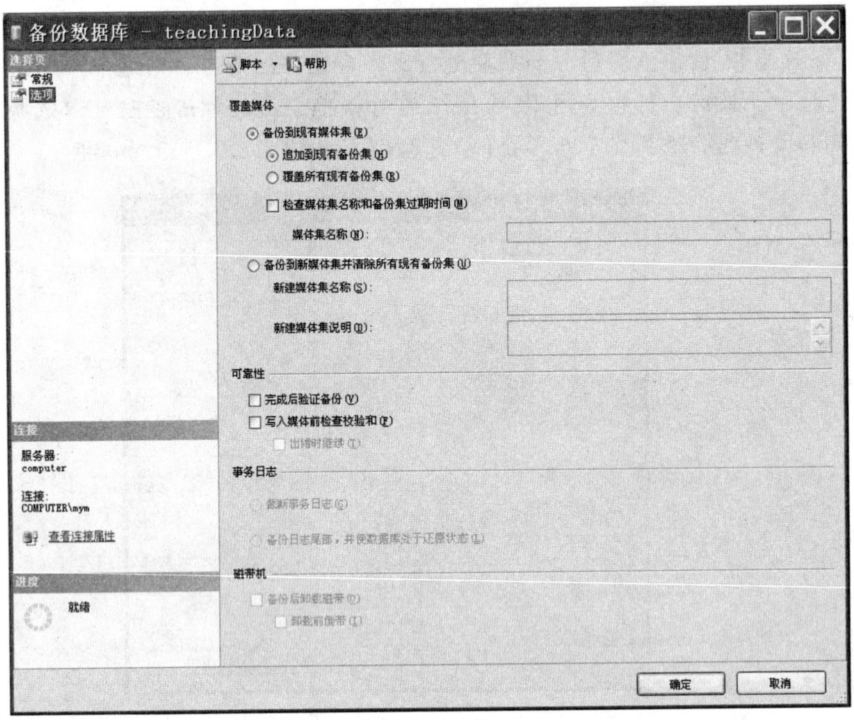

图 12.5　备份数据库【选项】选项界面

媒体上的媒体名称也是空白时才能通过验证；如果指定了媒体集名称，将检查媒体（磁带或磁盘），以确定实际名称是否与此处输入的名称匹配。

启用新建媒体集备份：选中【备份到新媒体集并清除所有现有备份集】单选按钮可以清除以前的备份集，并使用新的媒体集备份数据库。在【新建媒体集名称】文本框里可以输入媒体集的新名称；在【新建媒体集说明】文本框中可以输入新建媒体集的说明。

设置数据库备份的可靠性：选中【完成后验证备份】复选框将会验证备份集是否完整以及所有卷是否都可读；选中【写入媒体前检查校验和】复选框将会在写入备份媒体前验证校验和，如果选中此项，可能会增加工作负荷，并降低备份操作的备份吞吐量。在选中【写入媒体前检查校验和】复选框后会激活【出错时继续】复选框，选中该复选框后，如果备份数据库时发生了错误，备份操作还将继续进行。

设置是否截断事务日志：如果在图 12.3 所示的【备份数据库】窗口中选择的备份类型为【事务日志】，那么将在此激活【事务日志】区域，在该区域中，如果选中【截断事务日志】单选按钮，则会备份事务日志，并将其截断，以便释放更多的日志空间，此时数据库处理在线状态。如果选中【备份日志尾部，并使数据库处于还原状态】单选按钮，则会备份日志尾部并使数据库处于还原状态，该项创建尾日志备份，用于备份尚未备份的日志，当故障转移到辅助数据库或为了防止在还原操作之前丢失所做的工作，该选项很有用。选择了该项之后，在数据库完全还原之前，用户将无法使用数据库。

设置磁带机信息：可以选中【备份后卸戴磁带】和【卸载前倒带】两个复选框。

步骤3：设置完成后单击【确认】按钮。

（2）完整差异备份。

创建完整差异备份的操作步骤与前面创建完整备份相似，只是在图12.3所示的【备份数据库】窗口的【备份类型】下拉列表中选择【差异】选项。

（3）部分备份。

部分备份和完整备份相似，但部分备份并不包含所有文件组。部分备份主要用于简单恢复模式。但是，无论使用何种恢复模式，部分备份都将作用于所有数据库。

创建部分备份的操作步骤与前面创建完整备份相似，只是在图12.3所示的【备份数据库】窗口的【备份类型】下拉列表中选择【完整】选项，在【备份组件】区域中选中【文件和文件组】单选按钮。

（4）部分差异备份。

部分差异备份仅记录文件组中自上次部分备份后更改的部分，这样的部分备份称为部分差异备份的"基准备份"，部分差异备份须与它的基准备份一起使用。如果部分备份捕获的数据只有一部分被更改，则使用部分差异备份可以使数据库管理员更快地创建更小的备份，这样就可以在储存空间不大的情况下，经常备份那些数据变动较频繁的数据文件。但是，由于使用了两个备份文件，从部分差异备份还原必然会比从部分备份还原花费的时间更长，而且过程更复杂。

部分差异备份是与单个基准备份一起使用的，尝试创建多基准部分差异备份将导致错误。表12-2根据进行基准部分备份后是否添加、删除或更改了文件组来定义文件组是否自动包含在部分差异备份中。

表12-2　部分差异备份与文件组操作的关系

文件组操作（部分备份之后）	是否在部分差异备份中
删除文件组	如果文件组已在两次部分备份之间删除，则不在部分差异备份中，还原差异备份将删除该文件组
添加只读文件组	如果在部分差异备份时文件组已添加并且为只读，则差异备份不包括此文件组。此文件组应单独备份，如果没有备份，数据库引擎将发出警告，但不备份只读文件组，部分差异备份仍然可以成功进行
添加读写文件组	如果在部分差异备份时文件组已添加并且是读写，则部分差异备份中包括此新文件，还原差异备份时将还原此新文件组
将文件组更改为读写文件组	如果文件组在部分差异备份时由只读更改为读写，则只有当从未备份过此文件组时，差异备份才会捕获它的更改；如果备份了文件组中的所有文件，而这些文件所具有的基准与部分备份中的那些文件的基准不同，则部分差异备份将失败
文件组更改为只读	如果在文件组变为只读后没有进行文件组的基准备份，文件将包括在差异备份中，但数据库引擎将发出消息，建议对更改为只读的文件组进行新的部分备份和单独的完整备份；如果在部分备份之后进行了文件组的基准备份，部分差异/备份将忽略文件组

创建部分差异备份的操作步骤与前面创建完整备份相似，只是在图12.3所示的【备份数据库】窗口的【备份类型】下拉列表中选择【差异】选项，在【备份组件】区域中选中【文件

和文件组】单选按钮。

（5）事务日志备份。

在完整恢复模式和大容量日志恢复模式下，执行常规事务日志备份对于恢复数据至关重要，使用事务日志备份可以将数据库恢复到故障点或特定的时间点。

一般情况下，事务日志备份比完整备份使用的资源少，因此，可以比完整备份更频繁地创建事务日志备份，减少数据丢失的风险。有 3 种类型的事务日志备份：纯日志备份、大容量操作日志备份和尾日志备份。纯日志备份仅包含相隔一段时间的事务日志记录，而不包含任何大容量更改；大容量操作日志备份包括由大容量操作更改的日志和数据页，不支持时点恢复；尾日志备份是从可能已经破坏的数据创建，用于捕获尚未备份的日志记录（即活动记录）。在失败后创建尾日志备份可以防止工作损失，并且，尾日志备份可以包含纯日志或大容量日志数据。

只有当启动事务日志备份序列时，完整备份或完整差异备份才必须与事务日志备份同步。每个事务日志备份的序列都必须在执行完整备份或完整差异备份之后启动。在 SQL Server 2005 中，可以在进行第一次完整备份后备份日志，此时完整备份已经在运行中。

执行常规事务日志备份很重要，除了允许还原备份事务外，日志备份将截断日志以删除日志文件中已经备份的日志记录，即使不经常备份日志，日志文件也会填满。

连续的日志序列称为"日志链"，日志链从数据库的完整备份开始。通常情况下，只有当第一次备份数据库或者从简单恢复模式转变到完整或大容量恢复模式时需要进行完整备份才会启动新的日志链。如果要将数据库还原到故障点，必须保证日志链是完整的。完整的日志链要求事务日志备份序列未断开，从完整备份或部分备份（也可以是完整差异备份或部分差异备份）的结尾到恢复点之间都是连续的。失败后，需要备份日志发问来防止工作损失。通常在还原数据库之前必须存在尾日志备份。

还原数据库时，需要还原最新数据备份之后那些日志备份。还原日志备份将回滚事务日志中记录的更改，使数据库恢复到开始执行日志备份操作时的状态。在还原最新数据或差异备份后通常需要还原一系列日志备份直到恢复点。然后恢复数据库，回滚开始恢复时不完整的所有事务，并使数据库在线。恢复数据库后，不得再还原任何备份。

如果丢失了日志备份，可能就无法将数据库还原到上次备份之后的某个时间点。因此，建议存储一系列完整备份的日志备份链。如果最新的完整备份不可用，则可以还原较早的完整备份，然后还原自较早的完整备份以后创建的所有事务日志备份。可以考虑生成日志备份集的多个副本，例如，将日志备份到磁盘，然后将磁盘文件复制到其他设备。

说明： 如果日志备份丢失或被损坏，可通过创建完整备份或完整差异备份并备份事务日志来启动新的日志链。但是建议保留日志备份丢失之前的事务日志备份，以便在需要将数据库还原到这些备份中的某个时间点时使用。

注意： 在创建数据备份或文件备份之前不要备份事务日志。事务日志包含创建最后一个备份之后对数据库进行的更改。手动截断事务日志之后，在创建数据或完整差异备份之前不要备份事务日志。不要轻易手动截断日志，因为这样做会破坏日志链，在创建完整备份前，将无法为数据库提供媒体故障保护。只有在非常特殊的情况下才使用手动日志截断，然后应尽快创建完整备份。或者如果不希望进行日志备份，将数据库设置为简单恢复模式。

只有在已经至少有一个完整备份或一个等效文件备份集的前提下才能创建事务日志备份。通常数据库管理员定期(如每周)创建数据库的完整备份,根据需要以更短的间隔(如每天)创建差异备份,如果数据重要,再频繁(如每 10 分钟)创建事务日志备份。

创建部分备份的操作步骤与前面创建完整备份相似,只是在图 12.3 所示的【备份数据库】窗口的【备份类型】下拉列表中选择【事务日志】选项。

2)使用 T-SQL 语言备份数据库

(1)完整备份。

可以通过执行 BACKUP DATABASE 语句来创建完整备份,同时指定要备份的数据库名称及写入完整备份的备份设备。同时还可以指定以下子句。

INIT 子句,通过它改写备份媒体,并在媒体上将该备份作为第一个文件写入。如果没有现成的媒体标头,将自动编写一个。

SKIP 和 INIT 子句,用于重写备份媒体,即使备份媒体中的备份未过期,或媒体本身的名称与备份媒体中的名称不匹配也重写。

FORMAT 子句,通过它在第一次使用媒体时对备份媒体进行初始化,并覆盖任何现有的媒体标头。

注意:如果已经指定了 FORMAT 子句,则不需要指定 INIT 子句。

当使用 BACKUP 语句的 FORMAT 子句或 INIT 子句时,一定要慎重,因为它们会破坏以前存储在备份媒体中的所有备份。

(2)完整差异备份。

执行 BACKUP DATABASE 语句来创建完整差异备份,同时指定要备份的数据库名称及写入完整备份的备份设备及 DIFFERENTIAL 子句,通过它可以指定只对在创建最后一个完整备份后数据库中发生变化的部分进行备份。

完整备份和完整差异备份的语法格式如下:

```
BACKUP DATABASE{database_name |@database_name_var}
TO <backup_device >[,...n]
[[MIRRORTO <backup_device >[,...n]][...next-mirror]]
[WITH
[BLOCKSIZE ={blocksize |@blocksize_variable}]
[[,]BUFFERCOUNT ={buffercount |@buffercount_variable}]
  [[,]{CHECKSUM |NO_CHECKSUM}]
  [[,]{STOP_ON_ERROR |CONTINUE_AFTER_ERROR}]
  [[,]DESCRIPTION ={'text' |@text_variable}]
  [[,]DIFFERENTIAL]
  [[,]EXPIREDATE ={date |date_var} |RETAINDAYS ={days |@days_var}
  [[,]PASSWORD ={password |@password_variable}]
  [[,]{FORMAT |NOFMAT}]
  [[,]{INIT |NOINIT}]
[[,]{NOSKIP |SKIP}]
  [[,]MAXTRANSFERSIZE ={maxtransfersize |@maxtransfersize_variable}]
```

```
    [[,]MEDIADESCRIPTION = {'text' |@text_variable}]
    [[,]MEDIANAME = {media_name |@media_name_variable}]
    [[,]MEDIAPASSWORD = {mediapassword |@mediapassword_variable}]
    [[,]NAME = {backup_set_name |@backup_set_name_var}]
    [[,]{REWIND |NOREWIND}]
    [[,]{UNLOAD |NOUNLOAD}]
    [[,]RESTART]
    [[,]STATS [ = percentage]]
    [[,]COPY_ONLY]
  ]
```

参数说明：

① database_name：数据库名。

② @database_name：数据库名称变量。

③ backup_device：备份设备名。

④ MIRROR TO：表示备份设备组是包含 2~4 个镜像服务器的镜像媒体集中的一个镜像。若要指定镜像媒体集，则针对第一个镜像服务设备使用 TO 子句，后面最多可以跟 3 个 MIRROR TO 子句。

⑤ BLOCKSIZE：用字节来指定物理块的大小，支持的大小为 512、1024、2048、4096、8192、16384、32768 和 65536(64KB)字节。

⑥ BUFFERCOUNT：指定用于备份或还原操作的 I/O 缓冲区总数，可以指定任何正整数。

⑦ CHECKSUM|NO_CHECKSUM：是否启用校验和。

⑧ STOP_ON_ERROR|CONTINUE_AFTER_ERROR：校验和失败时是否还要继续备份操作。

⑨ DESCRIPTION：此次备份数据的说明文字内容。

⑩ DIFFERENTIAL：只做差异备份，如果没有该参数，则做完整备份。

⑪ EXPIREDATE：指定备份集到期和允许被覆盖的日期。

⑫ RETAINDAYS：指定必须经过多少天才可以覆盖该备份媒体集。

⑬ PASSWORD：为备份集设置密码，如果为备份集定义了密码，则必须提供此密码才能对该备份集执行还原操作。

⑭ FORMAT：指定创建新的媒体集。

⑮ NOFORMAT：指定不应将媒体标头写入用于此备份操作的所有卷，NOFORMAT 是默认设置。

⑯ INIT：指定覆盖所有备份集，但是保留媒体标头。如果指定了 INIT，将覆盖该设备上所有现有的备份集。

⑰ NOINIT：表示备份集将追加到指定的媒体集上，以保留现有的备份集。

⑱ NOSKIP：表示 BACKUP 语句在可以覆盖媒体上的所有备份集之前先检查它们的过期日期。

⑲ SKIP：禁用备份集的过期日期和名称检查。这些检查一般由 BACKUP 语句执行以防覆盖备份集。

⑳ MAXTRANSFERSIZE：指定要在 SQL Server 和备份媒体之间使用的最大传输单元

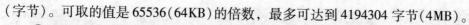

（字节）。可取的值是65536（64KB）的倍数，最多可达到4194304字节（4MB）。

㉑ MEDIADESCRIPTION：指定媒体集的自由格式文本说明，最多为255个字符。

㉒ MEDIANAME：指定整个备份媒体集的媒体名称。

㉓ MEDIAPASSWORD：为媒体集设置密码，mediapassword是一个字符串。如果为媒体集定义了密码，则在该媒体集上创建备份集之前必须提供此密码。另外，从该媒体集执行任何还原操作时也必须提供媒体密码。

㉔ NAME：指定备份集的名称，名称最长可达128个字符。

㉕ REWIND：指定SQL Server将释放和重绕磁带，该值为默认设置。

㉖ NOREWIND：只用于磁带设备，以便提高对已加载的磁带执行多个备份操作时的性能，指定SQL Server在备份操作后让磁带一直处于打开状态。

㉗ UNLOAD：指定在备份完成后自动重绕并卸载磁带。

㉘ NOUNLOAD：指定在备份操作之后磁带将继续加载在磁带机中。

㉙ RESTART：在SQL Server 2005中该参数已经失效，在以前的版本中，表示现在要做的备份是要继续前一次被中断的备份作业。

㉚ STATS：该参数可以让SQL Server 2005每完成百分之多少备份的数据时就显示备份进度信息。

㉛ COPY_ONLY：指定此备份不影响正常的备份序列。仅复制不会影响数据库的全部备份和还原过程。

（3）部分备份。

创建部分备份，须将READ_WRITE_FILEGROUPS选项包含在BACKUP DATABASE命令中可备份的文件/文件组列表中，指定一个不包含READ_WRITE_FILEGOUPS选项的读写文件组将导致错误。可以使用下列语句来进行部分备份操作：

```
BACKUP DATABASE <database_name>
    READ_WRITE_FILEGROUPS[file_filegroup_list]
    TO <backup_device>
```

在部分备份期间，不能更改文件组的IsReadOnly属性。

（4）部分差异备份。

部分差异备份与部分备份相似，只是在BACKUP DATABASE语句中使用DIFFEREN-TIAL选项。可以使用下列语句来进行部分差异备份操作：

```
BACKUP DATABASE <database_name>
READ_WRITE_FILEGROUPS [file_filegroup_list]
TO <backup_device>
WITH DIFFERENTIAL
```

部分备份和部分差异备份的语法格式如下所示：

```
BACKUP DATABASE{database_name |@database_name_var}
    <file_or_filegroup>[,...f]
TO <backup_device>[,...n]
[[MIRRORTO <backup_device>[,...n]][...next-mirror]]
[WITH
[BLOCKSIZE ={blocksize |@blocksize_variable}]]
```

```
    [[,]BUFFERCOUNT = {buffercount |@buffercount_variable}]
    [[,]{CHECKSUM |NO_CHECKSUM}]
    [[,]{STOP_ON_ERROR |CONTINUE_AFTER_ERROR}]
    [[,]DESCRIPTION = {'text' |@text_variable}]
    [[,]DIFFERENTIAL]
    [[,]EXPIREDATE = {date |date_var} |RETAINDAYS = {days |@days_var}
    [[,]PASSWORD = {password |@password_variable}]
    [[,]{FORMAT |NOFMAT}]
    [[,]{INIT |NOINIT}]
    [[,]{NOSKIP |SKIP}]
    [[,]MAXTRANSFERSIZE = {maxtransfersize |@maxtransfersize_variable}]
    [[,]MEDIADESCRIPTION = {'text' |@text_variable}]
    [[,]MEDIANAME = {media_name |@media_name_variable}]
    [[,]MEDIAPASSWORD =   {mediapassword |@mediapassword_variable}]
    [[,]NAME = {backup_set_name |@backup_set_name_var}]
    [[,]{REWIND |NOREWIND}]
    [[,]{UNLOAD |NOUNLOAD}]
    [[,]RESTART]
    [[,]STATS [ = percentage]]
    [[,]COPY_ONLY]
]
< file_or_filegroup > :: =
    {
FILE = {logical_file_name |@logical_file_name}
|FILEGROUP = {logical_filegroup_name |@logical_filegroup_name}
|READ_WRITE_FILEGROUPS
    }
```

从上述代码可以看出，部分备份和部分差异备份与完整备份和完整差异备份的差别只是在"TO < backup_device >"之前多了一个" < file_or_filegroup >"。该语法块里的参数说明如下。

① FILE：给一个或多个包含在数据库备份中的文件命名。

② FILEGROUP：给一个或多个包含在数据库备份中的文件组命名。

③ READ_WRITE_FILEGROUPS：指定部分备份，包括主文件组和所有具有读写权限的辅助文件组。创建部分时需要此关键字。

（5）事务日志备份。

可以使用 BACKUP LOG 命令来备份事务日志，同时指定要备份的事务日志所属的数据库的名称，以及写入事务日志备份的备份设备，同时也可以像完整备份那样指定 INIT 子句、SKIP 和 INIT 子句以及 FORMAT 子句。

从语法格式来看，事务日志的备份与完整备份、完整差异备份相似，只是将命令 BACKUP DATABASE 改为 BACKUP LOG，其他参数完全一致。

5. 系统数据库的备份

在第 4 章中，已经介绍了系统数据库(如 master、msdb、model、tempdb 等)，其中包含了许多重要的信息，一旦这些数据丢失也会给系统带来非常严重的后果，所以需要经常备份这些系统数据库，从而可以在发生系统故障(例如硬盘故障)时还原和恢复 SQL Server 2005 系统。系统数据库的备份需求见表 12 - 3。

表 12 - 3　系统数据库备份需求

系统数据库	说明	备份需求
master	记录 SQL Server 2005 系统的所有系统级信息的数据库	必须经常备份 master，以便根据业务需要充分建议使用定期备份计划，这样在大量更新之后可以补充更多的备份
model	在 SQL Server 2005 实例上创建的所有数据库的模板	必须经常 model 以满足业务需要
msdb	SQL Server 2005 代理用于安排警报和作业以及记录操作员信息的数据库	更新时备份 msdb
resource	包含 SQL Server 2005 附带的所有系统对象副本的只读数据库	不用备份 resource 数据库
tempdb	用于保存临时或中间结果集的工作空间。每次 SQL Server 2005 实例开启时都会重新创建此数据库。服务器实例关闭时将永久删除 tempdb 中的所有数据	无法备份 tempdb 系统数据库
distribution	只有将服务器配置为复制分发服务器时才存在此数据库，此数据库存储元数据、各种复制的历史记录数据以及用于事务复制的事务	定期备份 distribution 数据库

上述数据库中，master 数据库的备份尤其重要，因为其中记录了所有的系统级信息，例如登录账户、系统配置的设置、端点和凭据，以及访问其他数据库所需的信息。master 数据库还记录启动服务器实例所需的初始化信息。因此建议在数据库的维护计划(关于维护计划的创建见第 12.3 节)中频繁地对 master 数据库进行备份。

导致 master 数据库更新并要求进行备份的操作类型如下。

(1) 创建或删除用户数据库。

(2) 添加或删除文件或文件组。

(3) 添加登录或其他与登录安全相关的操作。

(4) 更改服务器范围的配置选项或数据库配置选项。

(5) 创建或删除逻辑备份设备。

(6) 配置用于分布式查询和远程过程调用(RPC)的服务器，如添加链接服务器或远程登录。

对于 master 数据库只能创建完整备份。

12.1.3　数据库的还原

数据库备份后，一旦系统发生崩溃或执行了错误的数据库操作，就可以从备份文件中还原数据库，数据库还原是指将数据库备份加载到系统中的操作。系统在还原数据库的过程中，自动执行安全性检查、重建数据库结构以及完成填写数据库内容。

安全性检查是还原数据库时必不可少的操作，这种检查可以防止偶然使用了错误的数据库备份文件或不兼容的数据库备份覆盖已经存在的数据库。SQL Server 2005 在还原数据库时，根据数据库备份文件自动创建数据库结构，并且还原数据库中的数据。

1. 还原前的准备

还原数据库之前，首先要保证所使用的备份文件的有效性，并且在备份文件中包含所要还原的数据内容。由于数据库的还原操作是静态的，所以在还原数据库时，必须禁止其他用户对该数据库进行操作。

在 Microsoft SQL Server Management Studio 的对象资源管理器中还原数据库前，首先要设置数据库的访问属性。

【例 12 – 1】 修改数据库 teachingData 的属性，禁止其他用户对该数据库进行操作。

操作步骤：

步骤 1：在 Microsoft SQL Server Management Studio 中的【对象资源管理器】窗口中展开【数据库】选项，右击要还原的数据库名 teachingData，从弹出的快捷菜单中选择【属性】命令。

步骤 2：在【数据库属性 – teachingData】窗口左上方的【选择页】列表中选择【选项】选项，如图 12.6 所示。

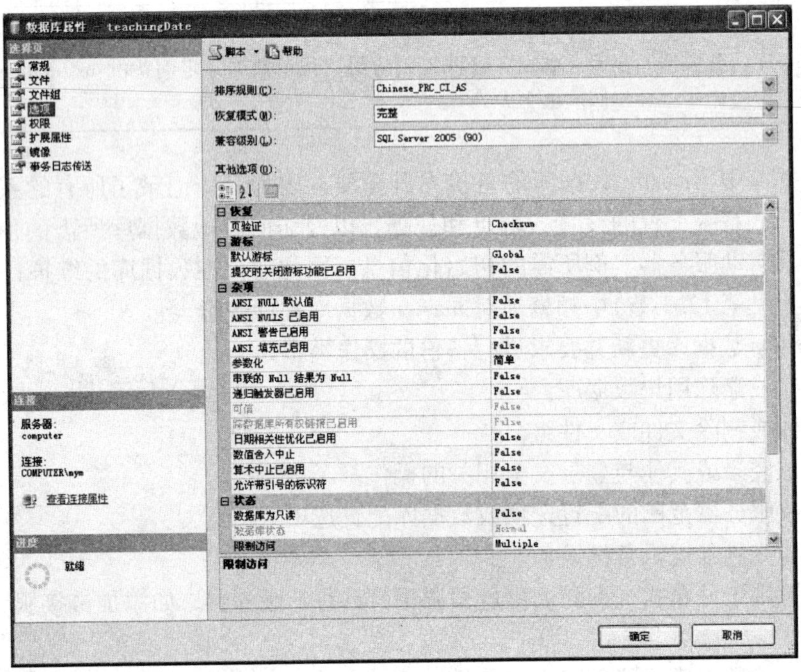

图 12.6 【数据库属性】窗口

在图 12.6 中选择【状态】列表中的【限制访问】选项为"Single"。

这样，就可以保证在还原操作时不会受其他操作者的干扰了。

2. 数据库还原操作

现在可以进行还原操作了。SQL Server 2005 提供了两种方法来还原数据库：使用对象资源管理器和使用 T-SQL 命令语句。

1）使用对象资源管理器还原数据

下面通过例题来讲解如何在 Microsoft SQL Server Management Studio 中还原数据库完整备份、差异备份和事务日志备份。

【例 12 - 2】 还原数据库 teachingData。

步骤 1：在 Microsoft SQL Server Management Studio 中的【对象资源管理器】窗口中右击要还原的数据库名，从弹出的快捷菜单中选择【任务】|【还原】|【数据库】命令。

步骤 2：在如图 12.7 所示窗口中进行设置，不同的还原情况可以有不同的选择项。这里在【目标数据库】下拉列表中选择 teachingData 选项，在【目标时间点】下拉列表中选择【最近状态】选项，在【还原的源】区域中选中【源数据库】单选按钮，并在其下拉列表中选择 teachingData 选项。

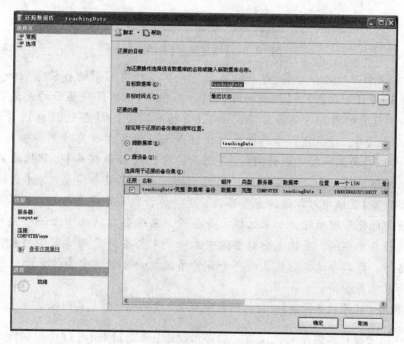

图 12.7　设置数据库【常规】属性

说明：（1）【目标数据库】：在该下列表框中可以选择要还原的数据库。

（2）【目标时间点】：如果备份文件或备份设备里的备份集很多的话，还可以选择【目标时间点】，只要有事务日志备份支持，可以还原到某个时间的数据库状态。在默认情况下该项为【最近状态】。

（3）【还原的源】：在该区域里可以指定用于还原的备份集的源和位置。如果选中【源数据库】单选按钮，则从 msdb 数据库中的备份历史记录里查得可用的备份，并显示在【选择用于还原的备份集】区域里。此时不需要指定备份文件的位置或指定备份设备，SQL Server 会自动根据备份记录来还原这些文件；如果选中【源设备】单选按钮，则要指定还原的备份文件或备份设备。单击【…】按钮，弹出如图 12.8 所示的【指定备份】对话框，在该对话框中的【备份媒体】下拉列表框中可以选择是备份文件还是备份设备，选择完毕后单击【添加】按钮，再单击【确定】按钮将备份文件或备份设备添加进来，然后返回图 12.7 所示的对话框。

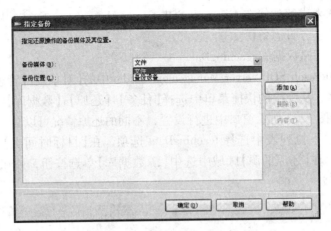

图 12.8　【指定备份】对话框

(4)【选择用于还原的备份集】：在该区域中列出了所有可用的备份集。如果【目标时间点】为【最近状态】，【还原的源】为【源数据库】，该区域显示的是最后一次完整备份到现在的所有可用备份集；如果【目标时间点】为【最近状态】，【还原的源】为【源设备】，该区域显示的是备份文件或备份设备中所有可用备份集；如果【目标时间点】为某一指定的时间点，【还原的源】为【源数据库】，该区域显示的是从该时间点前的一个完整备份到目前为止的所有非完整备份集。在【选择用于还原的备份集】区域中可以选择完整备份、差异备份或事务日志备份，SQL Server 2005 具有智能化处理功能，如果选择差异备份，系统会自动选中上一个完整备份，如果选择日志备份，系统也会自动选中上一个完整备份以及所需要的差异备份和日志备份。即只要选择想恢复的那个备份系统就会自动选中要恢复到这个备份集的所有其他备份集。

(5)【选择用于还原的备份集】：在该列表中可以查看的相关信息其内容说明见表 12-4。

步骤 3：如果没有其他需要，设置完后即可单击【确定】按钮进行还原操作。否则也可以在图 12.7 所示窗口中的【选择页】列表中选择【选项】选项，则系统弹出如图 12.9 所示的窗口。

表 12-4　用于还原的备份集信息列表说明

列名	说明
还　原	如果复选框处于选中状态，则表示要还原相应的备份集
名　称	备份集的名称
组　件	已备份的组件："数据库"、"文件"或＜空白＞（表示事务日志）

续表

列名	说明
类　型	执行备份的类型："完整"、"差异"或"事务日志"
服务器	执行备份操作的数据库引擎实例的名称
数据库	备份操作中所涉及的数据库的名称
位　置	备份集在卷中的位置
第一个 LSN	备份集中第一个事务的日志序列号。对于文件备份为空
最后一个 LSN	备份集中最后一个事务的日志序列号。对于文件备份为空
检查点 LSN	创建备份时最近一个检查点的日志序列号
完整 LSN	最新完整备份的日志序列号
开始日期	备份操作开始的日期和时间
完成日期	备份操作完成的日期和时间
大　小	备份集的大小
用户名	执行备份操作的用户的名称
过　期	备份集过期日期和时间

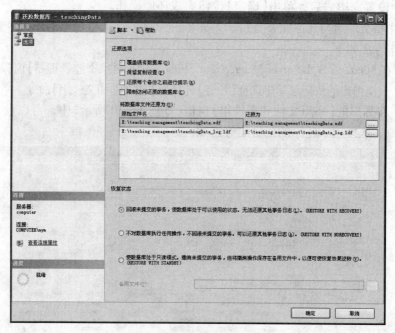

图 12.9　设置数据库【选项】属性

说明：(1)【覆盖现有数据库】：指定还原操作应覆盖所有现有数据库及其相关文件，即使已经存在同名的其他数据库或文件。

(2)【保留复制设置】：将已经发布的数据库还原到创建该数据库的服务器之外的服务器时，保留复制设置。

(3)【还原每个备份之前进行提示】：选中该复选框则在还原每个备份设备前都会要求确认一次。

317

(4)【限制访问还原的数据库】：选中该复选框则使还原的数据仅供 db_owner、db-creator、sysadmin 的成员使用。

(5)【将数据库文件还原为】：在该区域里可以更改要还原到的任意目标文件的路径和名称。例如在备份完数据库之后数据库文件移动过位置，如果此时用移动过位置之前的数据库备份来还原数据库，则会把数据库文件还原到原来的位置。使用该项可以将数据库文件还原到新的位置。

(6)【恢复状态】：在该区域里有 3 个单选按钮。如果选中【回滚未提交的事务，使数据库处于可以使用状态。无法还原其他事务日志】单选按钮，则让数据库在还原后进入可正常使用的状态，并自动恢复尚未完成的事务；如果选中【不对数据库执行任何操作，不回滚未提交的事务。可以还原其他事务日志】单选按钮，则在还原后数据库仍然无法正常使用，也不恢复未完成的事务操作，但可再继续还原事务日志备份或差异备份，让数据库能恢复到最接近目前的状态；如果选中【使数据库处于只读模式。撤销未提交的事务，但将撤销操作保存在备用文件中，以便可使恢复效果逆转】单选按钮，则在还原后做恢复未完成事务的操作，并使数据库处于只读状态，为了可再继续还原后的事务日志备份，还必须指定一个还原文件来存放被恢复的事务内容。

步骤 4：设置完毕之后，单击【确定】按钮完成还原操作。

还原文件和文件组与还原完整备份、差异备份和事务日志备份略有不同。还原文件和文件组的操作方法如下。

步骤 1：在 Microsoft SQL Server Management Studio 中的【对象资源管理器】窗口中右击要还原的数据库名，从弹出的快捷菜单中选择【任务】|【还原】|【文件和文件组】命令。

步骤 2：在弹出的【还原文件和文件组】窗口(如图 12.10 所示)中，可以设置目标数据库、还原的源、选择用于还原的备份集等选项。

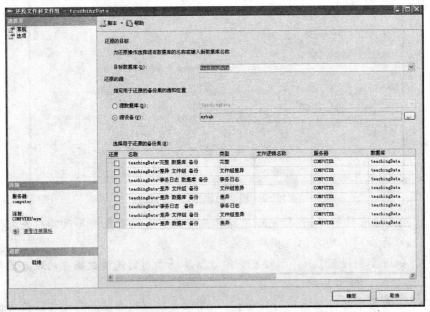

图 12.10 【还原文件和文件组】窗口

说明：(1)【目标数据库】：在该下拉列表框里可以选择要还原的数据库。

(2)【还原的源】：在该区域里可以选择要用来还原的备份文件或备份设备，用法与还原数据库完整备份中的一样。

(3)【选择用于还原的备份集】：在该区域里可以选择要还原物备份集，从图12.10中可以看出，在该区域中所列出的备份集不仅包含文件和文件组的备份，还包括完整备份、差异备份和事务备份，用户可以根据实际需要进行选择。

步骤3：选择完毕后可以单击【确定】按钮完成还原操作，也可以选择【选项】选项进行进一步的设置。

通常数据库设计人员都会在本地计算机上设计并调试数据库，在数据库调试完成后上传到服务器上。在第4章中提出可以先将数据库文件分离，然后将其传到服务器再附加。使用这种方法附加的数据库不能改名。在 SQL Server 2005 中还可以先将本地计算机上的数据库备份，再通过备份文件在服务器上创建一个新的数据库，此时新数据库的数据文件和数据库名称可以和原来的不一样。

2）使用 Transact-SQL 语句还原数据

可以使用 Transact-SQL 的 RESTORE DATABASE 语句来恢复数据库备份。如果要还原日志备份则可以使用 RESTORE LOG 语句。

（1）还原完整备份。

用 RESTORE DATABASE 语句还原完整备份的语法如下：

```
RESTORE DATABASE{database_name |@database_name_var}
FROM <backup_device >[,...n]
[WITH
    [{CHECKSUM |NO_CHECKSUM}]
    [[,]{CONTUNUE_AFTER_ERROR |STOP_ON_ERROR}]
    [[,]ENABLE_BROKER]
    [[,]ERROR_BROKERCONVERSATIONS]
    [[,]FILE ={backup_set_file_number |@backup_set_file_number}]
    [[,]KEEP_REPLICATION]
    [[,]MEDIANAME ={media_name |@media_name_variable}]
    [[,]MEDIAPASSWORD =   {mediapassword |@mediapassword_variable}]
    [[,]MOVE'logical_file_name_in_backup 'TO' operating_system_file_name']
            [,...n]
    [[,]NEW_BROKER]
    [[,]PASSWORD ={password |@password_variable}]
    [[,]{RECOVERY |NORECOVERY
        |STANDBY ={standby_file_name |@standby_file_name_var}}]
    [[,]REPLACE]
    [[,]RESTART]
    [[,]RESTRICTED_USER]
    [[,]{REWIND |NOREWIND}]
    [[,]{UNLOAD |NOUNLOAD}]
    [[,]STATS[ =percentage]]
    [[,]{STOPAT ={date_time |@date_time_var}
```

```
         |STOPATMARK = {'mark_name'|'lsn:lsn_number'}
          [AFTER_datetime]
         |STOPATMARK   = {'mark_name'|'lsn:lsn_number'}
          [AFTER_datetime]}]
     ]
```

其中大多数参数在讲解备份数据库的命令格式时已经介绍过了，下面介绍在这里出现的新的参数。

① ENABLE_BROKER：启动 Server Broker 以便消息可以立即发送。

② ENABLE_BROKER_CONVERSATIONS：发生错误时结束所有会话，并产生一个出错提示信息指出数据库已附加或还原，此时 Server Broker 将一直处于禁用状态直到此操作完成，然后再将其启用。

③ KEEP_REPLICATION：将复制设置为与日志传送一同使用。设置该参数后，在备用服务器上还原数据库时，可防止删除复制设置。该参数不能与 NORECOVER 参数同时使用。

④ MOVE：将逻辑名指定的数据文件或日志文件还原到所指定的位置，相当于图 12.7 中所示的【将数据库文件还原为】功能。

⑤ NEW_BROKER：使用该参数会在 databases 数据库和还原数据库中都创建一个新的 service_broker_guid 值，并通过清除结束所有会话端点。Server Broker 已经启用，但未向远程会话端点发送消息。

⑥ RECOVERY：回滚未提交的事务，使数据库处于可以使用状态。无法还原其他事务日志。

⑦ NORECOVERY：不对数据库执行任何操作，不回滚未提交的事务。可以还原其他事务日志。

⑧ STANDBY：使数据库处于只读模式。撤销未提交的事务，但将撤销操作保存在备用文件中，以便可以恢复效果逆转。standby_file_name|standby_file_name_var：指定一个允许撤销恢复效果的备用文件或变量。

⑨ REPLACE：会覆盖所有现有数据库以及相关文件，包括已经存在的同名的其他数据库或文件。

⑩ RESTART：指定 SQL Server 应重新启动被中断的还原操作。RESTART 从中断点重新启动还原操作。

⑪ RESTRICTED_USER：还原后的数据仅供 db_owner、dbcreator、sysadmin 的成员使用。

⑫ STOPAT：将数据库还原到其在指定的日期和时间时的状态。

⑬ STOPATMARK：恢复为已经标记的事务或日志序列号。恢复中包括带有已经命名标记或 LSN 的事务，仅当该事务最初于实际生成事务时已经获得提交才可以进行本次提交。

⑭ STOPBEFOREREMARK：恢复为已经标记的事务或日志序列号。恢复中包括带有已命名标记或 LSN 的事务，在使用 WITH RECOVERY 时，事务将回滚。

⑮ TOPBEFOREMARK：恢复为已标记的事务或日志序列号。恢复中不包括带有已命名标记或 LSN 的事务，在使用 WITH RECOVERY 时，事务将回滚。

（2）还原差异备份。

还原差异备份的语法与还原完整备份的语法是一样的，只是在还原差异备份时，必须要先还原完整备份再还原差异备份。完整备份与差异备份数据在同一个备份文件或备份设备中，则必须要用 file 参数来指定备份集。无论备份集是不是在同一个备份文件（备份设备）中，除了最后一个还原操作，其他所有还原操作都必须要加上 NORECOVERY 或 STANDBY 参数。

（3）部分备份。

可以使用 RESTORE DATABASE 语句还原文件和文件组备份，与完整备份区别的是在数据库名与 FROM 之间要加上"FILE"或"FILEGROUP"参数来指定要还原的文件或文件组。通常情况下，在还原文件和文件组备份后还要再还原其他备份来获得最近的数据库状态。

（4）还原事务日志备份。

还原事务日志备份与还原数据库备份基本相似，区别在于使用的命令改为 RESTORE LOG，但还须注意的是：还原事务日志备份之前须先还原在其之前的完整备份，除了最后一个操作，其他所有还原操作都必须加上 NORECOVER 或 STANDBY 参数。

12.1.4 应用实例

【例 12-3】 使用"对象资源管理器"创建一个逻辑名为"mybak"、物理名为"D：db_backmybak. bak"的备份设备。

操作步骤：

步骤1：启动 SQL Server Management Studio，在【对象资源管理器】窗口中展开【服务器对象】选项，右击【备份设备】选项，选择【新建备份设备】命令。

步骤2：在【备份设备】窗口中输入设备名称和目标文件，这里的设备名称就是设备的逻辑名，目标文件为设备的物理名称，如图 12.11 所示设置。设置设备的逻辑名为"mybak"，物理名称为"D：db_backmybak. bak"。

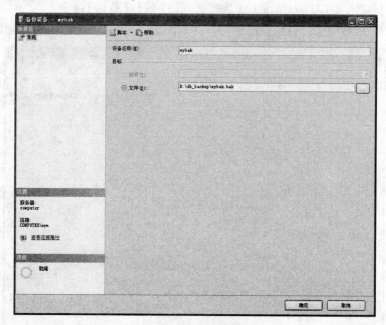

图 12.11 备份设备

步骤3：完成后单击【确定】按钮。此时可以在备份设备中看到所建的"mybak"，如图 12.12 所示。

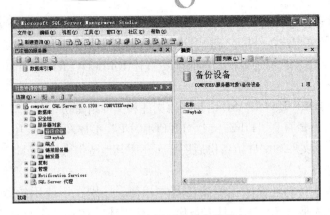

图 12.12　查看新建的备份设备

【例 12 - 4】　使用 T-SQL 语句创建一个逻辑名为"mybak",其实际文件名为"mybak. bak",文件的存放路径为 D 盘 db_back 的备份设备。

```
exec sp_addumpdevice 'disk','mybak','D:db_backmybak.bak'
```

【例 12 - 5】　使用 T-SQL 语句删除前面创建的备份设备"D:db_backmybak. bak"。

```
exec sp_dropdevice 'mybak','D:db_backmybak.bak'
```

【例 12 - 6】　使用"对象资源管理器"将数据库 teachingData 完整备份到备份设备 mybak 中。

操作步骤:

步骤 1:打开 Microsoft SQL Server Management Studio,在【对象资源管理器】窗口中,展开【数据库】选项,右击 teachingData 选项选择【任务】|【备份】命令。

步骤 2:在系统弹出的【备份数据库】窗口(如图 12.13 所示)中选择备份类型为"完整"。

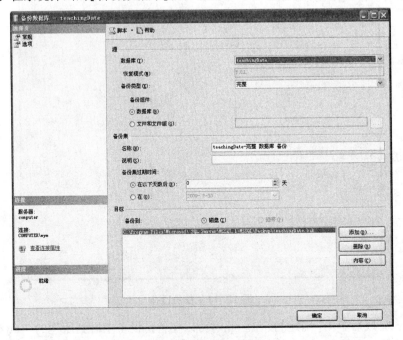

图 12.13　备份数据库

步骤3：单击【添加】按钮，在【选择备份目标】对话框中选择【备份设备】为mybak，如图12.14所示，然后单击【确定】按钮。

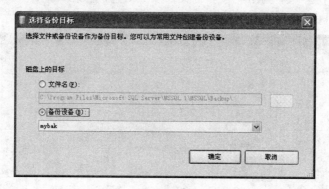

图12.14 选择备份目标

步骤4：回到【备份数据库】窗口中，在【目标】区域中设置【备份到】mybak，如图12.15所示，然后单击【确定】按钮。

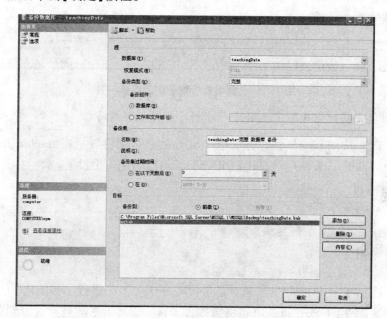

图12.15 选择目标设备

步骤5：稍候，备份完成后，系统出现如图12.16所示提示框，表明数据库备份已经完成，单击【确定】按钮。

图12.16 提示备份成功完成

此时，在SQL Server Management Studio界面中，在【对象资源管理器】窗口中展开【服

务器对象】|【备份设备】，右击 mybak 选项，选择【属性】命令，打开【备份设备】窗口，在该窗口的【选择页】列表中选择【媒体内容】选项，即可看到备份在该设备中的备份文件，如图 12.17 所示。

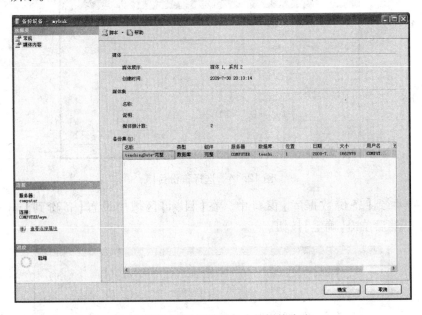

图 12.17　查看备份设备中的媒体内容

注意： 只有创建完整数据库备份之后才可以创建差异数据库备份。

【例 12－7】　按例 12－6 中的要求用 T-SQL 命令语句将数据库 teachingData 完整备份到备份设备 mybak 中，并使用 WITH FORMAT 子句初始化备份设备。

执行命令语句：

```
BACKUP DATABASE teachingData
    TO DISK = 'D:db_backmybak.bak'
    WITH FORMAT
    GO
```

这里使用了 WITH FORMAT 子句对备份设备 mybak.bak 进行了初始化。

【例 12－8】　用 T-SQL 命令语句将数据库 teachingData 完整差异备份到备份设备 mybak 中。

```
BACKUP DATABASE teachingData
    TO teachingDATA
    WITH DIFFERENTIAL
GO
```

【例 12－9】　用 T-SQL 命令语句将 Northwind 数据库中的名为"NthWd 文件组"的文件组备份到名为"mybak"的备份设备上。

```
    BACKUP DATABASE Nothwind
    FILEGROUP = 'NthWd 文件组'
    TO mybak
```

【例12-10】　在已经创建的备份设备 mybak 中创建 teachingData 数据库的事务日志备份。

```
BACKUP LOG teachingData TO mybak
    WITH INIT
GO
```

【例12-11】　使用对象资源管理器还原数据库 teachingData，要求还原后的数据库名为 teachingDB，还原后将其存放到 E 盘 Data 目录下。

操作步骤：

步骤 1：在 Microsoft SQL Server Management Studio 中的【对象资源管理器】窗口中右击【数据库】选项，在弹出的快捷菜单中选择【还原数据库】命令。

步骤 2：在【还原数据库】窗口中，设置目标数据库，即在【目标数据库】文本框中输入还原后的数据库名 teachingDB，在【还原的源】区域中选中【源设备】单选按钮，然后单击其右侧的【…】按钮，在【指定备份】对话框中选择【备份媒体】为"文件"，单击【添加】按钮，在【定位备份文件】列表中选择文件 teachingData.bak，完成后单击【确定】按钮，返回【还原数据库】窗口，选中要还原的数据库文件备份集（这里可以看到该数据库有二次备份，可以根据需要进行选择），如图 12.18 所示。

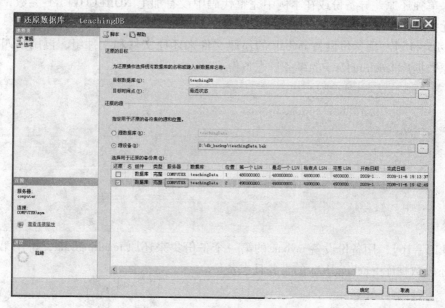

图 12.18 【还原数据库】窗口

步骤 3：单击【选项】选项，修改窗口中的【将数据库文件还原为】区域内的文件【还原为】的位置，即单击其右侧的【…】按钮，选择还原的位置为 E：data。

步骤 4：完成后单击【确定】按钮。

【例12-12】　用名为 mybak 的备份设备的第 2 个备份来还原数据库 teachingData。

```
USE master
RESTORE DATABASE teachingData
FROM mybak
```

【例 12 - 13】 用 D 盘 db_backup 中名为 teachingData. bak 备份文件来还原 teachingData 数据库。

```
USE master
RESTORE DATABASE teachingData
FROM DISK = 'D:db_backupteachingData.bak'
```

【例 12 - 14】 用备份设备 mybak 的第一个备份集来还原数据库 teachingData 的完整备份，再用第三个备份集来还原差异备份。

```
USE master
RESTORE DATABASE teachingData
FROM mybak
WITH FILE =1, NORECOVERY
GO
RESTORE DATABASE teachingData
FROM mybak
WITH FILE =3
GO
```

如果单独还原差异备份或在本例中完整代码中没有加上 NORECOVERY 参数，系统将会提示无法还原差异备份信息。

【例 12 - 15】 用备份设备 mybak 的还原文件来还原文件和文件组，再用第四个备份集来还原数据库 teachingData 的事务日志备份。

```
USE master
RESTORE DATABASE teachingData
FROM mybak
GO
RESTORE LOG teachingData
FROM mybak
WITH FILE =4
GO
```

【例 12 - 16】 用备份设备 mybak 的第一个备份集来还原 teachingData，再用第二个备份集来还原数据库 teachingData 的事务日志备份。

```
USE master
RESTORE DATABASE teachingData
FROM mybak
WITH FILE =1,NORECOVERY
GO
RESTORE LOG teachingData
FROM mybak
WITH FILE =2
GO
```

12.2 代 理 服 务

在 SQL Server 2005 中，可以通过 SQL Server 设置代理服务的方法，将需要自动执行的一些管理任务定义为作业，然后再指定作业发生的条件，就可以让系统自动执行这些管理任务。

SQL Server 代理是一个 Windows 的后台服务，可以执行安排的管理任务，这个管理任务又叫做作业，每个作业包含了一个或多个作业步骤，每个步骤都可以完成一个任务。SQL Server 代理指定的时间或在特定的事件条件下执行作业中的步骤，并记录作业的完成情况，一旦执行作业步骤出现错误，SQL Server 还可以设法通知管理员。

SQL Server 的代理服务主要用于控制自动化任务，如备份数据、作业管理等。另外，还可以利用代理服务向数据库管理人员发出一些警告信息。

12.2.1 启动和停止 SQL Server 代理服务

默认情况下，安装 SQL Server 2005 后，SQL Server 代理服务是禁用的，除非用户明确选择自动启动该服务。所以，为了让 SQL Server 代理能够作为 SQL Server 代理服务运行，必须先启动 SQL Server 代理，才能使本地或多服务器管理任务自动运行。可以从 SQL Server 配置管理器启动和停止 SQL Server 代理。下面以启动和停止实例 COMPPUTER 的 SQL Server 代理服务为例，来讲解具体的操作步骤。

步骤1：【开始】|【程序】|Microsoft SQL Server 2005|【配置工具】命令，打开 SQL Server Configuration Manager 窗口，选择【SQL Server 2005 服务】选项，如图 12.19 所示。

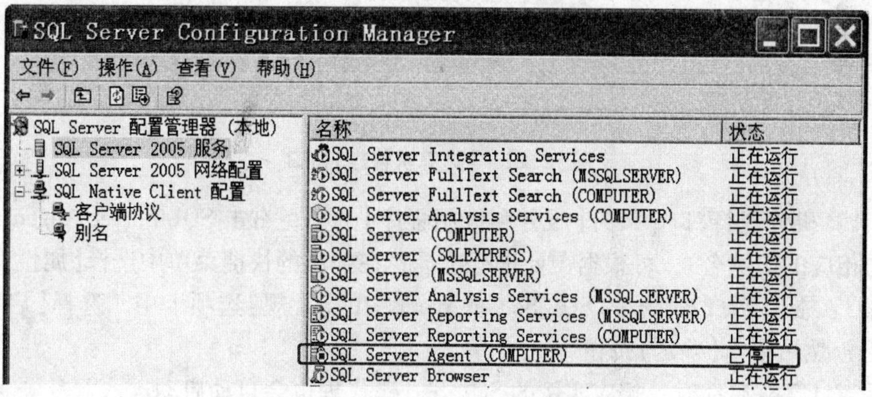

图 12.19 SQL Server Agent 启动前

步骤 2：在图 12.19 所示的 SQL Server Configuration Manager 窗口中，右击 SQL Server Agent(COMPUTER)选项，在弹出的快捷菜单中选择【启动】命令。

启动成功后，则在 SQL Server Agent(COMPUTER)左边的小图标上可以看到绿色的箭头，并且它的状态显示"正在运行"，如图 12.20 所示。

启动后如果要停止代理服务，可以在 12.19 所示的对话框中右击 SQL Server Agent 选项，在弹出的快捷菜单中选择【停止】命令。

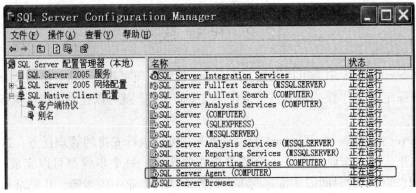

图 12.20　SQL Server Agent 启动后

还可将 SQL Server 代理服务器设为在计算机启动时自动启动，具体操作方法如下。

步骤 1：右击【我的电脑】图标，选择【管理】命令，弹出如图 12.21 的窗口。

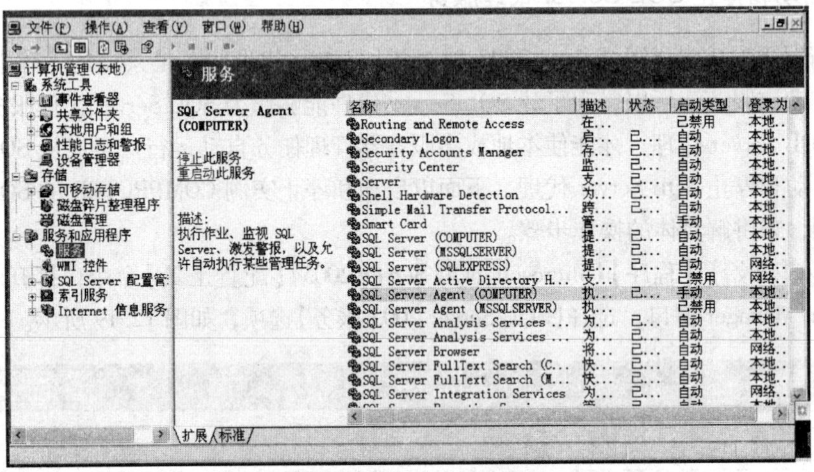

图 12.21　【计算机管理】窗口

在【计算机管理】窗口中展开【服务和应用程序】选项，右击 SQL Server Angent（其后的括号内为相应的实例名），可根据需要进行选择，在弹出的快捷菜单中选择【属性】命令。

步骤 3：在图 12.22 所示的 SQL Server Agent 中的【常规】选项卡中，选择【启动类型】为【自动】，然后单击【确定】按钮。

以后当计算机启动时，相应实例的 SQL Server 代理也会自动启动。

在图 12.21 所示的窗口中，还可以通过右击 SQL Server Agent 选项后选择其快捷菜单中的【启动】、【停止】和【暂停】等命令对服务代理进行相应的操作。

注意： SQL Server 代理服务与 SQL Server 服务是相关联的，SQL Server 代理服务运行时，SQL Server 必须已经运行。如果两种服务都在运行，当停止 SQL Server 服务时，系统会弹出如图 12.23 所示的确认框，要求确认停止与此关联的 SQL Server 代理服务。此时如果单击【是】按钮则同时停止这两项服务，如果单击【否】按钮则这两项服务均不被停止。

图 12.22　SQL Server Agent 对话框

图 12.23　【停止服务】确认框

12.2.2　设置 SQL Server 代理服务的属性

在 12.21 所示的窗口中右击 SQL Server Agent 选项，在弹出的快捷菜单中选择【属性】命令，即可打开服务代理的属性对话框，如图 12.24 所示。

图 12.24 所示对话框中有【登录】、【服务】和【高级】3 个选项卡。【登录】选项卡用来设置服务启动账号、服务启动、停止、暂停、重新启动按钮；【服务】选项卡显示服务类型、错误控制等信息，并且提供启动模式供用户设置；【高级】选项卡用来设置客户报告、客户反馈报告等一些高级属性。

图 12.24　服务代理属性设置窗口

12.2.3　自动管理组件

SQL Server 代理使用自动管理组件来定义要执行的任务、执行任务的时间及报告任务成功或失败的方式。自动管理组件有 4 种：作业、计划、警报、操作员。

1. 作业

作业是 SQL Server 代理执行的一系列指定操作，利用作业可以把数据库日常操作自动化。可以把一个能执行一次或多次的管理任务定义为作业，SQL Server 代理不仅可以执行这个管理任务，还可以监视执行结果是否成功。这里的任务可以包括 T-SQL 语句、Windows 命令、可执行程序或 ActiveX 脚本。作业可以在需要时从控制台运行、通过调度机制定期运行或响应其他条件运行，作业中还可包括处理各个任务故障的条件逻辑。

定义作业动作方式的语言有 3 种：T-SQL、应用程序和脚本。作业可以在一个本地服务器上运行，也可以在多个远程服务器上运行。运行作业的方式主要有以下几种。

（1）根据一个或多个计划。

（2）响应一个或多个警报。

（3）执行 sp_star_job 存储过程。

作业中的每一个操作都是一个"作业步骤"，所有作业步骤均在特定的安全上下文中运行，对待使用 T-SQL 的作业步骤，须使用 EXECUTE AS 语句设置作业步骤的安全上下文。对于其他类型的作业步骤，应使用代理账户来设置作业步骤的安全上下文。

作业可以重复执行，也可以通过生成警报来通知作业状态，因此能大大地减轻系统管理员的工作负担。

2. 计划

可以利用计划来指定作业运行的时间。多个作业可以根据一个计划运行，多个计划也可以应用到一个作业，计划用于为作业运行的时间定义下列条件。

（1）当 SQL Server 代理启动时运行作业。

（2）当计算机的 CPU 使用率处于定义的空闲状态水平时运行作业。

（3）在特定日期和时间到达时运行作业。

（4）按重复执行的计划运行作业。

可以将整个数据库的维护工作设置成一套计划，由 SQL Server 代理自动完成，例如数据的备份、重新生成和组织索引等维护工作都可根据计划自动执行相应的维护作业，从而可以减轻工作负担。

3. 警报

SQL Server 2005 中的警报是指对特定事件的自动响应。警报与通知往往是结合使用的，警报用于设置事件，系统根据预先的设置对不同的事件发出不同的警报。通知是设置将警报发给谁？如何发？发送什么内容？

可以定义警报产生的条件如下。

（1）SQL Server 事件。

（2）SQL Server 性能条件。

（3）运行 SQL Server 代理的计算机上的 WMI（Windows Management Instrumentation）事件。

警报可以执行的操作如下。

（1）发出通知。

（2）运行作业。

4. 操作员

操作员定义的是负责维护一个或多个 SQL Server 实例的个人联系信息。SQL Server 代理的一个重要功能就是可以根据某些条件将警报通知给数据库管理人员，SQL Server 可以使用电子邮件、Net Send 和寻呼方式来通知管理员，管理员收到通知后即可处理相关问题。

SQL Server 代理中的操作员实际上就是通知系统管理员的方式设置，只有设置了通知系统管理员的方式后，在发生故障时 SQL Server 代理根据预先设置好的方案去通知系统管理员解决相关问题。

12.2.4 作业管理

1. 创建作业

创建作业的操作步骤如下。

步骤1：【在对象资源管理器】窗口中，展开【SQL Server 代理】选项，右击【作业】选项，在弹出的菜单中选择【新建作业】命令。

步骤2：在弹出的如图 12.25 所示的【新建作业】窗口中的【常规】选择页中输入作业的名称，在【类别】下拉列表框中选择本次作业的类别，在【说明】文本框中输入本次作业的说明文字，选中【已启用】复选框（只有选中该复选框，本次作业才能被 SQL Server 代理执行）。

步骤3：在如图 12.25 所示的窗口左侧的【选择页】列表中选择【步骤】选项，然后单击【新建】按钮添加并定义作业步骤。（详细定义过程见本章第 12.2.7 节【例 12-19】。）

步骤4：完成后单击【确定】按钮。

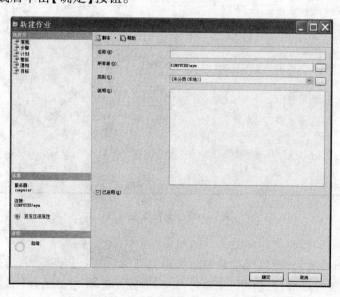

图 12.25　【新建作业】窗口

2. 手动执行作业

虽然 SQL Server 代理可以自动执行作业，但有时可能在没有到达作业时间而想执行该作业，此时可以采用手动执行作业的方式。手动执行作业的操作步骤如下。

步骤 1：在【对象资源管理器】中，展开【SQL Server 代理】|【作业】选项，右击要手动执行的作业名，在弹出的菜单中选择【开始作业】命令。

步骤 2：在【开始作业】窗口中单击【启动】按钮。

3. 调度作业

创建作业的目的是为了让系统自动执行作业，因此需要为作业创建执行计划。这样就可以让系统根据设定好的计划来自动执行各项操作。调度作业的操作步骤如下。

步骤 1：在【对象资源管理器】窗口中，展开【SQL Server 代理】|【作业】选项，右击要调度的作业名，在弹出的菜单中选择【属性】命令。

步骤 2：在【作业属性】窗口左侧的【选择页】列表中选择【计划】选项，单击【新建】按钮。

步骤 3：在如图 12.26 所示的窗口中设置执行作业的计划名称、计划类型、频率、执行时间、持续时间等。

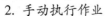

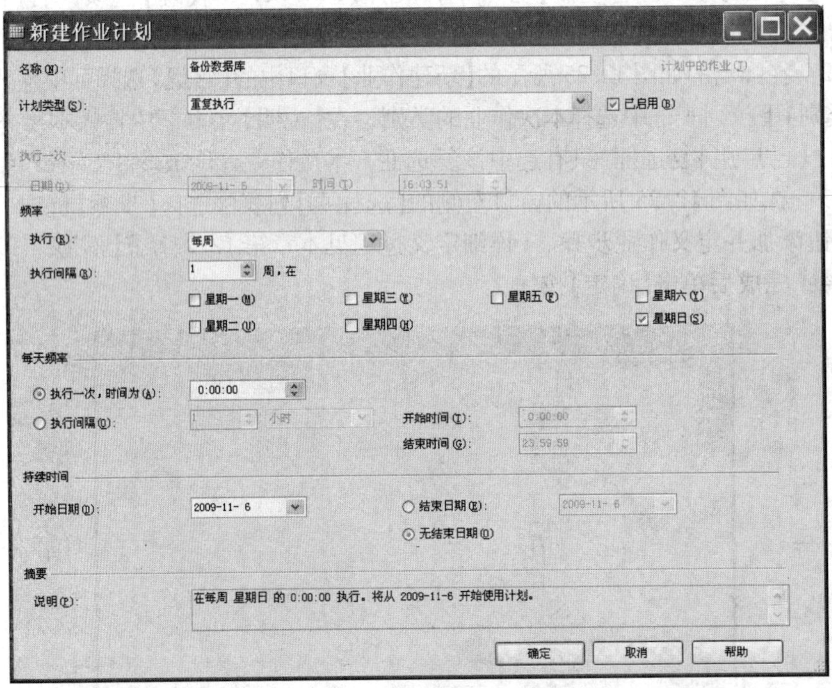

图 12.26　设置作业计划

说明：（1）【名称】：可以输入该作业计划的名称。

（2）【计划类型】：可以选择计划的类型，可选项有：【重复执行】、【SQL Server 代理启动时启动】、【CPU 空闲时启动】和【执行一次】。选择【重复执行】选项，则该作业会按一定的时间间隔要求多次执行，选择该项时还必须设置执行的频率以及计划的开始时间和结束时间；选择【SQL Server 代理启动时启动】选项，则该作业在每次 SQL Server 代理启动时就会被执行；选择【CPU 空闲时启动】选项，则当 CPU 闲置时执行该计划；选择【执行一次】选项则在指定的时间到达时，该作业将被执行一次，选择该项时还应指定执行的时间。

步骤4：设置完毕后单击【确定】按钮返回【作业属性】窗口。单击【确定】按钮返回 SQL Server 管理平台。

在 SQL Server 中允许对一个作业分配多个计划来执行。

4. 查看作业完成情况

在 SQL Server 中可以查看每次作业的完成情况。只需在【对象资源管理器】窗口中右击作业名称，在弹出菜单中选择【日志文件查看器】命令即可查看到相应作业的执行情况。

5. 删除、禁用与启用作业

如果要一个作业不再执行，可以有 3 个途径：将作业删除、将作业中的计划删除和禁用作业。

如果某个作业以后永远不再需要执行时，可以将其删除，删除的方法很简单，只需在【对象资源器】窗口中右击作业名，在弹出的快捷菜单中选择【删除】命令。

如果某个作业以后可能还需要使用，只是不需要由 SQL Server 代理来自动执行，可以将该作业中的计划删除，其操作方法为：右击作业名，选择【属性】命令，在【作业属性】窗口右侧的选择页中选择【计划】选项，然后将【计划】中的所有计划删除。以后如果再要执行该作业，可以手动执行，也可以重新添加计划。

如果某个作业只是临时不执行，那么可以将其禁用，禁用的方法是：右击作业名，选择【禁用】命令即可。

如果要启用已被禁用的作业，可以右击作业名，选择【启用】命令。

12.2.5 警报管理

在 SQL Server 中通过警报管理器定义警报，当某些特定的事件发生时会自动报警。当警报被触发时，通过电子邮件或寻呼通知操作员，从而让操作员及时发现问题并进行干预。

1. 定义警报

SQL Server 代理读取应用程序日志后，将写入的事件与定义的警报进行比较，当 SQL Server 代理找到匹配项时，它将发出自动响应事件的警报。除了监视 SQL Server 事件外，SQL Server 代理还监视性能条件和 WMI(Windows Management Instrumentation)事件。

定义警报需要指定警报的名称，警报的名称在 SQL Server 实例中须唯一，且不能超过 128 个字符。

定义警报还需要指定警报的类型，警报的类型有 3 种：SQL Server 事件警报、SQL Server 性能条件警报、WMI 事件警报。不同的警报类型有不同的定义参数。

1）定义 SQL Server 事件警报的参数

（1）错误号：SQL Server 代理在发生特定时发出警报。错误号可以在 master 数据库中的系统视图 sys. messages 中查到。

（2）严重性：SQL Server 代理在发生特定级别的严重错误时发出警报。例如，可以指定严重级别 15 来响应 T-SQL 语句中的语法错误。

（3）数据库：SQL Server 代理仅在特定数据库中发生事件时才发出警报。该选项是对错误号或严重级别的补充。例如，如果实例中包含一个用于生产的数据库和一个用于人事报告的数据库，可以定义仅响应生产数据库中的语法错误的警报。

（4）事件文本：SQL Server 代理在指定事件的事件消息中包含特定文本字符串时发出警报。例如，可以定义警报来响应包含特定表名或特定约束的消息。

2）定义 SQL 子选手 Server 性能条件警报的参数

（1）对象：对象是指要监视的性能区域。

（2）计数器：计数器是要监视的区域的属性。

（3）实例：SQL Server 实例定义了要监视的属性的特定实例（如果存在）。

（4）计数器/值满足以下条件时触发警报：警报的阈值和导致警报的行为。阈值是具体的数字。行为可以是"低于"、"等于"或"等于"指定的值。"值"是描述性能条件计数器的数字。例如，若要为性能对象 SQL Server：Locks 设置在 Lock Wait Time 超过 30s 时发生的警报，则可选择"大于"并指定 30 作为"值"。

3）定义 WMI 事件警报的参数

（1）命名空间：SQL Server 代理作为 WMI 客户端注册到 WMI 命名空间（使用该命名空间查询事件）。

（2）查询：SQL Server 代理使用所提供的 WMI 查询语言 WQL 语句来标识特定事件。

2. 创建警报

【例 12 - 17】 创建警报 my_alert1，设置该警报的【类型】为"SQL Server 事件警报"，【严重性】为"019 资源中的发生错误"，【响应】为"执行作业"my_job1。

操作步骤：

步骤 1：打开 SQL Server Management Studio，并连接到数据库服务器实例。

步骤 2：在【对象资源管理器】窗口中，展开【SQL Server 代理】选项，右击【警报】选项后选择【新建警报】命令。

步骤 3：在图 12.27 所示的窗口中设置常规参数。本例中将名称定义为"my_alert1"，类型选择为"SQL Server 事件警报"，数据库名称选择"所有数据库"，严重性选择"019 - 资源中发生错误"。

步骤 4：在图 12.27 所示窗口左侧的【选择页】列表中选择【响应】选项，然后在如图 12.28 所示的窗口中设置发生警报后的处理方式。可选方式有两种，一种是执行作业，在发生警报时执行一个作业来解决警报问题；另一种是通知操作员，在发生警报时可以用电子邮件、寻呼程序或 Net Send 方式通知操作员。这里根据题目要求选中【执行作业】复选框，并选择 my_job1 选项。

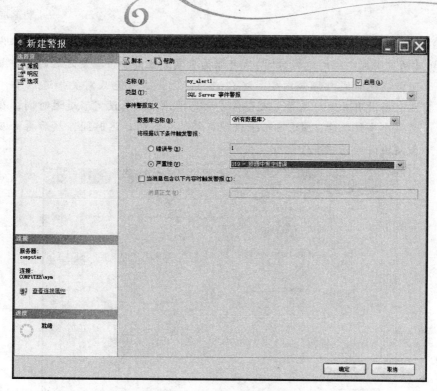

图 12.27　设置【常规】参数

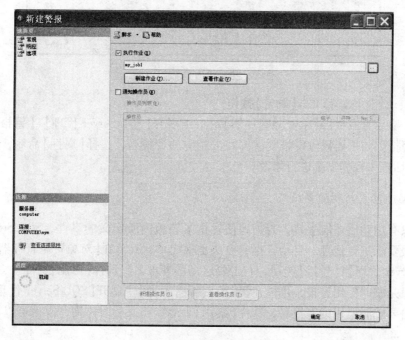

图 12.28　设置【响应】参数

　　步骤 5：在图 12.28 所示窗口左侧的【选择页】列表中选择【选项】选项，然后在如图 12.29 所示的窗口中设置警报的一些选项。

说明：（1）【警报错误文本发送方式】：可以设置用什么方式发送错误文本，可选项为电子邮件、寻呼程序和 Net Send 方式。

（2）【要发送的其他通知消息】：可以输入要包括在通知消息中的其他文本内容。

（3）【两次响应之间的延迟时间】：可以为重复发生的事件指定延迟时间。某些事件可能在短时间内频繁发生，这在这种情况下，可能只需要知道该事件已经发生，而没有必须知道每一次事件发生的响应。如果设定了延迟时间，在警报响应某个事件之后，SQL Server 代理将等待指定的延迟时间，然后再响应，而不管延迟时间内该事件是否发生。

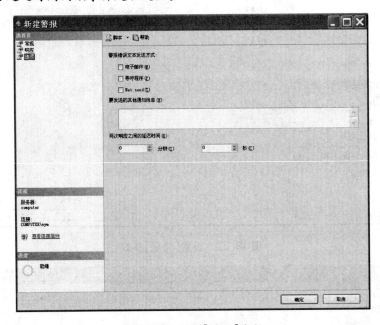

图 12.29　设置【选项】参数

步骤 6：设置完毕后单击【确定】按钮。

设置完毕后可以在【对象资源管理器】窗口中展开【SQL Server 代理】|【警报】选项，即可看到该警报。如果要修改警报则需再右击相应的警报名，选择【属性】命令，然后在【警报属性】对话框中根据需要进行修改。

3．启动、禁用与删除警报

警报只有启动后才能生效，否则即使发生了警报内所定义的事件，SQL Server 代理也不会按警报要求进行处理。启动警报的方法也很简单，只需在【对象资源管理器】窗口中展开【SQL Server 代理】|【警报】选项，右击要启用的警报名，选择【启用】命令。

如果只是临时停用警报，可以在【对象资源管理器】中展开【SQL Server 代理】|【警报】选项，右击要临时停用的警报名，选择【禁用】命令，将其暂时停用，以后可以再根据需要进行启用。

如果警报今后不再需要使用，可以在【对象资源管理器】窗口中展开【SQL Server 代理】|【警报】选项，右击要删除的警报名，选择【删除】命令将其删除。

12.2.6　操作员管理

在前面的警报处理中可以看到，在系统发生故障时可以通知操作员，但在使用操作员之前须预先设置好通知操作员的方式，在出现故障时 SQL Server 代理才能知道如何去通知系统管理员来解决问题。

【例 12 – 18】 创建操作员 my_operator，该操作员的电子邮件名称为 emily_mao@hotmail.com，Net send 地址为 Computer，寻呼电子邮件为 operator1@mycompany.com，值班时间为周一～周五 8：00～18：00，并要求将 my_alert1 警报发送给该操作员。

操作步骤：

步骤 1：打开 SQL Server Management Studio，并连接到数据库服务器实例。

步骤 2：在【对象资源管理器】窗口中，展开【SQL Server 代理】选项，右击【操作员】选项后选择【新建操作员】命令。

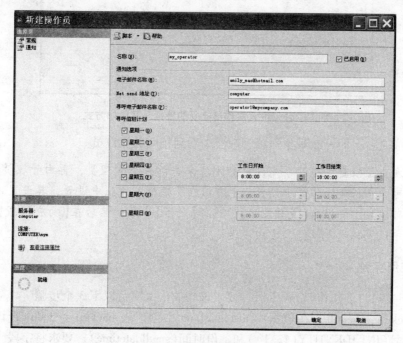

图 12.30　新建操作员

步骤 3：在如图 12.30 所示的窗口中设置操作员信息，在【名称】文本框中输入操作员名称，如果没有选中【已启用】复选框，则 SQL Server 代理不会向操作员发送消息，【电子邮件名称】文本框中可以输入管理员的电子邮件地址 emily_mao@hotmail.com，【Net Send 地址】文本框中可以输入用于发送消息的计算机名 computer，【寻呼电子邮件名称】文本框中输入管理员的寻呼程序的电子邮件地址 operator1@mycompany.com（使用这种通知方式必须要使用具有传呼功能的软件支持），【寻呼值班计划】区域中可以设置寻呼处于活动状态的时间为周一～周五，设置【工作日开始】的时间为 8：00，【工作日结束】的时间为 18：00，只有在这两个时间之间，寻呼程序才会向管理员发送寻呼。

步骤 4：在如图 12.30 所示的窗口中选择【通知】选项即可看到如图 12.31 所示的窗口，其中可以看到已有的警报，选择需要通知本操作员的警报，及其通知方式，然后单击【确定】按钮即可完成操作员的设置。

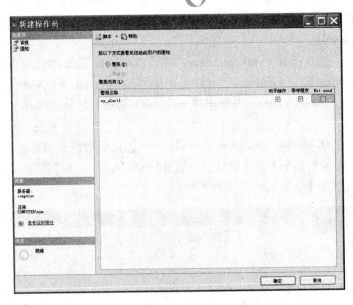

图 12.31　设置操作员接受的警报及其通知方式

设置完成之后，即可在对象资源管理器中看到相应的操作员。

说明： 通知发生警报时，通过事先设定的方法来告诉系统管理员，再由管理员进行处理。通知可以在新建操作员中设置，也可以在警报中或作业中设置，其设置方法基本相似，可以右击警报名（或作业名），选择【属性】命令，然后在【响应】（或【通知】）选择页中设置将通知以什么方式发送给哪个操作员。

12.2.7　应用实例

【例 12-19】　创建作业 my_job1，要求该作业依次执行以下 3 个步骤。

(1) backup_schedule：在数据库 teachingData 中创建表 backup_schedule，该表包括两个字段：编号(INT IDENTITY(1, 1))和备份时间(smalldatetime)，要求将字段"编号"设置为主键。

(2) Insert_record：在表 backup_schedule 中插入一条记录，其备份时间为当前时间。

(3) Backup_teachingData：将数据库 teachingData 备份到 D 盘的 db_back 中。

操作步骤：

步骤1：打开 SQL Server Management Studio，并连接到数据库服务器实例。

步骤2：在【对象资源管理器】窗口中，展开【SQL Server 代理】选项，右击【作业】选项，在弹出的菜单中选择【新建作业】命令，如图 12.32 所示。

步骤3：在弹出的【新建作业】窗口中的【常规】选择页中输入作业的名称"my_job1"，在【类别】下拉列表框中选择本次作业的类别（这里选【数据库维护】选项），在【说明】文本框中输入本次作业的说明文字，选中【已启用】复选框，则本次作业才能被 SQL Server 代理执行，如图 12.33 所示。

图 12.32 选择【新建作业】命令

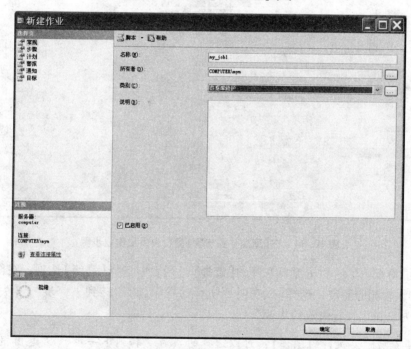

图 12.33 在【新建作业】窗口中设置【常规】参数

步骤 4：在图 12.33 所示的窗口中左侧的【选择页】选项中选择【步骤】列表，然后单击【新建】按钮添加作业步骤，在【步骤名称】文本框中输入步骤名称（本例中输入"创建备份安排表"），在【类型】下拉列表框中选择本步骤执行的操作类型"Transact-SQL 脚本（T-SQL）"，在【运行身份】下拉列表框中可以选择代理账户，在【数据库】下拉列表框中选择要运行该操作的数据库"teachingData"，在【命令】文件框中输入 T-SQL 代理内容：

```
CREATE TABLE backup_schedule
(
    编号 INT IDENTITY(1,1)PRIMARY KEY,
    备份时间 smalldatetime
)
```

该代码的作用是添加一个备份时间表 backup_schedule，用来记录每次备份的时间，完成后的窗口如图 12.34 所示。

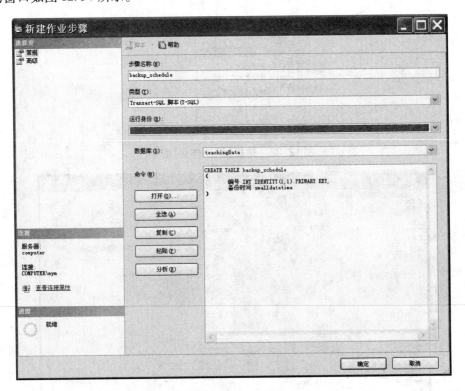

图 12.34　在【新建作业步骤】窗口中添加作业步骤

步骤 5：在图 12.34 所示窗口左侧的【选择页】列表中选择【高级】选项，在图 12.35 所示的窗口中设置相应参数，选择【成功时要执行的操作】为"转到下一步"，【失败时要执行的操作】为"退出报告失败的作业"。

说明：(1)【成功时要执行的操作】：可以选择的项为"转到下一步"、"退出报告成功的作业"和"退出报告失败的作业"。该选项是设置本次作业步骤如果执行成功后的操作，是就此退出并报告成功或失败的作业，还是转向执行下一个作业步骤。

(2)【重复次数】：可以设置如果本次作业步骤执行失败的重试次数，在【重试间隔】中设置如果本次作业步骤执行失败后间隔多长时间再重试，单位为分钟。

(3)【失败时要执行的操作】：可选项分别为"退出报告成功的作业"、"转到下一步"和"退出报告失败的作业"，该选项是设置本次作业步骤如果执行失败后的操作，是就此退出并报告成功或失败的作业，还是转向执行下一个作业步骤。

(4)【输出文件】：可以设置用于作业步骤输出的文件，选中【将输出追加到现有文件】复选框则每次都把作业步骤输出到文件的尾部，否则覆盖原文件。

(5)【记录到表】：选中该复选框时则把作业步骤输出记录到 msdb 数据库的 sysjob-stepslogs 数据表中，选中【将输出追加到表中的现有条目】复选框则将输出追加到表的现有内容后面，否则每次作业步骤运行时都将覆盖以前表的内容。

(6)【在历史记录中包含步骤输出】：可以将在作业历史记录中包含作业步骤的输出。

(7)【作为以下用户运行】：可以选择另一个 SQL 登录名来运行此作业步骤，只有 sysadmin 固定服务器角色中的成员才能进行该项设置。

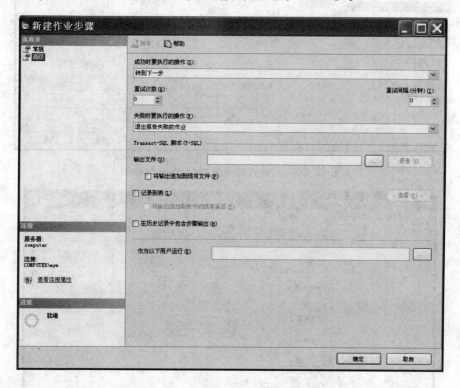

图 12.35　在【高级】选择页中设置参数

步骤 6：设置完成后单击【确定】按钮，可以在如图 12.36 所示的窗口（右下方的【开始步骤】）中看到已添加的步骤 backup_schedule。

步骤 7：在图 12.36 所示的窗口中单击【新建】按钮再次添加新的作业步骤 insert_record，如图 12.37 所示。

步骤 8：在命令框中输入以下 T-SQL 代理的内容：

```
INSERT backup_schedule (备份时间) VALUES (getdate())
```

该命令的作用是在表 backup_schedule 中插入一条记录，该记录中的字段“编号”因为是 INDENTITY 类型，所以其值由系统自动生成，而字段“备份时间”则通过 getdate() 函数获取的当时时间作为该字段的值，完成后单击【确定】按钮。

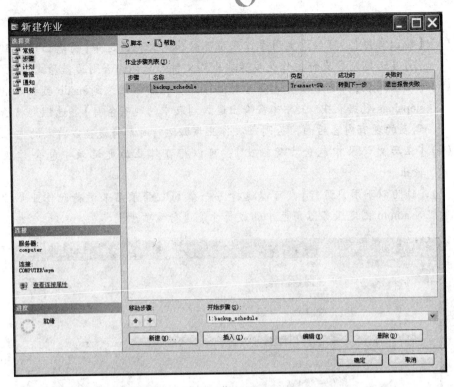

图 12.36　已设置的步骤 backup_schedule

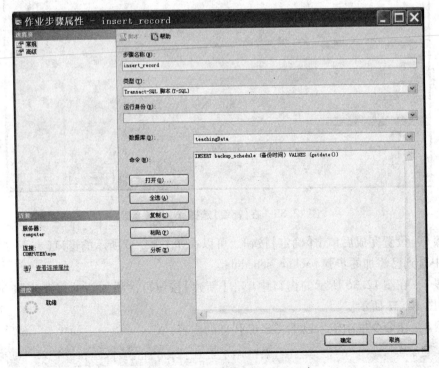

图 12.37　添加步骤 insert_record

　　与步骤 7 相似，添加步骤 backup_techingData，如图 12.38 所示。在命令框中输入的命令为：

> BACKUP DATABASE teachingData TO DISK = 'D:db_backteachingData.bak'

该命令的作用是将数据库 teachingData 备份到 D 盘的 db_back 文件夹中。完成后单击【确定】按钮。

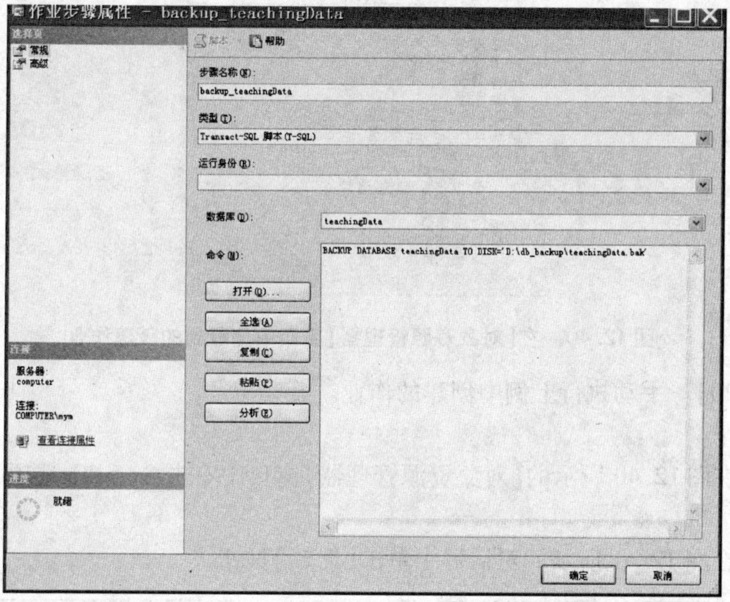

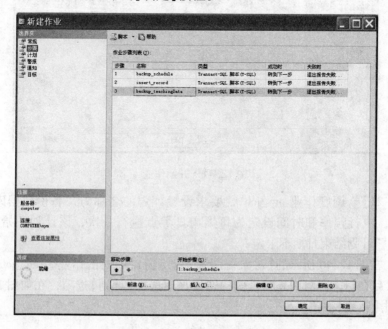

图 12.38　添加步骤 buckup_teachingData

步骤 10：此时【步骤】选择页中的内容如图 12.39 所示。在该窗口中可以看到，新建的作业一共有 3 个步骤，步骤执行成功之后都转换到下一步，步骤执行失败之后则退出并报告失败的作业，设置完成后单击【确定】按钮。

图 12.39　设置了步骤后的【步骤】选择页

作业 my_job1 创建完毕，此时，在【对象资源管理器】窗口中展开【SQL Server 代理】|
【作业】选项后即可看到该作业，如图 12.40 所示。

图 12.40　在【对象资源管理器】窗口中查看到的新建作业

【例 12 - 20】　手动执行上例中创建的作业。

操作步骤：

步骤 1：在图 12.40 所示的【对象资源管理器】窗口中右击 my_job1 选项，选择【开始作
业】命令。

步骤 2：在图 12.41 所示的对话框中单击【启动】按钮。

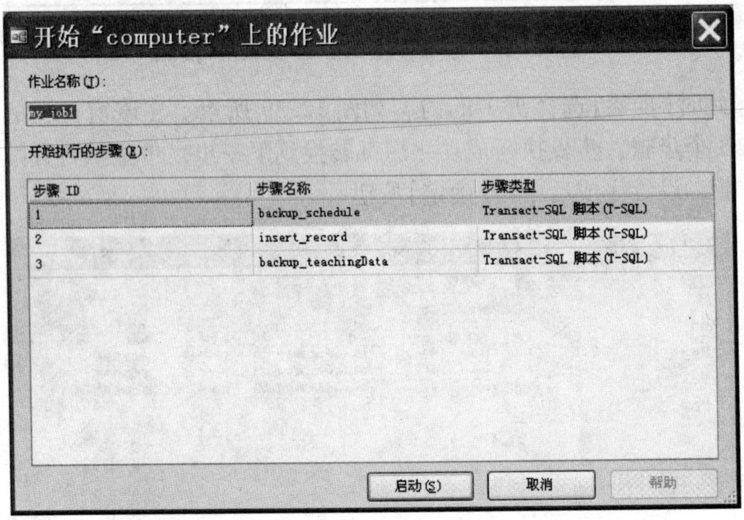

步骤 ID	步骤名称	步骤类型
1	backup_schedule	Transact-SQL 脚本 (T-SQL)
2	insert_record	Transact-SQL 脚本 (T-SQL)
3	backup_teachingData	Transact-SQL 脚本 (T-SQL)

图 12.41　开始作业

【例 12 - 21】　调度作业 my_job1，要求设置计划的名称为"备份数据库"，类型为
"重复执行"，执行频率和时间设定为每周周日零点执行一次，该计划开始执行时间为
2009 - 11 - 6，计划结束日期不限定。

步骤 1：在图 12.40 所示的【对象资源管理器】窗口中右击作业名 my_job1，选择【属
性】命令，然后在【作业属性】窗口左侧的选择页中选择【计划】选项，在如图 12.42 所示的
对话框中单击【新建】按钮。

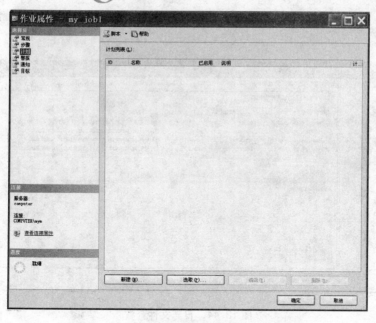

图 12.42 【作业属性】窗口中的【计划】选项页

步骤2：在如图12.43所示的窗口中设置执行作业的计划。

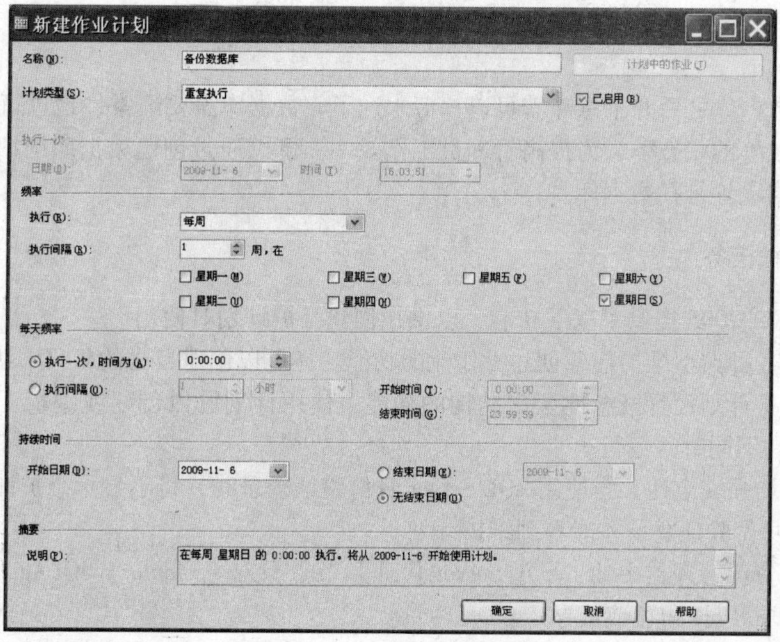

图 12.43 设置作业计划

步骤3：设置完毕后单击【确定】按钮返回【作业属性】对话框。单击【确定】按钮返回SQL Server 管理平台。

【例12-22】 查看作业 my_job1 执行情况。

操作步骤：

步骤1：在【对象资源管理器】窗口中展开【SQL Server 代理】|【作业】选项，右击作业

名称 my_job1，弹出相应的【日志文件查看器】窗口即可查看到相应作业的执行情况，如图 12.44所示。

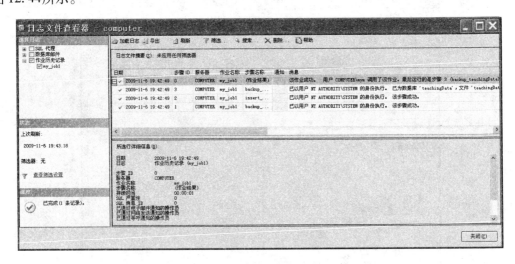

图 12.44 日志文件查看

步骤2：完成后关闭对话框。

12.3 数据库的维护

创建了数据库之后并不意味着可以一劳永逸了，数据库需要经常性地进行维护才能始终运行在比较好的状态下，为提高管理员工作效率，可以通过创建数据库维护计划让 SQL Server 2005 自动地维护数据库。

12.3.1 维护任务

SQL Server 2005 提供了以下功能，以供在创建维护计划时使用。

① 使用各种典型维护任务创建工作流的功能。还可以创建自己的 T-SQL 脚本。

② 为维护计划设置概念性层次结构的功能。使用计划可以创建或编辑工作流，还可以安排计划在不同时间运行。

③ 为了增强安全性，当使用 SQL Server 身份验证登录时，将不显示维护计划。只有使用 Windows 身份验证登录才能看到维护计划。

④ 对象资源管理器中的 "SQL Server 代理" 节点只对 sysadmin、SQLAgentUserRole 或 MaintenanceUserRole 角色成员显示。

注意： 只有 sysadmin 角色的成员才能创建和管理维护任务。文件或文件组不能由一个以上的数据库使用。

维护向导可以用于设置核心维护任务，从而确保数据库运行良好，定期备份数据库以防系统出现故障，对数据库实施不一致性进行检查。维护计划向导可创建一个或多个 SQL Server 代理作业，代理作业将按照计划的间隔自动执行这些维护任务。以下是可以安排为自动运行的一些维护任务。

（1）检查数据库完整性：用于检查数据库中的数据和索引页内部是否一致。确保系统或软件故障没有损坏数据。

（2）收缩数据库：通过删除空的数据页和日志页来减少数据库和日志文件占用的磁盘空间。

（3）重新组织索引：可以对表和视图的聚集索引和非聚集索引进行碎片整理和压缩。这将提高索引扫描性能。

（4）重新生成索引：通过重新生成索引来重新组织数据页和索引页上的数据。这会改善索引扫描和查找的性能。此任务还可以优化数据和可用空间在索引页上的分布，能够承受未来更快的增长速度。

（5）更新统计信息：确保查询优化器有表中数据值的最新分布信息，使查询优化器能够更好地确定访问数据的最佳方法。虽然 SQL Server 会自动更新索引统计信息，但是该选项可以对统计信息立即进行强制更新。这样，优化器才能更好地确定数据访问策略。

（6）清除历史记录：任务将删除有关备份和还原、SQL Server 代理以及维护计划操作的历史数据。此向导允许用户指定要删除的数据类型和数据保留时间。

（7）执行 SQL Server 代理作业：用户可以选择 SQL Server 代理作业，将其作为维护计划的一部分运行。

（8）备份数据库：备份数据库和事务日志文件。数据库和日志备份可以保留一段指定时间。这可以为备份创建一份历史记录，以便在需要将数据库还原到早于上一次数据库备份时间的时候使用。用户既可以进行完整备份，也可以进行差异备份。

12.3.2　维护计划的创建

数据库的维护计划可以将整个数据库的维护工作设置成一套计划，并交给 SQL Server 代理来自动完成。创建维护计划最简单的办法就是使用维护向导。其操作方法为：在【对象资源管理器】窗口中，展开【管理】选项，右击【维护计划】选项，弹出快捷菜单，选择【维护计划向导】命令，然后按照维护计划向导逐步进行操作，详细操作过程见【例12–23】。

12.3.3　维护计划的修改

创建维护计划后，可以在【对象资源管理器】窗口中的【管理】|【维护计划】选项和【SQL Server 代理】|【作业】选项中看到维护计划和作业，右击维护计划名，选择【修改】命令，即可对维护计划进行修改。

12.3.4　维护计划的执行

维护计划除了可以自动执行外，还可以手动执行，可以在【对象资源管理器】窗口中右击维护计划名，然后选择【执行】命令。

其执行结果可以通过右击维护计划名，然后选择【查看历史记录】命令查看执行结果。

12.3.5　应用实例

【例12–23】　创建维护计划 MaintenancePlan1，要求在该维护计划依次完成以下任务。

（1）执行 SQL Server 代理作业 my_job1。

（2）将所有数据库备份到 D 盘中 db_backup。

（3）清除 6 个月以前的所有历史数据。

并要求将计划执行结果报告发送给操作员 my_opertor。

步骤 1：打开 SQL Server Management Studio，并连接到数据库服务器实例。

步骤 2：在【对象资源管理器】窗口中，展开【管理】选项，右击【维护计划】选项，弹出快捷菜单，选择【维护计划向导】选项，弹出【SQL Server 维护计划向导】起始页，单击【下一步】按钮，进入如图 12.45 所示的【选择目标服务器】窗口。

图 12.45 【选择目标服务器】窗口

步骤 3：在图 12.45 所示的【选择目标服务器】窗口中可以输入维护计划的名称、说明，并按要求选择执行该维护计划的服务器名和登录方式。输入完成后单击【下一步】按钮进入如图 12.46 所示的【选择维护任务】窗口。

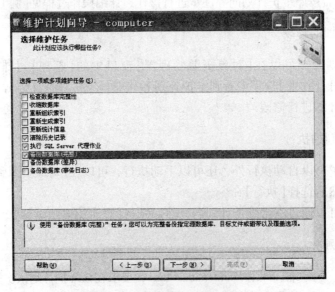

图 12.46 【选择维护任务】窗口

步骤4：在如图12.46所示的【选择维护任务】窗口中选择维护计划所要完成的任务，可以选择一个或多个任务。在本例中选择"清除历史记录"、"执行 SQL Server 代理作业"和"备份数据库（完整）"，完成后单击【下一步】按钮进入如图12.47所示的【选择维护任务顺序】窗口。

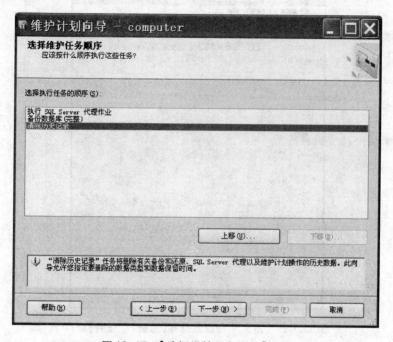

图12.47 【选择维护任务顺序】窗口

步骤5：在如图12.47所示的【选择维护任务顺序】窗口中使用【上移】或【下移】按钮设置维护任务的执行顺序。设置执行的次序依次为"执行 SQL Server 代理作业"、"备份数据库（完整）"、"清除历史记录"。完成后单击【下一步】按钮进入如图12.48所示的【定义"执行 SQL Server 代理作业"任务】窗口。

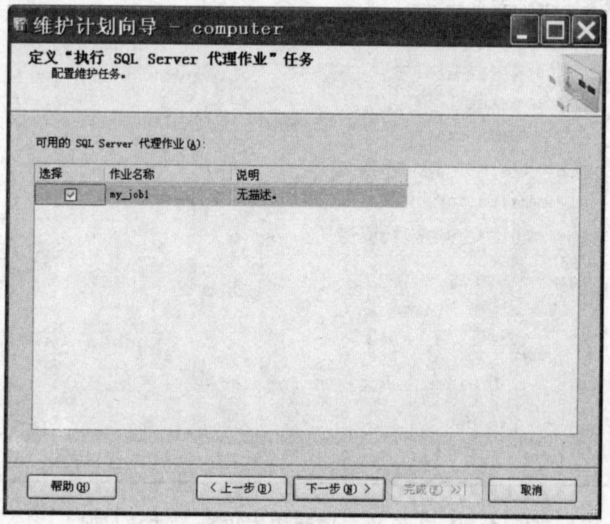

图12.48 选择 SQL Server 代理作业

步骤6：在如图 12.48 所示的【定义"执行 SQL Server 代理作业"任务】窗口中选择 SQL Server 代理作业。完成后单击【下一步】按钮进入如图 12.49 所示的【定义"备份数据库(完整)"任务】窗口。

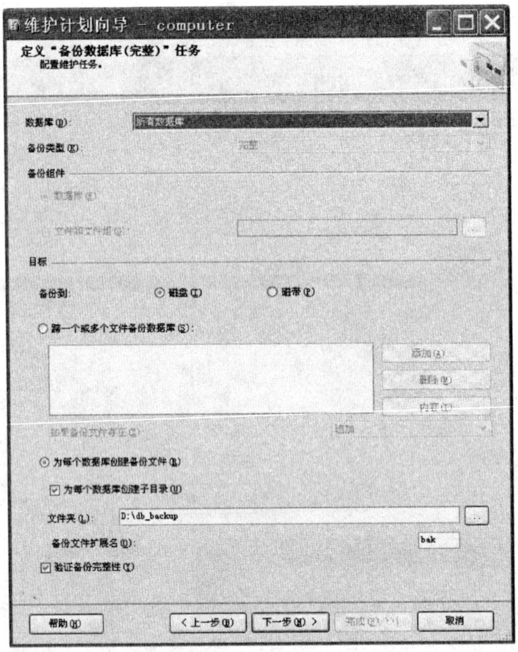

图 12.49 【定义"备份数据库(完整)"任务】窗口

步骤7：在如图 12.49 所示的【定义"备份数据库(完整)"任务】窗口中选择要备份的数据库，这里可以在【数据库】下拉列表框中选择"所有数据库"、"所有系统数据库"、"所有用户数据库"或指定的数据库；然后选择备份的物理设备和备份文件存放的目标位置。完成后单击【下一步】按钮进入如图 12.50 所示的【定义"清除历史记录"任务】窗口。

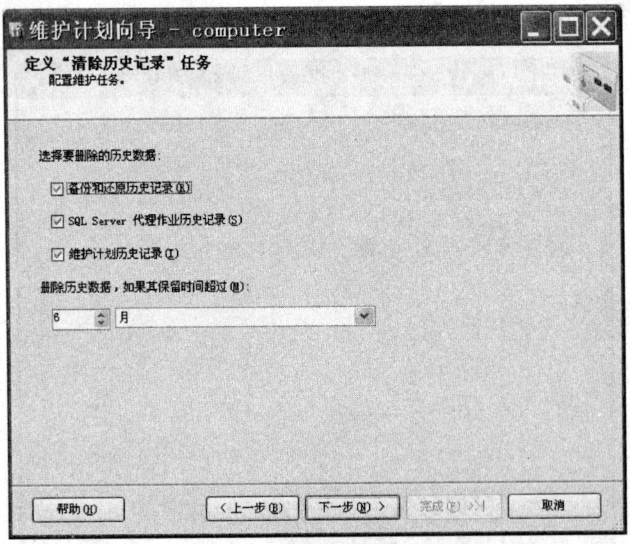

图 12.50 【定义"清除历史记录"任务】窗口

步骤8：在如图 12.50 所示的【定义"清除历史记录"任务】窗口中选择要清除的历史数据及其清除的条件，完成后单击【下一步】按钮弹出如图 12.51 所示的【选择计划属性】窗口。

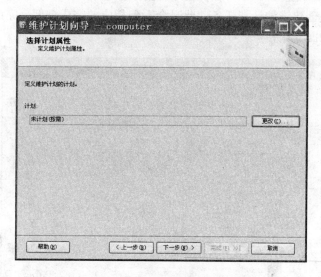

图 12.51 【选择计划属性】窗口

步骤9：在如图 12.51 所示的【选择计划属性】窗口中可以看到【计划】文本框中显示"未计划（按需）"，这说明该维护计划还没有设置执行条件，也就是还没有设置调度任务。如果单击【更改】按钮，此时会弹出【新建作业计划】窗口，该窗口在本章的第 12.2.5 节中已经讲过，这里就不再赘述。如果不需要给维护计划设置调度任务可以直接单击【下一步】按钮弹出如图 12.52 所示的【选择报告选项】窗口。

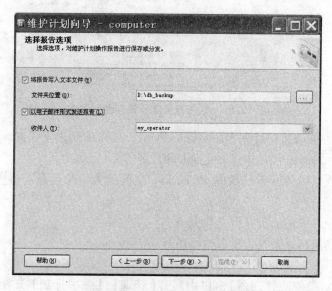

图 12.52 【选择报告选项】窗口

步骤10：在如图 12.52 所示的【选择报告选项】窗口中可以设置是否保存或操作报告。如果要保存维护计划的操作报告则要指定文本的存储位置；如果要以电子邮件形式发送报告，则要指定操作员，本例中指定以电子邮件方式发送给操作员 my_operator。设置完成后单击【下一步】按钮弹出【完成该向导】窗口，在该窗口中显示维护计划的内容让用户确认，如果发现有误或需要修改可以单击【上一步】按钮返回修改，如果没有错误可以单击【完成】按钮来完成创建维护计划任务，此时会看到相应的完成进度，完成后则显示相应的成功报告，如图 12.53 所示。

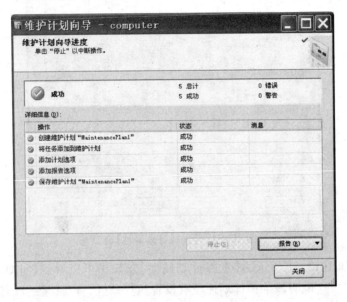

图 12.53 【维护计划向导进度】窗口

步骤 11：在图 12.53 所示的窗口中单击【报告】按钮选择报告查看或存储的方式，如图 12.54 所示。

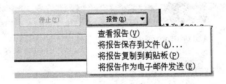

图 12.54 选择报告查看或存储的方法

【例 12 - 24】 修改维护计划 MaintenancePlan1，要求实现以下任务。

（1）执行 SQL Server 代理作业 my_job1 和任务。

（2）将所有数据库备份到 D 盘中 db_backup 之间插入一个任务：检查数据库 teaching-Data 的完整性。

（3）清除 6 个月以前的所有历史数据。

并要求将计划执行结果报告发送给操作员 my_opertor。

操作步骤：

步骤 1：在【对象资源管理器】窗口中展开【管理】|【维护计划】选项和【SQL Server 代理】|【作业】选项，右击维护计划名 MaintenancePlan1，选择【修改】命令，如图 12.55 所示。

步骤 2：在如图 12.56 所示的设计界面修改维护计划，双击【"检查数据库完整性"任务】选项添加"检查数据库完整性"任务，此时可以看到在右侧的设计窗口中增加了"检查数据库完整性"任务方框，如图 12.57 所示。

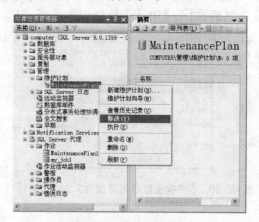

图 12.55 在【对象资源管理器】窗口中选择【修改】命令

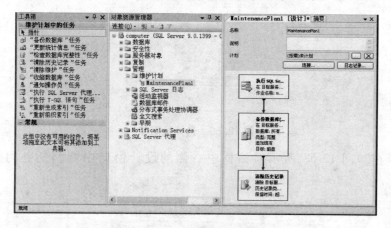

图 12.56 设计界面修改维护计划

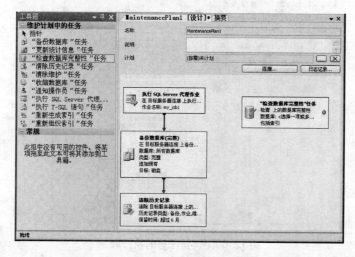

图 12.57 添加"检查数据库完整性"任务

步骤3：在图 12.57 所示的窗口中双击右侧的方框【"检查数据库完整性"任务】方框，弹出如图 12.58 所示的【"检查数据库完整性"任务】对话框，在【连接】下拉列表中选择"本地服务器连接"选项，然后在【数据库】下拉列表中选择"teachingData"，如图 12.59 所示，然后单击【确定】按钮返回到图 12.57 所示窗口，单击【确定】按钮即可完成对"检查数据库完整性"任务的定义。

图 12.58 【"检查数据库完整性"任务】对话框

图 12.59 选择数据库

步骤4：在如图 12.58 所示对话框中右侧的设计窗口中调整任务的执行顺序如图 12.60 所示。

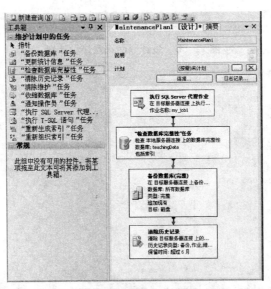

图 12.60 调整任务的执行顺序

步骤5：完成后单击工具栏中的【保存】按钮，此时系统弹出如图 12.61 所示的对话框，单击【是】按钮确认操作。

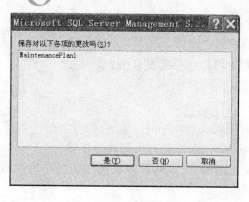

图 12.61　修改确认

12.4　本章小结

本章介绍了在数据库日常维护与管理中的常用工具：数据库的备份与还原、代理服务、数据库维护等。

数据库备份可以创建备份完成时数据库内存在的数据的副本，这个副本能在遇到故障时恢复数据库，SQL Server 2005 提供了不同的备份方式：完整备份和完整差异备份、部分备份和部分差异备份、事务日志备份。数据库备份和还原数据需要占用一定量的资源，因此，可靠使用备份和还原以实现恢复需要有一个备份和还原策略。设计有效的备份策略需要仔细计划、实现和测试。另外，除了要备份用户自己创建的数据库外，系统数据库中的 master 数据库和 msdb 数据库也应该备份，否则一旦系统崩溃，即使有用户数据库的备份也无法完全将其恢复。

数据库备份后，一旦系统发生崩溃或执行了错误的数据库操作，就可以从备份文件中还原数据库，数据库还原是指将数据库备份加载到系统中的操作。系统在还原数据库的过程中，自动执行安全性检查、重建数据库结构以及完成填写数据库内容。

SQL Server 代理是一个 Windows 的后台服务，主要用于控制自动化任务，管理任务又叫做作业，每个作业包含了一个或多个作业步骤，每个步骤都可以完成一个任务。SQL Server 代理指定的时间或在特定的事件条件下执行作业中的步骤，并记录作业的完成情况，一旦执行作业步骤出现错误，SQL Server 还可以发出警报并设法通知管理员。

维护计划可以帮助人们设置核心维护任务，从而确保数据库运行正常，维护计划向导可创建一个或多个 SQL Server 代理作业，代理作业将按照计划的间隔自动执行这些维护任务，可以在维护计划中设定的维护任务有：检查数据库完整性、收缩数据库、重新组织索引、重新生成索引、更新统计信息、清除历史记录、备份数据库等。

习　题　12

一、思考题

1. 数据库备份的目的是什么？在制作备份策略时应考虑哪些因素？

2. 什么是事务日志备份？事务日志备份有哪几种类型？

3. 自动管理组件有哪些？

4. 数据库的维护计划中可以包括哪些任务？

二、实验操作题

1. 完成本章中的所有例题。

2. 新建一代理作业 myJob，该作业有下列两个步骤。

（1）在数据库中创建视图 score_view，该视图中包括字段课程名（varchar(20)）、平均成绩（tinyInt）。

（2）统计各门课程的平均成绩，并将结果存放到视图 score_view 中。

3. 手动执行代理作业 myJob，并查看执行结果。

4. 使用维护计划向导创建维护计划 myPlan，要求该维护计划依次下列各项任务。

（1）完成备份数据库 master、msdb 和 teachingData。

（2）收缩所有数据库。

（3）清除 3 个月以前的所有历史记录。

5. 执行维护计划并查看结果。

6. 使用设计界面修改维护计划 myPlan，要求在（1）和（2）之间插入一项工作：执行代理作业 myJob。

参考文献

［1］ ［美］Abraham Silberschatz，HenryE Korth，S. Sudarshan．数据库系统概念［M］．杨冬青，马秀莉，唐世渭，等，译．北京：机械工业出版社，2006．

［2］ ［美］Gavin Powell．数据库设计入门经典［M］．沈洁，王洪波，赵恒译．北京：清华大学出版社，2007．

［3］ ［美］Michael Otey，Paul Conte．SQL Server 2000 Developer's Guide［M］．Osborne/McGraw-Hill. 2002．

［4］ ［美］Peter Rob，Carlos Coronel．数据库系统设计、实现与管理［M］．5 版．陈立军，等，译．北京：电子工业出版社，2004．

［5］ ［美］Peter Rob，Carlos Coronel．数据库系统设计、实现与管理［M］．张瑜，杨继萍，等译．北京：清华大学出版社，2005．

［6］ 丛书编委会．SQL Server 2005 实例教程［M］．北京：中国电力出版社，2008．

［7］ 戴志诚．SQL Server 2005 数据库系统开发与实例［M］．北京：电子工业出版社，2007．

［8］ 董福贵，李存斌．SQL Server 2005 数据库简明教程［M］．北京：电子工业出版社，2006．

［9］ 龚波．SQL Server 2000 教程［M］．北京：北京希望电子出版社，2002．

［10］ 何玉洁．数据库原理与应用教程［M］．2 版．北京：机械工业出版社，2007．

［11］ 胡百敬，姚巧玫，刘承修．SQL Server 2005 Performance Tuning 效性调校［M］．北京：电子工业出版社，2008．

［12］ 李春葆，曾慧．数据库原理习题与解析［M］．3 版．北京：清华大学出版社，2006．

［13］ 刘卫国，严晖．数据库技术与应用-SQL Server［M］．北京：清华大学出版社，2007．

［14］ 龙马工作室．新编 SQL Server 2005 数据库管理与开发从入门到精通［M］．北京：人民邮电出版社，2008．

［15］ 罗运模．SQL Server 数据库系统基础［M］．北京：高等教育出版社，2002．

［16］ 明日科技．SQL Server 2005 开发技术大全［M］．北京：人民邮电出版社，2007．

［17］ 宋晓峰．SQL Server 2005 基础培训教程［M］．北京：人民邮电出版社，2007．

［18］ 汤娜，汤庸，叶小平，刘海．数据库系统实验指导教程［M］．北京：清华大学出版社，2006．

［19］ 唐学忠．SQL Server 2000 数据库教程［M］．北京：电子工业出版社，2005．

［20］ 王珊，萨师煊．数据库系统概论［M］．4 版．北京：高等教育出版社，2006．

［21］ 王珊．数据库系统简明教程［M］．北京：高等教育出版社，2004．

［22］ 王珊，朱青．数据库系统概论学习指导与习题解答［M］．北京：高等教育出版社，2003．

［23］ 尹为民，李石君，曾慧，刘斌．现代数据库系统及应用教程［M］．武汉：武汉大学出版社，2005．

［24］ 余金山．SQL Server 2000/2005 数据库开发实例入门与提高［M］．北京：电子工业出版社，2005．

［25］ 袁然，王诚梅．SQL Server 2005 中文版经典实例教程［M］．北京：电子工业出版社，2006．

［26］ 袁永林，等．SQL Server 2005 数据库管理与开发从入门到精通［M］．北京：清华大学出版社，2007．

［27］ 岳付强，罗明英，等．SQL Server 2005 从入门到实践［M］．北京：清华大学出版社，2009．

［28］ 张海藩．软件工程导论［M］．4 版．北京：清华大学出版社，2006．

［29］ 章立民．SQL Server 2005 数据库开发实战［M］．北京：机械工业出版社，2007．

［30］ 赵松涛，吴维元．SQL Server 2000 系统管理实录［M］．北京：电子工业出版社，2006．

［31］ 周绪，等．SQL Server 2000 中文版入门与提高［M］．北京：清华大学出版社，2004．

北京大学出版社本科计算机系列实用规划教材

序号	标准书号	书　名	主　编	定价
1	978-7-301-10511-5	离散数学	段禅伦	28.00
2	7-301-10457-X	线性代数	陈付贵	20.00
3	7-301-10510-X	概率论与数理统计	陈荣江	26.00
4	978-7-301-10503-0	Visual Basic 程序设计	闵联营	22.00
5	978-7-301-10456-9	多媒体技术及应用	张正兰	30.00
6	978-7-301-10466-8	C++程序设计	刘天印	33.00
7	978-7-301-10467-5	C++程序设计实验指导与习题解答	李　兰	20.00
8	978-7-301-10505-4	Visual C++程序设计教程与上机指导	高志伟	25.00
9	978-7-301-10462-0	XML 实用教程	丁跃潮	26.00
10	978-7-301-10463-7	计算机网络系统集成	斯桃枝	22.00
11	978-7-301-10465-1	单片机原理及应用教程	范立南	30.00
12	7-5038-4421-3	ASP .NET 网络编程实用教程(C#版)	崔良海	31.00
13	7-5038-4427-2	C 语言程序设计	赵建锋	25.00
14	7-5038-4420-5	Delphi 程序设计基础教程	张世明	37.00
15	7-5038-4417-5	SQL Server 数据库设计与管理	姜　力	31.00
16	978-7-5038-4424-9	大学计算机基础	贾丽娟	34.00
17	978-7-5038-4430-0	计算机科学与技术导论	王昆仑	30.00
18	7-5038-4418-3	计算机网络应用实例教程	魏　峥	25.00
19	7-5038-4415-9	面向对象程序设计	冷英男	28.00
20	978-7-5038-4429-4	软件工程	赵春刚	22.00
21	7-5038-4431-0	数据结构(C++版)	秦　锋	28.00
22	978-7-5038-4423-2	微机应用基础	吕晓燕	33.00
23	7-5038-4426-4	微型计算机原理与接口技术	刘彦文	26.00
24	7-5038-4425-6	办公自动化教程	钱　俊	30.00
25	7-5038-4419-1	Java 语言程序设计实用教程	董迎红	33.00
26	7-5038-4428-0	计算机图形技术	龚声蓉	28.00
27	978-7-301-11501-5	计算机软件技术基础	高　巍	25.00
28	978-7-301-11500-8	计算机组装与维护使用教程	崔明远	33.00
29	978-7-301-12174-0	Visual FoxPro 实用教程	马秀峰	29.00
30	978-7-301-11500-8	管理信息系统实用教程	杨月江	27.00
31	978-7-301-11445-2	Photoshop CS 实用教程	张　瑾	28.00
32	978-7-301-12378-2	ASP .NET 课程设计指导	潘志红	35.00(附 1CD)
33	978-7-301-12394-2	C# .NET 课程设计指导	龚自霞	32.00(附 1CD)
34	978-7-301-13259-3	VisualBasic .NET 课程设计指导	潘志红	30.00(附 1CD)
35	978-7-301-12371-3	网络工程实用教程	汪新民	34.00
36	978-7-301-14132-8	J2EE 课程设计指导	王立丰	32.00

序号	标准书号	书　名	主　编	定价
37	978-7-301-13585-3	计算机专业英语	张　勇	30.00
38	978-7-301-13684-3	单片机原理及应用	王新颖	25.00
39	978-7-301-14505-0	Visual C++程序设计案例教程	张荣梅	30.00
40	978-7-301-14259-2	多媒体技术应用案例教程	李　建	30.00
41	978-7-301-14503-6	ASP .NET 动态网页设计案例教程 (Visual Basic .NET 版)	江　红	35.00
42	978-7-301-14504-3	C++面向对象与 Visual C++程序设计 案例教程	黄贤英	35.00
43	978-7-301-14506-7	Photoshop CS3 案例教程	李建芳	34.00
44	978-7-301-14510-4	C++程序设计基础案例教程	于永彦	33.00
45	978-7-301-14942-3	ASP .NET 网络应用案例教程(C# .NET 版)	张登辉	33.00
46	978-7-301-12377-5	计算机硬件技术基础	石　磊	26.00
47	978-7-301-15208-9	计算机组成原理	娄国焕	24.00
48	978-7-301-15463-2	网页设计与制作案例教程	房爱莲	36.00
49	978-7-301-04852-8	线性代数	姚喜妍	22.00
50	978-7-301-15461-8	计算机网络技术	陈代武	33.00
51	978-7-301-15697-1	计算机辅助设计二次开发案例教程	谢安俊	26.00
52	978-7-301-15740-4	Visual C# 程序开发案例教程	韩朝阳	30.00
53	978-7-301-16597-3	Visual C++程序设计实用案例教程	于永彦	32.00
54	978-7-301-16850-9	Java 程序设计案例教程	胡巧多	32.00
55	978-7-301-16842-4	数据库原理与应用(SQL Server 版)	毛一梅	36.00

电子书(PDF 版)、电子课件和相关教学资源下载地址：http://www.pup6.com/ebook.htm，欢迎下载。